匡之文集　卷 8

Kuangzhi Personal Collection Volume 8

简单程序

Simple Program

齐匡之　著

竹和松出版社

出版：竹和松出版社（Zhu & Song Press）

Zhu & Song Press, LLC

North Potomac, Maryland 20878

书名：简单程序

著者：齐匡之

责任编辑：朱晓红

责编信箱：editor@zhuandsongpress.com

封面设计：竹和松传媒

出版社网址：www.zhuandsongpress.com

印刷地：美国，英国

开本：8.27 inch x 11.69 inch

字数：208 千字

印次：2024 年 6 月第 1 版

发行：全球（中国大陆除外）

ISBN-13：978-1-950797-52-3

ISBN-10：1-950797-52-X

电子版 ISBN-13：978-1-950797-53-0

电子版 ISBN-10：1-950797-53-8

2018 年 8 月，中学同学聚会剪影

作者简介

齐匡之，笔名匡之。1950 年生于南京。籍贯天津。

是"老三届"一份子，曾插队高淳县顾陇公社松溪大队笠帽墩村。返宁后在南京市五金机械公司仓库工作，后任公司计统科专职商业情报员。就读于南京大学中文系，文学士。

曾辗转工作于数家企业，经历了国营五交化批发企业盛极而衰最后被外资集团收购兼并的全过程。

诗集《今夜无梦》和中篇小说集《简单程序》千禧年由黑龙江人民出版社出版。另有数百篇文学作品散见于国内《诗刊》、《江苏文艺》、《新华日报》、《雨花》、《南京日报》、《青春》及香港《新晚报》、美国《世界日报》等各家报刊杂志。1986 年成为江苏省作家协会会员。

自上个世纪九十年代初不再给报刊投稿，闭门尝试感兴趣题材长诗创作，题材遍及两千多年前的牧野之战、十九世纪太平天国攻占南京及后来湘军攻陷天京、辛亥革命、二十世纪日军攻占南京、知青节拍等重大历史事件。

近年致力于"五古"（五言古体诗）的创作，所作一系列长篇五言古体诗，重点表现南京古城墙、雨花石、六朝建康繁华、历史胜迹、器与人之间关系、多维世界等，"以箫和歌"，体现南京悠久文化历史的独特魅力，实现形式和内容的统一。

为什么会有生命？
因为你恰好身在这个宇宙。

        ——英国皇家天文学家马丁·里斯在他的著作《仅仅六个数字》中提出，六个数字构筑了宇宙基本物理性质的基础，而每一个数字都是让生命繁盛所需的精确值，例如我们宇宙的空间维数是 3，"如果是 2 或 4，生命不可能存在。"

目录

作者自序

中国不是宗教占据社会意识主流的国家，这爿古老的大陆历史上一再流行偶像崇拜和箴言情结，兴起过一波又一波狂热运动，举世瞩目。

中华文化中神话传说并不丰富，现实社会中往往充满天真、荒诞不经的故事，人心蛊惑，虚实难辨。

文学创作是意识寻找对应文字和文学样式的过程。荣格指出："意识的后面并不是绝对的空无，而是潜意识心理。这种潜意识心理从后面和内部影响我们的意识，正如外部世界从前面和从外部影响我们的意识一样。"文学家重视神话和宗教，是因为这两者体现了人类古今相通的一些心理特质，这些来自"后面和内部"的心理特质，对社会和文化产生了长远的潜移默化的影响。在文学创作过程中，作者不得不探赜索隐，一次次面临本土文化中神话、传说和宗教痕迹的质疑。

1、文学作为一种审美活动的集体潜意识内涵

神话是人类启蒙时期的产物，是原始人类企图探索自然规律、解释自然现象的思维活动的结果。神话的出现，在人类文化史上具有特殊重要的意义。尼采曾经说过："没有神话，则任何一种文化都会失掉它的健康的、天然的创造力，正是神话的视野，约束着全部文化运动，使之成为一个体系。"

宗教是神话的中心仓库，又是神话和传说纵贯数千年历史的主要直通列车。宗教发展到了二十一世纪，其观念形态与原初的神话源头或许已经有了很大改变，世界上数十亿人对宗教保持着虔诚的态度，不过在他们头脑中，宗教已成为理性、道德和崇高人格的象征，成为一种追求和信念，这种追求和信念在浓厚的宗教气氛中更加神圣化起来。

神话、宗教和传说对于探索集体潜意识有着无法估计的巨大价值。恰如荣格提出的那样，那些在文艺作品中反复出现的由神话传说折射的原始

意象，实际上是集体潜意识原型的"自画像"，这种自画像具有"象征"和"摹本"的性质。在荣格看来，集体潜意识是潜意识的深层结构，它是先天的、普遍一致的。原始意象来源于人类祖先重复了无数次的同一类型的经验，它们本身当初也许不过是在这些经验的基础上形成的人类心理结构的碎片。人类对于蛇的憎恶和恐惧与生俱来，不谙世事的婴幼儿第一次看见蛇类也会本能地躲避、藏匿或者呼救。我们有理由相信在"人之初"条件下意识和意志的作用十分有限，"蛇＝危险"这种信息的来源不可能是"前面和外部"的经验和知识，而只能是"后面和内部"的集体潜意识。作家始终有兴趣进一步探索集体潜意识如何发挥作用，发挥何种作用，以及如何评估集体潜意识存在的价值。

在神话和宗教中，原始意象和原型之所以特别重要，是因为它们比较完整比较真实地裸露出这个民族的原初本质，它们反射出集体潜意识的影像，它们是集体潜意识露出水面的部分，是形象载体。郑樵在《通志·乐略》中提到，"虞舜之父，杞梁之妻，于经传有言者不过数十言耳，彼则演成万千言……顾彼亦岂欲为此诬罔之事乎？正为彼之意向如此，不说无以畅其胸中也。"在"孟姜女哭长城"传说中表现出来的神话内容，具备了多数地方和多数个人皆有的大体相似的心理特征。由于它在多数人身上是相同的，它构成一种超个性的共同心理基础，并且普遍地存在于我们每一个人的身上。

中国人关于龙、凤、女娲、后羿等神话传说，传承并体验着共同的历史暗示力量，负载了许许多多的"象外之喻"和"言外之意"。文学家对每一个意象的史前背景的同情，就是一种历史意识的形式，在一个迅速脱离过去的文化里，它具有特殊价值。弗莱认为，人类生活有两种对立的形式："人生活于其中的世界（the world man lives in）"和"人愿意生活于其中的世界（the world man would like to live in）"。前者泛指人类实际生活模式，后者专指人类理想生活模式，神话中神的生活原型往往脱胎于后一种生活模式

启蒙时期的人类茹毛饮血，他们却在精神世界中创造法力无边的神祇，试图通过引渡神力去完成人类自己无法完成的业绩，体现出人类发掘自身力量争取生存自由的崇高理想和英雄气概。现代文明环境中的人类更多意

义上是秩序的动物，自小在教育流水线上使用统一的教科书"饲料"喂养长大，思想言行越来越接近同一种模具生产出来的产成品。社会的主流意识是这样强有力地有效控制他们的身心，以至于他们只有在阅读文学作品时才能短暂地摆脱出来，与潜意识作一番对视和亲近。

西方现代文学自象征派以来，正逐渐摆脱实际的表面的存在，走向以人的意识特别是潜意识为媒介的空灵、抽象和流动的精神世界，后工业文化期是对文化蒙昧期三大特点"与生命统一；本能性；符号性"进行一次复归。它具有以下特点：一是以非理性和反理性的形式来表现一种清醒的认识；二是非英雄和人物淡化的倾向；三是大量表现人的痛苦、焦虑和孤独感；四是为了追求人的未来特意回到人类的婴儿时代和蛮荒岁月中去寻找人的本质。这股汹涌的文学浪潮不约而同地复合了当代心理学、文化人类学、美学的学术发展轨迹，印证了集体潜意识理论的深刻和丰富。

文学审美活动的视野，不可避免地搜索神话和宗教，正是后者为文学创作提供了集体潜意识最为丰富的"摹本"。中国历史上正统观念对于神话和宗教的漠视、贬低和排斥，无疑为我们把握本民族集体潜意识的原型增加了难度。对于作者和读者两方面来说，冰山的水下部分——集体潜意识领域，在相当一段时期内还属一片人迹罕至的禁区。

2、文学选择作家，而不是作家选择文学

荣格认为："艺术家不是拥有自由意志、寻求实现其个人目的的人，而是一个允许艺术通过他实现艺术目的的人。"荣格给艺术创作所下的这个定义，与传统的摹仿说、游戏说、性欲升华说、灵感说等等有本质的区别。在荣格看来，作用于作家的集体潜意识，由于它并不隶属于意识的控制之下，因而既不能被禁止，也不能自愿地再生产。这一情绪的自主性表现为：它独立于自觉意志之外，按照自身固有的倾向显现或消失。

一大类作品主要是意识的产物，主题和情节都有着事先预期的计划，它们的效果被作家的意图所限制，并且不可能超越那个限制。造成这一大类作品的原因又可分为两种：一种来自于对集体潜意识缺乏灵感的写作匠，他们用手写他们眼睛看得见的那个世界，他们具有极强的意识动机，按照某种功利的观点进行文学创作，他们最容易使自己的作品成为利益集团的传声筒，或者成为拜金教祭坛前的供品。这些文学作品像桌椅一样成批生产出来，尽管其中有些样式时髦，很能博得读者好感，归根结底仍然不过是匠气十足的杰作而已。另一种则来自于那些具有天赋的艺术家，他们中的有些人不得不向他们的时代低头，写出一些应景之作；另一些人则完全出自于对集体潜意识不甚了了。

另一大类文学作品超越了个人意识的局限，这时候的作家"不是作为个人，而是作为人类的灵魂对全体人类说话。"这时候，作家明显感觉到他的作品大于他自己。"他的作品行使着一种不属于他，不能被他掌握的权利。"作家的主观无法与整个创作过程保持一致，他明白他服从并从属于自己的作品。作家作为个人，拥有自己的喜怒哀乐、个人意志和个人自由，但是在整个创作过程中他却是更高意义上的人，即"集体的人"。在作家表面的意志自由后面，隐藏着一种更高的命令，它蔑视意识，根本不依靠意识的帮助，任性地坚持自己的形式和效果，要求实现自己的目标。它超越了人们的理解能力，读者面对着形式和内容的奇特，面对着只能凭借直觉去领悟的思想和富有含蓄意义的语言，面对着这样一些意象，这些意象由于最可能表现出某种未知的东西而成为真正的象征——那通往遥远彼岸的桥梁。读者完全被这种声音所感动，也忘记了自己作为个人的存在，敞开心灵接纳从内心深处唤起的完全是集体性质的审美意象。

应指出的是，荣格的集体潜意识理论所提出的"作为人类的灵魂对全人类说话"，与社会上流行的口号"作家是人类灵魂的工程师"有着本质区别。后一种观点忽视或否定集体潜意识的存在，过分推崇作家个人意识的主观能动作用，在诠释作家意识时又抄袭了既有的理论和概念，掩饰了个体与集体对立的矛盾，对于文学作品如何才能强烈触动读者心灵这一问题，做出了机械唯物主义的回答。

因此，文学创作实际上与传统的观点相反，作家们深信自己是在绝对自由中进行创造，其实这只是一种幻想。作家们想象自己是在游泳，而实际上是一股看不见的暗流在把他们卷走。

来自作家内心深处的集体潜意识心理，依靠其能量负荷，常常是如此专横，它迫使作家牺牲个人健康，抛弃普通人所谓的幸福，甚至冒着生命危险去完成他心中的作品。它强烈地要求实现自己的目的，而完全不考虑作为它的载体的作家的个人命运。为了行使这一艰难的使命，作家们常常不得不牺牲个人的利益，为实现他们心中的理想，以旁人难以理解的方式付出巨大代价。

在这个意义上，有理由确切地认为：不是作家选择文学，而是文学选择作家。这样提出问题决非意味着作家应该成为心灵感应术的专家。如果作家知识贫乏，经历浅薄；如果作家视野狭窄，感觉愚钝；如果作家面对瑰丽丰富的神话、宗教、民俗和民间传说无动于衷，心如磐石，那么他充其量只能用自己的作品为世界、为生活"拍照"，而永远不能传神。

3、神话、宗教和传说——民族文化的原生血型

深入生活是作家创作的源泉。作家的生活接触面有限，加上有些情况"不便"，他不得而知，再加上有些情况"不便"，他不可能反映在自己的作品中，这样的文学作品当然会呈现出"假大空"的特点，无法为时代承认。中国作家以世界上最大规模的作家群体而勤奋创作，其整体作品的影响力始终差强人意，乃在意料之中。

作家毕竟不是摄影师，仅深入生活是不够的，必须同时强调深入人心。对于文学创作这样一门可以直接探索人类精神世界的艺术来说，深入人心至少与深入生活同样重要，如果我们不是称之为更重要的话。

荣格在论及毕加索艺术时指出，毕加索的创作是一种"非客观艺术"，它不追求与外部世界相吻合而主要来自内心的经验和幻觉，它主要从内在世界中吸收内容。这个内在世界并不与意识相一致，因为意识中容纳的有关对象的意象正如人们普遍看见的那样，在外观上必然符合普遍的期待。毕加索的对象完全不同于人们普遍期待的样子，它们是如此不同，以至于根本不涉及任何外部经验现象，在常人看来几乎不可理解。"它们以一种粗糙的和近似的方式，表达着一种在今天不为人知的意义。"正因为它表达的意义不为人知，它是一种象征艺术，它象征的是不同于白昼世界的一个地下世界。这个世界我们只能隐约感觉到却不可能准确把握到，它具有深邃的无穷魅力。

与人民的"内在世界"相吻合，这乃是作家深入生活、深入人心进行艺术表现的上乘境界，它具有极其重要的意义。当然，作家并不追求在作

品中刻意把对象处理成"完全不同于人们普遍期待的样子"，但是，如果他忽略了"主要从内在世界中吸取其内容"，他将事倍功半，甚至一事无成。

历代文化艺术对待神话和宗教也曾持积极的态度，但这种积极更多的表现在集会歌舞等外部形式上，"古越俗祭防风神，奏防风乐。截竹长三尺，吹之如嗥，三人被发而舞"（《河图玉版》）。历朝多位君王也曾大兴土木修建道观佛寺。迄今为止，除了心理学等少数专业而外，其他领域对于纯属精神活动的集体潜意识的研究几乎是一片空白。

中华和希腊同是古文明民族。公元前 776 年，第一届奥林匹克节在雅典开幕，希腊的精英们以伟大的神明为楷模，在竞技场上展现出矫健的身手和健康活泼的精神，它标志着希腊文化进入辉煌的阶段。而大体同时，东亚大陆上西周王朝最后一位昏君周幽王"烽火戏诸侯"，导致"赫赫宗周，褒姒灭之"。幽王被杀后，平王东迁，内忧外患，王室愈衰，从此拉开了春秋战国时代帷幕，诸侯争霸，战乱相寻，民不聊生。我们不能武断地假设神话宗教以及与此密切关联的集体潜意识对这两个民族迥然不同的思想分野起到了何等重要的作用，但我们不难看出，假如一个民族的心灵缺乏浪漫色彩，假如他们的英雄主义气质和乐观精神长久受到遏制，假如集体无意识总是被忽视被扬弃被严重压抑，这个民族就必定要为此付出重大代价。

神话、宗教和传说是先民一种情感和意志的过程，集体潜意识是一种潜能，这种潜能以特殊形式的记忆表象，从原始时代一直传递给后人，或者以大脑解剖学上的结构遗传给下代。集体潜意识一直维持在意识阈下，直到其能量负荷足够运载它越过意识的门槛，形成一种"拼命要获得表现的深沉预感。它就像一股旋风把一切能够到手的东西抓住，在把它们向高处提升的过程中形成一种看得见的形式"（荣格语）。屈原的辞赋，庄子的散文，李白李贺的诗歌，《封神演义》，《西游记》等作品，越是优秀的作品越是给集体潜意识的潜移默化表现留下广阔的空间。这些作品把人的心理连接成为一个整体并从而深入追寻其基础到人的自然本能和具有普遍一致性的原始心理结构，丰富和深化了对人性、对人的本质的理解，表现出对人的存在的深邃态度。

　　意识不是人类支配思想行为的全部力量。立足于这样的观点就为集体潜意识的意义和作用留出了地位。意识是"自为"的产物，集体潜意识是"自在"的世界。意识的变化性强，往往与当时的社会经济文化结构相适应相合拍相统一，而集体潜意识反映人类自身的基本法则，具有相对的独立性和稳定性。我们既可以将集体潜意识视作为一种共时态的空间的心理结构，更应该将其视作为一种历时态的时间的心理结构。

　　集体潜意识集中体现在优秀文艺作品当中。集体潜意识理论的提出，为人类尤其是为文学家更好地认识"自我"提供了广阔的视野，促使展开对于人类深层心理的研究，引导作家打破时空分割，生命的彻悟与宇宙融为一体，谋求进入天人合一的永恒的艺术境界。文学作品对于爱情的描写常常极尽人间喜怒哀乐之能事，如果上溯到生殖崇拜"原型"再返回到自己的作品中来，知其然并且知其所以然，作家对于自己作品的把握就能够超越个人意识的局限，能够较好地敞开心灵接纳"从内心深处唤起的完全是集体性质的审美意象"。

　　对神话、宗教和民俗开展研究，重视剖析"人类远古社会生活的遗迹"，批判继承"重复了亿万次的那些典型经验的积淀和浓缩"……在 21 世纪到来之际，如果作家们不是这样的提出问题和认识问题，就有可能再次与机会失之交臂。

简单程序

1

这家电脑游戏室设在电影院大厅里，像所有游戏室一样，电脑模拟射击声、汽车轰鸣声、打斗声……震耳欲聋。十几岁、二十来岁的新人类个个专心致志，在荧屏前为自己的事业奋力搏杀，每一次胜利都带来心理上的充分满足，而每一次失败充其量只是损失几个筹码，"毛毛雨啦"，战斗者精神上是只赢不输。我的目光扫过一条巨幅标语，上书八个怪异大字："你不简单，奖金三万"。又是巨奖揽客，又是一家游戏软件厂商在推销脐带未脱的新款电脑游戏，我无动于衷地想。

离开游戏室不久，我重新返回来了。电影正片开映之前，又在播放那部老掉牙的南极冰山纪录片。自去年以来，无论我看哪部影片，都要先和南极冰山来一次正面相撞，弄得我大倒胃口，苦苦等待不邀自来的纪录片寿终正寝虽是坐在松软沙发上却是度秒如年竟比攀登十遍冰山还要劳累。我决定逃避片刻，抽空来欣赏一下在三万元的鱼钩上，善于大斗揽金的游戏软件厂商此次放了一片何等出色的诱饵。

这是一个叫做"简单程序"的电脑游戏。已有两位头发染成烟草黄色的新人类先我一步投币入座，其中一位英俊男士左耳垂上还晃动着一只亮晶晶的金属耳环。他俩面无表情，一声不响，迅速进入角色。不消片刻，我在一旁便初步掌握了游戏规则，电脑随机给出不同场景不同经历不同遭遇，玩家自主选择所作所为，在每个得分点蜂鸣器便响一次，由电脑判断你是"简单程序"或是其它。

根据规则，玩家如果获判高级程序，可以赢得游戏生产企业 SF 公司巨额奖品和免费出国旅游机会，价值三万元。

耳环男士两人屡战屡败，不一会儿便接连退下阵来。他俩心平气和，

9

嘴里嘟囔了一句：肯定是给火星人考试的版本。我在一旁看出了一些道道，自告奋勇上前试试我的运气。

连试几次。第一次是夜路遇匪，我选择"持枪自卫"，"挑灯报警"，"逼追穷寇"。电脑一本正经地核算了半天，最后判决"简单程序"。

下一次是竞选公职，我变得谨慎起来，心里不停揣摩着电脑的那些歪门邪道，变着法子与电脑兜圈子，出乎意外地选择了"巧舌如簧"，"贿选霸选"，"出尔反尔"。电脑愣了片刻，似乎是被我的勇气吓阻了，但最后还是邪不压正，向我亮出了"简单程序"的得分牌。

最后一次是蒙受冤枉。一见此题，我心中暗喜，在我不算太长的一生中，体验最深的就是不明不白地一而再、再而三地被人冤枉。植树造林反被冤枉盗伐，放生牛羊最后却被反诬偷猎虎豹，最令人难忘的是有一次我在大街上拾到一只迷途的哈巴狗，这可怜的小东西饿得步履踉跄奄奄一息，我出于恻隐之心给买了鹅肝粉肠之类宠物大餐，把它喂足了饮饱了从地狱之门领回来。正当我牵着它信马由缰寻找它的回家之路，可巧遇见主人一伙迎面寻来，不由分说便诬陷我是偷狗贼，最可气的是那只畜生为虎作伥翻脸不认人立刻冲着我这个大恩人又扑又咬，把我的裤脚全部撕烂，我只好委屈万分落荒而逃。鉴于这一系列有益经验，我不禁"怒从心头起，恶向胆边生"，我一口气在游戏机上选择了"出尔反尔"，"忘恩负义"，"倒打一耙"等几支恶签，顿时荧光屏上天雷地火一片混乱，结果当然还是"简单程序"。

耳环男士看见我惊世骇俗之举，当即援引我为同志，劈面递给我一张名片，告诉我地址上的那个人是文身大师，可以在我身上画最新最美的图画。我说我想在眼球上文一千美元图案，这样我在观察这个世界时便会感到心里舒服多了。"没问题"。耳环男士说。

我悻悻败下阵来，但是外表静如处子，完全不动声色，在公共场合这是最最重要的品质，无论是手枪逼在你的额角上，还是泰山鬼哭狼嚎地崩于你眼前，你也许心头像揣个兔子突突抖个不停，但是表面文章一定要做好，你必须做到镇静大方，斯文不乱。不然你就完了，没人看得起你，你从此一文不值。我把不服气的感情深深隐藏在心底，转身来到游戏室那条大标语下。摸出钱包来买下一组 SF 公司光盘，准备回家继续联网操作。

根据游戏规则，在游戏室玩和在家里玩一样有效。我抬头又望了标语一眼，也许我并不是冲着奖金来的，不过，有机会赢得 3 万元，也算不上是件坏事呢。

　　电影是这么个东西，它高潮迭起就像一壶劲头十足的二锅头源源不断地灌进观众由于惊讶总是张开的嘴中。看完电影，我大步流星走出影院，立马觉得鼓楼广场上熙熙攘攘的人群太过平庸，恨不能当场撞见一伙匪帮惹是生非然后冲上去打他个人仰马翻。好莱坞惊险大片近来多是同一模式，主角不明不白蒙受冤屈，身陷绝境，完全依靠个人奋斗，克服千难万险，在鬼门关进进出出几个来回，才终于战胜邪恶。正义战胜为观众带来了巨大欢愉，簇拥着他们心满意足地步出影院，凭空增添一番精神胜利的喜悦。影片结束后，观众的情绪波动曲线，一般在十分钟内趋于平静并恢复原状，而心理暗示和对潜意识的影响则是长久的。

　　"男主角的腿法，"同行的武警陈排长啧啧称赞不已，他身材单薄，貌不惊人，又穿着便装，活像名外地大学生，但是千万不可小觑了此人，他是省武警总队的格斗冠军，现在外面培训班学习，所以行动比较自由，"几组踢腿出神入化，一定要让弟兄们都来看看。"

　　走到鼓楼医院附近，人流拥挤起来。我俩走走停停，皱起了眉头。人行道原本宽敞，密麻麻放上长长一排自行车，路面缩小了三分之一，再加上个体水果店鲜花店小吃店杂货店一起违规，明目张胆扩张到马路上来，挤占路面经营，迫使来往行人像走羊肠小道一样弯弯曲曲彳亍慢行。市区大道的路难行现象由来已久，市民怨声载道，新闻屡屡曝光，猛烈抨击说"八个大盖帽管不了一个破草帽"的现象实质上是腐败。可是说归说，做归做，问题依然故我。

　　"先生，厂方赠送……做广告的，不要钱。"一件精致包装的衬衫突然塞到我面前来，一名贼眉鼠眼的男子怀抱着四五件同样的衬衫，从梧桐树后面一闪出现在眼前。他热情洋溢地紧盯住我，脸上堆砌着假笑，仿佛他已经在这里苦苦等我一个世纪，这才终于把我盼来了似的。

　　我瞪了这小子一眼，一句国骂火山爆发似的从心底汹涌喷出，到了嘴边被我强压下来。多乎哉，宵小也。这几年骗子们在古城南京不断更新鬼把戏，近来花样更新纷纷在街头以赠送物品为名，设套骗人钱财。鼓楼售票处北面有座二十来平方米的店面不知怎地中了头彩被各路骗子相继看中，一茬一茬地盘踞在此地做那见不得人的勾当。取缔一批，立刻又来一批，前仆后继，事业的接力棒一代一代往下传。一般来说，骗子们专业眼光还算很准，物色的对象多是进城的农民或身单力弱的老人，而对我这样脸色冷峻的城市大汉从来是敬而远之，井水不犯河水。更何况我每天上下班一日四次路过此处，骗子脑袋就算是实心木瓜也该被阳光月光烙上路人的一个鲜明印象了，他实在不该来招惹我，尤其是在此时此刻。我偏过脑袋仔细端详那男子，捉摸着他大概是新入伙者道行太浅，不然的话就是他整整一天没开张走火入魔，急于建功立业不择手段尽快捕获一个俘虏。

我用一个眼神及时制止陈排长，他会意地走开了，悠闲地踱入邻近的酒店，在大厅里留神我的一举一动。我心底浮起一个活蹦乱跳的念头，我仿佛也是等了很久才等来了这个机会似的，不肯轻易放过。这时离电影散场尚不足十分钟，这种恶作剧心境也许是美国大片影响力的滞后反映吧，谁知道呢？

我贪婪地盯着衬衫，两眼放光，一把接过来，爱不释手地上下打量，连声说谢谢。我意犹未尽，挑挑拣拣从那男子手上换过几种不同色彩的衬衫，终于心满意足。紧接着，戏的第二幕开场，四五个男男女女不知从哪里冒出来，团团围住我，众星捧月似的簇拥我进入那屋，要我签名并参加摸奖。

我迅速进入角色，完全听任他们的摆布。身边几个家伙，从那不合尺寸的蹩脚西装，从那滚石头般的方言，一眼可以看出是不务正业的外省农民进城来发洋财。我顺从地在簿子上签下俄罗斯国防部长的名字，我把"伊万诺夫"四个字连写成花体，无人能识，博得一片称赞声。我在摸奖箱中恋恋不舍地精选了半天，犹豫不决抓出一个阄来，打开一看，我又中了头奖。

我乐得嘴也合不拢了。两双高级皮鞋和一条全毛毛毯奉送到我面前，央求我如数收下。那男子郑重宣布我是特大福星，全屋一起热烈鼓掌。随后，压轴戏终于上场，那男子解释说，衬衫是白送的，不收钱。奖品嘛要酌情收取成本费用，"很便宜的，550 元。"一名歪鼻子妇女怂恿我赶快掏钱，她低声泄露说，在新百商店这几样东西至少值 2000 元。

我欢天喜地伸手入兜去掏钱，只摸出几枚零星硬币来。我十分内疚，把所有口袋一起摸遍，才凑足十来块钱。我为自己没把全部积蓄兑换成现金带在身边以备不时之需深感遗憾，我看见周围一圈人眼睛中的光芒迅速黯淡下去而羞得无地自容，我太让人失望了，我完全辜负了周围绅士淑女对我的一片热切期望，我恨不得挽起衣袖当场卖血，以换得钱来，挽救这一巨大的损失。

理所当然地，他们拒绝了我提出的让我先抱着"奉送的"衬衫回家，然后取钱来赎"奖品"的建议。

紧跟着，他们异口同声地宣布，即使我放弃衬衫放弃一切奖品空手走人，也是万万不可同意的。"奖品已经开出来了，厂方规定不要奖品不行。"折衷的办法是我丢下 300 元损失费，才能完身而退。

两三名男子若有所思移步到了门前，把守住唯一出口。歪鼻子妇女看似不经意地捉住我的衣襟，防止我突然脱身逃走。她出于好意低声地劝诫我识相点，这屋里有几个是两劳人员，下手很黑，千万不要敬酒不吃吃罚酒。在这个世界上，该低头的时候要低头……

正当她把劝世书诵读到这一篇章的时候，她的没有闲着的手从我衣袋中飞快地摸出我的中文寻呼机，闪电般交给那男子。

那男子把寻呼机放在手心掂了掂，仿佛是收废品的行家在估计一块废铜的重量，然后宽宏大量地宣布还我自由。只要我回家取来足额现金，这个世界顿时化干戈为玉帛，一片光明。寻呼机嘛会立刻回到主人身边。那衬衫和奖品从此以后将和我不弃不离永远相伴在一起。

我当时一定是财迷心窍，沉溺于中了头奖不能自拔，竟然不舍得拔身离去。我眼角观察周围，揣度一下形势，发现两名汉子手背在身后握有家伙，那男子从桌上拾起一柄大号水果刀，有意无意地一会儿打开一会儿合起。敌众我寡，敌强我弱，我判断刚才那部美国电影宣扬的个人奋斗此时此刻对我来说并不合适，于是我假装挠头，发出了信号。

一阵风似的，陈排长冲进店来。门口一个小子伸手去拦他，被他捉住手腕连转身带使绊子一气呵成横着重重摔趴在地上，那小子连一声也没吭就安静下来。一个黑大个子勃然变色，从身后提起一条铁棍，劈头盖脸向陈排长砸去，陈排长闪身躲在柜台后面，只听见玻璃稀里哗啦碎了一地。我冲着大个子屁股猛踹一脚，黑大个子一声惨叫跌倒在他自己造成的虎齿狼牙般的柜台尸首上面鬼哭狼嚎，黑脖子深深卡在锋利无比的碎玻璃中间动弹不得。我还没来得及乐，一只皮鞋狠狠砸在我太阳穴上，我顿时眼冒金星，犹如站在火山口看见地球在呕吐，通红的岩浆乱喷。我不管三七二十一抓住身边那个偷袭者的头发打出一记重拳，我听见歪鼻子婆娘呻吟着倒下。

短短几分钟，这一屋子人向别人赠送衬衫和颁奖的热情被无情地扑灭了。陈排长的拳脚和胳膊肘对这些家伙自尊心造成的伤害，远远超过了对他们身体的打击。陈排长像绞肉机的绞刀在屋中只转了一两圈，满屋子人全倒下了。我很怀疑其中有几个人并非是被打倒的而是活活吓晕了。我从倒在桌下的那男子手心中掰出我的寻呼机，收回我衣袋。然后我俩反锁上房门，顺便借用公共电话通知 110 巡警，告诉他们此地一间房屋里可能有人需要救助，这些人敲诈别人未遂，使用绷带时建议不用医生的方式而用狱卒的方式。

我俩及时地在警笛响起之前离开，美国电影的启示还是很有借鉴意义的，比如尽量减少和警方之间的接触就是个好主意。

回家后打开电脑上网，放入"简单程序"光盘。我要把今天回家路上发生的这件事输入电脑，看看游戏软件公司如何评判。

我上网连通 SF 公司站点，按照要求输入我的身份证号码，信用卡号，驾驶证档案编号以及其他种种相关资料，我一边操作，一边纳闷为什么游戏软件公司对个人的这些资料统统感兴趣。我随后进入标准游戏框架，按照提示一一选择对应的行为模式。游戏设计者的意图非常难以捉摸，总是提出一系列古里古怪的问题，例如"假如采取行动不加分，束手旁观加两分，你会选择哪一种？""如果可以再来一次，你会选择：（a）视若不见（b）报警求救（c）妥协解决（d）同流合污"等等。

各节点蜂鸣器接二连三响个不停，最后点击"结论"键，电脑按照设计程序进行复杂运算，结果是"简单程序"。在理由一栏中，特别注明："参见高级程序理由"。

几天后，又有一件事情被我用心记录下来，上网提交给"简单程序"游戏软件公司评判。

我有幸来到一家区级法院的法庭上，作为一名医生遗孀的代表，与一家银行的法律顾问进行交涉。

事由比较简单：医生遗孀从一家巨无霸规模的大银行取出当月抚恤金200元，其中一张百元大钞在她使用时被发现是假币，并被没收。医生遗孀的月收入本来就十分菲薄，这一下无缘无故失去了一半，她当然不肯善罢甘休，多次与该银行交涉无效，她一怒之下诉上公堂。

银行的立场简单得有趣：银行不会接受也不会输出假人民币，这种事绝对不可能发生。银行过去没有、今天不可能、将来永远无法想象对此类案例做出哪怕是一分钱赔偿。

基于银行方面十分顽固的立场，前一次法庭调解宣布流产。老妪的律师在向我陈诉案情时抱怨说，银行自以为是金刚不坏之身，认定假钞这样的低级错误只可能属于顾客。一百次错在顾客，一万次一亿次错全在顾客，银行永远是零次错。这种绝对化的说法实在不可思议。律师摇摇头抱怨说，对方的法律顾问简直就是一块茅坑石头，"冥顽不化，这次你来试试。"

乍一见面，银行的法律顾问果然就给我留下了难忘的印象。他三十来岁，高大健壮，风度翩翩，傲慢自信，大概是意识到自己在法庭上代表的是国内最大一家国有商业银行，这家银行以国家政体为强大后盾，而对手只不过是一名孤立无助的八旬老妪，双方的实力太过悬殊，他未免有点儿矫揉造作，处处流露出"杀鸡用牛刀"英雄无用武之地的自我怜惜。他在法庭上对老夫人彬彬有礼，但是从他不可一世的傲慢态度中过滤出的有毒物质，足以须臾间杀死老妪，一举消灭我和法庭上所有的人。

这是第二次法庭调解。法官和书记员落座后宣布开庭。老妪一方同意庭外和解，条件是银行赔偿一百元人民币的损失并承担诉讼费用。银行法律顾问断然拒绝原告的善意，他坚持要把官司打到底。他啪地打开一本精致的羊皮写字簿摊在面前，微笑着说："结果只能是一个：对方无条件撤诉。"

　　我从文件夹中取出几份报纸摊开，随同复印件分别呈送给法官和书记员，同时也递给银行法律顾问一份。这几份大陆权威报纸披露同样一个信息：台湾不法之徒最新高仿真版本的假人民币近期在国内发现，"这种高仿真纸币连银行仪器也能骗过，只有通过放大镜观察领袖的眼珠才能分辨出真伪。"我用荧光笔把这几行字统统涂遍，极为醒目。

　　我提醒在场各位人士注意到我提供的资料上的一段叙述，九十年代伪造的百元美钞"超级美元"以假乱真，连华盛顿财政部的秘密检察员在检验时，最初也误以为假钞是真品，联邦储备银行的验钞机也顺利放行。我耸耸肩，我的意思十分明确，随着电脑技术突飞猛进发展和假人民币制作技艺的精益求精，我怀疑一般消费者是否能够承担得起单兵识别假币的责任，"尤其是坐在你们面前的这样一位可敬的老太太，她年事已高，分辨二元纸币和十元纸币已经感到吃力。"

　　法官向书记员耳语一番，书记员倒了一杯茶水给老太太，我意识到，这是一个潜在的友善表示。老太太紧张得要命，连声道谢，然后赶紧戴上眼镜继续阅读我给她的那些材料，仿佛她不是为一百元人民币打官司，而是在处理一笔巨额金融纠纷，假如她不能全神贯注，官司就会输掉而且国民经济将要蒙受无法挽回的巨大损失似的。

　　银行法律顾问草草浏览一遍我提供的资料便丢下了，手指间摆弄着黑色签字笔，一正一反地轻轻敲击放在羊皮写字簿上的那几张纸，表现出优雅的漫不经心和充满信心的镇静，他无所谓地在等待我把话讲完。对于我这样名不见经传的小律师，他根本不屑一顾，完全不把我放在眼里。事实上如果他知道我不过是一名取得律师资格的兼职的法律顾问，他很可能会从头到尾一言不发，以此来保持他的自尊和优越感的完胜。

　　我陈述完了，法官示意对方进行陈述。银行法律顾问有意拖延了一会儿，确保他的这种怠慢造成了令他满意的致人窒息效果之后，才用两个指尖捏着报纸和附件的一角，高高地在空中来回晃荡，仿佛那是几张湿淋淋的底片，他在等它干透以便向世人证明：只要银行愿意，就随时把我这个蹩脚的法律代理人买去做奴隶似的。

　　银行法律顾问使用了一种慵懒的声调，这使他更加贵族化和高高在上。他慢条斯理说，他用许多时间研究过各种版本的假人民币，对于假币制作史有一定了解。他打开一本画册，里面影印着各个时期印制的假币，有台湾的、香港的版本，也有内地的和境外的假币。他承认说，一些假人民币的印刷质量相当接近或者已经达到了真人民币的印刷标准和水平，"我们在此地不便轻率使用'超过'这个词，尽管事实上使用这个词已经毫不过分。"他风趣地笑了笑，补充强调说，"然而，这并不意味着银行方面的态度有一丝一毫的变化。恰恰相反，银行方面坚持认为，即使假人民币制作得跟真人民币一模一样，一旦发现假币，仍然必须按照假币处理。"

我一言不发，沉默得像一尊雕像。我早已预料到对方律师的立场和观点不会有任何变化，我俩在开始半小时的法庭陈述过程中，各自把理由复述了一遍，就像下围棋时两名棋手落子如飞，在布局阶段走出许多定式，下面我企图走出一些变化。

"我的当事人接受了一张假币，从这个意义上说，她是一名利益受害者。"我说，"银行后来又没收了她的假币，她的利益又一次受到了侵害。假若这张假币来自银行系统之外，比如说收购旧家电的小贩呐，尚且另当别论。问题是这张假币恰恰来自银行，来自她最信赖的一家金融机构，这给了她第三次打击。银行方面矢口否认有此过失，对此不肯承担责任，这就构成了第四件错误。我们是不是还要制造出第五、第六件来呢……"

"你错了，先生。"银行法律顾问斩钉截铁地说。"银行不可能发出假币。"

"你指的是银行从来不发出一张假币呢，还是在很少的情况下偶然会混杂一张假币呢？"

"银行不发出假币。"对方不肯接招。只是小心翼翼，按照既定口径，斟字酌句。

"不发出假币，前提只能有一个，那就是这家银行的每个部门每位工作人员每架仪器在每个时间都能确切认出什么是真币什么是假币。"我注视着对方的眼睛，控制着讲话的节奏，说，"我曾经在养鱼场工作过两年，拦鱼篱笆如果漏出一条鱼来，从理论上说，鱼群就能够全部逃走。"

我冲着法官点头示意，打开记事簿，取出几张百元版人民币，摊放在面前的桌上。我特意告诉银行法律顾问说，我的这种做法，事先已经征得了法庭工作人员的同意，然后我请教说："我请这位先生告诉我，他是否能够认出哪一张或者哪几张人民币，有问题？"

银行法律顾问怀疑地盯着我，不知道我在玩什么花招，他异常艰难地偏过脸来，审视那些货币一眼，半晌不说话，仿佛他一说话，这些真真假假的纸币就会变魔术般的化成剧毒的巨鸟蜘蛛扑过来，送了大家伙儿的性命。

"不，这里不是检验假币的场所，我也没有义务回答这个问题，实在对不起。"他狡黠地眨眨眼睛。

"如果银行方面回避这个问题，我认为，"我一字一顿地说，"恰恰证明这个问题本身难以回答，或者是回答者心中没有把握。事实很清楚，这位先生在鉴别纸币真伪方面，无论是理论还是实践，要比我的当事人强出许多。"

"啊哈，你误会了。"银行法律顾问立刻改换态度，轻松地笑了，他冲着我点点头说，"我十分乐意效劳。"

他捏起那几张纸币，分别抖动，侧耳聆听，仿佛他是旷世功勋的纸币考古巨擘，或是货币分析学的鼻祖，能够在窸窣的细微声响中，洞察人类货币史的过去、现在和未来。他一一检查钞票的水印，煞有其事地用指尖摩挲盲文和数目字，又细查防伪金属线的位置和宽度，他只差没有邀请纸币上的领袖亲自开口说话为他举证了。

最后，他终于从高级公文包中取出一台电子验钞仪和一只高倍数的放大镜。

我客气地拦住他。"据我所知，一般市民随身物品中，似乎不包括这两件东西。"

银行法律顾问犹豫了一下，附和说同意我的观点。他声明他不过想重点审验其中有问题的两张纸币，"这也是对你的要求负责啊，不是吗？"

我承认说，这是一个很漂亮的理由。

银行法律顾问把那两张令他疑惑不解的纸币相继填进电子验钞仪中，警灯没有闪烁，警铃也没有骤然响起。他显得有些失望。他进一步把剩下的纸币一一塞进去，电子验钞仪像一块砖头那样毫无反应，自始至终恪守"沉默是金"的古训。

他阵脚丝毫不乱，抄起高倍数放大镜，移近到窗口，像观察指纹似的，仔细察看纸币各个部位，他看了如此长时间，花费了如此大的气力，有一刹那我甚至怀疑他是在计数每张纸币的纤维多少，以便得出一个权威的鉴定结果，好一下子把我这个不怀好意的火力点彻底打哑。

开始他犹豫不决，最后他模棱两可地说："如果我是你的话，我就不接受这两张货币。"他模糊地指了桌上一下。

"这两张是不是假币？"我紧追不舍。

"有这种可能性，但是话也不能说死……"

"法庭对面就有两家银行，下楼就到。其中一家恰好就是阁下为之服务的那家银行的分行。"我提议说，"银行营业部主任是我幼时的邻居，来法庭之前，我曾经与他寒暄了一会儿。他不会拒绝帮我们一个小忙。我想，我们立刻就能明白，银行的这道关口是不是水泼不进，针插不进？"

银行法律顾问正视了我一眼，觉得我特别危险，他应该认真对付。他眼中的不屑神情消失了，取而代之的是一股浓浓的敌意。他眯细眼，似乎正忙于把我套入瞄准镜中，一旦我的身影落在十字线中间，他就要忙不迭地扣动扳机似的。

"你要证明什么？"

"银行储蓄工作人员的反应。还有银行仪器的反应。两点都要写进法庭纪录。"

银行法律顾问长长吁出一口气。他不愿发生在他身上的事情，再在银行里面重演一遍。一旦出现尴尬局面，他无法向雇主交待。他摇摇头说："我无法奉陪。"

"既然如此，那么，银行方面怎么自圆其说，从来不发出一张假币呢？"

"假如技术上不能说是百分之百，在主观上银行已经做到了百分之百。"他迅速站稳了阵脚，修补他防线上可能会出现漏洞的铁丝网，他说，"银行做了它力所能及的一切。"

"我同意你的这个观点。"在前一回合取得进展后，我不想与对方再在鉴别问题上继续纠缠下去，我准备在责任这个问题上，再拉一拉老虎尾巴，同时在他的破绽和伤口上撒一把盐。"如你所知，同样是假货，买到假电视机的人得到社会同情和支持，被伸张权益，双倍赔偿损失。得到假币的人处境就大不一样，被当场罚没，全部损失自己承担。"

"在假币问题上，国家也是受害者。"

"从理论上讲，如果每一张假币都被罚没，国家的损失可以下降为零。但是得到假币的人的损失，依然是百分之百。"

"实际上，每一张假币被罚没，是不可能的。"

"当然，"我完全同意对方的论点，我说，"每一个市民都认识到货币识假拒假反假的困难性和艰巨性。既然国家是货币的发行者，又是执法者，在打击假币制作和贩卖方面，就应当承担起双重责任。国家的确也这样努力做了，可是，在一般的场合下，处理市民手中的假币仍然使用的是简单"一刀切"政策，统统没收。我认为，在有些场合下，银行可以负起更多的责任来，不应该使受害者二次受害。"

"怎么说？"

"譬如讲，居民主动送验货币，在说明假币来历情况下，酌情收回假币，换发真币。"

"目前做不到。"

"国家既然是发行人民币的唯一机关，它就应该提供一个与当前货币流通状况相适应的环境。国家应该承认，假币的受害者有权为自己的权益进行索赔。"

"这太荒唐了。"银行法律顾问反唇相讥，说，"我们毕竟不是生活在未来世界，到了公元 3000 年，那时候货币可能已经消失了，所有的价值也许会通过刷卡来转移。在此之前，你必须现实一点，不能脱离现实来谈如此敏感的问题。"

"在这个法庭上，这更是个十分现实的问题。"我说，"一百块钱，中华人民共和国目前发行的最大面额的一张货币，在市民拿到手时变成假币。银行有责任，但是想赖掉责任。"

银行法律顾问同情地望着我的当事人，老太太被我们针锋相对的争论吓住了，她眼泪汪汪，假如当时她再拿出一百块钱来，就能够止住我俩之间的争论，我相信，她一定会毫不犹豫地这样做。

"受害者也有责任。"银行法律顾问强调说，"漫不经心，无所谓，侥幸心理，鸵鸟主义，实际上为假币的流通提供了温床。"

我的血开始往脸上涌，在我眼中，银行法律顾问的形象渐渐变成了一架冷酷无情的机器人，他机械地千篇一律地重复着陈词滥调，站在一个靠不住的理论掩体后面，不顾事实发生了多么大的变化，仍以不变应万变，企图依靠强势地位再次取胜。

我料到今天的法庭调解，必然会以这种方式宣告流产。我并没有对银行方面报有不切实际的幻想，我要做的事情是触动对方，用猛烈炮火轰一轰对方后防，全力撞击他们的理论冰山，让他们此时此刻不再感到心安理得。

"很好的理论。"我赞扬说，由衷地夸奖对方，同时虚心地检讨己方，"提到受害者的责任，确实可以罗织出许许多多罪名。这位老太太从不随身携带电子验钞机，也不贴身装备一台军地两用验钞专用显微镜，好把真币假币的分子式结构研究透彻，仅这两点足以充分说明她客观上并不努力。老太太在主观上更是不思进取，既不苦练实练加巧练，培养一双隔墙识字的火眼金睛，又不冬练三九夏练三伏，掌握一副走近假币三米之内立刻目闪电光、口喷烈火的过硬本领。反而在领取区区二百元抚恤金时阴沟翻船，给国家添乱。"

银行法律顾问脸上露出古怪的表情，但是仅有古怪表情是远远不够的。

我继续说下去："一个假货时代已经到来，假货比洪水猛兽还要凶猛千倍万倍，除了侵权光盘对于计算机普及事业做出意想不到的'贡献'情有可原算是一个例外，假酒假烟，假车假桥，假高速公路，甚至假防洪堤，假货处处谋财害命，无恶不作。对于我的当事人，一位白发苍苍的老奶奶来说，要学会与这一切假货打交道，没有专业培训知识和多年的功夫恐怕不行。"

我俯身倾向银行法律顾问，直视他的眼睛说，"先把假币放到旁边不提，在我们两个人之间，可能就有一名衣冠楚楚先生从头到脚全是假的，声势比真的还要吓人：假身份证，假牛皮公文包，假名牌西服，假文凭，包括假牙假发，彻底一个假到底。"

银行法律顾问气得脸通红，通地一声站起来，质问道："你把话说清楚，王律师，不要欺人太甚……"

我故意向身后看看，又四下张望，迟疑地问："谁是王律师？"

　　银行法律顾问气势汹汹，不知我的葫芦里卖的是什么药。他指着我座位前的名牌，斥责道："不是你是谁？"

　　我摊开双手，抱歉地说："对不起，这张名牌是假的。我根本不姓王。我还没有来得及通知你。"

　　对方惊讶地张开嘴。

　　我说，"不仅如此，在你的羊皮写字簿中，关于我的资料记载全是假的。我不是中国政法大学毕业，我是南京大学毕业的法学硕士。我也不是东北汉子，我是地地道道的浙江余姚人。在你的资料中我有一个儿子，那不是事实只是愿望，因为我还没有结婚，女朋友刚见过几次面。至于我在大四时曾经勇斗歹徒立功授勋那一段倒是没错，不过那段经历是我参加学生剧团演戏的情节，实际上一见到别人举刀我就吓得尿裤子。"

　　银行法律顾问被弄糊涂了。他满腹狐疑地瞅着我，从羊皮写字簿中抽出一页身份证复印件，对照着我比较了半天。

　　我说："别白费劲了吧，身份证是假的，身份证复印件还能真得起来吗？"我把一张证明文件递给对方，那上面证明我姓甚名谁，家庭住址，年龄，工作单位等等，连我服兵役后眼睛近视被部队要求提前退伍都写得一清二楚。

　　对方恍然大悟，大梦初醒般的望着我，嘴巴惊得大张开，似乎那张证明文件是一张意大利薄馅饼，他如果不立刻吃掉它，便枉来人世一遭。

　　我劈手夺回证明文件，撕得粉碎说："不好意思，连这份文件也是假的。"

　　银行法律顾问大惊失色。

　　他一时溃不成军。他以反假斗士身份出现，结果他自己既不能识假，又不会打假，他与一名假身份的法律顾问周旋了半天，却始终无法明白对方的确切身份，这一切辛辣地证明他自己既聋又瞎，有目无珠，实在是可怜虫一个。

　　"我控告你'藐视法庭'……"对方低声咆哮说。

　　法官驳回他的控诉，宣布说不成立。事先我已用文字形式向法官陈诉了自己的真实身份和这样做的目的，我的所作所为，虽然遭到了执法机关的质疑但最终取得了法官的认可。

法官宣布此次法庭调解到此结束。

"我有……一个想法，"银行法律顾问不甘心地挣扎说，他看上去像是一只长脚昆虫，不小心被喷了一身农药，顿时行动失常，"我们为什么不同这位可敬的老太太私下谈谈，庭外解决……恐怕对大家都有好处。"

我给法官留下一张名片，表示说老妪的律师愿意就这个提议今后继续接触。

我临走时，悄悄对银行法律顾问耳语说："你可能没有发现吧，其中有两张纸币的号码完全一模一样。"我不等他有任何反应，转身就走。

散庭后，书记员与我在走廊里擦肩而过，他见四下无人，悄悄说，他也受过假币之害，又羞又恼但又无处发泄。他赞许地拍拍我的肩头。

当天晚些时候，我把这段法庭交锋的经过输入电脑，我坦白承认，那几张纸币其实全是真的，是我从当银行营业部主任的邻居那里特意取出来的，"两军相争，勇者胜。"银行法律顾问失败在于他自己底气不足。

游戏结果还是判我"简单程序"。我甚不满意，不停拍打键盘，与电脑争论，毫无结果。

3

法庭调解事件之后，我孜孜追求"高级程序"的心理逐渐淡化了。那个游戏软件不过是提供了饭后茶余一种与众不同的消遣。至于我认真，把它当成一件正经事来做，期望值太高，那是我自己的事，怪不得游戏软件公司。如此一想，我顿时豁然开朗。

随着我与游戏软件的有意疏远，我逐渐淡忘这个游戏节目。我开始恢复原来的我，想说什么话脱口就讲，想干什么事立马伸手。有时候不妨发几句牢骚，有时候故意犯点儿小错误，譬如说看见霸王自行车大模大样横在路口挡路，我路过时会假装无意碰倒它，以示警告。去他妈的高级程序吧，我不稀罕那三万块钱奖金，对于我来说，自由自在地过日子比什么都更舒坦。

后来我又一次干了蠢事，转回到这个游戏中来。不过这也是最后一次，从此以后，我与这个游戏软件彻底 bye-bye。

　　那是这年的晚些时候，一个星期天早晨，天气晴朗，阳光明媚，可是我的内心电闪雷鸣，阴霾密布，因为我起身后不久便发现上周新买的捷安特自行车不翼而飞，让我变得心情恶劣起来。楼下自行车车棚里，在原来摆放那位闪闪发光的年轻王子的地方，应该有一个俊美线条造型和一批锃亮的克罗米镀件来迎接主人殷切的目光，可是现在只剩下一个空荡荡的透明的三维空间，好让我失望的眼神一览无余地在那里闲逛，从容品味失窃的苦涩滋味。

　　这是一年半时间内，我丢失的第三辆新车，全部是捷安特自行车。我喜欢这种轻便高档的交通工具，不幸的是梁上君子们似乎比我更爱我的宠物。为了满足他们的"最爱"，我不得不连续支付了三辆新车的购置费用。

　　我曾经付出努力，企图中止或者至少是延缓这种"掠夺爱情"事件的发生。我试验过各种各样的自行车锁，大到能制服一只恐龙的霸王锁，小到能卡住一只蚂蚁双脚的袖珍锁，我成了车锁公司最受欢迎的顾客，车锁销售经理经常深更半夜打电话向我问候致意，通报最新款式的车锁行情，最后总是不怀好意地顺便问候一下我的新车，打听它们是否健在。如果恰好我的新车与贼人私奔，他瞬间便明白了向我推荐更高级更昂贵车锁的时机已经到来。

　　有段时期我丢车丢怕了，走火入魔甚至开始怀疑捷安特公司是不是有贼帮的股份。我家简直成了捷安特生产流水线上的一个岗位，新车源源不断地进入我家，经过我精心试骑和调整，然后拱手交出。周而复始，日复一日。无论我主观上的感受如何。

　　最近一次丢车，我尤其不能咽下这口气。我在那车锁经理的撺掇下，花费了比买那车还要多的银子，购置了一把"感应—报警—电击"三合一的电子车锁。那确实是一把前所未有的超级"世纪之锁"，据说是用制造航天飞机的材料和技术做成，防剪防撬拨，连合金锯条也不能留下一点痕迹。更令人瞩目的是它具有记录指纹和电子遥传信息功能，它可以同时连通主人家的电脑和派出所的微机，遇有非常情况，它便成了一个指挥中心，"110"警车也得围着它转。但是，智商不高的贼人轻巧地从"世纪之锁"上卸除了昂贵的"口香糖电池"，迂回突破了固若金汤的马其诺防线，新车锁丢在地上，我的新车子失踪了。最令人难堪的是我在拾车锁时产点儿没被它活活电死，我实在不明白为什么那贼人能够从容地完身而退。

从来就没有什么救世主，全靠我们自己。自那以后，车锁经理不断打来电话，我一概谎称"平安无事"。私下里我悄悄联系了几位失窃车辆在三辆以上的黑带级失主，利用公休假时间，在一家停产工厂的机修车间里，潜心谋划，以求一逞。经过几个月的试验和制造，我们一口气研制出几种自行车防窃系列产品，揭开了车主个人与窃车俱乐部大佬之间的战争序幕。

一个风狂雨骤的夏夜，我和那几位铁杆失主集合起来，潜伏在住宅大院里一辆微型面包车上，保持无线电缄默。这种糟糕天气里，市民会睡得很香很沉，对外界音响不敏感，警方巡视也有所减少，因此往往被窃车贼首选为"行动日"。当天晚上我们在大院自行车棚里布置了三辆目标车，清一色是捷安特新款高档车。我们有意把车放置靠近出入口处，人来人往一目了然。在其中一辆的车篓里我还故意放进一只篮球，伪造出学生车的假象，用以麻痹对手，以期降低夜行一族越来越高的"防抓"警惕性。

凌晨二时，一个黑影飘然出现在车棚前方，来的是如此突兀和出乎意料，以至于我怀疑我是否看见了一个鬼魂。我们目不转睛地注视着周围的一切动静，连一只老鼠探出头来也休想逃过我们的监视。可是我们没有一个人看见这条黑影如何接近了车棚，我想，最接近答案的解释应该是他原本就是车棚的一根支柱变成的。

在夜视望远镜中，黑影显出人形，个头中等，短发，走路无声无息，十分干练。可惜人才市场囿于传统模式不会在此时此地举办一场"特别人才"招聘会，否则如此精干的优秀人物一定会崭露头脚，出类拔萃。

他屏息立在原地，许久不动，以至于我动摇了，心想也许自己确实是看花了眼，或者此公又变回为一根支柱。说时迟那时快，黑影迅速移动接近一辆目标车，立刻开始摸索车锁。他的动作十分职业化，充满信心。经过他几个回合的摆弄，他几乎不假思索就放弃了这辆车。快速地向另一辆目标车挪去。

他换了一辆车。他是明智的，我几乎要夸奖他了。第一辆车使用的是厚钢板冲压成的整体车锁，锁芯三个方向开槽，有三排弹子需要对付。这样的活儿对于他这样的职业人员来说，就像厨师烹调鲍鱼一样，有那么一点儿费时费力。而后一辆目标车的车锁对他来说，就像厨师炒一盘青菜芯，你还没有来得及观察，他那里已经手到擒来，万事大吉了。既然如此，黑影还犹豫什么呢。又不是他那个行业协会今晚在这里评比高级职称，他有必要白白炫耀他过人的娴熟技巧吗？不，决不，简单在任何行业都是最高原则。

在第二辆目标车旁，他高妙的卸锁技巧，只有车锁经理宣传这种车锁如何坚固安全的夸夸其谈可以媲美，如果当时我能看清他的面孔，我怀疑我能认出他或许就是车锁经理本人或者是他的得力伙计。他的手指有力、灵巧，没有一个不必要的多余动作，没有一丝停顿和拖泥带水。他一气呵成，像给襁褓中的婴儿换尿布一样，就把车锁经理指天划地信誓旦旦的安全保证和那个钢铁劳什子当作湿尿布给换下来了。他随手把解体的车锁轻轻放入旁边一辆女式自行车的车篓里，动作轻柔缠绵，仿佛是投递一封热恋的情书。

他大功告成了，抬起头来，往大门方向望了一眼。

为暗中配合黑影的行动，进一步加强效果，在我的示意下，坐在副驾驶座上的胖失主假装睡意朦胧咳嗽了一声，又模仿房门咿呀推开声。在我的设计程序中，这一声叫做友情催命声，与传统的"站住"叫喊声有霄壤之别，凡是在夜里秘密进行社会财产再分配的老手，谁肯心甘情愿站下让你来逮住？期待别人乖乖站住的人，自己才是世上最大的笨伯。我设计的程序完全符合实际情况，我的目的就是催促车贼快快骑上偷来的自行车上演一场午夜狂奔，最好是车速超过每小时八十公里，警车也追不上更好。

当然，黑影当时的心情和感觉与我的设计意图完全一致，他偏腿上车，立即启动提速，双脚蹬得飞快。仿佛他的故乡即将在睡梦中被洪水淹没，他分秒必争正在与山洪抢时间比速度，而家乡父老乡亲数百条人命正系于他报信人一身。一眨眼的功夫他已经窜出大院正门，自行车在空无一人的通衢大道上箭一般的向前射去，所过之处积水四溅。前方不远处就是一条四通八达的十字路口，附近小街小巷密布，他只要再过一分钟就可以到达那里，然后，上帝本人下凡也无法找到他了。

我和我的同伴们咯咯笑出声来，对于这种场面感到十分满意。当然我们不是一群受虐狂，不是非要被人偷走自己的钱物而且无法追回才会获得巨大刺激和满足感。我们没有那么傻，我们是一群实事求是的工薪者，不愿意被人肆意掠夺。我开着微型面包车远远跟在后面。前方那家伙带着完胜的喜悦，脱兔一般扬长而去。现在没有任何外在力量可以阻拦他。就差两位亭亭玉立的小姐姐在前方盈盈拉起一条终点线让他飞一般撞线，然后把脸盆大的金牌沉重地挂在他胸前。

离十字路口不远的一根电线杆上，昨天天黑之前我曾用白漆做了一个记号。黑影旋风一般接近电线杆时，坐在副驾驶座上的同伴像巫师一样指着黑影念念有词："倒了，倒了……"

一件不可思议的事情发生了，说时迟那时快，冷不防那辆目标车的"设计"过的链条由于过载应声断开了，这车瞬间失去了动力。那黑影的双脚像江南农人踩水车那样飞快旋转几圈后才发现情况异常而自己是在空踩，车头摇晃不稳，下意识地去抓紧刹车。一只后刹车安全满负荷工作发出尖锐啸叫声令车速艰难减缓，另一只"设计"过的前刹车抓到底之后，却意外地出现了卓别林的喜剧效果，隐藏在龙头旁边的一只喷筒突然火山爆发似地喷出一束橘黄色的荧光油漆，分散粘黏在黑影人的头发、面部、手部和衣服上，令他猝不及防而连车摔倒在地。而事后更令他防不胜防的是这种特效油漆极其难以清除干净，他不得不在今后几天之内与油漆同时在大庭广众中抛头露面，使其在茫茫人海中显得格外醒目和易于辩识。

微型面包车缓缓驶过盗车人身边停下。盗车人伏在地上一动不动，上半身的荧光油漆在黑暗中造成了十分诡异的效果。他难得有这么一个机会冷静下来反思人生，似乎他十分珍惜这个机会而不愿被他人打扰。此地离著名的鼓楼医院只有一箭之遥，但是我们一致怀疑他离地狱可能更近些。

同伴用路边电话拨打"110"报警。在蓝色警灯照耀此地之前，我手持一筒强力胶抓紧时间跳下车去，有意无意地喷了几下，那盗车人的袖口、衣角和裤脚便亲密无间地粘黏在一起，他那一副夜行作业的行头便像神经病院的束缚衣一样勾连纠缠在一起，没有旁人的帮助根本脱不下来，而且也无法行走，对于一名急于逃遁以彻底消失在茫茫人海中的汉子来说，这几乎是灭顶之灾。

我出于谨慎没有为这件"断链——喷漆"产品申请专利，因为我顾忌此项发明很可能导致盗车人种种不测后果，一定会引来国际盗车组织暴风雨般的强烈抗议。假若体弱多病的盗车人被摔伤了，结伴到法院去起诉我，我没有一定胜诉的把握。在自己家里赡养几个断胳膊瘸腿的职业车贼可不是好玩的。

远远听见警笛鸣叫，我们准备尽快撤离。我不愿意在法律地位没有着落的情况下，让我的无专利产品暴露在大庭广众之下。假如有一天，城北、门西几家大型装饰市场忽然大批销售此类产品，盗车行业断臂折腿的人数急剧增加以至于可以单独召开本行业的伤残人运动会，我不愿意承担误导市场消费的罪名。

微型面包车悄然离开，顺便带走了我们那辆立功了的实验自行车。

事后我们怀疑，也许那晚被擒获的是这一地区盗车行业的一位重要的领袖级人物，随后一段时期，针对此地区的报复开始了，盗车活动猖獗，气焰十分嚣张。警方挨家挨户访问，相继发出几份书面忠告书，提醒居民注意防盗，群众叫苦不迭。

在同伴们的强烈要求下，我决定继续试验2号和3号防盗抢产品。此时我的法律知识有了长足的进步，我事先向警方报告了全部行动计划，取得了警方密切配合的保证。我同时向两家保险公司透露了一些行动细节，这两家苦于被自行车失窃赔偿害惨了的公司喜不自禁，争先恐后抢着要当我的产品的独家赞助商，为此他们的代表差点儿互殴起来。

行动的那天凌晨，大院同时被窃走两辆自行车。其中一辆是钛金属制造的进口高档车，全车雪白，这辆车的车主前几天还在嘲笑我，说他的三重车锁都是专家特别设计的，奥妙甚多，没有密码即使车主跪下双手捧上钥匙恳求你把车子偷走，你也只能看着自行车叹气白搭。这两辆自行车都是我们新产品布控的目标车。那天清晨，车子被"他人财物爱好者"骑出大院，刚刚驶出了二百米的电子限控网范围，我床头的警示器便响了，紧接着电脑显示屏自动打开，与失窃车辆有关的数据一栏栏向上方升起。

我从睡梦中惊醒，电话接二连三地响起来，同伴们已经接到电脑系统自动通知的信息，他们纷纷做好行动准备。同时接到报警信息的还有"110"巡警，两辆警车沿途接搭我的同伴上车，"下勾拳"行动正式开始。

我乘上警车时，同伴们根据警方联网的交通监视系统摄像信息，已得知两辆车先后往门西方向去了。这一点与我们事先的预案完全一致。在水西门外大街一带活跃着一些地下团伙，专门从事自行车"盗——藏——卖"

一条龙服务。他们中多是无业游民，又多是外地暂住户口，令警方十分头痛。

警车悄悄驶入水西门外大街。此时是凌晨三时多，街上几乎没有什么行人。偶尔有一只猫不遵守横道线规则斜穿过宽敞的大马路。

根据警方的资料，我们首选四个嫌疑地点蹲点守候。两辆警车无声无息地停靠在一座居民大杂院围墙外面。院内房屋高矮无序，四处大量堆放回收的废旧物品，无从插足，气味熏人。

我打开车内电脑，调出两辆车的资料。同伴打开手机，通过信息台寻呼方式，启动了两辆车与电脑主机的联络系统。我解释给警察大哥听，说是为了节省暗藏在自行车上的电子联络系统使用的高性能电池，我们可依据需要任意开关车身电子联络装置。

立刻，显示屏上出现了一个闪烁的喇叭图像，下面有一排信号条，表示信号强弱。我们一下子全都精神起来了，初战告捷，我们已经侦察到了一辆目标车发出的信号，但这不是那辆全钛车的信号。警车内所有的呼吸开始急促起来。副驾驶座上的巡警根据我的请求升高了位于车顶上的专用天线，我操纵天线缓缓转动，精心捕捉信号最强的方向。两辆警车电脑联网操作，大量数据潮水一样涌来，经过筛选、取舍、再筛选、再取舍……一系列过程，倏地，图像静止下来。显示屏上出现了两辆警车的位置图，一辆在左上方，一辆在右下方，两辆警车各连接出一条射线，在不远处，射线交会在一点。信号正由那里源源不断地传来。

对照手边的平面图，我们发现今晚差一点儿冤枉这座大院的居民，信号源来自大院附近的一幢独家住宅。那住宅毫不引人注目，无声无息，好像从明王朝以来它就一直是这样默默无闻，令人不可捉摸。

巡警喊门，不开，敲门，还是不开。于是警察便用肩膀强行撞开房门，发现房主有充足的理由顾不上开门迎客，地上散乱摆放着大量工具，那辆目标车的前轮已被卸下，再过半小时这辆车就会被大卸八块完全分解，那时候就是失主蹲在面前用放大镜辨认也找不出一丝回忆的影子了。这辆车的电子联络系统约有火柴盒大小，装在鞍座下方。一家保险公司的代表立刻美滋滋地捧起坐垫，不肯撒手。

突然大院方向出现杂乱动静，有人推门鼠窜，在小巷里狂奔，脚步"咚咚"乱响很快消失不见了。巡警返身侦察，发现院内果然有两辆被盗新车来不及转移。原来我们没有冤枉那间大院的住家户，他们并不是非目标车不偷，他们兼收并蓄。

两名警员留下，监督忙碌的房主重新把前轮装回到车身上去。两辆警车继续出发，在半小时内搜索余下的三个嫌疑目标，一无所获。

我乘坐的那辆警车停在一栋建筑物的隐蔽处，四周黑魆魆的，你就是在暗夜中一头撞上这辆黑色警车你可能还是看不见它究竟停在何处。我和同伴们挤在电脑显示屏前，长时间地仔细寻找全钛车的下落。偶尔有下夜班的人骑着自行车从附近经过，夜静极了。

一辆自行车静悄悄地从远处小街路口一滑而过，显示屏上突然喇叭图像闪烁，信号条立即增强到最高点。警车内的人像挨烫似地全部伸长了脖子，追逐那辆自行车望去。第二辆警车位居前方，接到我们的通知后，开始悄悄监视那辆飞驰的自行车，我们的车则提前绕弯，潜伏到下一个路口，执行接力监视的任务。

目标车左弯右拐，轻车熟路，长驱直入，最后驶入一幢深宅大院。警车围着大院绕了一圈，确信只有一个出口，便双双堵住大铁门。

大院内狼犬狂吠。房主应声开门，露面的是一名四十来岁的汉子，面相不善，但是态度随和。他矢口否认有任何来路不明的自行车进出他家，当巡警提出进去看看时，他一口同意了。

小楼三层共九个房间，装饰豪华。保险公司的代表恨恨地想，造房用的银子很可能全是保险公司的自行车损失换来的，那德国地板也许是用五辆捷安特车拼成，客厅晚霞色大理石也许是用十来辆中华车铺成，那只狼狗每周伙食至少要吃一辆高档自行车呢。楼内荣华富贵，应有皆有，就是没有发现全钛车。一名帮工模样的年轻家伙躺在侧房床上假寐，行迹十分可疑。可是没有证据你也不能一把将人家拎下床，指控他做的是一个罪恶的盗车梦。

"误会，没关系，常有的事……"主人宽宏大量地嘿嘿冷笑着，表示理解和支持，准备送客。他很熟练地装腔作势，看起来他曾不止一次顺利地蒙混过关。他脸上浮现出暗自得意的表情，我相信我们退出之后他会迫不及待地在对警方作战记录上再画一个正字，然后倒上一杯美酒犒赏自己。

可这次他要失望了，因为我就是他的"终结者"。临出门前，我从口袋里掏出一个烟盒模样的装置，故意问主人要不要试一试？主人连说不客气，伸出手来准备接受一支道歉烟。当时他如果知道这个装置的实际作用，他一定会奋不顾身像他的护家犬一样猛扑过来一口吞下肚去。我当着房主的面揿动一下装置按钮，立即听见厨房地下传来微弱的电子"嘟嘟"声。

警察循声寻去，经过仔细检查，发现按下大理石台面下的暗钮后，厨房操作柜可以移动，下面露出一间地下室。

室内通道半坡半梯，一望即知是考虑到专业用途。地下室内停放着七八辆崭新的高档自行车，放在最外面的就是一身雪白的全钛车。"嘟嘟"的电子声正连续不断地从全钛车鞍座下传来，此时听来是如此悦耳和美妙。

房主的感觉肯定与我大不一样，他低头沉腰一个箭步往外窜去，四名巡警连扑带堵都没有抓住他。但是，螳螂捕蝉，黄雀在后，两名苦大仇深的保险公司代表早有准备，他们奋不顾身迅雷不及掩耳飞身鱼跃将其扑倒，如果不是警员立即接管把房主给铐了起来，他俩咬牙切齿血海深仇一定会当场给房主全身浇上柏油大动私刑。我唤起假睡的帮工问他为何姗姗迟来，他耷拉着脑袋说，在路上停留片刻看了一会儿黄色录像。

"下勾拳行动"圆满结束，两家保险公司的代表为争夺独家代理我的产品几乎当场火并起来。我挤坐在警车后座，掏出手机打电话给全钛车的失主，问他是否知道他的宝贝疙瘩现在到底在什么地方。电话那头他拿起话筒，睡意朦胧地说："当然在车棚里。"

这一刻真是令人振奋，我感到扬眉吐气。唯一扫兴的是回家后的遭遇，那时睡觉太晚，出门又太早，我索性打开电脑，把夜间精彩一幕输入游戏程序，我期待着一个与以往不同的评分，我想我有资格受到鼓励。程序一本正经地提出问题，对我输入的信息一一给予反应和回音。

最后评分出现了，还是"简单程序"。我冷冷地瞅着显示屏，不想再说任何话，"啪"地一声关上电脑。

4

从此，我远离电脑游戏，过着一个普通人的平常生活。我按时上班下班。按照收入水平购物。看足球然而决不疯狂，输球更不冲砸自家物品。我用心善待妻子女儿，柔声细语，从不横眉立目。我穿戴整齐上电影院和音乐厅。驾车时无论前方交通何其混乱绝不揿喇叭。循规蹈矩在高速公路上开车走自己的道，超车道一直空着也不动心。间或与同事下班小酌，饮酒很有节制。时常给母亲买点小礼品，早上起身积极锻炼身体，等等。我脑海深处的蜂鸣器不再鼓噪。我超然物外，心如止水，不管任何闲事。渐渐地我学会了目睹形形色色现象无动于衷，见怪不怪。现在毕竟是电子时代，与我有关的各种信息随着身份证、信用卡、驾驶证、会员证、借书证、购物卡、信息卡、联谊卡千丝万缕地输入电脑网络系统。我以为电脑游戏程序早已把我忘了，我根本记不清自己把几张游戏光盘扔到哪个角落里去了。

三个月后，我出差去南方。在机场购票处，小姐接过我的证件，仔细核对电脑中出现的提示，她忽然又惊又喜，微笑着通知我说，"请等一下。"不一会儿，航空公司经理亲自出面，兴奋地宣布：根据生产电脑游戏软件的 SF 公司最新通知，我是本季度环球大奖得主，该公司免费赠送给我两张欧洲往返机票，欢迎我出国旅游。航空小姐笑盈盈地手托银盘，款款走上前来，送上一份名牌手提电脑的网络商店提单，这是给我的奖品。

我惊讶莫名，被鲜花和掌声簇拥着迎进机场贵宾室。我大惑不解，不知道自己因何得奖。在飞机起飞之前，我忍不住拨打电话与电脑游戏软件公司取得联系，对方回答说，经过分析汇总各类信息，我的行为确实已经达到"高级程序"。在我再三追问下，对方给我一个网址，告诉我那就是答案。

抵达目的地后，我一头冲进宾馆网吧，第一件事就是打开那个网址。网址上只有八个字，是老子的话："大音希声，大象无形"。

王室

1

过四十岁生日那天，一下子收到两份礼物：单位的祝贺信和下岗通知书。由于工厂效益不好，厂长早已悬崖勒马一律停止赠送生日蛋糕，员工都说应该停送的其实是祝贺信，生日蛋糕奶油芬芳缀满葡萄干还是挺有人情味的。

我慢吞吞拆开信封取出那张粉红色硬质卡片，满纸的诚挚语言像海滩上的砂子一样硌眼，无法看懂。近年来很多同事先后跳槽，工会仓库里的祝贺信大大节余下来，一直堆到屋顶，落款 19**年的祝贺信，可以用到 2050 年。我叹了一口气。

我又草草浏览一遍下岗通知书，扮了一个鬼脸。这种下场早已在意料之中，矿山一个接一个地垮了，矿山机械厂怎么混得下去呢？车间里的机器像一具具恐龙僵尸，长久一动不动，恐怕早已变成化石了。无人要买产品，检验科当然应该首先精简，我这个检验科副科长下岗工资拿到手每月约摸只有三张百元纸币，正好够付儿子的抚育费。本周以来，五十来名下岗的中层干部一窝蜂竞争上岗当门卫，僧多粥少，我败北而逃。

这天我早早回到家，那是唯一接受我也从不拒绝我的地方。公交车路过中华门外长干桥的时候，桥边求职的外地民工密密麻麻，约有千把人。民工们个个身强力壮，渴望的目光紧盯来往行人。我不由地大为泄气。廉价劳动力从农村洪水般大量涌入城市，城市下岗人员越来越多，倒是意外地实现了这个社会的一个早期目标，"缩小城乡收入之间的差别"。

我双手托在颈后倒在床上，谋划我的后半生。我的四十年经历是一只不涨只跌的股票，让那些对我寄予希望的人跌破眼镜。天花板一角的水渍像一只居心叵测的章鱼趁我不注意近期以来一直在悄悄扩大它的地盘，提醒我这栋二层小楼必须交给那些讲话粗声粗气但是干活麻利快捷的维修人员占领一段时期。与这些人打交道你得抓紧钱包，我的问题在于即使我慷慨地交出钱包献到别人面前，只会引起别人更大的失望。

墙上的镜框里，一名男孩正冲着我微笑。我叹一口气，我的失败是双重的，离婚以后儿子归前妻抚养，住到城东外婆家去了。我每月送抚育费的时候可以前往探视儿子，那时我的感觉就像别人前来探视牢狱之中的我。在证券公司占有一个很好职位的前妻对抚育费的重视程度明显超过对我的兴趣。我相信假若有一天我扮成一只豪猪前往送抚育费，她也未必会发现有什么不同。九岁的儿子对我恋恋不舍，前妻似乎也有意思愿意把儿子交给我来抚养，听说证券公司大户室里有一位拔地倚天的千万富豪追她追得很紧，每天送花。但是前妻在交割儿子这支股票方面有一个附加条件，她要"用人换房"。我犹豫不决，假若我把这幢父母留下的二层小楼拱手交出去，我不是真的成了无家可归的豪猪了吗？

我抓起枕边的一本书扔出去，把窗台上歪头瞅我的一只小鸟吓飞了。那只小鸟是我家的常客，飞进飞出从不拘束，我写字时它常常落在纸上跟着铅笔尖跳来跳去，时不时轻轻啄我手背一口，仿佛它自封为书法裁判为了我的一时笔下疏忽在惩戒我。今天这只小鸟如同看见陌生人一样警惕地盯着我，我下岗了难道前后变化真有这么大吗？

敲门声响起。沉思中的我有些恍惚，没有及时回应。

敲门声停歇片刻，顽强地继续响下去。我从床上一跃而起，在穿衣镜前抚顺乱蓬蓬的头发，镜中一名中年男子愕然地注视着我，眼睛不大但炯炯有神，中等身材，单眼皮薄嘴唇，鼻尖微钩，身材健壮但是神态有些落魄。我就带着这副面貌打开门，让门外两位知识分子模样的陌生客人进屋，事至于此，谁还会注意我的第一印象呢。

但是我错了，来客似乎十分注意我的第一印象。两位客人都是五十来岁年龄，书卷气十足，他们自称是南京水质研究中心的工作人员，"这一带居民反映水质不佳，前来取样调查"。我耸耸肩，指明我家水龙头的位置，听任他们采集水样并用各种试剂进行试验。自己立在一旁懒懒地旁观。

两人不时偷偷地注视着我或者干脆合谋从不同方向用犀利的目光把我牢牢罩住，令我有些忐忑不安，似乎我曾经建立了一家地下制镜托拉斯把几十吨废水银偷偷排放到南京土壤上然后匿名负罪潜逃。

我为二位来客倒茶，事前特别请示一番："热水瓶的水要不要先化验一下？"

来客神情缓和下来，坐下，微笑着摇摇头。

花白头发的老知识分子首先开口，谈话内容涉及长江污染、生活用水、市民健康并顺便打听了我的近况，就在谈到都江堰功垂千古和三峡大移民的时候，戴眼镜的老知识分子指给他看格物架上的那只梳头盒。

我为他俩把梳头盒取到面前，老实解释说，这劳什子模样古旧虽不中看但是来路光明正大，它是祖上一脉相传，并非偷盗的赃物也不是当代造假集团苦心孤诣作伪的产物。

两位来客饶有兴趣，翻来覆去仔细端详。这只梳头盒有一本《辞海》大小，外观酷似一本厚书。上方盖板掀起，一面笨重的优质镜子随即支起，可供梳妆。前面一块插板横向抽出后，便露出精致的抽屉，抽屉拉出来，依稀可以闻见脂粉和香料的淡淡气息。梳头盒通体黑漆，镶螺嵌钿，金龙银凤，十分精致。上面缀有满文，可惜无法读懂。来客敏锐观察，考察熟练，一来二去，竟从梳头盒镜子下面发现暗藏着一本密札和一面手掌大小的金牌，全是满文，无法读识。我在一旁不由地惊讶万分，原来一直以为是老式水银镜面太重，何曾想到过另有原因呢。

两位来客仔细辨识一番文字，认定那密札其实是一本皇家家谱，不由大喜，当即披露他们的真实身份是大学历史教授，今日微服私访，曲线考古。这一发现十分重要，印证了他们多年的研究成果。

我端详着两份名片恍然大悟，疑云顿消，本来我就怀疑区区一家南京自来水协会之类的组织怎么可能藏龙卧虎同时搜罗两位精通满文的专家呢？数百年前清王朝统治者曾在全国范围全面推行满文，可这种语言如今日渐式微，假若逢双休日你在南京新街口广场贴出一份满文通告，宣布新街口百货商店六楼有钻戒白白赠送，恐怕半年内也无一人能读懂天书白捡这份便宜。我看见两位学者孩子般开心，一不做二不休，索性成人之美，翻箱倒柜又寻出一把世传的精致鲨鱼皮壳腰刀，上面有文字和徽章。

花白头发的容教授喜出望外。他俩避开我窃窃私语一番，然后写下地址告诉我如何进一步与他们联系。在客人辞行之前，我坚持要求了解部分实情，容教授解释说还要等回去后在计算机上查证资料才能有确切的说法。他出门前犹豫了一下，最终还是没有忍住新发现带来的撩人诱惑，他压低声音款款宣布说："我们确有证据，证明你是清王室直系后裔。"

客人走后，我倚在门后痴痴地发愣。清王室与我何干？我正为自己的生计烦着呢，为啥还要让早已失去生计的清王室来打搅我？我懂事时恰逢"文革"时期，父母从未提起过家世，一个个讳莫如深。母亲早逝。父亲心脏病发作去世前，已不能言语，他曾一再向我指点这只梳头盒，我始终不明其意。弟妹在国外留学，更是一无所知。

第二天，我把金牌之类的东西装在一个帆布手提包里，又看了一遍容教授留下的地址，离家出门了。虽然我并没有把容教授的研究成果当一回事，我反正是无事可做了，有这么一回意外事情占用我的一些时间，我不太在乎，也没发现有什么不妥。

在省档案馆后部一间偏房里，我找到了"水质研究中心"，这块虚晃一枪的招牌其实是"明清王室研究会"的掩护。当局对王室研究之类的课题十分敏感，研究会作为一个纯粹的学术团体一直得不到批准，为减少不必要的麻烦，便从地上转入地下，暗中开展研究工作。我推开那幢古老建筑两扇陈旧的大门，立刻就明白了研究会缺乏活动经费，经济状况与我差不太多。

一名女秘书模样的姑娘坐在门口前台那部电脑前，她用科研人员特有的审慎目光入木三分地看了我一眼，连一句话也没问就让我进去了。姑娘约摸二十六、七岁，瓜子脸，容貌十分俊俏，梳着男孩子的短发。她转过脸冲着显示屏捉摸了一会儿，又抬起头来瞅瞅我的下巴，她脸上流露出满意的神情，似乎是女奴隶主在集市上挑捡出一名中意的黑奴，正准备报出一个好价钱。

我站着呆等了一会儿，只觉得自己应该有所作为，不能就这么无知无觉地给人又买又卖。我凑过脸去，看见屏幕上分明是我的一张大幅照片，但是照片上的我略显老相，严峻冷漠，神情十分异样，仿佛半壁江山的重负无时不刻压在我肩上。我再定睛一看，发现那人并不是我本人，而是一名与我外貌十分相似的历史人物，蟒袍长辫，气度非凡。

容教授忙得头也抬不起来，在里间一张足有两个乒乓球台那么长的大桌子前，他和其它几位上年纪的学者翻阅大量资料，几台计算机联网运作，屏幕上数据闪动不停。工作人员不停地交换信息："故宫博物馆的资料下载完了没有？""再试一下台湾的网址……"

金牌密札和腰刀在研究人员当中传来传去，放大镜在康熙字典和满文大字典上像探雷器一样团团转动，我奉命带来的一张照片被扫描后输入电脑，为防作弊特地又用数码相机当场拍下我正、侧照片作为比较。我纳闷的是他们根本不花时间来过问我的家世，而他们的电脑里却有我家上代、上上代、上上上代……的全部资料，恐怕连我在小学一年级生病得过痄腮，初中毕业见义勇为被歹徒踢落一只牙的情况都纪录在案吧。

最后大家一起停下手中的工作，长长地舒出一口气，目光一起转向我。仿佛是我窒息三天三夜他们一直在努力抢救我而我很不争气此时此刻才缓缓醒来似的。容教授领我走到门口那台电脑前，指给我看刚才那张大辫子男人的照片说，这张是毓龄拍摄的庆亲王照片，与我长得一模一样。研究会的全部资料证实我是庆亲王直系后裔，我就是当代"世袭罔替"的庆亲王。

"我是亲王？"

我咧咧嘴，不知是想哭还是想笑。清王室被废黜快一个世纪了，我现在也从单位下岗了，这就是我的王室身份与我目前遭遇的唯一相似之处。我没有从王室血统中获得任何好处，相反在今天市场经济的激烈竞争中，我性格中的敦厚，宽容，大度和不与人争，使我成了无人理睬的下岗一族。

研究会郑重宣布他们的研究是免费的，不收我一分钱。别说我下岗潦倒不堪，即使我现在坐拥一座油田和两家航空公司，他们也决不收费。但是他们也不能给我经济上的任何形式的帮助，只能研究我提供的资料，支付菲薄的资料费。那俊俏的姑娘给我端来一杯咖啡，打趣说，我可以在名片印上庆亲王的头衔，争取当上个鼓楼区政协委员。容教授在一旁严厉打断姑娘的俏皮话："容慧，这里是开玩笑的场合吗？"我这才知道俊俏姑娘是容教授的掌上千金，是一家晚报的摄影记者，她的这一特长对于她父亲的同志们很有用处。逢到双休日，容慧经常会来帮帮老父亲的忙，老知识分子们时常在使用电脑软件时陷入泥潭，很需要年轻生力军的有力支持。

　　我在一大堆资料上一一签字，又与这间屋里全体义务工作者合影留念，表示我对他们辛勤劳动的充分肯定。金牌密札和腰刀被扫描和照相留作档案，然后又还给了我。临走时我完全是出于好奇心，打听南京现在有没有王室的其它成员，或者公侯伯子男各等贵族的后裔。容教授笑笑说，以后发现了会及时通知我的。

　　离开省档案馆后，当代庆亲王仍然挤坐公交车去城东看望九岁儿子。6路车相当拥挤，我怀抱着帆布手提包，身体随着车身颠簸而摇来晃去。我的思绪却比这辆公交车晃动得还要厉害。对于争回孩子监护权，我也许应该认真考虑一番，天潢贵胄，下一代庆亲王干系重大。相比之下房子也许真的算不了什么。

2

　　一时冲动，想带儿子去关外清王朝的发祥地看看。旅游这个念头由来已久，像是一个来历不明的麻鸭蛋总也孵不出名堂。有朝一日幼雏破壳而出，一飞冲天，竟然是只盘旋苍穹的雄鹰。

　　无论你说是旅游也好，返乡也好，朝圣也好，观光也好，盘缠没有着落，总归不行。几个月前，我就有所留心，我打电话给江宁县农业机械化北上收割作业队，报名当上了牵引车驾驶员的"二驾"。每年夏季，江苏多余的农业机械便组成团队向邻省甚至关外开拔，大举输出农机劳务，帮助收割、脱粒和耕耘。全省每年此项收入可达七十多亿元人民币。

　　暑假开始前，第一批作业队便出发了。二批、三批紧接着升旗鸣鼓准备上路。儿子结束期末考试的当天晚上，我便领着孩子攀上高大的牵引车驾驶台，大平板车上装载着大型联合收割机，连夜驶过了南京长江大桥。庞大车队首尾相连，延绵几百米，十分引人注目。一路铁马金甲，浩浩荡荡，长驱直入一直向东北开去。呵呵，想当年庆亲王出巡的威风也不过如此吧。

　　临行之前，我与容教授接通了电话，把我的这一行动计划告诉他。容教授哈哈大笑说：别去找当地政府落实政策跑马圈地啊。我说没那么大的动作，不过确实有一个念头，想请求当地驻军派三个师的兵力围住内蒙古猎场，放出一千条军犬，把塞外的黄羊、麋鹿、黑熊和银狐全撵出来，好让我父子俩架雕引马，畅快秋狩一番。

放下电话不久，意外地接到容慧从河北承德打来的电话，她目前正在避暑山庄拍景。自从父亲处打听到我的"北巡"计划后，她决定在沈阳与我们会合，一同沿着清王朝发祥路线拍上一组照片。"顺便访一访庆亲王家的老家丁，沾光尝尝他们给少主子准备的满汉全席。"

几日后的一天早晨，在沈阳郊外的一个十字路口，我带儿子告别了忙碌的北上机械化收割队，坐车去了沈阳。连续几天几夜轮换开车折腾得我又黑又瘦，但是"食宿全包"，还有上千元的收入，北方之旅的费用总算有了下落。身为庆亲王的后裔，总不能沿途乞讨回乡吧。

第一站是努尔哈赤纪念馆，当日细雨蒙蒙，气温下降，消退了初夏的炎炎暑气。远远看见容慧撑着花伞站在馆门口，连挂带背两个相机，斜挎着一架迷你型摄像机，神采飞扬，容光焕发。容慧远远冲着我们低头弯腰伸手指地打了一个千，口中念念有词说："给庆亲王请安！"

儿子见了容慧一点也不认生，一口一个容阿姨叫个不停，哄骗来一架小照相机挂在儿子胸前，美得合不拢嘴。

努尔哈赤是大清江山的开创者，1559 年初生于建州左卫苏克素浒河部费阿拉的女真中等贵族塔克世家族，他统一女真，建立满族，创八旗，建元天命……努尔哈赤纪念馆庄严，雄伟，一座高大塑像叱咤风云，充分体现了中华文化的宽广性与包容性。

"既往不咎。"我和儿子在努尔哈赤塑像前摆好姿势，容慧"咔嚓咔嚓"拍了好几张照片，态度认真地对我说。

"对谁既往不咎？"我问。

"你们的老祖宗啊，"容慧忍不住要笑。"就是这位女真人威武骠悍的大首领。汉民族不追究你们攻打明王朝那一段历史，而且直到今天你们还享受优待政策呢，考大学加二十分……"

"加十分。"我纠正她说。

"满族加十分。古女真族呢，加二十分不算多吧？"

在近代史上，努尔哈赤为代表的少数民族以武力推翻了明王朝，占领了以汉民族为主体的中国，扩大了国家版图，统治时间长达三百余年。清政权建立初期，也曾发生过"留头不留发，留发不留头"和"屠城三日"等历史悲剧。满清政府退位后，几届中国政府从积极意义认识和解释这一段历史，对包括满族在内的少数民族礼遇有加，儒教文化的博爱宽容和自律精神，充分得以体现。相比非洲胡图族与图西族人之间的血腥大屠杀，相比科索沃塞族与阿族之间的殊死争斗，汉满民族之间的和平共处，从总体上比较和谐。

"王室特权传不到你这一代，也是情有可原。但是那些'清宫秘方'、'大内宝典'、'御厨真味'……"容慧半真半假地问，"说真的，你没有翻翻家里的箱子底？找出一两件来，捐献给国家。你的内退问题说不定一揽子也得到解决呢。"

"那都是商业操作，不必提起。"我说。这几年少数企业走火入魔，制一味药烧一席菜灌一坛酒，总扯着清廷的幌子，假如不怕冒犯顾客智商的话，他们真想把带着新鲜乡土气息的大厨师或医师打扮成官袍补服长辫垂脚，然后一把推到顾客面前，赌咒发誓说此人伺候过乾隆大帝十来年。影视界更是抱住清王朝的题材死不撒手，新置办的清代衣物和军服足够蒙古国全体军民穿上一百年。

我们乘火车到达哈尔滨市，又换乘长途汽车，往东开出去四个来小时，到达牡丹江和松花江的交会处。这里原属于鄂里多城，努尔哈赤的六世祖蒙哥铁木儿本人以及由他上溯祖辈三代，都是辽金元时期女真的万户，一直住在鄂里多城。有史记载，我的祖先主要生活在这一带地区。

努尔哈赤家在苏子河畔苏克素浒河部的赫图阿拉。赫图阿拉是一座平顶丘，北是苏子河，东是苏子河的支流皇寺河，西是加哈河，南是里加河。这里的土壤深厚肥沃，气候湿润，适宜农耕。

放眼望去，谷地丘陵农作物茂盛，山坡树木葱郁，林间物产丰富，人参，松子名享关内外。山禽野兽不计其数，狍子和梅花鹿成群结队，东北虎出没山林间。

我深深嗅着白山黑水的芬芳气息，边走边看。黑土地如此肥沃，物产如此丰富，民风如此纯朴，在南京长大的我统统是匪夷所思匪夷所见。当地集市上的商贩卖菜时有时甚至不屑用秤称，南方人斤斤计较的作风一向为北方人所不齿。你递上一块钱，他抡起铲煤的大方锹，弯腰满满铲起一锹茄子或者是一锹黄瓜或者是一锹西红柿，哗哗哗地泻到你的篮子里来，装得钵满盆流。

我不止一次做梦来过这些地方，大屋，帐篷，狼烟，军情，伤员，粮秣，浪潮般奋勇推进的冲锋人群，大队大队狂奔的骑兵，扶摇蔽日的五彩军纛，两军相逢彪悍的汉子刀枪拚搏，伤者呻吟，落马者徒步短剑厮杀，鸣锣收金后掩埋死者的场面，排成长队焦虑守候丈夫儿子归来的年轻女人和老妇，三代男丁战死疆场后白发遗孀绝望的哭声……

我楞楞地眺望山水和大地，从孩提朦胧懂事的时候开始，我的记忆中始终有一组抹不去的塑像，几名战士身负重伤，以剑挂地，身中十数支流矢，脚下血流成河。战士们顽强地立在街口不肯退让。他们的敌人敬服他们的英勇，纷纷把军旗献在战士的脚下。这么一幅壮士图，配的就是这块英雄的土地。

从长白山上下来，在通往蛟河市区的路上，前方的交通受阻。公路上车队停滞不前，足足排出几里路长。旅游车停了下来，许久不能前行，我心头一热，下车前去看热闹。

溜溜达达走到前方，出事现场周围人头攒动。司机们绘声绘色传播一则惊人的小道消息，说是一头疯牛顶翻了两台卡车，霸路称王。

我挤出人群，终于看见了那可怕的畜生。那是一只庞大体型的公牛，立起身来足有房檐那么高，像是一辆重型坦克盘踞在公路中央，血红的眼睛警惕地盯着四方，神经质地喷着鼻息，口角白沫直流，两只巨大的牛角高高扬起在天空，发出威胁的信号。公路两边的沟中，歪倒着两辆满载的大型货车。其中一辆货车撞上沟边大树，驾驶室严重变形，受伤的驾驶员动弹不得卡在方向盘后面，发出痛苦的呻吟。鲜血不停地沿着驾驶室门边流下来。

几名勇敢的乡民和司机尝试着接近货车，想把那受伤的驾驶员救出来。但是，只要他们离开原地走出几步远，公牛立即扬蹄猛追过来，逢人挑人，逢物毁物，那两只牛角异常锋利，我亲眼看见一名司机左转右躲，围着一辆轻型卡车竭力避让那头上生角的魔鬼。公牛怒不可遏，不再玩老鹰捉小鸡的游戏，低下头来只是一甩，就把那辆轻型卡车顶了个底朝天，汽油汩泪地流出来，流到滚热的发动机外壳上，"轰"地一声烧了起来，现场顿时大乱。

正在此时，围观人群闪开一条道路，奔出一名婆娘和一条汉子。两人跑得气喘吁吁，上气不接下气。看得出两人是公牛的主人。他俩异口同声，大声呼唤公牛的名字，那婆娘手中还拿着一个簸箕，里面装着公牛爱吃的豆苗，小心翼翼接近上去。

公牛用一种古怪的眼光，横了他俩一眼，不理不睬。只顾低头向斜刺里冲去，驱散了一伙趁乱上前救人的司机。其中一人被"咚咚咚"飞驰而至的公牛蹄声吓晕了，慌不择路，一纵身吊在大槐树的树枝上，才算没被公牛活活踩死。此人捡回一条性命，飞身落地，没命地逃走。

公牛十分敏捷地刨蹄转身，认准目标预备追上去。那婆娘及时赶到，一把扭住牛角。婆娘连声疾叫公牛的名字，苦苦哀求，声音近似乞饶。又仿佛是母亲在街头找到淘气的孩子，在央求他一起回家似的。

可是，连我也看出来了，此时暴怒的公牛已经完全失去了理智，那畜生铜铃般的大眼睛像两只燃烧的小太阳，喷出怒火，躯体由于过度激动而激烈颤抖，别说是具有养育之恩的主人无法挽救它回头，即使是生养它的母牛横在它的面前也无法阻挡它杀出一条血路。

公牛仰天长嘶一声，前蹄在地上刨出一个大坑，它猛然抖动巨角，那婆娘立时横空摔出七八步远，一声不吭，跌落草丛中晕死过去。

汉子在一旁大怒，咆哮着抽出身后的铁棍，双手高举猛砸那畜生的脑袋。只听见惊天动地一声巨响，牛颅被砸开一个一尺长的大伤口，鲜血沿着伤口流满牛头和前肢，那畜生显得格外狰狞不堪。

公牛趔趄了一下，随即站稳了脚跟，此时它已经彻底疯了，它必须见到它的对手流血，它变成了不折不扣的嗜血狂。公牛低下头来，冲着自己的主人像推土机一样开足马力舐上去。

汉子犹豫一下，转身向另一个方向逃走，想把公牛引开远离他的婆娘。他的这一迟疑是一个致命的错误，公牛的速度在瞬间达到极快，转眼间已抵达他的身后。两把飞刃似的牛角直穿汉子的腰眼。眼看汉子就要被一斩两半，身首异处。

汉子在飞身逃跑过程中，不慎踩上一块土疙瘩，踉跄一下几乎摔倒，这一突然事件救了他的命，牛角贴身擦过。他被飞奔的公牛撞向空中，飘飘扬扬像一片轻柔的羽毛翻飞不定，最后落到我面前来。

面前的人群一哄而散。

汉子的躯体几乎被撞散了，他落地时东歪西倒，神志不清，口角流出血来。但他意识中牢牢记住了他一定得及时逃开，他了解公牛惊人的速度和力量，他知道他已经犯了一个错误，他永远不会有机会再犯第二个错误。他的一条腿已经耷拉下来残废了，即使他只剩下一条好腿，他也得跑出一个新的世界纪录来。

果不其然，公牛在复仇意识的驱使下，变得分外疯狂和可怕。野性在一刹那间复发了，铁棒的打击从它的伤口中释放出一个食人魔鬼。什么力量也无法阻挡它的进攻，如果汉子手上有一挺重机枪，他把一公里长子弹带的机枪子弹全部打进这牲畜的身体，也抵抗不住公牛潮水般的冲击。

那一会儿，我发现周围只有我一个人与汉子站在一起。能跑开的人全部自顾逃命去了。

我本能地扶了汉子一把。

汉子粗暴地搡开我。脉脉温情在危急时刻不但是有害的，而且贻误大局。他要独立承担目前局势的一切后果，尽管这种后果就是立即消灭他的生命。他脸上的悲怆显而易见，但是流露出来的却是坚毅。

我抬眼望了一眼公牛，它离我约有二十来米远，我紧跟着又看了第二眼，两只牛角已经逼到鼻子前方。大地在沉重的牛蹄下颤动，粉尘飞扬，那牲畜只要复仇，复仇对它是如此重要，以至于它简直不把自己生命的存在与消灭当成一回事。

我来不及思考任何问题，也来不及做任何事，我完全依靠本能来处理面前的局势，好像这种本能早已潜伏在我体内多年，一直未有用武之地，直到现在才一跃而出，向外界宣布一个奇迹的存在。

我不能确切回忆出当时的行动细节，只有一滴雨水从上睫毛落到下睫毛这么短距离所花费的时间来让我完成全部动作。我用肘把汉子格倒在脚旁的水沟里，抽出他手中鲜血淋漓的铁棒，高高举起跳往一旁。公牛就像一队高速列车紧贴着我身边飞驰过去，公牛带起的旋风千丝万缕地刺伤了我，我感到浑身伤痕累累。

　　公牛狂怒地转过身来，直愣愣地看着我，愤怒的大眼睛开始流血。剧烈的伤痛折磨着它，它体内的复仇能量积蓄到可怕程度，必须痛痛快快酣畅淋漓地释放出来。假如此时出现在它面前的是一只小山般身躯的史前霸王龙，那只恐龙捏死它就像捏死一只蚂蚁，它也全无顾忌，一定要轰轰烈烈地像一只出膛的炮弹怒射出去，在那恐龙体内像挖隧道似的贯穿出一个钻井般的大洞，玉石俱焚，同归于尽。何况立在它面前的只是一个瘦弱的我，一个其貌不扬的下岗员工，它只要轻轻踩一下就能把我化成齑粉。

　　我听见容慧远远地在大声提醒我跑开。我的心由于胆怯而几乎停止跳动。我僵持在原地与疯牛面对面对峙，两腿颤抖不停，吓得尿快撒在裤裆里了。我的亲娘唉，这跟坐在电影院里看恐怖片完全不是一码事，影片中的英雄代替我去直面恐怖，历经千难万险去完成九死一生的壮举，而我舒适地陷在沙发座里捧着一大包爆玉米花，一边经历感情地震一边从容地心满意足地战胜恐怖完好如初地退出影院，那是一次特殊享受，是一种精神胜利法。美学大师分析说那叫"恐惧转移"。然而在现实生活中单独面对一只疯牛根本是另一码事，前一分钟活蹦乱跳的我，下一分钟完全可能血肉横飞，碎尸万段。最主要的是在这个陌生地点人兽之间开战与我毫无关系，当地警方或者驻军如果用枪支不能有效管教这只畜生，他们可以使用火箭筒，迫击炮甚至歼击机。如今我一个异乡人赤手空拳搅和进来，岂不是荒唐可笑？

　　假若此时有一个地道，而进入这个掩蔽所的代价是勒索我全部家财另外加上十年寿命，我想我会立刻就范，乖乖地逃之夭夭。我从来没有扮演英雄的欲望，在万人瞩目的盛大场合下"做秀"更是与我淡泊的性格大相径庭。我从来没有亲临恐怖现场的经验，即使是工厂领导令我内退回家，那也只是用一把不负责任的钝刀子慢慢凌迟我的经济生命，我的肉体也许十年二十年仍然无恙，只不过是营养不良，居住环境恶劣，子女教育不周到而已。现在我于异省他乡一跃而出，争抢着上前和死神掰手腕，上帝啊，我一定是十足的疯子，比那条疯牛好不了多少。

　　容慧在一旁疯狂地大叫。天哪，这一会儿发疯的人可不止我一个。我根本顾不上其他任何事情，逃命要紧，那条疯牛正像一大片乌云扑上来笼罩了我。

　　我那时一定十分狼狈，千方百计要保全自己的生命。我无师自通地精通了逃跑术，我采取不断急转弯的策略，企图摆脱那庞然大物的致命追击。疯牛速度极快，动作也越来越灵敏，那两只锐利牛角一直在我身后一米开外气势汹汹全速推进，令我魂飞魄散。有几次我气喘吁吁上气不接下气躲闪到路边的农舍围墙后面，企图以此为掩体周旋一番。那畜生干脆不拐弯，轰然拱倒土围墙，沿着一条斜线直接向我冲来，吓得我屁滚尿流，落荒而逃。

　　我知道自己肯定跑不过这急于复仇的四条腿魔鬼，疯牛的田径成绩大大优于我，它完全可以不必着急交叉双臂倚在大树上懒洋洋地晒着太阳瞅着我四下奔逃，等我差不多跑完一程，再突然启动毫不费劲地撵上我，从容不迫地结果我的性命。慌乱中我几次采取跳墙术，我在猪圈的围墙上攀过来跳过去，祈祷着自己千万不要崴了脚，那些大猪小猪肥猪瘦猪乱蹦乱窜，慌成一团，几次把我拱倒在地。最要命的是一吨多重的疯牛灵敏异常，往往比我跳得还高窜得还快，有一次我竭尽全力才从一堵二米来高的石墙上笨手笨脚翻过去，疯牛已经高高地从头顶上窜过墙来，像直升飞机失事差点儿落在我身上，吓得容慧再次疯狂大叫。

　　我拼命逃生。随手拉倒路旁可以接触到的所有物品，如板车、农具和任何物品，企图延缓追击者的步伐。疯牛毫不犹豫紧跟着我，速度丝毫不减，一次次强行破门而过，穿墙而入。有一段时间，一辆被我拉倒的农用加重自行车高高地卡在疯牛双角上，车轮滴溜溜转动，十分可怕。疯牛稍稍摆了一下脑袋，便把那两轮的累赘物甩上房顶。

　　鲜血沿着我的胳膊和裤管流下来，我受伤了。我越跑越慢，气喘吁吁，我的缺乏体育锻炼的肢体像儿童手中的一只救火车玩具，面对我生命中突然出现的熊熊森林大火，显得是那样力不从心。有那么两次，围观人群企图帮助我逃过此劫，他们推过来一辆大平板车横插在我和疯牛之间，让我抓住机会脱出公牛的狙击范围。但是神使鬼差一般，那只疯牛一定把我认作是它的忠贞不渝的初恋情人，它心无旁骛，对粗暴无礼干扰它的其他人不问不顾，它一定要彻底干净完全地结果了我才肯罢休。它发情一般死死盯在我的身后。我实在跑不动了，我危在旦夕。

　　我绝望了，明白自己没有了生还的希望。我刚刚知道了我的祖辈在历史上是什么样的厉害角色，我的生命就要意外地划上一个句号。尤其令我痛苦的是，我意识到自己并没有做错什么事情，我眼下撒开脚丫子亡命天涯，错误也不在我，而在于别人。我看到不远处悬崖边上有一排长长的猪圈，我决定最后试投一下生命的骰子，只有一次机会了，我一定要同时掷出两个六点。

这个计划成功的希望极其渺茫，如果拿打保龄球作比喻的话，就像我在沪宁高速公路的南京收费站投出一个球，这个球沿着高速公路一直滚动三百公里到上海，必须击中上海收费站房顶上的一只瓶。这简直是不可思议，可是难道我还有选择的余地吗？我必须试上一试。哪怕是这只球必须滚到月球上去击中那棵桂花树，我才有救，我也要全力以赴，满脸笑容，装模作样倾力一投。面对死神我可不作兴微笑服务，也不受什么行规行风约束，我就是要带着嘲笑口吻对它喝道，滚远点！

我一跃而出，去实现我的计谋。到达危崖边的猪圈之前，必须跑过一片开阔地，这块空地约有百来米宽，一马平川，连个可以撞死兔子的树桩子也没有。我沮丧地想，自己肯定跑不过疯牛，这家伙在快跑方面的优势是如此明显，以至于它完全可以轻松地咀嚼一棵大麻不慌不忙地看着我抱头鼠窜，等我跑完一大半路后才懒洋洋地启动步伐追上来，在最后一刹那截停我。

我像刚刚在地球这个大炸药包上点燃了导火索似的，没命地逃向前方。空地上有两匹马在悠闲吃草，我一骨碌跳上一匹青骢马的马背，发疯似的策马狂奔。未跑出多久，青骢马被公牛赶上了一下子顶倒，马的肚肠流出，躺在地上痛苦挣扎。我手脚并用，连滚带爬，惊恐万状地逃入猪圈。

疯牛立即跟入，双眼血红。

我孤注一掷，大喊一声翻过圈墙，不顾一切地往下跳。我的身体在围墙上消失了，双手却牢牢扒紧圈墙不敢丢。

疯牛中计，跟着我高高窜出墙来，它这才看见底下原来是数十丈悬崖。疯牛崩崖似的轰然落下，无休无止地落下去。我大喊一声："一路保重。"低下头望去，公牛由房屋大变成脸盆大，又变成芝麻大，随后在崖底下摔成千红万紫。

容慧冲过来救我，众人七手八脚，把悬挂在地狱上方的我重新拉回到人间。容慧满面泪痕，惊魂甫定，哭着埋怨说："你以为你是英雄啊？"

我虚弱地喘息说："不，导演肯定是搞错了。庆亲王猎牛的剧本，怎么拍成了牛魔王杀人了呢？"

3

一星期后，我们三人意气奋发出现在北京长安街上，按照儿子的要求，冒着酷暑首先游览北京故宫和长城，还去了一趟动物园。临离开前，我们特地去西城区前海西街和定阜大街参观了新旧两座庆亲王府。七世祖永璘是乾隆帝幼子，嘉庆初年权臣和珅获罪抄家，偌大一座豪宅便赐给庆郡王永璘，嘉庆末年永璘晋封为庆亲王。庆亲王府第占地100余亩，大体与中山公园的面积相等，是北京现存最美、最完整的一座亲王府邸，建筑宏丽，景色清幽。咸丰初年这座王府转赐给恭亲王，五世祖庆亲王奕劻搬入位于定阜大街的新庆王府。

容慧一路上拍了十几卷胶卷，辑录成册。其中一张是公牛和我面对面僵峙，公牛面目凶恶，口吐白沫，而我比那头疯牛更加狰狞不堪。我看了后郑重声明：一定要文字说明清楚到底谁是疯牛。别让人误会这是两个魔头在争斗，必须充分尊重本人的肖像权。

离开北京之前，我打电话给南京市政府驻北京办事处的一位同学，在此之前我曾拜托她代买返回南京的卧铺车票。她一听是我的声音立刻在电话那边嚷嚷起来，她说北京同学"袖章"一天打两三个电话问我进京了没有。她给了我几个电话号码，嘱我立即向"袖章"报到。

就这样，我们三人走进了"袖章"担任董事长的那家跨国集团的豪华办公大厦。那是一栋四十层的现代化写字楼，外墙是清一色蓝玻璃幕墙，在朝阳下闪烁着宝石般的熠熠光辉，我估计这幢房子主人的财富，能买下与这大厦等同大的蓝宝石。

等电梯时，我注意到一块大铜牌足足覆盖一面墙，看上去犹如铜墙铁壁，上面标明各楼层办公室分布的情况。在这幢大厦里办公的是这家跨国集团的各个总公司、分公司和子公司。光是运输总公司就有三四家，分掌海陆空运输大权，还自有一家报关公司。集团特别设置了网络中心和电子商务部这两个前卫机构，说明我同学的思想紧跟时代潮流一点也不落伍。在大厦顶层，则是集团驻海外公司的国内办公室，纽约、伦敦、里约热内卢、莫斯科、新德里、东京和悉尼等地名熙熙攘攘簇拥在眼前。最有意思的是集团还设有高级人才流动中心和海外咨询部，我指给容慧看并笑着说，"袖章"应该单独为我成立一个"下岗再就业中心"才够朋友。

年轻的女秘书仪态万方，训练有素，笑容很有风度，能熟练运用英、法、德、俄等多国语言接听连绵不断的国际长途电话，不愧是在董事长面前当差的高级专业人士。我想，"袖章"一定付给她很多钱的薪水才能把这样杰出的人才留住。她款款前行，把我们引进"袖章"位于三十六层楼上的宽敞大办公室，安排在会见区就座，并端上香喷喷的咖啡。

"袖章"坐在宽阔写字台后面远远向我们招手表示欢迎，热情地不停打出各种手势哑语问候我们。他本人则与他面前一字排开的四台电话机纠缠不休，铃声此起彼伏。他一会儿说中文一会儿说英语，不停敲打他面前的计算机键盘，从显示屏中读取一连串的数据。我虽然下岗了但是我学过的英语没有下岗，我听得出"袖章"谈论的是几桩几千万美元的大生意。让他费心的事太多了。

"啊哈，有失远迎，恳求庆亲王恕奴才死罪。"过了一会儿，"袖章"终于从电话机集中营中逃了出来。他向女秘书打出一个手势，示意他现在不接任何电话，然后嘻嘻哈哈地在我们面前坐下来，顺手递给儿子一盒漂亮包装的礼物。儿子打开一看，是一架遥控飞机模型。

"你的消息真快。"我说。大学毕业以后，我一直没有见过"袖章"，他的身材容貌没有大的改变，只是他眼中时常无意流露出一道犀利的目光，像闪电一样震慑人心。我想，他已经在内心世界里培养出领袖品质。

"袖章"哈哈一乐，说："南京方面打电话跟我说起的。"从上大学时开始，他没有什么事不知道。你要是掉颗牙，没吐出嘴来他早就吩咐秘书打印成档案了。更重要的是他没有什么事情办不成，"袖章"的父亲地位很高，近十几年他父亲的政治排名一直在……"国内前二十名吧"，这是同学们的一个笼统说法。我突然想到，其实"袖章"就是一名当代王室成员。

"一切开明多了。"摸着儿子额头，"袖章"承认说。他的先辈遇到我这样身份的人会很紧张，公安局、统战部、战犯所、文物局……要来一大帮人，最后还是不知所措。时代确实有大变化了。

　　"要是我说话算数的话，明天就把庆王府还给你，收拾收拾赶快开门售票，办成个旅游景点，庆王宴，庆王服饰，新婚夫妻庆王府摄影系列，庆王电视剧系列，场面搞得越大越好，收益和政府三七分成，多好的事啊……简直就像是在地上白白捡钱。""袖章"美滋滋地说。听我说完王室研究会的事，他表示将由他来说服下辖的一家总公司出钱投资，全权代理我今后的发展事务，顺便在经济上支持王室研究会一把。

　　我注意地观察我的这位同学，我发现，其实秉承祖宗功德的，惟独缺少我一人。以"袖章"为代表的当代王室子弟，滚雪球般的把核心优势扩大到无限，一家家跨国公司气焰万丈，一副发家立业平天下的磅礴气派。他们愉快健康，进口名车，豪华别墅，外国身份，瑞士存款应有皆有。他们讲究生活格调，食必鱼子酱，穿必名牌服装，收藏名画和古董。我打量一番"袖章"身上穿的那件法国进口全棉衬衫，估计价值比金箔衬衫还要贵出许多。当代王族志在千里，可曾走出祖宗阴影？

　　我记得国外王族多研究科学，如日本明仁天皇在当王太子时就潜心研究鱼类，是一位造诣颇高的鱼类学家。"袖章"在一旁滔滔不绝古今中外口若悬河，我悄悄偏过头来，戏问容慧："你父亲研究不研究他们？"

　　共进午餐的时候，"袖章"无意透露一个消息，我表面上不动声色，内心却大吃一惊，我敏锐地发觉，这是一条很有价值的线索。

　　中国应天机械进出口总公司正在与"袖章"的公司商洽一大笔矿石进口业务，应天公司仰慕"袖章"在董事会里的影响。对他十分巴结，邀请他明晚去长城饭店赴宴。

　　"你知道应天公司新增资的大股东是谁吗？""袖章"边问边浅浅地啜了一口进口干红葡萄酒，他吃饭很有节制，决不暴饮暴食，他明白他的健康是他最宝贵的一笔财富，绝不可以像暴发户那样胡乱糟蹋。"袖章"无意中说，"是你们南京老乡。"

　　"反正不会是我们厂。"我说。

　　"就是原来的江苏金德矿务局。"

我"啊"了一声，表情仍然是无动于衷，心里倒海翻江沸腾起来。江苏金德矿务局长期拖欠我原来的工作单位矿山机械厂 1200 万元货款，工厂多次索要，没有任何回音。两年多前，工厂一纸诉状把债务人送上法庭，省市两级法院判决金德败诉，但是矿务局以账户无钱为由，拒不执行法院的判决，把法院的判决置若罔闻。外界流传说金德矿务局暗中抽出资金多业态经营，苦于一直抓不住证据。最可恨的是这家滑头企业以预备付款为诱饵，骗取矿山机械厂把增值税发票全额开出来交给了他们，工厂一分钱货款拿不到手不说，还代对方白白交了一大笔税金，鸡飞蛋打，雪上加霜。我仰脖饮下深深一大口酒，叹了口气，原来如此，江苏金德矿务局的主力资金早已金蝉脱壳，谁能想到换了马甲神不知鬼不觉又转移投放在北京这家大公司的账上呢。

这可真是冤家路窄啊，老奸巨猾神通广大的金德矿务局，如今偏偏有一大笔资金要在我面前显身，那些白花花的银子要在一个下岗潦倒的员工面前露富。我这个被迫内退的家伙现今是一贫如洗，我所在的那家工厂目前穷得跟叫花子也差不了多少，上千号员工散落到社会上去无依无靠，辽阔厂区地势偏僻连租出去当仓库都没人要，闲置在那里漏风漏雨漏雪。可是，这样穷得叮当响的企业却是大大的债主，别瞧金德矿务局呼风唤雨争着做上亿美元的大生意，它是大大的欠债人。这样的"乾坤大挪移"现象在当今中国比比皆是。越被人欠的越穷，越欠人的越富。

当晚，我一宿未睡。我下岗了但是我不怨矿山机械厂，母亲没奶汁了，所有孩子都得饿肚子。我想以德报怨，做一次孤胆英雄，匹马单枪给原单位做点贡献。我的点子是寻机在北京抓住金德矿务局的要害，逼他们还债。我原属的检验科有十来个人同时下岗，我希望其中条件特别困难的几名老职工能被工厂召回去，挣上一笔微薄的但是有保障的正式收入。

第二天一早，我打电话家到"袖章"家，把我的这个念头告诉他。"袖章"在家庭跑步机上折腾得气喘吁吁的，半晌没答我的话。过了一会儿，他拒绝了，说这样做不太好，生意上的事，最好不要让任何其他纠葛横插进来。他劝我别管这件事。他同时又补充说，如果我个人有什么困难，尽管对他说，他会无条件帮助解决。

我不肯轻易放弃自己的计划，我保证说不干扰他业务的正常操作，也决不透露出消息来源。只是央求他不到最后一刻不要对应天公司开绿灯，切莫松口做出任何许诺或暗示，"沉默是金"。临挂电话之前我咬咬牙，答应"捐"一把真正的庆亲王战刀，挂在他的办公室墙上，作为对他的感谢。"袖章"不好意思了，嘟囔着说：他虽然不能直接帮我，但是他会留意对应天公司保持一定距离，保证足够的心理压力，作为对我计划的潜在支援。他又哈哈笑着说，家藏的珍贵文物不宜作为礼物，他绝不能收。但是他不反对借来战刀在办公室墙上挂一段时期，好向外宾炫耀说，他的公司有那么一点王室股份。

　　对我来说，这个计划近似疯狂，但它无论如何是一件重大举措。这天晚上，我衣冠楚楚戴上领带穿上长袖衬衫一副公务活动打扮，我带上孩子，容慧陪着我们早早地在长城饭店大厅等候，我们在咖啡区就座，边吃边聊。

　　儿子童言无忌："这几天你们老提起庆亲王？是哪一部电视剧的主角吗？"

　　容慧与我相视一笑，她哄孩子说："一部国产片，你爸爸正在自导自演，观众就咱们两个人。"

　　估计那厢里客人们酒醉饭饱之际，我唤来侍者，放一张纸条在他的托盘里，请侍者直接送给金德矿务局总经理井来先生。纸条上写道，"南京矿山机械厂要为这一桌酒席买单，务必赏光。南京客。"

　　几分钟后，井来不动声色离席，匆匆来与我交涉。我和他原先为了公事打过几次交道，彼此留下了印象。他板着脸，毫不掩饰心中的愤怒和敌意。他是个身材魁梧的家伙，面黑，眼睛不停眨动，好像他的上下眼皮是两把铡刀而他一直在用它们秘密处决他生意上的竞争对手似的，而他一直在努力争取多处决几个。他眯细着眼，严厉地打量着我，开口便问：

　　"你住哪里？"

　　"哪里？当然是庆王府。"

　　"别穷开心了，"井来摸出一根烟来点上，仰起脸来穿云破雾吐出一口袅袅白烟，"你们那破厂来出差，也敢住王府酒店？"

　　"没人告诉你吗？庆王府是咱家开的。"

　　井来目不转睛盯着我看，不明白我这句话的底细，也不知道我这个人神经是否正常。过一会儿，他的目光才放过我，横扫过容慧和孩子，他被我们这个代表团的成员组成搞糊涂了。他不想与我们多做纠缠，企图一下子打发我们滚开。

"你有什么条件，尽管说。趁我现在心情好的时候，我可以考虑。"

"没什么条件，最后一次见你大概是两年前了吧？我来还是为了那件事，欠款。"

"给你个人 10 万现金，赶快离开北京，就算你没见过我，我也没见过你。"

"10 万太少，工厂悬赏 50 万。"

井来一口烟吐出了一半，突然截住了。他狠狠盯了我一眼，嘴唇闭得很紧，仿佛后半口烟一旦脱口而出，我就能察觉出他心里的机密。

"嘿嘿，说真的，这么一大笔飞来横财，睡觉时你也不怕硌了腰？行，咱也痛快，那……就给你 50 万！"

"成交。50 万现金，再给工厂开一张 1150 万汇票，一共 1200 万欠款，从此两清。我再替工厂做个主，这几年的利息就作为人情奉送给金德矿务局了，算是结交了井先生您这个朋友，值。"

井来把烟蒂狠狠掐进烟缸，他用了那么大的力气，似乎他的目的不是弄灭一根烟，而是要揿动烟缸底部的一个核按钮，用来彻底消灭自己面前的仇人。他努力控制住脸上颤动的横肉，狞笑着说，"可以，再等上 200 年吧。"

"我没打算一蹴而就。"我语调很平静，"矿山机械厂反正无所谓了，该担心受怕的是您，我怕会耽搁了金德矿务局今后的大生意。"

"你玩真的还是假的？一分钱没有你又能怎么办？"井来火了，往沙发背上重重一靠，脸上露出一股杀气。

"我儿子都带来了，"我用手一指，"这一次跟你没完。"

"这里是北京，天子脚下，你说话可得小心点……"井来咬牙切齿地说。他拾起冒烟的烟蒂，发现刚才他用力过大，并没有在烟缸中捺灭烟火，而是把烟蒂弄成了两截，袅袅青烟仍在上升。井来不怀好意地盯着我看，一种歹毒阴鸷的神情令人不寒而栗。他用食指和拇指捏紧鲜红燃烧的烟头，慢慢掐灭，一股皮肉烧焦的气味扑鼻而来，"别以为这是在你南京，天高皇帝远的。甭耍外省人的威风，看清楚了，你现在是在首都。"

　　他妈的，我可真的火了。我瞅了一眼周围优雅环境，俯身凑过去，十分亲热地挤坐在井来旁边，一把揪住井来的衣领，满腔怒气像决堤的洪水一泻千里，但是音量压得很低，仿佛是情人之间在窃窃私语。

　　"要论在北京说话，我就是你爹的爹。你以为你是什么人？什么了不起的家伙，呸，臭大粪！表面上冠冕堂皇，金碧辉煌，实际上可怜万分，恶心到家了，瞧瞧你自己这副德行，口臭，阳痿，痔疮，窥阴癖，在办公室在家里不停地放屁。人模人样，掏出一张名片来，'董事长'，'总经理'，'总裁'……只要多看你两眼，谁都能发现你不过是一条穿了西装的狗，一个奴才，一只被指甲狠狠掐破了的臭虫。

　　"你说对了，我是外省人，普通的公民，一个下岗员工，祖上没有给我留下遗产，只给我留下一把刀，这把刀正是用来对付你们这种家伙的。有钱的不都是老子，没钱的也不都是孙子，可惜，这个简单的道理你们这种家伙总是会装作忘记。

　　"你知道你是谁吗？一个不折不扣的吸血鬼！你知道你造的什么孽吗？矿山机械厂濒临破产了，员工上街要饭！你出门坐高级轿车你当然看不见他们，可我看见了，新街口天桥上面就有一个，破衣烂衫，拉一把二胡，面前一个铁罐头盒，他得了白内障整整两年拿不到一分钱医药费，一只眼睛失明，另一只眼有光感，给人守大门人家也不要，只好蜷在天桥上讨饭，这全是托你的福，井来先生，是你们这伙人把他送到天桥上去的。

　　"你别瞪我，瞧你这副神情，可能在想我口气太冲，好像祖上当过王似的。嗨嗨，算你说对了，祖上是当过王，铁帽子王，地地道道的皇亲国戚。正是因为祖上当过王，才知道一切没什么了不起，什么都是空的，我还会怕失去什么吗？不不，什么也不怕了，这才觉得你这种人实在可笑，你横冲直撞，拼命往上爬，钱多得雇人数也数不过来，就算你将来混到个山大王做做，你永远都不如我，冲这句话我可真敢跟你打赌。

　　"你这种人该去蹲监狱，坐大牢，懂不懂？就是把你关在一个小小的水泥盒子里动弹不得，没人理睬你，没人想你，更没人关心你的死活，就让你困在那里生锈发霉腐烂变质，变成一架白骨一滩浊水。这样还不够，你的灵魂坠入地狱，成天让小鬼锁住你在油锅里炸，在石磨里磨，在碾子下压。

　　"你的钱伪装过了，每张钞票都洗得干干净净，变成了合法收入，很漂亮的手法。但是你这张面孔伪装不了，这张脏脸洗也洗不干净，我要到最高法院去诉讼你，你要面对的是法庭而不是生意场的谈判桌。我可以悄悄对你透露一点口风，您的对手们可个个愿意慷慨地资助我，迫不及待地催我快些动手呢，我只要稍微透露一点意思，他们就会一窝蜂像情人节的小伙子急不可耐地捧着玫瑰挤上门来求我，央求我把准星直接瞄上你的脑门，让我千万不要吝惜弹药，最好是一口气对你轰上三天三夜。

　　"我现在就老实不客气，正式通知你，赶快把矿山机械厂的欠款给我准备好，一分钱也不准少。不管你去借去卖去典去讨去偷去抢，三天内我要是见不到汇票，我就把招标会闹个天翻地覆，我要请一大伙演员把你的故事编成相声编成京韵大鼓编成莲花落满北京城去说，让你这种人这种德行家喻户晓路人皆知，让小媳妇老大妈用你的名字吓唬吃奶的孩子，到那时候，你就是连声喊我祖宗我也不应了。就地买把菜刀先把你废了。另外几家公司正等着看这场好戏呢……"

　　"你疯了……"井来吃惊地说。

　　"我下岗了，托您的福。"我从桌上花瓶中抽出一枝鲜花，殷勤地插在他西装衣领的钮绳里。我松开井来，顺便帮他整理一下领带。

　　侍者惶恐不安，悄悄上前打听，问要不要帮忙。

　　一刹那间，井来有些惊慌失措，他很快镇静下来，挥挥手打发侍者退下。我没有手机，便写下容慧的手机号码供作联络，井来接过纸条一把塞进衣袋，望也不望我一眼，心事重重地离开。

　　容慧的手机彻夜响个不停，她不停敲门，让我来接。井来在电话中要求与我私了，他软硬兼施，恫吓诈骗，使出各种手段企图迫使我乖乖就范。有一次井来打电话的时间特别长，他好像在无话找话讲，话筒中隐隐约约听见他手下人窃窃私语，似乎他们动用了先进的侦码工具，正在设法侦查我们的居住地点，以便采取他们认为必要的一切行动。我听见有人在低声通报，"快快，东郊……""北广附近。""定福庄一带……"

　　我关上手机，为保险起见，我连手机电池也卸了下来。井来一伙确实神通广大，我们仨就住在北京东郊定福庄的内蒙古饭店。如果继续保持通话，井来一伙就可以十分容易地测定我现在躺的这张床的具体方位，然后发射一枚卫星制导的微型导弹——如果他的公司现在尚未装备这类竞争手段，短期内一定会全副武装应有皆有——来消灭敢于向他叫板的人。

我们都确信井来这家伙什么事情都能够干得出来。容慧十分担心安全问题，她不敢一个人单住，吓得把被子抱了过来，索性就借住在我和孩子这间房的长沙发上过夜。我很抱歉连累了她，但是眼下又没有什么更好的办法，只好走到哪里算哪里了。

窗外灯光柔和，大街上不时驶过车辆，车灯在窗户玻璃上流光溢彩。夜静极了，我俩毫无睡意，边看电视边聊天。

电视播音员正在报告新闻；斐济政变，菲律宾扣押人质又起波澜，有一名空中劫机者财物得手后跳伞逃走结果自制伞没打开摔死在泥地里，最最耸人听闻的新闻是以色列与叙利亚两个宿敌秘密直接谈判多次，而英美情报机关一无所知……我对容慧说，相比之下，发生在我们身上的事真算不了什么。

"回南京后，你不能老是闲着呀，打算干点什么呀？"容慧一边拿着遥控器对着电视机调台，一边信口问道。

"学陈建国，骑摩托车上喜马拉雅山。"我逗趣说。说实话，现在我对自己的处境简直有些幸灾乐祸，暗中庆幸工厂终于濒临破产了而让我等来了一个重新选择活法的机会。假如工厂一辈子留我干下去的话，我会在那个半死不活的单位一口气继续工作二十年，直到我发苍苍、视茫茫，拿着退休证书步履蹒跚离开。那时再来回顾我的一生，后悔已经晚矣。我下岗了，从积极的意义上说，是我终于自由了，这是一件多么值得庆贺的事啊。除非我是个万劫不复的奴隶，命中注定的劣根性，不跪着心里就不踏实。不，我可不是苦菜花。我有充足的理由感到高兴。我说，"说不定再找几个人，搞一次雅鲁藏布江漂流……"

容慧眼睛一亮，问我是否知道她参加过金沙江漂流。

我惊讶极了，坐在床上转过身去，几乎把枕头弄掉到地上。这么一位可人儿，漂亮得犹如模特儿，聪明得就像博士生，怎么会拿生命作赌注，去与大自然赌一把。我有个儿时的邻居，五短身材，相貌粗陋，普通到不能再普通的地步，做什么事情他都排名在最后，初中没毕业就参加工作了。长大后有一天我突然从别人那里听说他是横穿神农架原始森林的南京五大壮士之一，顿时我在心目中把他当作亲兄弟一般尊敬。我小心翼翼地问："翻船了没有？"

回话是："翻了不少于六次。"

我在心中与这姑娘立马亲近了许多，简直就把容慧引以为亲密同志。这种感觉化成言语就变成"够意思"。

"不够意思。"容慧说。

我知道她还在为疯牛事件耿耿于怀。从东北回北京的路上，容慧多次批评我意气用事，她说我能活下来纯粹是侥幸。那头公牛的智商不见得比人类低，只不过是它比我更疯狂，更意气用事，所以毁灭得更快而已。每次谈话结尾时，她都要指着孩子提醒我："你要是出了三长两短，我们俩怎么办？"

说实话，我很愿意听她这么说，这意味着我的生命安危还有别人牵肠挂肚地惦记着。很久以来我一直远离这种关心的温馨，自从小家庭支离破碎以后，下班回家冷锅冷灶，每一件家庭琐事自己不做就永远没人去做。有一次我偶然喝醉了和衣而卧，半夜醒来口干，无水可喝只好一口气啃了三只苹果，泪水不由地夺眶而出。我想，"家"这个汉字应该改写，至少应该和"安"字通用，"宝盖头"下面一定要有一位女性，这个家才算得上是个家。

在闲聊中我知道容慧整整比我小十二岁，上海复旦大学中文系毕业。有过几次不成功的恋爱史，"没有激情没办法"，她说。

"爱情可遇而不可求。"她很冷静地总结说。

儿子不知什么时候醒来了，自己跑进卫生间撒尿，然后半睡半醒地走回来，蜷缩在我身边的被窝里，突然石破天惊问出一句话来："容阿姨，你已经答应嫁给我爸爸了吗？"

说完，这个小肇事者又自顾自睡着了，发出轻轻呼吸声。

我和容慧有些尴尬，好半天没有搭话。很久，长沙发那边传来均匀的呼吸声，我借助荧光屏的光线看去，发现容慧已经睡熟，嘴角挂着甜甜的微笑。

我悄悄关电视机关灯，在黑暗中久久睡不着。我很喜欢这个与我同甘共苦的姑娘，但是我的离婚史我的下岗待遇我的不知是福是祸的王室身份，约束了我的勇气。"东方男人真蠢。"我一边谴责自己一边坠入梦乡。

第三天上午，是我规定的金德矿务局送交汇票的最后截止时间。当天下午，"袖章"的跨国集团将要举办大型招标会，据可靠消息，参加投标的单位共有二十几家，个个是有鼻子有脸面的巨无霸企业。相比之下，应天公司真有点儿底气不足。

我破天荒花大价钱租下王府饭店一间豪华会议室，约井来一伙在那里见面，我想，就跟日本投降在"米苏里"战列舰上签字一样，这次会面应选择一个正式场合。我代表的虽然是一家穷困潦倒濒临破产的停工企业，但是只要这家企业还剩下一个人——我苦笑一声，连我也下岗了——企业精神不能颓废，企业面貌不能坍台，我要昂首挺胸不卑不亢，大大方方面对我的客人。

井来走入这房间时楞了一下，他显然没想到我会有此动作。我知道我又得了一分，租用这间会议室两小时化了我一千元人民币，这意味着我回南京只能坐硬座而不能睡卧铺。

他手下四条汉子如狼似虎，戴上了墨镜也遮不住恶狠狠眼神，个个蠢蠢欲动。容慧轻轻拉了一下我的手，我明白她在提醒我，注意不要让对手有机可趁。

井来一言不发，不动声色挥挥手，一条汉子从手提密码箱里取出一份1200万元的银行汇票，由会议桌对面推过来。

我仔细端详这份两联汇票，认真核对收款单位名称和账号，然后打电话给汇票开出银行进行查验。接电话的银行小姐十分客气，但是不肯提供电话查验服务，她说你可以带上汇票亲自到银行来一趟。我说叫你们经理来听电话。对着经理我说自己知道银行的规定没错，但我眼下只希望电话核实一下细节。她问你是哪里，我说是"王府饭店"。经理立刻改口说那好吧，我又听见滴滴嗒嗒敲击电脑键盘声，好一会儿小姐回话说汇票是真的。

容慧对全部过程摄像并拍照。容慧透露说，她的摄影设备数码联网，图像已经传到了南京总部，全部情况记录在案。她的话中之话是在暗示在座各位切莫轻举妄动。摄影一招起到了威慑作用，对方一伙面面相觑，真的给镇住了。

我刷刷写下收条，容慧同时打了个电话。不一会儿，几名饭店保安鱼贯而入，按照我们事先的约定，陪同容慧把汇票交到饭店贵重物品保管库临时保存。

井来依然不动声色，他接过收条草草看过一遍，便叫手下人收起来。

井来站起身来，逼近我面前，他运足气力长时间直视我的眼睛，如果他的眼力有毒的话，这么长时间足以杀死一连骑兵。我坐在那里纹丝不动，毫不畏惧地对视着他。我胸中坦坦荡荡，任何外来的威胁对我来说，都不能形成些微刺激和压力。

终于，这场眼力决斗告一段落。

井来临走前，从牙齿缝里蹦出几个字来："你确实有贵人相，我真希望你是……一位铁帽子王，可惜你不是。你能告诉我你到底是谁吗？"

我微笑着，朗声唱道："送客！"

容慧大笑。

我打电话回工厂。厂长室里无人相信我的话，厂长一再提醒我说，今天不是四月一日愚人节，他又神秘兮兮地旁敲侧击，打听我最近有没有患上精神障碍，需不需要工会主席再给我送来一封慰问信。

等到他们亲眼看见汇票传真件，电话那端一定是发生了一场强力地震。困顿之极的厂长们一个个喜极而泣，无数问题像雪花一样飘飘扬扬扑头盖脸向我飞来：

"你是怎么做的？是不是认识总理的秘书？王府饭店你也进进出出？"

"你跑到北京去干什么？想过竞选北京副市长吗？如果南京市长直接选举你想过回厂拉选票吗？"

"你真的真的真的不是开玩笑吧？那样做可太残酷了……至少会有一大批人由于失望当场脑血栓中风。你想过后果吗？"

在涨潮一般的提问声中，真巧有一个同样的问题容慧也问了我几遍，那就是"这不像是你能做的事，为什么居然让你做成了呢？"

我无师自通，一句话喷泉似地冒出嘴来：
"王者不王，不王者王。"

塔塔

1

  "你，"看守长从驾驶室跳下来，食指几乎戳到我的鼻尖，他张开嘴，喉咙深处仿佛有一架石磨在空转，发出沙哑的声音，"去附近找找看。食品，水，民工，都行。"

  我慢悠悠从队伍中站起。我的同伴们毫无表情地散坐在公路边上，像是一丛丛呆板的灌木，默默品味着西斜的阳光。对于他们大多数人来说，几十年的徒刑还长着呢，困在深山公路和闷坐牢房，看不出有什么本质的区别。

  我低低应了一声，返回大客车取来我的裤带和鞋，准备上路。这辆警方专用的大客车抛锚在这里足有两个时辰了，公路两端似乎在大山背后打了一个死结，看不见一辆过路汽车的影子。唯一起了变化的是看守长的表情，六名武装警察押着五十多名囚犯，被这间活动牢房拉到荒山野岭，缺食少水，动弹不得，似有不测之虞。

  我畏怯地向山路两侧张望一番，闽西的深山密林分辨不出季节变迁，无论是盛春炎夏还是寒冬腊月，一律是绿深油重，枝繁叶茂。太阳当顶时，浓密枝叶中跳跃着无数耀眼的光点，像一群无忧无虑的小精灵好奇地窥测我们。而现在，小精灵们玩累了，树叶渐渐模糊成一片。不知是寂静在进一步浓缩还是天色在暗下去，层层叠叠的山峰像巨大的手掌慢慢收拢成拳头。我仰起脸，不停地活动脖子，我体验到一种莫名的窒息和压迫感。

  刚刚走出几步，看守长在背后叫住了我。他揪下嘴边的烟蒂，瞟着树林中迫近的阴暗，郁郁不欢地通知我说："万一走丢了，三天之内，你自己想办法赶到农场总部去报到……你可得留点神，司机是土生土长的福建人，他赌誓说从未进过这一带大山，你明白了吧？"

我把破工作服裹得更紧些，作为回答。沿着公路一直向前走去。

公路无穷无尽，一个劲地向前方伸延。前方公路中央横着一捆化纤布，我走近后抬脚踢去，布匹中突然钻出几只大老鼠，带着它们红颜色的孩子慌慌张张逃走了。

我站住了，琢磨着换条别的路来试试。新路建起来后，这条老路像条旧裤带被遗弃了。也许，这条路上曾经摔死过一位重要人物，它被指控"谋杀罪"，一个漫长的囚禁期在等着它，和我一样。

我怀着荒诞不经的念头离开公路，在深草中忽高忽低地穿行。参天大树从四面八方包围了我，有时候偷偷跟着我潜行几步，我倏然回首望去时，它们立刻扮出若无其事的神情站下来。我渴坏了，迈开大步向山下疾走，远远望去，山泉蜿蜒，传来哗哗的流水声。泉水冲在巨石上，溅起一片乳白色水雾，就像啤酒泡沫一样令人心驰神往。

看上去顶多半小时的路程，我却足足走了两个小时，后来，山泉消失了，水声也沉寂了，眼前只剩下一片更比一片浓密的原始森林，只剩下一座更比一座峥嵘的崇山峻岭。

我迟疑地停止脚步，转身沿着原路退去。不久，我发现自己遇上了更多的麻烦。我走下来的这条山径大概呈鱼刺形状，当我沿着鱼尾向鱼头走下来时，道通路畅，不易迷失方向。反过来走，便接连不断地碰见岔路。我睁大眼睛，全神贯注，仍然连连走错。有时走着走着路便消失了，有时走了半天又回到原地。最后，当我从一堆从未见过的小动物尸骨上面迈过时，我绝望了。

我迷路了。

刚刚离开严厉的看守，我就又失去了行动的自由。

看守长当然不怕我趁机逃走，我老老实实服刑七年多，再过一个多月就要被释放了。回到社会以后，囚犯生涯巨大的惯性仍将在很长时期内有效地控制我的身心，足以使我时时刻刻意识到身在牢狱之外，心锁大墙之中。我没有那么傻，逃跑是毫无意义的。

更何况我已获得当局的通知，我将被彻底平反，这就是说，一俟手续齐备，七年桎梏生涯就要从我的历史上一笔抹去。我将从二十八岁一下子返回二十一岁。几天前，我甚至还接到我原来念书的那所重点大学的正式通知，我被告知，如果我愿意继续完成当年那篇未曾结束的毕业论文，这所大学同意补发给我毕业证书和学位证书。

我努力回忆那篇哲学论文的题目，依稀记得是《试用思维与存在的不平衡公式推导二等于一》。

又过了半小时，一瘸一拐的我出现在一条阔大山涧中。两边是峭壁危崖，高数十丈，遥不可攀。我咬紧嘴唇，拨开半人高的野草，彷徨彳亍，心里一遍遍诅咒着该死的山路。不止一次我稍不留神便被凸起的岩筋重重绊倒，严重擦伤了左腿膝盖。

我曾多次把空林鸟语误认为是人声。我的神经渐渐麻木了。所以，当一声叫喊劈空而降时，我错误地相信那不过是又一声鸟语，沉默不应。

喊声再次出现，终于引起我的注意。抬头望去，只见危崖高耸入云，而在离地面十几丈高处的绝壁上，凿出长长一溜石洞，结结实实打进一排粗大木桩。木桩之间，稀疏地铺上木板，便成了一条穿云破雾的空中走廊。

我颇感兴趣，来回打量这条非同寻常的空中道路。据我观察，它凌空拔起，全长大约百米，走廊正好连通了绝壁上几处或深或浅的洞口，可以匿影藏形，隐蔽财物。我曾经听来自福建的同伴介绍过这种奇特建筑，当地土著称它为"天车架"，是避战乱、躲土匪的"空中避难所"，易守难攻。来犯者可望而不可及，纵有千军万马也是枉然。

叫喊声又出现了，随之而来的还有一只吊篮，徐徐落下。

我坐进了吊篮。

上面的人摇动轳辘，我开始晃动起来，离开地面，悠悠升上高空。很快我的视线便超过了原始森林高大茂密的树冠，极目远眺，千层群山巍峨，万里林海苍茫。

不一会儿，吊篮停靠在天车架上，我跨出吊篮。小心翼翼踏上空中大道的稀疏木板。

一名少年紧张地迎上前来，食指竖在嘴前，告诫我切莫出声。他随即丢开我，只顾聚精会神向下面张望。

我只向下面望了一眼，顿时头昏眼花，赶紧闭上了眼睛。我胆怯地蹲下身去，紧紧抓住一块厚重的木板，背后的绝壁好像紧贴着我正慢慢地向前方直挺挺倒下来，顷刻之间便要天崩地裂雷霆万钧，我就会粉身碎骨，化为齑粉。我害怕之极，几乎喊出声来。

几分钟后，高空效应渐渐消失，我重新睁开眼睛。

那少年瘦削，严肃，大约十二、三岁。穿一套蓝土布衣褂，赤足穿一双布鞋。左耳上挂一只造型古朴的银耳环，他俯身前倾，耳环便微微晃动，轻拍他的脸颊。

少年微启嘴唇，口中发出一阵若有若无的尖细声音。声音极高亢，振动极快，像电磁波穿云破雾射向天空。十分钟，二十分钟，他十分专注自己的工作，丝毫也不灰心。尽管看上去他的努力没有收到任何效果，他仍然默默坚持着。

许久，正面那座山峰上，终于出现一些动静。我俩居高临下，可以清楚观察到具体细节。山上齐肩高的野草在一股神奇力量作用下突然呈"V"字形纷纷向两边倒下。"V"字形迅速向山下漫延，就像一支急流夺路而下，直向我们汹涌扑来。

我的视线在又长又密的野草上纠缠成一团，未能看清那究竟是何种奇怪现象，但我深信不疑，这东西的出现必定与少年的口哨声有关。

那股神秘的力量快速冲下山脚，并不向两翼低凹处散开，而是集中全力，来势凶猛冲上一座小山丘。灌木丛和低矮的小树纷纷折断，灰尘蓬蓬勃勃飞扬起来，蚊蚋和小咬轰轰烈烈地升空，嗡嗡飞舞。几只贪食的鸹鹊陡然发现大祸迫近，张惶腾起，互相撞击在一起，几乎跌落下地，一面尖声怪叫一面拼命向外逃窜，翻过陡峭的山脊不见了。

转眼间，"V"字形的前锋来到我刚才逗留的地方，后尾仍在远处小山丘上摆动。一刹那间，我千真万确地看见，深草中间有一条庞大无比的物体在全速游动，那是犹如巨大的水泥下水道一般的灰褐色东西，通体间杂着斑斓的鲜艳花纹。顷刻，野草又弹回来，挡住我的视线。

一个恐怖念头重重撞击我。我吓坏了，手指用力撑住峭壁，我花了如此之大力气，全身筋疲力尽，似乎身后万仞大山全靠我的支撑才没有轰然倒下来。一只足有蝴蝶那么大的艳丽山蚊居心叵测地在我面前盘绕，但我不敢腾出手来赶走它。我突然感到自己虚弱得像一名婴儿。

　　是的，那是一条罕见的巨蟒。如果没有少年的收留，我险些葬身蛇腹。我吓出一身冷汗，不由地向少年投去感激的一瞥。

　　巨蟒无休无止地向前方游去。它对于道路根本不假思索，也无意选择。世界上没有敢于不给它让路的生灵，看来它对于自己的力量深信不疑。转眼间，那道"V"字形的草上波浪一路向前，汹涌澎湃地冲到山涧尽头，螺旋形地盘上一座古怪的小山岗。风停草止，周围一切恢复了平静。

　　少年停止口哨。他不动声色，注视着周围点点滴滴的动静，全身心投入瞭望，观察更加周密，口中焦急地喃喃低语。

　　不久，巨蟒从原路返回，消失在对面大山中。

　　巨大的威慑力量长久控制这一带地区，视野之内看不见任何生命的迹象。两只无拘无束的乌鸦高高地从山那边飞来，突然像觉察到了什么危险似的，厉声怪叫起来，鸟儿在空中急拐弯，划出一个尖锐的角度，慌张向天边逃去，瞬间变成两只黑点，融进西天晚霞。

　　少年若有所思，又吹起古怪的口哨。这一次哨声变得低缓而急促，节奏感很强。夜幕徐徐下降，森林变黑，显得暗不可辨，格外神秘恐怖。远处大山顶上出现几点明亮的光辉，或许是星星，或许是觅食狼群的眼睛。

　　我低下头，睥睨脚下那几根木桩，使劲蹬了两下，生怕把自己摔下去。木桩纹丝不动，异常结实。我再抬头时，天色已经很暗，山林几乎看不清楚了。蓦然间，山涧中又出现两道草上波浪。一条呈现大"V"字形，约摸同刚才那条巨蟒压出的痕迹差不多，旁边还有一条小"V"字形，相伴着一同迅速向前游动，目的地还是那座古怪的小山岗。

　　当它们再度从山涧中回去时，夜色已经暗黑如漆，眼前一片混沌。只听见下方不远处传来"沙沙"移动声。相比之下，听觉效果倒比视觉效果来得更清晰、更准确些。

　　少年长长吁出一口气，他随即眉头紧锁，心事重重，仿佛背上了更加沉重的精神包袱。他冲着我比划了一个手势。我明白了，笨拙地坐进吊篮，由他慢慢放下去。

　　不一会儿，我的双足稳稳地踩上了山涧土地，这使我欣慰不已。左膝受伤处又剧烈地疼痛起来。我自嘲地想，莫非我的双足是两相电源插头，接触大地载体后，一切辛酸苦辣便周而复始地循环起来了。

　　我目送吊篮缓缓升上去，不知道少年怎样才能把自己送下来。天车架在黑暗中看上去更高更危险。当地土著们选择这种避难所确实别具一格。在这个世界上的绝大多数地方，历史上人类经常遇上急需躲避的时候，于是便发明了地道、夹墙和暗室，或藏匿于山洞，或干脆远遁他乡。把自己高高悬挂在万丈绝壁中央的这种破天荒做法，真正是独一无二。

　　吊篮稳稳地悬停在半空中一动不动，像一只沉浸在自己思想深处的黑黝黝山雕。少年不知什么时候突然出现在身旁，他扯了一下我的衣襟，叫我跟他走，然后就像大猴似的跳到黑暗中去。

　　约摸两小时后，我们终于到达山寨。

　　寨前，几大堆篝火熊熊燃烧。人头攒动。

　　少年引我在篝火旁边坐下。我已经一步也走不动了。我发誓，这一趟夜间行路的运动强度，决不亚于世界铁人三项比赛，我登山，趟河，四肢着地在密集的灌木丛下面爬行，过吊桥，钻山洞，越沼泽，这个该死的山寨简直就是另一座天车架，总是可望而不可及。我不止一次累瘫在地上，拒绝前行，然后咬紧牙关又站起来跟上少年，事实上，黑暗降临之后，一名陌生人置身于原始森林也没有第二个地方可去。

　　火堆烧得很旺，大块树段剧烈燃烧，末端分泌出油脂，散发出清香。寨民们移动了一下，为我在篝火旁边空出一个位置，好让我坐得舒服些。这些山里人并不注意我的到来，火光照耀着他们古铜色皮肤，凹眼和关节粗大的手掌。看上去他们心事重重，眼神中浸透忧患。我的眼睛逐渐适应了黑暗，篝火外围那些影影绰绰的黑团，乍看上去活像是密密灌木丛，其实是一些妇女带着孩子忧郁地蹲在地上。她们像受惊的动物呆在那里，一动也不动。

　　篝火之间，一条赤膊汉子背朝着我坐在木桩上，双臂像蟹钳挥摆不停，后脊线像一条鳝鱼激烈扭动，我注意到他正在修理一把笨重丑陋的大铜锁，脚前散落一地金属碎屑。这是把陈旧不堪的巨锁，看上去足有一只皮箱那么大，也足有那么蠢。赤膊汉子十分卖力气，他低下脑袋，一次又一次展开攻击，企图征服这头小小的钢铁怪兽，就像他起过血誓不修好锁就要蹈火自焚似的。

篝火旁边的那些男子汉们尽量避免抬头，生怕他们的目光会对那可怜的家伙产生沉重的压力。但是，那汉子的每一个动作都会引起寨民们暗中的热切反应，有人痉挛地抽搐小腿，有人抓紧自己的肩头，有人用牙齿狠狠咬自己的手臂，他们惊人的沉着态度一次次被证明是正确的，没有出现任何新的变化，大锁依旧，汉子依旧。

"是塔塔干的。"少年回到我身边重新坐下，对两旁的男子斩钉截铁地说。他们说一种很难懂的闽西山里话，这种方言的地域性往往非常窄小。北京的一位著名语言学家曾经认为，闽西山区的多种方言完全有资格在世界大战期间被征用为不可破译的密码，即使敌方的密码专家来自邻村，他也只能听到深山里的鸟语，风声，石块滚动，山泉迸流。所幸少年的语言中夹杂着一些变异的"官话"，这要归功于五十年代中期福建省大力推广普通话运动的成果。

一名魁梧的中年汉子不声不响站起来。我听见少年低声告诉他说，蛇神已经知道这件事了。它们非常悲伤，碰也不碰祭品。蛇神的意思是选择东南迁徙路线，最好今夜就起身出发。少年又悄悄耳语，好像在问要不要把祭品杀死？不杀就放生。魁梧汉子像石雕听完这番话，做出石雕像能表示的一切，也就是任何表情也没有。他咬紧嘴唇，转身消失在黑暗中。

我毛骨悚然。不知道少年所说的祭品是什么，会不会与我有什么联系。我虽然是自动来到此地，但这决不意味着我怀有主动献身的牺牲精神。万一我被稀里糊涂地拖进黑暗中一刀宰掉，祭了那些不知名的山神，看守长对此后果是既不会知晓也绝不承认的。在我纯洁无瑕的囚犯生涯史上将出现一个我极不愿意看到的不光彩纪录。既然人神之间素无邦交关系，我变成祭品之后，也不会有人积极张罗为我再次平反。

我趁人不备，悄悄立起身来，不安地打量四方，发现身后多出几名强悍男子，他们手中紧攥着钢矛和短柄斧头。我沮丧透了。我这一生就像在横涉大河，那些冤案就像一块块露在河面上的石头，我每跳离开其中的一块，就必然要迅速踏上另一块。只有在空中腾身跳跃的那一瞬间，我才是完全自由和安全。天哪，那一瞬间何其短暂！

两只圆滚滚的狗崽被火堆吸引，追逐玩耍了半天，蹦蹦跳跳撺到我面前来，我留神到它们根本不是狗崽，而是两只巨大的山蛙。几分钟前，一条飞蜈蚣呼呼地从头顶上振翅飞来，恰好落进火堆中烧死了，发出电线烧焦的气味，我估量，那自讨苦吃的孽虫没烧焦的那一段，也足有我腰间这根皮带那么长。

我头皮一阵阵发麻。那篇哲学论文的构思不合时宜地偏偏此时又冒出来折磨我。我自嘲地思忖，把真实的我和我的苦难经历照抄一遍，捞到手的肯定远远不止一张哲学士的学位证书。

魁梧汉子低头走回来，手间捧着一只古朴的木匣。木匣外面雕刻着古怪的图案和花纹。他看上去刚刚结束了长时间的哭泣，脸颊和手臂上新割出一道道血口子。他肩披一袭黑布斗篷，斗篷边上摇曳着一圈染红的流苏。他那岩柱般结实的小腿上紧紧打着黑布裹腿，我这才注意到在场所有的人小腿上全打着这种黑色绷带。

魁梧汉子严肃地打开木匣，口中念念有词。他谨慎地揭去一层红布，从木匣中慢慢端出一只银质托盘。

银盘上是一只可怖万分的怪物。山民们又敬又畏，轰然跪倒，喃喃地祈祷起来。

巨大的惊骇猛然把我推坐在地上。借助于闪动的火光，我清楚地分辨出，那只银盘上横放着一只巨大的脚掌。

确切地说，这是一只脚掌制成的标本。五趾，多毛，足有我的一条手臂那么长。这种骇人听闻的长度，大大超出我的常识的界限。那只像大号蓝边饭碗的大拇趾微微翘起，奋力向外弯曲，似乎一直在做出很大努力，企图帮助那个失去脚的无名巨神重新在天地间站立起来。

我不失时机地提醒自己，我看见的是一种秘密图腾。

2

篝火又添加过几次劈柴之后，少年和我已结成互相信赖的朋友。他钦佩地在我耳边嘀咕说："你有两只母狼那么多的心眼。"

友谊的种子是在一张地图上生根发芽的。当时，祭祀图腾的仪式行将结束，魁梧汉子重新回到篝火边坐下。他从怀中掏出一张羊皮地图铺在地上，用铁钎似的指尖笨拙地划来划去。几名有地位的山民围绕地图站着或蹲着，他们低声议论起来，不时发生激烈争论。看得出山民领袖们正在决定一件极其重大的事情。其他山民默默停留在原地，经常有人立起，把大块树段投入火堆。篝火越烧越旺。明亮的火焰直冲夜空，看上去像在狂风中摇晃不已的辉煌草棚。

少年第一个指出那张地图上的谬误。他的发言得到了几位山民领袖的理解和支持。少年稚气地蹙着眉头，一句句话像砍刀重重落下，似乎他立意要把一些不着调的计划连根斩掉，他不停地打出否定的手势。后来，他干脆掰断一根树枝，边说边画，在地上画出另外一张截然不同的地图。

几名山民头头勃然大怒，他们像华南虎一样低声咆哮，愤怒冲上去，强行用脚擦除地上新地图的痕迹。

魁梧汉子右手放在胸前，低低吐出几个音节。那些怒火冲天的汉子们顿时垂下眼睛，毕恭毕敬退回到原来位置。

就在这个时候，我忍不住插嘴说出一名旁观者的见解。依我看来，魁梧汉子拥有的那张古老地图，实际上只能算得上是一张地形标志图，用"～"代表河流，"¤"代表森林，"§"代表山岭，图上还常常可以看见"¢"的记号，可能是代表村寨，也可能是代表居民。我还看见另外一些令人费解的符号，如"æ"、"Ψ"、"‡"。这幅图大约是用烙铁之类的工具在一张皮革的反面制作出来的，粗糙，模糊，谬误丛生。我根据其中几条主要的山岭和河流在心中大略计算一番，认定这幅图把海岸线的位置至少画偏了一百公里，如果村民们果真按照地图上的指示向东迁徙的话，当他们满怀期望，徒步走上四天四夜，憧憬着到达另一座摩天山岭的时候，事实上他们早已被东海的滔天洪波吞没。因为那些连绵的原始森林根本不在东面，而在南面。到那时候，那只曾经拥有这张皮革的小动物的亡灵，一定会为这种可怕的错误附于自己之身而又一次地魂丧肠断。

我脱下自己脚上那双旧解放鞋，变魔术般的从中取出一根长长的生锈铁钉。一个人如果不会无中生有地从哪怕是赤裸裸的身体上变出这样或那样违禁的小型铁器来，他就根本不配做一名合格的囚犯。我走上前去，毫不犹豫地在地上勾勒出一条又一条长长的曲线。

不一会儿，闽、赣、粤、浙四省的主要地形地貌就展现在面前。对于一名曾经长期潜心研究逃跑路线的囚犯来说，地图知识掌握程度的分毫偏差随时就有可能要了他的小命，既然如此，他对利用地形地貌活命求生的宏观陈述完全有百分之百的把握。我陶然了，对于自己"笔"下的地图一再做出补充。我多年悉心研究的这一成果意外地得到了充分展示和论证，我的天才最大程度地展现出来，以至于最后连我自己也搞糊涂了，一会儿误把对方当作越狱的亡命团伙，悄悄告诫他们务必"昼伏夜出"；一会儿又错把哲学论文的命题牵扯进来，神思飞动，提醒自己应该从一张荒诞的羊皮地图上寻求新意。

我绘制的地图显然有助于证明少年的观点。那孩子眼睛闪闪发光，很快就把对于我的地图知识的信赖推广到对于我全部言行的崇拜。山民领袖们围聚过来，一名囚犯在渴求自由的特殊条件下焕发出来的非凡才能深深吸引住他们。少年扯动我的衣襟，我俩悄悄从篝火边离开。

几分钟后，少年和我并肩躺在芬芳柔软的干草堆上，大嚼甘薯丝、南瓜子和脆甜多汁的甘蔗。

我惬意地瞅着夜空，繁星万点，灿烂绚丽。我努力说服自己不必强行记牢群星的位置，也不必要伤神去在心中一遍又一遍地复制星际路线图。事情是明摆着的，至少在目前，囚犯逃往火星的事件暂时还不会发生。

一轮明月在原始森林背后吐放清辉，天地间形成巨大的光环。我很高兴地意识到下一次月圆之时，我将获得自由。虽然七年多来我一直没有机会展示和利用我宝贵的地图知识，但是——我不无得意地想到——在出狱之前，它们绝不是没有发挥过作用。

"莫错！统统离开，死了也不回来。"对于我的疑问，少年毫不犹豫地回答说，"不走，冒得命啦！"

我往嘴中塞进一大把甘薯丝，使劲地咀嚼着，不经心地想，走就走呗，愣在篝火旁边干什么呢？

少年急了，伸来一只手扳住我的肩头使劲摇晃，"走又走不得啰。那个铜机关的邪气撵不出来，祠堂的大门锁不上，咋走？"

顺着他的手势，我费了好长时间才看清楚周围的情况。三堆篝火明晃晃地架在山脚下一片整理出来的平地上。在平地的尽头，村寨倚山而筑，高高低低、影影绰绰居住着几十户人家。平地的另一端紧紧抵住一道绝壁，绝壁上面是万仞大山。隐约可闻猿啼狼哭，令人不寒而栗。

夜渐渐深了，白色山岚从高处沉降到绝壁下面，像一群夜游的幽灵。篝火的光辉淡淡地涂在绝壁上面，光线飘移不定，那片绝壁时而光怪陆离，时而狰狞不堪。

我目不转睛，细细观察绝壁上下，心中充满恐怖神秘的感觉。夜色、山雾和火光交相辉映，绝壁上面风起云涌，万象环生。忽而千军万马席卷而来，旌旗猎猎，酣战不休；忽而白水黑流交向汇合，惊涛拍岸，洪波连天，一泻排空；忽而整面绝壁浮现出一幅怪异的面孔，阴沉沉地逼视着你，索你性命；忽而万千墨黑花朵缀连成片，无边无沿，窒人呼吸。在这一切变化的下端，在绝壁下方中央有一个黑黢黢的山洞，洞口方方正正嵌着一副阔大门框。两扇厚实大门虚掩。

少年贴耳告诉我说，这就是他们的族祠。他把手中的两只海贝壳捏得咯咯作响，招呼我一声，便蹑手蹑脚向祠堂摸去。

我紧随其后。

我捏住受伤的左膝，手脚并用，从齐腰高的祠堂门槛上翻进去。祠堂大门实际上就是山洞的门户。祠堂里面是一个巨大的山洞，一座石头建筑的天然大厦。洞内湿气很大，与门外相比，夏夜的温差至少在摄氏二十度以上。我把旧工作服的扣子全部扣上，仍然冻得缩手缩脚。

少年和我高高举起火把，走入山洞两百来米，一座地下湖泊出现在我们面前。这是一片广阔深远的地下水域，水面上方凝聚着一层厚厚的水气，看起来一年到头都不会散开。

洞内光线很差，难以揣度这片湖面的实际范围。我放开喉咙嚷了几声，几乎听不见共鸣声，前方的黑暗中包容了博远宏大的空间，隐藏着不可名状的神秘世界。

"你吃吃看。"少年仿佛看透我的思想，他弯下腰舀起一捧湖水，浅浅地啜。我听出来他的意思并非全在于解渴，便学他的模样尝了一口。

湖水有淡淡的咸味。

"真的，是海水。这湖底下一直通到海里。"少年看出我并不相信，急了，提起火把向我的脚踵戳来，吓得我连连倒退。少年在我站立处蹲下，扒开沙土，焦急地寻找着。不一会儿，他胜利地抬起眼睛来，问我，"你来看，这是什么？"

一只笨重的铁锚躺在沙土底下，冷峻，深沉，向人间不动声色地做出某种暗示。它和它的家族毕生隐藏在深水中间，过着暗无天日的生活，一旦公布于众，必定兆示某种重大变故。铁锚周围，杂乱叠架着几块厚重船板，木板上这里或那里露出生锈的铁箍和铆钉。少年气喘吁吁，停止了他的挖掘工作。他拍去手上的泥沙说，"船在海里翻了，会从这里浮上来……我爸爸亲眼看见，捞上来两名水手，那时他只有我这么高。"

"湖底通海"的传说在中国大陆上广泛流传，甚至还产生了"泉底通海"和"井底通海"的故事。出于对博大开阔的汪洋大海的崇敬，陆地上的居民充分发挥他们的想象力，把生命有限的浅潭孤井与永远充满蓬勃活力的海洋紧密联系起来，以寄托生活的憧憬和向往。这类传说多数纯属虚构，眼前这一例却是事实。我不仅目睹了物证，而且亲口品尝过海水滋味。这个山洞湖泊下面确有一条千里地下通道，连通辽阔的海洋。

一种不祥之兆，一股不安情绪突如其来，攫取了我的心。渐渐地湖面上出现某种异常变化，原先湖水平静如镜，不知从什么时候开始推送来层层涟漪，水面翻滚起浪花。

起初，湖水显现出浅绿色，像萌芽期的草坪使人感到新鲜可爱。转眼间，在某种神秘力量的催化作用下，沉沉夜色变得可溶性极强，顷刻间就把湖水染成藏青乃至深黑。一些巨大漩涡莫名其妙地涂抹出一圈圈耀眼的金黄色，像一张张疯狂大笑的嘴唇，从湖底不时升起一阵阵不可抑制的兴奋喘气声。

我心惊胆战看去，那些漩涡像受惊的鱼群倏地沉下水底。湖面上重新聚来许许多多发光的藻类生物，那些光点迅速移动，与墨黑的背景组合，变幻出一幅幅光怪陆离的图案。一会儿幻化出硕大无朋的宇宙飞行器，边旋绕边向星系的联系部迫近；一会儿映现出一幅几亩地大的狰狞头像，天灵盖被揭开来，无穷无尽地流失五彩斑斓的脑浆。这些图像根本无视透视图的法则，忽而在夸张中变形，忽而在失真中消亡。

我紧张得喘不过气来，几次企图丢下火把转身逃开，又怕黑暗中的魑魅魍魉趁机施展伎俩，陷我于进退两难之地，迫不得已只好又退回原地。

我战战兢兢，高举火把。在湖泊远处，在火把的照度之外，清清楚楚传来物体拍击水面的声音。这声音的节奏感极强，渐渐地由远至近，由弱变强。

突然，古怪的声音远远超过我俩，径直向祠堂大门扑去，严严实实封堵住我们的退路。转身再听，山洞内万籁俱寂，只听见自己体内心脏怦怦跳动，血液在肢体内部繁多的管道——决不亚于大型化纤企业生产设备的管道系统——喧嚣和奔流。

我动弹不得，像被几枚尺把长的铁钉"砰砰"地钉死在原先那种姿势的框架上。我的第六感觉如同无助少女面临恐怖不敢挣扎。我毛骨悚然。冥冥中那沉重的呼吸迫近了我，观察着我。朦胧怪影居高临下，正厌恶地等待我自行毙命，乖乖让出一条道路来。

在极度恐怖的挤压下，我的面目也许严重变形了。少年一再以奇特的眼光打量我，不停地殴打我的耳光催我醒来。少年使出全身力量揪住我一起向洞外逃去。事后他告诉我，我当时完全神志错乱，活像一名奋不顾身赴汤蹈火的疯子，一边拼命狂吼，火把挥舞得像火流星，一边嘴中全是污言秽语。他说我一直在恶毒诅咒，不停地试图冲下湖水，去与隐藏在黑暗中的对手较量。

少年递过来一块圆圆的卵石，上面有深深的几道指痕，说是我干的。我接过沉甸甸的冰冷石头，认为他的话根本不可思议。

我俩逃出洞外，远远地伏在一块岩石后面，憋住呼吸，胆怯地注视着空地。那三堆篝火依然烧得很旺，树段烧裂开来，响亮的噼啪声不时划破山林的寂静。那名赤膊汉子仍然保持角力的姿势，与那把妖魔附体的怪锁相持不下，艰苦卓绝地拚搏。全体山民面向祠堂匍匐在地，他们当初统统来自这片土壤，而现在又苦于无法回归其中。

祠堂大门虚掩着，几百年来，这种状态大概一直保持未变。缕缕白雾像粘稠的乳汁从门槛上，从门扇间，从门缝里慢慢溢出。不知过了多久，大团大团白雾在祠堂门口排成阵列，把祠堂烘托得犹如仙境一般。陡然间，白雾受惊似地全部缩回门里，消失不见了。

月光如水，照在祠堂门前，远远看去草芥毕现。山民们惶恐万分，彼此间悄悄靠近，跪得更低。半晌，白雾的触角才又一次伸出来，试探性地触摸洞外的世界。

"塔塔来了。"少年目不转睛地盯着祠堂，毫无表情地告诉我。他努力做出若无其事的样子，但是我明显感觉到一种巨大的威慑力量势不可挡地控制他的身心。

"塔塔是什么？"我问。

我接连问了几遍，少年才听见我的问题。他魂不附体地噢了一声，牙齿抖得咯咯响。少年战栗失神，颠三倒四报出一笔流水账给我听。前几天晚上，他的姐姐和三名女孩在睡梦中同时被塔塔收走了；上个月，寨里失踪了七头牛；再上个月，寨里九名精悍后生上山砍柴一去不归；再上上个月……少年一口气披露出许多骇人听闻的人畜失踪案件。

我不禁吓坏了，一边东张西望，一边不由自主向少年那个方向移动，企图寻求某种庇护。此时此刻，哪怕庇护来自于一名孱弱少年，对我来说也是一种莫大安慰。

"塔塔到底是什么样子？"我追究不舍。

少年思索片刻，低低地弯下身体，在我旁边跑了一圈。我估计，他用脚步圈出的面积，大约有三间平房基地那般大小。他回到我面前，奕奕有神地盯着我。

我感到脊背上发凉，"这么大？"

少年严肃地点点头，肯定地说："塔塔的脑袋，就有这么大。"

"那还等什么呢？你们怎么不赶快迁走呢？"

"那个铜机关是念过咒的，能把塔塔锁在祠堂里面。不然的话，塔塔会永远跟来祸害我们。"

"那个铜机关，"我问，"坏了多长时间？"

少年指向几步远的一棵大银杏树。我俩一起抬头望去，树冠郁郁葱葱，大约有足球场那么大。树干高不见顶，像是一座银色的山峰屹立在漫长的历史岁月中。

少年畏葸不安，低声说："那时候，还没有这棵树。"

3

少年递给我一把烟叶。

他摆弄小刀，随手削来两节竹管。他把烟草紧紧抟成小团，从竹管一段塞进去，凑近火把点燃了，我们便一口接一口抽起烟来。这种烟卷的材料取之不尽，山民们种植了大量烟草，漫山遍野到处生长着茂盛竹林。唯一不方便的是抽不上多长时间，竹烟嘴便烧坏了，需要重新制作。这又有什么关系呢，山民们唯一多余的不正是他们的时间和精力吗。

我皱紧眉头，困难地挪动左腿。长裤的膝盖部分磨烂了，伤口又开始汨汨地流出鲜血。

少年默默看着我，一口气把他那根超级烟卷吸完，竹管因而明晃晃地燃烧起来。他呛得咳嗽不停，涕泗横流。少年一骨碌爬起身来，弄灭了竹烟嘴，扬言他现在就去为我的伤口想想办法。

未等少年说完，我伸出手去紧紧抓牢他的胳膊，咬紧牙关从地上挣扎着站起来，与他做伴一起出发。在如此恐怖的夜晚，我可不愿意让他把我一个人孤零零地抛在深山荒野。我发现山民们对于塔塔的无限恐惧已经悉数传染给我。不知从什么时候开始，我一直神经质地窥测周围的动静，一刻不停地向四周张望。每当我意识到自己漏看了一处，就会感到毛茸茸爪子正在从背后搔动我的肩头，吓得我冷汗淋漓。

我俩举着火把，沿着几百年来被脚板磨得十分光滑的条石台阶，潜回空无一人的山寨。几只狗哑了似的默默跟随着我们，主人们的反常举止和巨大悲哀，吓得这些畜生全傻了。一只比豹子小不了多少的大狗率先发现了什么情况，蹑手蹑脚向前潜行。没走几步，一个跟头栽倒在地上，死了。

少年领我摸进一间空荡荡的大房子。房屋石墙木顶，"上木下石"，远远望去就像石头灶台上架满柴禾。而居住其中的人类，历朝历代以来就像一股股直立的火苗，在石隙和木缝中窜来窜去。我陡生怪想，房屋或许本来就是一座座灶台，安奉无数生命一个劲儿地燃烧呀，宣泄热能呀。房屋对于生命，就像灶台对于火苗，在表面那层意义之外，是不是另有目的。

房内没有其他家具，只看见一张笨重的大方桌趁人不备悄悄向门口爬去。我们闯进屋时，它正停留在会把每一个走进走出的人重重绊倒的地方，拿不定主意是继续外逃呢还是暂时内撤。少年向屋角一长排形状各异的陶罐瓦钵奔去，把盖子掀得满地乱滚。他伸手掏出容器里面的东西，连嗅带舔，一一验明真身。后来他终于找到一小块糠饼似的物体，小心翼翼掰下碎片和渣屑，要我吞下肚去。

　　我疑惑了足足一分钟，一举打破了自囚犯生涯以来我对别人一个主意或建议表态的最长时间纪录。我犹豫地接过那一点点碎屑，嗅了嗅它散发出来的异香，迟疑地咽进喉咙里。

　　少年把那糠饼状的宝贝东西揣进怀中。他又在房间暗处寻找了一气，握住一样东西前来交给我，大惑不解地说，他姐姐在失踪前神秘地收到这些饰物，紧跟着少女们接二连三地永远消失了，"是塔塔干的。"

　　我摊开手心，一条轻飘飘的镀金项链便精巧地缩成小小的一堆，这条廉价的机制小链索下面，坠着一块心状的塑料红宝石，给人以精致、华美和贵重的感觉。我翻过宝石背面，读到"Made in Hong Kong "几个单词。

　　我楞楞地合拢手掌，把项链握紧在拳心。我没有见过少年的姐姐，但是我能揣度出这样的小礼品对于山寨姑娘会产生何等巨大的冲击力。我不禁回忆起今晚早些时候逗留在寨前空地上的所见所闻。当时，我借助篝火的亮光，偷偷打量身后的地形，随时准备拔脚逃走。身后不远处坐着一群高大粗蛮的妇女，漫不经心地敞开衣襟，袒露出未被阳光晒黑的胸膛，正在哺乳孩子。我的注意力被姑娘们吸引过去，她们约有十来个人，乌发随意披散开来，眼光中充满哀怨。看上去她们的年龄只有十七、八岁，但是山林的新鲜空气，长期体力劳动和锻炼，杂乱丰富的天然食品有助她们迅速发育，长得异常结实和饱满。一名长辫姑娘觉察到了我的目光，她像被烫了一下立刻慌张起来，赶紧把脸藏在同伴背后。过了好一会儿，她才像只受惊的羚羊，提心吊胆地注意地望了我一次，双手下意识地抻平衣裙。我留意到她们的上衣式样非常奇特，衣服下摆很短，刚刚罩住乳房，露出肚脐和一大截腹部。胸前撑得紧绷绷的，身体每晃动一次，便引起胸前长时间的颠颤和抖动。粗壮的大腿在墨色长裤下面如此充分显示出曲线，以至于看上去那条长裤就像是她的深色皮肤。我入狱太早，缺乏对于异性的经验，七年的牢狱生活更像一块千斤巨石压迫在我全部欲望的幼芽上面，此时此刻，体内的本能冲动像一块停走很久的怀表突然又卡卡地启动了。

　　长时期监禁造成的最大损失之一，就是头脑中缺乏女性的新鲜印象补充和输入，而旧有的女性形象早已在千百次幻想中严重磨损和走形。我对于女性的想象力不可避免地变得古怪和荒诞。注意力时而集中，时而分散。眼下，这位茁壮的纯情少女的出现强烈刺激了我，她的目光直勾勾地望着我，嘴唇蠕动，似乎在演习一旦我发出呼唤便立刻回报一往情深答复……十分钟后，我再次回过头去，千真万确地看见姑娘绝望地流下眼泪，巨大渴望变成巨大失望。我收集到的全部信息向我表明，只要我做出某种暗示，姑娘会抛下一切随我逃往海角天涯。但我退却了，及时提醒自己目前仍然是一名囚犯。为了给这次充满浪漫情调的遭遇装上一个强有力的理性结尾，我集中全部注意力试图在脑海中复原看守长和他的同事们的肃杀形象，我成功了。

这样的女孩儿，果真是塔塔收走了么？我迷惑不解，默默地把项链交还到少年手中，不再认真思索故事的来龙去脉。

走出这间屋子之前，少年和我在不同的地方分别被那张居心叵测的大方桌狠狠顶撞了一下。我奋力上前，把桌子翻了个底朝天，任凭它在黑暗中四脚朝天，乱踢乱蹬。我跟随少年来到石板路上，不约而同坐下来。

四周安静得就像是创世纪的第一天。

我身下仿佛是地震突然轻轻晃动了一下，这不禁使我大为诧异。我慌忙弯下腰来，双手捉住冰冷的青石板，但是为时已晚，脚下也根本不是什么倾斜的石板路，而是一艘不知何方神灵搬来斜靠在大山脚下晒干的独木舟，此时，仿佛受到某种召唤，这条闲置已久的战船在滚木上轰隆隆地向山坡下面滑去，尘土飞扬，砂石滚落。我骇然回首，发现少年正离我越来越远，急忙伸手去拉，谁知道他一直紧紧坐在我的身边，纹丝不曾移动。我使出的力气太大，反而把他摔了个趔趄。

我张皇失措，忙问道："刚才，你到底给我吃的是什么东西？"

少年说出一个名称，我根本不懂。他费了一些口舌，又提到一系列别名，最后我总算是明白了，我服食了鸦片等几种神秘药草的混合制剂。

我恍然大悟，感激地拍了一下少年的肩膀。左膝的疼痛完全消失了，我尝试弯曲和伸直双腿，自我感觉从来没有这么好过。我精力充沛，腿脚强健有力，自信足以在一场激烈对抗的足球赛中踢左边锋，或者拉着野马的尾巴来一次十公里飞奔比赛。我明白，即使我在幻觉中一不小心摔断了另一条腿，我仍然感激这位素昧平生的少年。当然，少年无法精确掌握用药剂量的多少，这不是他的错。或许——一个新的念头像鸟影倏地掠过脑空——山民们早已发现，在种种借口之下咀嚼一番这种麻醉和致幻药物，本身就是一件非常有吸引力的事情。

身下的"战舰"开始大幅度地颠簸，我的身体有节奏地摇晃，褐色浪潮在四面八方汹涌澎湃。我忙向少年扑去，想靠他扶住我，但我把方向完全搞错了，我像被伐倒的大树向着另一侧直挺挺摔下去，幸亏少年及时从背后抱住我的腰，安顿我重新坐下来。

战舰一直跃上波峰，我看见地平线上矗立起一座辉煌灿烂的灯塔，五彩光线从它的无数扇窗户里流溢出来。浩瀚银河是一条亮彻寰宇的光带，无休无止地延伸向远方。在灯塔背后，是一望无际的碧清澄澈的天空，高楼华厦栉比鳞次，熙攘人群匆匆来去。紧跟着，战舰和我一起跌入深深的波谷，浪的墙壁从四面八方向我迅速逼近，不怀好意地企图夹击我。我翻滚着筋斗，在浪的竖井中往下坠去，头顶上一方天空越缩越小，最后完全消失。我变成一尾大鱼，移动双腿在海底可怜地步行，受到各种鱼类的抨击和嘲笑。我意外地在海底礁石上拾起几个世纪之前我最后一次使用过的那张旧渔网……啊，世界上发生的一切，对我来说，真正是不可思议。

摇晃的和不稳定的感觉，终于像冰块渐渐融化，消失不见了。取而代之的是慢慢升起了一种前所未有的愉悦感觉。七年来监狱生活愈演愈烈的气促、心悸等症状，早已迫使我不得不用口辅助呼吸，我常常保护性地佝偻着背部，我已经习惯了呼吸别人从肺部向我吐出来的废气而泰然自若。而现在我骄傲地挺直腰杆，自由自在地品尝着清新凉爽的海滨空气，神摇意夺，腾云雾。

我美美地伸了一个懒腰，却意外地发现自己伸直上肢后，居然比刚才我进去过的那幢大房子还要高出一头。我试探性地蹬直双腿，顶天立地站起来。哎呀，那一排排房屋原来只是狗舍，那里怎么能够住人呢？奇怪的是，那些筷子长短的居民仍然若无其事地在我两腿旁边走来走去，公共汽车轰隆隆地从我胯下通过。

我的鞋面变成城乡贸易场所，人们为了几文钱而成天激烈争夺不休。一位投机商率先发现剪下我小腿上的汗毛编成缆绳卖给航海船队可以赚大钱，大大小小的专业公司随后立即建立起来，我的小腿各个部位上贴满了花花绿绿的占有标志，脚手架一直搭到我的膝盖上方，日制手提电动工具一刻不停地轰鸣起来。

我面前相继又出现了正宗北京烤鸭,冰桶中的青岛啤酒……我径直向一碟扬州汤包扑去,假如你是外行,牙齿一沾上去就像咬破雷管,马上发生大爆炸,美味汤汁会溅你一脸一身,令你狼狈不堪。我颇有心计,捏起一只汤包浅浅咬破一个小口,连蚊子也不会比我咬出的口子更小,然后深深一吸,鲜美肉汁像水库开闸立刻一泻而入口腔。在我短暂一生中,我的最高理想不止一次曾经归结为在一家汤包店里心满意足地死去。还有音乐,我听见美妙辉煌的萨克斯乐声,"奇迹","回家","Songbird"……肯尼•金胸前那个活蹦乱跳的管状的精灵哗哗戏弄着玫瑰色泉水。

我又置身在跑道上,与刘易斯角逐跳远金牌。我的起跳就像舰载强击机抬升机头垂直爬高,我的降落就像救援物资拖着几只航空伞缓缓落地,我至少跳出半英里远。一排排参赛选手看见我的成绩突发心脏病纷纷倒下,观众们发狂了,鲜花抛上云端。一群姑娘欢呼着向我奔来。

就在这个时候,有人用力牵动我的胳膊。篝火旁边的那位姑娘含情脉脉地在邀请我,她踩着鼓点,极有韵律地跳起了肚皮舞。姑娘裸露的腹部本身就是一种暗示,是一种无需翻译的全球性符号,加上剧烈扭动腰、胯、臀的动作,组合成一长串富有挑逗性的舞蹈词汇,我被告知姑娘内心大量的骚动,我强烈意识到来自异性的迫不及待的心情。我快慰极了,这么多美好的事情在一瞬间把我淹没,而在平时,一个人也许十年之内也撞不上其中任何一次机会。我早已习惯了自卑自薄,凡与幸福沾缘的机会光临时,我都会把它看成是非份之物,是一种恩赐。我开怀大笑,愉快乐观。自信和尊严在我这个人的格调构成中,像智齿一样姗姗来迟,但毕竟还是出现了。

我的手臂又一次被使劲牵动和摇晃,似乎嫉妒之神强行要把我和那姑娘分开。我动怒了,握拳转身,寻衅来人,却瞅见一张熟悉的面孔。半晌,我才认出少年万分焦虑的表情。

我对于少年的贸然出现——或者说是对于自己理性的再次回归——异常恼怒。该死的寨子,再加上这名讨厌的孩子,其总和大于世界上任何一件最可恶的事情。我冷冷地望着少年,率直向他公布这个不等式的内容。

少年耸动肩膀,他无意取悦我。一俟我愤世嫉俗的演说出现短暂停顿,他抓紧时间简短地告诉我,他必须分秒必争离开这里去办点事情。他不愿意把我一个人丢在冷冰冰的石板路上，确切地说，他不忍让我沉溺于狂热幻想之中神魂颠倒而弃我不顾。我迅速闭上嘴，二话没说，跟上少年离开了。

我俩在黑暗中默默疾走。

月亮隐入云堆，这个世界上复又伸手不见五指。我俩徒劳地高举火把，远远看上去就像是举着两根点燃的火柴，妄图依靠蝇头小火来焊接夜空这艘亿万吨级巨轮的墨色钢甲外壳，我们真是枉费心机。

夜太黑，与其说是火把照亮了周围，毋宁说仅仅是映现出我俩头部的轮廓。我俩一前一后在黑黢黢的黑夜中走了很长的路。这段路途之长，足以让我从迷幻中走回清醒，并从对少年的误解和怀恨中彻底走出来，进入对他的全新认识。

少年在丛林中拐弯抹角疾走，不时弯下腰去，察看他预先布置的猎弓。多数时候他一无所获，他便小心翼翼用树枝拨动弹射装置，解除危险，收回猎弓串在胳膊上带走。

我好奇地撵上去，帮他提拎猎弓。在我眼中，这种用毛竹片制成的原始狩猎工具既轻巧又实用。主要部件是一只竹三角形框架，再加上一条弹性很强的长竹片和一把削出刃口的竹刀构成。猎手在行猎前会使劲弯曲长竹片，使它强有力地抵压着竹刀，然后奋力拉开竹刀，用一些细竹棍和细绳组成的装置把它暂时锁住。此时，在竹刀和竹三角架之间，悄然出现一个非常危险的空档，一个看不见的獠牙大嘴静静地埋伏在那里，随时准备吞噬一切。在外力作用下，细竹棍的位置一旦出现几根头发丝那么微不足道的变化，立刻就会引起一系列连锁反应，顷刻间总攻击便会降临，竹刀呼啸着飞攻而来，把侵入的野兽牢牢夹住。

猎手们常常选择黄昏时分下弓。他们把一触即发的猎弓安放在野兽出没的地方，撒上野草枯枝作为伪装。猎手们还常常施展伎俩，他们往往会故意选择公开的山坡，笨拙地掘出一只小洞，向洞里扔上一些羽毛，有时还丢进小块羊脂。洞口的树枝下面隐藏着一张强弓。一切都做得顺乎自然，似乎与阴谋完全无关。那些狡猾透顶的小动物会被"鸟筑新巢"的假象迷惑，一念之差，便忍不住上前打探一番。它们无不为此悔恨终身。

　　不一会儿，少年的裤带上便摇晃着几只黄鼬、野兔之类的小野兽。在一棵叶茂根突的大樟树下面，野兽中了机关带弓逃走了。我俩一路跟踪，追到一条不易觉察的岩隙前，那张竹弓卡在岩缝中动弹不得，竹刀紧紧"咬"住一条火红色狐狸的前腿。那畜生看见索命人来到面前，使出浑身气力垂死挣扎一番，眼见逃生无望，突然张开锋利獠牙的大口，咔嚓一声齐斩斩咬断自己的前腿，遁入深草丛中不见了。我俩面面相觑，不禁目瞪口呆。

　　就在这时候，月亮出来了，一片清辉洒向深山幽林，澄澈天空与幽暗密林形成视觉上的强烈反差，出现极美的景致。我环顾四野，尽情欣赏，突然间惊呆了，竹弓从手中沉甸甸地滑出去，我双手按紧太阳穴，脱口喊出了声音。

　　我发现，距我站立处大约二十米远的地方，静静横卧着一条陌生的石板大道。道路足有一丈来宽，用巨大的青石条一块块铺成。我们此时正好站立在这条石板大道的一端，眼望着它在月光下像一条睡熟的河流笔直延伸向远方。

　　在石板大道的另一端，隐隐约约矗立着一幢巍峨建筑，肃杀而又宁静，朦朦胧胧显现出东方古建筑的惊人魅力。

　　面朝神秘建筑望去，我内心骤然接受到大量强信号，引导我不知不觉地向它奔去。

　　少年紧紧追随着我。两人在青石板上噼噼啪啪留下清脆的足音。从石板路的缝隙中长出一排排野草，一些路段已被多年生藤本植物掩盖。看起来这条路被人类遗弃很久了。

　　我们接近那幢神秘的建筑。

　　一堆乱石严严实实封死了围墙的大门，没有人明白当初为什么堵门以及后来为何又没有清除障碍。

　　我俩攀上大堆乱石，越过石块垒成的墙垣，怯生生地进入这座令人心惊胆颤的城堡。

　　城堡正中是一幢七层飞檐的高屋。"你如果能把瓦片扔上屋顶，你就要走运了。"少年激我说。我试了一下，瓦片只飞到这幢高屋的腰间便落了下来。我扮了个鬼脸，我对自己身陷囹圄历经坎坷又多了一条解释。

　　高屋内矗立着一具巨大塑像。我仰起脸来只能看见他的膝盖。少年告诉我说，上到第四层楼才可以看见他的肚脐，第五层可以看见胸膛正中的红痣，第六层正对着他的肩膀和嘴唇，第七层上才可以面对面地注视他的眼睛，而只有攀上楼顶的悬梯才能辨识他的法冠和名号。我寻到墙角，楼梯早已荡然无存，只留下一堆腐朽的木屑和灰尘。少年失望地说，现在活着的山民——包括他们的祖先以及祖先的祖先——从没有见过这具塑像的真实面容。曾有人架起长梯攀援绳索试过，顶多只爬到第三层，便相继跌落下来摔碎成一块一块的，从此再没有人敢上去。

窗棂井然，窗前的地面上投下一块块方方正正的月光，枝影疏斜，看上去像是一个个造型繁琐的中国汉字，无人能够判读。

城堡之内石阶连通，室宇栉比，百十门户，藤蔓繁茂，蛛网密集。齐腰的野草和参天树木藤条掩没了这座城堡的本来面目。看起来这座城堡荒芜了至少几个世纪。

高屋左侧是一块空地。空地上有一大一小两样奇怪的东西引起我的注意。我弯下腰清理鞋里的砂石，悄悄拾起其中小的一件塞进裤袋。

另一大件是八仙桌大小的花岗岩平台，平台上安放着一只硕大石鼎。石鼎古朴厚重，是一件原始风格的石雕艺术品，看上去酷似半截蛋壳。"蛋壳"底部静静地沉睡着一颗滚圆的石球，石球的直径与一只野猫差不多长，足有四、五百斤重。

我伸手轻摸那石球，那庞大的重物听话地在"蛋壳"中间自由滚动了几下，然后有节奏地来回摇晃不停，像是一只石头钟摆。"蛋壳"中蓄积的琥珀色雨水显出很大的张力，使人不由自主联想起流动的蛋清。

花岗岩平台的底座上，镌刻着一些费解的符号。我感兴趣地蹲下身去，把火把移得更近些，识出几个象形文字，还有"⊣"、"⊕"、"◿"、"♂"……耳后倏然传来悉悉索索的声音，我惊疑地扭过头去，我发现那男孩在念这些符号。

少年简要地解释说，据闻几百年前，他的祖先世世辈辈居住在这座城堡里。塔塔强迫他的先人搬迁到山脚下去，整个村落和自己历史的联系就这样被一刀切断了，没有说明理由，也没有抗争的可能。或许山民们连想也没有想过，左右他们命运并起决定作用的力量为什么不是他们自己的意志，而是塔塔。塔塔毫不客气地干预生活，总是无需说明，或许说明是有过的，不过谁也无法弄懂。

少年看出我怀疑他的叙说，急了。他毫不犹豫解开上衣纽襻，裸出身体。我更惊讶了，他的身体简直就是高超文身技术的一项杰作，浑身上下刺满了美丽图案和花纹。双臂上各绘着一条形态逼真的娃娃鱼，山中大鲵的怪异头像占据了整个肩头，少年的双手不论做出什么动作，都会促使娃娃鱼争先恐后向上方爬去。他稚嫩单薄的后背上，绘出一些主要星座，彼此间用繁枝茂叶联系起来。在他胸前，显现出一个怪异动物的庞大头像，三目四耳，鹰眼象鼻，口形不规则，像窗户玻璃上的破洞向四周放射出裂纹，令人回忆起某一件远古石雕图案的摹写。少年胸脯周围装饰着一些抽象符号，其中有几个与我在石头平台上看见的一模一样。

我惊讶之至，长长吁出一口气。谁知这轻微的喘气声立刻被放大了千百倍，惊天动地，振聋发聩，霹雳般炸响着滚过原始森林，引起四乡八野宏大的回音和反响。蓦然间，我领会到一件可怕的事实：并不是我的声音有何特殊之处，而是这里根本听不见任何声音！泱泱乾坤，万籁寂然。那些夜鸟啊，夏虫啊，山风啊，流泉啊统统缄默无语，仿佛是在故意躲避什么危险。

可怕的寂静像沉甸甸磨盘无声碾压我的神经系统，挤痛了太阳穴。我的心脏像打鼓似的搏击不停，血液轰隆隆地从血管中流过。我意识到再这样下去我非疯了不可。我一分钟也坚持不下去了。我俩匆匆离开这座遗弃已久的城堡，我们慌不择路，惊恐不迭，看上去更像是在逃跑。我俩沿着石板大道拼命向远处逃去，很快就消失在莽莽密林中间。

月光消失，周围的一切重新被黑暗吞没。我忐忑不安，生怕少年也被黑暗掳走，而我竟然不知道他的名字，无法呼唤他。少年低声说出他的姓名，过了一会他补充说，这个名字原来是他祖父的名字，他呱呱落地的时候，他祖父死去了，山民们普遍相信，用故去的亲人名氏为新生儿取名，就代表那个死去的受尊敬的人已经复生。

少年的话音刚刚落地，一片巨大黑影在树林上空出现，无声无息地掠过我俩头顶，火把"刷"地被扑灭了。我低低地缩下脑袋，头皮一阵阵发麻，那片黑影约有半亩地大小，飞得极低，看不出具体形状，羽翼平伸显现出优异的滑翔性能。我双腿发软，不由自主地蹲了下来，潜到一棵小树下面，紧紧搂住树杆，惊恐地眺望着茫茫夜空。

那片黑影一去不返，没有再次回顾我们。

我长长吁出一口气，坐在地上。头脑中一团乱麻，思绪万千。对于造物主的不公平，这个部落长途迁徙或许是理智和必要的选择。可是，如果不去争取彻底摆脱冥冥之中塔塔的控制，不从根本上改变吾为肉糜、彼为刀俎的命运，山民们长途迁徙的唯一结果，充其量只是协助塔塔把盛大餐桌从此地搬迁到彼地而已。

很久，月亮颇不情愿地重新露面，随即迅速向另一片云彩后面遁去。我抓紧时间，从裤袋中掏出刚才拾到的那样东西，匆匆察看一番。

这是一枚银质的小十字架，约有寸把长，看起来是信徒悬在胸前的那种小挂件。背面有一行不熟悉的文字，我只认识一个大写的"W"。

4

篝火噼啪，山民们依然缄默无语。他们的眼神和表情惴惴不安，恐慌情绪有增无减。那赤膊汉子半跪在地上，他已经筋疲力尽，但看上去他的努力毫无结果。

少年直接把我引见给魁梧汉子，建议让我来试试那把怪锁。那孩子一定具有超常的洞察力，不声不响地窥测到我心灵深处的一些念头。我在漫长的服刑期间先后干过车工、钳工和钣金工，开过铣床和镗床。我的本领不止如此，我曾亲手为监狱设计了一整套二十吨级的冲压设备，眼看着卡车运来的钢铁刨花、金属碎料和厚钢板的边边角角，在机床强力压缩下处理成婴儿包那么大小的一块块长方形"钢砖"，以方便送回冶炼炉去。具有讽刺意义的是，我为监狱所做的这项工作与监狱对我们所做的工作相比，意义完全一致："回炉改造"。我的很多同伴的命运现在看上去确实很像一只只新的婴儿包呢。自来山寨之后，这天夜里我不止一次想过，我应该出些力气帮助山民们从受制于这把古锁的困境中摆脱出来。说不定山民们出于感激能够对我肩负的使命做出积极反应，至少，给囚车上那些伙伴们和看守们挣点吃的和喝的，聊以度日嘛。

那赤膊汉子泪流满面，挣扎着从地上爬起来，默默注视着我。他悔恨交加，羞愧万分，猛地扭过脑袋，从那把锁旁边让开了。

他摇摇晃晃向篝火走去。出人意外，他突然把沾满机油的双手伸进熊熊烈火，顿时，大火冲天，皮肉烧焦的臭味扑鼻袭来。人们都惊呆了。几名强悍的汉子冲上去，冒着被烧死的危险，把赤膊汉子从烈火中拖开，那两只像火把一样猛烈燃烧的手臂被一条毛毯紧紧裹住，那名视死如归的失败者已经昏死过去了。

我一瘸一拐走上前去。少年那帖药的药力已经过去了。我左膝剧痛，膝以下部位几乎失去了知觉，每次向前迈步的时候，在左大腿带动下，左小腿不听使唤，我甚至不能保证我的左脚面能够次次朝前。

我来到大锁前面站定。三角锉刀，长长短短弹簧，粗细不一的钢丝铝丝和另外一些工具散乱地铺在地上。我想体面地盘膝坐下，但是左膝的伤痛困扰着我，我无法成功地降低身体重心，我趔趄一下，重重摔倒在地。

少年默默来到面前，摊开手掌。

掌心是一撮我熟悉的药物碎块和粉末，他不动声色地注视着我。我已经深深领教过这种神秘药品的威力，心存戒意。我犹豫片刻，用指尖捏起少许粉末投入自己喉中，剂量约是我刚才服食的十分之一。我有要紧的活儿要干，而且这活儿干得好与不好对我来说非常重要，我必须保持清醒头脑和敏锐的洞察力。然而，当前我又必须克服伤痛强迫自己坐下来，然后才谈得上干活。这种局部妥协观念说服我有限度地接受了那药品的诱惑。

我弯下身去，仔细端详这把怪异的大锁。

这把锁确实与众不同。它的体积和造型酷肖九十公斤重的石锁。用这么沉重的硬家伙来练功夫的人，必须事先用足够时间掂量一番自己的份量，他必须具有过硬的气功本领、娴熟的武术技巧和极为出色的腰腿力量。我使出全身力气接连把锁向四面八方推倒，企图找到制造厂家的牌号或者有助于了解这个钢腹铜胎生命的其它标志。我的期望落空了，除了那个肚脐似的锁眼，这把大锁浑身上下光溜溜的，连个胎记或疤痕也没有。

我抚摸着那根小腿粗的冰凉的锁梁，东瞄西瞅，从外表上没有发现任何特殊迹象，这使我稍稍放下心来。世界上锁的种类多达一万三千六百余种，千奇百怪，穷极天工。听说十八世纪欧洲制作的一些名锁需要配备专人专钥忙上整整一天才能打开，很显然，我害怕啃这样的硬骨头。此时此刻，面前这把锁实在是普通极了，大街上进入你视野的任何一只旅行包上都可能悬挂着这种弹子挂锁。眼前这把锁只不过是放大了上百倍而已，大得笨拙，也有点可爱。

我拎起那串沉甸甸的钥匙，问题必定出在钥匙方面无疑。

这一大串钥匙形态各异，差异悬殊，好像是各种规格锯条的碎片。与众不同的是，钥匙两边有齿，这意味着锁体安有上下两排弹簧和弹子。我将不得不像忙碌不宁的牙医那样一会儿敲打上牙床，一会儿探索下牙洞，"两条战线同时作战"。我安慰自己，亦不过是把工作量增加一倍而已。

我抓紧手钻，果断启开弹子封口。粗壮犹如气枪弹簧那样的结实家伙便迫不及待地跳了出来。我设法倾斜锁体，铜闪闪的弹子便像高射炮的炮弹从枪膛中沉重滑落到地面上。

我努力工作，既灵巧又熟练。很快地上下两侧二十四眼四十八颗弹子全部取了出来，整整齐齐排放在篝火旁边。这可真是个构造精密的大家伙啊，我怀着赞美的心情选出一把钥匙，开始对弹子进行排列组合。

魁梧汉子和他的人民敬畏地注视着我的全部动作，看着我又锯又锉，不停调整弹子的位置。我工作得既快又好，显示出超人的自信心和强大的控制局面能力。有时我不得不用膝盖使劲抵紧钥匙，挥舞钢锯和三角锉刀改变它原来的形状。钥匙在月光笼罩下的群山中发出如此凄厉的声音，听上去活似倒吊起一只野猪然后活生生地把它剥皮抽筋制成腊肉。我高兴地注意到左膝疼痛全然消失，左腿可以伸曲自如，这说明药物力量已经徐徐推进到达我的四肢。

半小时后，我以最高效率完成了全部工作。我站起身来，用脚尖把地上的工具踢成一堆。我对于成功抱有百分之百的把握。

我高高举起那把应选的钥匙，像演员似的转动身体，向篝火四周的观众展示它的风采，然后略显夸张地慢慢伸直手臂，像推锯似的把钥匙用力插入锁眼，轻轻扭动，锁把"啪"的一声轻快弹开。一切完美无缺，好到不能再好的地步。我兴奋之极，长长喘出一口气来。

山民们纹丝不动。少年向我递来眼色，示意我再试一试其它钥匙。我对于这个荒诞无稽的建议嗤之以鼻，根本不屑理睬。

少年坚持他的意见，不停做出手势，强化他的要求。出于友谊的考虑，我勉强同意听从一次他的胡闹选择。我从一大堆钥匙中随意找出一把，形状与刚才使用的那把钥匙截然相反，就像一枚"飞去来器"与一把乌兹冲锋枪那样全然不同。我摇晃着脑袋，苦笑着用它去开那锁。

锁把同样轻巧地弹开来了。

我懵懂了，愣愣地瞅着大锁，不敢相信自己的眼睛。第三把钥匙酷似美洲印第安人的战斧，第四把像一道落地闪电，第五把和第六把如同两条互相攻击的响尾蛇和眼镜蛇，这些复杂的铜片、铝板和银条，无一不获得大锁的倾心响应。锁把连续弹开，友好地向全体钥匙敞开心灵的大门。

我气急败坏，脱口骂出了声："妓女。"直至试完最后一把钥匙，这位卖笑女郎始终无意改变自己朝秦暮楚的杨花习性。

我抓起一把螺丝起子伸进锁眼，锁也开了。

我从地上拾起一根枯树枝试试，锁又开了。

血全涌上脸来。我无颜再看任何人。我三下五除二地把"妓女"给肢解了，然后像潜水员一样深深吸进一口气蹲下去，在弹子、弹簧和一堆工具之间摸索起来。

我再次立起身来时，大锁的老毛病终于根除了。但是新的问题接踵而来。每当我使出全身力气强行把大锁关上，锁把立即以更大的力量自动弹开。

我双手擒住锁把，一会儿全身压倒在锁上，一会儿干脆坐在锁把上。我像鞍马运动员不断改换新的动作，倒立，"托马斯全旋"，仍然无济于事。我急了，像蹦床运动健将在锁把上抛起又落下，立刻又被它高高弹射到空中。有一次我被全速抛上高空，以至于当我向下望去时，三堆篝火就像萤火虫在互相追逐。

"魔鬼！"我狰狞地咆哮起来，但是听上去更像是一声呻吟。我匆匆忙忙拆开锁体，口念咒语把魔鬼的魂魄全部驱逐出去，满怀着奇耻大辱，格外卖力地重新装配起来。

这一次情况更加糟糕，钥匙轻轻推进锁眼之后，就像一只活狗跃入鳄鱼嘴巴，死活也拉不出来。我用双手握紧钥匙柄使劲往外拔，用螺丝起子撬在钥匙孔里拔，最后我索性站在大锁身上，用粗铁棍穿过钥匙环，使出平生气力向上撬。我听见自己胳膊的关节咯咯发响，全身各个部位由于用力过度而扭曲变形。我脸上五官挪位，映照在锃亮的铜锁上，看上去活像是被重型卡车轮胎压瘪的一只旧铝锅。那把该死的钥匙却比焊在锁上还要牢固。

我满脸赔笑，说尽好话，同时把自己贬斥得一无是处，手指在胸前不停地划着十字，那钥匙竟不睬我。我倏地狰狞不堪，冒出一串恶毒的脏话，拼命垢骂，仍然无济于事。

我颓然跌坐在地。那些红薯丝、南瓜干就像一堆沉甸甸的铁砂子在胃里往下坠，地面上似乎又冒出许多钉尖来戳我。

只好又拆，又把每颗弹子换防。

这一次情况大为改观，所不同的是，无论哪一把钥匙都无法插进锁眼。我眯起一只眼睛，像狙击手那样煞费苦心瞄准，钥匙却像顶在一堵密不透风的钢筋水泥墙上。

我觉得自己如同一只围着乌龟团团转的狐狸，苦于无从下嘴。我量了又量，锁眼明明比钥匙大出许多，事后我恍惚记得，当时，我甚至能把一套活动扳手或一只火把宽宽绰绰地放进锁眼，但是，无论是哪一把钥匙，也无论钥匙从哪个方向出现，锁孔一律却客于国门之外，拒之千里。

下一次，一场地地道道的悲剧不加排练便正式上演。魁梧汉子、少年和山民们一个个走上前来，接过我新配制成的钥匙，他们当着我的面一次次轻而易举打开大锁，又轻轻关上，意味深长地离去。唯独当这把钥匙传到我手上时，它就像一片枯叶毫无用处。

我曾经从篝火旁边逃开，扯掉自己的衣服，又在泥土中滚了好一阵，企图磨去自己的气味。然后我藏在从山民那里借来的一件蓝布褂后面，弯弯曲曲地向大锁靠近。这一切把戏一点也没有瞒过那个铜家伙，那把锁的嗅觉像狗鼻子一样敏锐，它正在那儿等着我，态度丝毫没有改变。在黑暗中，我与那把要命的锁扭打成一团，不断地滚来滚去。

只好重来。继续努力的唯一结果是我不断地从一个泥沼向另一个更大的泥沼中陷去。其他毫不相干的几十把钥匙都能顺顺当当地打开这锁，偏偏我精心选配的那把钥匙费尽心机也是徒劳。这种"几十对抗一个"的局面实在令我气馁，寄予重任者一筹莫展，不屑为伍者神通非常，黄钟毁弃，瓦釜雷鸣，一切事先的精心安排被无情唾弃，巨大的智慧被证明是可怕的错误。现实对于我的嘲讽就这样达到登峰造极的地步。

我几乎被逼疯了。我不得不怀疑，在我面前发生的一切，也许又是那种神秘粉末的作用。我强迫自己冷静下来，反复背诵数学公式，又苦苦构思我的那篇"怀胎七年"的哲学论文。最后得出这样的结论：我的理智并未离开我，真正背我而去的是现实。

毛病并非出在我的身上。

下一次，我把大锁关上后，无论什么宝贝来开都毫无用处。这把大锁变成一只实心的铜疙瘩。我一次次减少弹子的"装弹量"，从二十四对、十二对减少到六对，又狠狠心减少到一对，最后我干脆不装一颗弹子，大锁依然毫不让步，毫不动摇。

我激烈地推它，搡它，它完全无动于衷。我实在忍无可忍，虎下脸来一直把它逼进篝火中去。高及屋顶的篝火堆像燃烧的大房子轰然坠塌，几万块烧得通红的细小木炭飞溅到空中，飘飘扬扬降落下来。过了一会儿我冒着被活活烧死的危险，好不容易才把大锁从辉煌篝火中扒出来。大锁在高温下发出白炽灯泡那种灼目光芒，大概有五千瓦灯泡那么明亮。附近几座山峦在它的光芒照射下纤毫毕现，几只睡意糊涂的夜鸟误以为天色已曙，大叫着离开栖身之地，箭一般向茫茫夜空中射去。

陡然间，没有任何预兆，一切都变好了。大锁浪子回头，返朴归真，像是世界上最听话的锁宝宝一样，想开就开，要关则关。决不调皮捣蛋，没有一丝失误。即使船舶认证局专司 ISO9002 质量认证的委员在此，也挑不出一点瑕疵。

我目瞪口呆，紧张得喘不过气来。我无论如何不敢轻易相信命运女神的青睐。我就像一个文盲信手勾划出了世界数学难题的正确解法，自己对自己毫无信心。我虔诚地跪下，一遍又一遍试验开关，半晌，我终于相信这的确是事实，不禁泪花盈眶。

就在我跪直身体，高声宣布是最后一次试验的时候，大锁恶毒地怪笑了一声，那把钥匙立刻散碎成一块一块、一点一点地从我手指缝里溜下地去，滚进篝火和黑暗中间不见了。

过了一会儿，篝火旁边的人们都熟悉了大锁的新脾气，开锁一百次，必有五十次属于无效做功，一次不多，一次不少，而且严格遵守"一开一关”的程序，从不混淆也不错乱。一正一反，一阳一阴，一乾一坤，一生一死，如白昼黑夜之交替，循对弈落子之天序，给人以无穷启迪和无尽暗示。

再拆开一次以后，大锁的脾气又变了，它又迷上了牌戏，"开三而停一"或者"开一而停三"。

我奄奄一息，假装在思考问题，隐蔽在篝火旁边阴影处苟延残喘。我看见魁梧汉子从火堆边站起来，打出断然手势。

几名山民一言不发走上前去，在篝火上面点燃了他们的火把，默不出声离去。

我绝望了，我发现只要听见周围轻柔的脚步声，或者偶然飘过一丝若有若无的叹气声，我那附身在巨锁中的决斗对手立刻像小鹿大受惊吓而自行弹开，完全不顾当时钥匙放在什么地方。天啊！我再也坚持不下去了，我是一个平常的人，一个微不足道的小人物，无论在中学还是大学，我的学习成绩从未进入过年级前十名。我勇气的剑刃很容易锩口。我下定决心，一定要放弃今晚这项努力了，继续干下去不仅不明智，反而具有很大危险。我破釜沉舟决定向那少年宣布我的弃权决定，刚刚回过头来，便如临大敌张嘴结舌，一时惊得说不出话来。

一幅惨烈悲壮的景象突如其来展现在我面前，不知从什么时候开始，少年背后的村寨陷入一片火海。几个山民举着火把跑来跑去，寻找那些较低矮的畜棚和草寮，绕遍四角认真地点燃它们。山风越来越猛烈地刮了起来，在穿堂风作用下，一间间草房在熊熊大火中爆燃，把屋顶掀到高空中去。那屋顶原先裹在浓烟里缺氧燃烧不充分，陡然间剧烈烧化成一团团大火球，在空中分散成无数小火团，火流星拖曳着火舌铺天盖地落下来。看到这里，我不禁魂飞魄散。

在高温中，我曾经在上面坐过的那些青石台阶纷纷爆裂，听上去犹如一长串贺喜的鞭炮声。半山腰有一间高屋率先烧塌，铺满小瓦的屋顶从几丈高的地方急遽落下，形成极大压力，屋内的高温气体和火焰便像多条火蟒飞快地向四周窜出去几十丈远。我远远看见一位年老的山民丢掉火把，闭起眼睛喃喃地向天空祝祷，然后头也不回地走进一间门窗向外喷火的大房子，一条忠诚的老狗打着喷嚏紧紧跟了进去，半晌没有出来，那房子跟着也烧毁了。

少年仍然静坐在篝火旁边，大颗泪珠从他脸上摔落下来，他身后的背景就像是一幅长宽数百米的金黄色巨大油画。那些炫目的油彩毫不吝惜地泼洒在黝黑的画布上，即兴涂抹出惊天动地的动感画面。火焰是一种特殊的生命，给山寨带来一派活跃气象。我陡然明白了，死亡也会呈现出兴旺和欣欣向荣的景象。

山寨没有退路了。

我也没有退路了。

我怒从心起，忿然抬脚把大锁踢倒。我拽来一柄山里人开石筑路的重磅大锤，抡圆了狠命向大锁砸去。每砸中一次，大锁迫不得已便弹开一次，作为对于我的愤怒的妥协。一旦停下锤来，那无耻之徒便闭嘴装死，好像它一辈子就是这样老老实实活过来似的，似乎毕生从未弹开来过。

我很快就气短力竭了，跌坐在地上大口大口喘气。在一堆油腻腻的工具下面，我发现一本更加油腻腻的旧书。我心中受到感应，便把书抽出来匆匆翻阅。

我翻完书的最后一页，一条火舌立刻从篝火中猛窜出来吞噬了它。

我犹如醍醐灌顶，会意地点点头。我突然双手触地，两脚升起，不要命地表演了一次倒立，脸上流溢出灿烂的微笑，倒立着围着篝火转了一圈。然后我冒着生命危险一个虎跳后翻站立起来，右手探入魁梧汉子的包裹，抽出一瓶陈年佳酿。我一面鞠躬一面滑着舞步接近大锁，满满斟上一杯，谄媚地劝它"去去寒气"。每当我向锁眼里倒入一杯芳香美酒，那"酒鬼"便"啪"地弹开一次，好像在为我的行动助兴。

可惜好景不长，一瓶酒刚刚灌完，"酒鬼"凄厉地呻吟起来，它由呜咽渐渐变成号啕大哭，伤心得像失去母亲的孩子。我仿佛听见阴森森的墓地上有千百恶鬼扯开嗓子鬼哭狼嚎，山妖们狂笑着踩响枯叶在密林中追逐抢劫，棺材盖子乒乒乓乓揭开，无数白骨拖曳脚步乱奔，痛楚哀叫……若不是怪声后来嘎然中止，我就会被活活吓死。

我剧烈扭摆腰胯，跳起了黑人舞蹈，热情邀请大锁为我伴舞。我一会儿把钥匙伸进酒瓶中去旋，一会儿把钥匙伸进鼻孔去旋，一会儿又把脑袋钻进木桶去旋……我越跳舞步越快，越跳节奏越急，我索性高高绷起一条腿，靠一只足尖支撑着身体，在篝火旁边疯狂转圈。我两手食指塞进耳孔，每旋一次，舌头便长长地吐出来。我如释重负，从来没有像此时此刻这样愉快地感受到成功的喜悦。

我忘乎所以了，一相情愿地认为大锁对我的误会已经冰释，随后轻举妄动，信心十足地去开锁。钥匙刚刚伸进锁孔，锁把"轰隆"一声像潜伏的公狼凶狠地冲出来，猛扑向我的咽喉。

我勉强来得及闪身避让过去。那怪物一头闯散三堆篝火，从人群中突围不见了。

我气急败坏，扑过去想把钥匙拔出来。谁知全部弹子像高射炮的炮弹那样向四面八方猛烈射击，第一批"炮弹"就把篝火打灭了，黑暗突如其来降临，空场上出现了一阵骚动。我慌慌张张跳起身来，不知道应该前进还是逃走，更分不清楚前进或者逃走的方向。

刚刚迈出一步，又一批炮弹噼噼啪啪地射来，我只感到胸口挨了重重一击，身体顿时失去平衡。在亿万通红木炭的绚烂背景下，少年是一枚黑色剪影，在我眼中一会儿显得很大，一会儿又缩成极小。紧跟着少年的剪影剧烈摇晃起来，山寨大火的背景壮丽地向上方升起，一直连接到天庭，银河的光柱倾斜着落到我的脚边……

然后，眼前的一切模糊了。

黎明时分，我在一片开阔地上醒来。

从不远的地方传来汽车马达轰鸣声和几声汽笛，情况很清楚，一条繁忙的公路干线离我不算太远。昨夜，当我不省人事的时候，山民们把我送回到我所习惯的文明世界。

我发现手心紧紧攥牢一件东西，摊开手掌一看，是一枚极其漂亮的海贝壳，那本是那少年须臾不离手边的心爱之物，如今随我同来。贝壳中装满了我熟悉的那种神秘的药物。我明白了，少年念念不忘我这条伤腿，仍然对我放心不下。我举手翻转贝壳，那些粉末和小块药物便全部散落出来，随着一阵清悠的山风，飘飘洒洒向山谷落去。

我急切地爬起身来，久久眺望远方，至少我该对上演昨夜遭遇的"舞台"留下一个直观印象。我看见，一抹淡淡的云彩横亘天际，在长天和大地之间，南中国逶迤绵延的崇山峻岭沉重地压断了地脊线，就像一排排巨锁从远古一直延伸到今天。

　　曙色中，那些粗笨的、混沌的形象渐渐变得清晰起来。

燃烧月亮

1

搭乘班机环球旅行归来，你很难忍住回首顾盼的念头。空中小姐一手布置起来的迷人气氛，最终不能随你带走与你今后的岁月做伴，你不禁惋惜不已。

步出南京机场，空气清新，草青柳长。三月的江南，阿波罗神像付慷慨小费那样把灿烂阳光布满人间，人人心旷神怡。对于我这样的年轻记者来说，赴欧洲三个月进行专题新闻采访是一件美差。眼下回到热恋的女友身边，则是另外一件美差。

我举手要了一辆出租车。

一小时后，出租车进入城区，斜穿城市中西部驶过西康路，沿着颐和路走了一段又左弯右拐。车窗两侧掠过一大片民国时期建立起来的高级住宅区，全部是独家花园公馆格式。现在这里的户主多是当今政权的政要大员。我在一个路口下了车。

我走近一扇大铁门，轻轻摁了一下门铃。

今天是星期天，街上行人稀疏，枝头鸟雀唧啾。门内传来匆匆脚步声。我挺直腰身，女友不知道我今天回国，我的用意是让她大吃一惊。

门开了，大吃一惊的是我。

"你好……"一名高个子姑娘低声向我表示欢迎，她眼神忧郁，心事重重。与她拘谨的态度相反，她不得不勒紧皮带，竭尽全力控制身边那条牛犊般大小的狼犬，那狗认出我后过于兴奋，时时想扑上来表示亲热。我意识到从姑娘唇边滑落出两个字的这句迎宾词，全无热情可言，更像是两名人质脱逃，自顾不暇。

我不禁心头一凉。这眉清目秀的姑娘正是我的女友远雯。三个月来，一封封"超重"的"伊妹儿"情书横越欧亚大陆，她戏谑地写到，这是她唯一不想减肥的属于她的那一部分。久别重逢，远雯情绪明显低落，她抿紧嘴唇，一语不发，看上去几乎要哭了。我疑心重重，拎起手提箱随她入院进屋。心想莫非是远雯看走了眼，错把我认成邮差，而此人的任务是投送两只手提箱和一件本人大小的传真邮件。

屋内的情景，比远雯的情绪还要糟。

假如洪水爆发，也不会把室内搞得更乱。客厅大理石地板上，扔满书籍和文件。书房橱柜桌椅东歪西倒，抽屉像巨人的舌头全部拉了出来。起居室里衣物用品翻了个底朝天，横七竖八堆放在墙角。

我放下手提箱，从地板上拾起几件崭新的时装，这些高档衣物根本没人穿过，口袋纷纷被掏了出来，显然有人仔细搜索过这幢楼房。

美轮美奂的化妆瓶散落一地，名贵液体和香水全部倒进巨大鱼箱，五颜六色徐徐扩散，几条热带鱼肚皮朝天。

墙上的镜框多数摘下拆开来，只有一幅画像留在远处，画上是一名中年男子目光呆滞，神情沮丧。我向前迈了几步，想起来了，那是一面大穿衣镜。

转过身来，那男子就坐在眼前。

男子宽阔的额头横嵌几道深深的皱纹，几绺白发出现在鬓角。他眼睑浮肿，泛出青色，睡眠不足和缺乏休息使他筋疲力尽。此人模样很像是远雯的哥哥远阳，不过看上去至少要比远阳年长十岁。他有气无力举起手臂向我打招呼。

天哪，我认出来了，他就是远阳本人。

远雯摇晃了一下，泪水潸然滑落，她紧紧抓住我的胳膊，抽泣着说："帮帮我们……"

我长时间察看这幢楼房，挨门检查，远雯寸步不离跟着我。

楼内一片混乱，好像是《天方夜谭》中的力士趁着夜色，端起这幢楼房倒过来抖上一气。家具和各种物品离开原位星散四方。我暗自纳闷，到底在寻找什么呢？一定是异乎寻常重要的东西……

我弯腰捡起一尊唐三彩马，在这件工艺品底部的小孔发现一根折断的毛线针。我问远雯："可以藏东西的地方，全部查过了一遍，你说，这意味着什么？"

远雯像一只落难的海鸟，恐惧像湿漉漉的羽毛裹紧全身。她紧抱双臂，圆睁大眼，嘴唇微微哆嗦，什么也没说。

"专业人士的杰作……"我轻轻放下唐三彩马。

"夜里……我听见了动静。"远雯的呼吸急促不安，她把手背放在齿间去咬，防止自己失口说出什么。她最后还是全说了出来。凌晨二时左右，远雯被走道上一阵古怪声音惊醒，她伸手开灯，发现电源已被切断。

"等一下。"我打断她的叙述。据我所知，这一带是军队和政府权要人物的住宅区，水电供应从不中断。

"总电源箱被人撬开，总开关闸刀……"她做了一个拉开的动作。

"可是，你还有电筒……"我边说边推开二楼远雯卧室房门，张望了一眼。朝南是一排落地窗，光照很好，窗帘床罩桌布和沙发套全由相同布料和饰边制成，高雅华丽，贵族气派。这是整幢楼房唯一未被触动过的房间。

远雯没有回答，我意识到自己冒了句傻话。对于一名主编英语科技刊物的年轻女编辑来说，要求她在毛骨悚然的恐怖之夜独自摸出房门，用一只手电筒微弱的光线，在浓黑如墨的夜幕稿纸上删去某种隐藏的威胁，实在是勉为其难。

我伸手试试门锁，锁舌上没有撬痕。我自我解嘲，笑笑说："嗨，牛头牌，名牌锁……"

我们沿着二楼走廊前去。远雯卧室对门是她的书房兼工作室。楼上还有三四个房间，远雯父母健在时曾经使用过，已闲置多年。

我们推开其中一间房间的门走进去。室内仍保持当初肃穆庄重的气氛，四面墙壁全是高大书橱，摆满精装经典书籍。粗暴的搜查搞得满地狼藉。

我在地上乱纸中间捡起一张照片。照片上一位垂垂老者注视着我，他精神矍铄，目光锐利，眉眼间流动着一片阴影。这张照片给我留下这样的感觉，并非是岁月催这位长者衰老，而是那片阴影暗中施加万均压力，使他变得日趋衰弱。

"哦，爸爸生前这张照片，我怎么从来没见过……"远雯悄没声儿地嘀咕说。

　　一楼布局与二楼差不多，尽管可供选择的房间很多，远阳坚持住在自己从小一直住惯的那个小房间，就在客厅旁边。

　　"我们已经采取了措施，想必你看见了……"远阳指着防盗门和弧形古典防盗窗栏，蹙紧眉头说。他把衬衫袖子捋到肘上，一缕发丝滑到前额中央，夜间发生的不同寻常的事件困扰着他，他显得疲惫不堪。

　　"所有入口，无论大小，都装上了钢铁玩意儿。"远雯用细长手指拨弄了一下门上的钢链条，发出稀里哗啦的声响。她目光忧郁，不太相信地说，"怎么也没挡住？"

　　我说，我不记得以前看见过这些防盗装备。

　　"新装上的，我们高度警惕，一级战备。"远阳抽出一根烟卷，啪啪地揿动打火机，火星窜出，但是不见火苗。他便叼着没点燃的烟卷，坐在地上一堆书上。

　　"这么说，今天不是第一次了……"我更惊讶了。

　　兄妹俩告诉我说，二十多天前，这幢住宅首次遭到夜间侵扰。不速之客当时搜查了两间屋子，一间是远阳的工作室，另一间是父亲的书房。信件书报散乱一地，精装书籍被用剪刀粗暴地裁开封面。

　　"有没有经济上的损失？"我问。按照主人描述的情况来看，夜行人似乎在寻找文件之类的东西，与一般鸡鸣狗盗之徒有些区别。

　　远雯摇摇头说，他们也感到奇怪，现金，债券就公开放在抽屉里，手机和手提电脑等值钱物品一样不少，客厅里一个紫水晶地球仪价值连城无人问津。父亲书房墙上悬挂着清同治年代京城红翰林潘祖荫的条幅真迹，也未被卷走。似乎夜行人擅闯民宅，志不在钱财，而在乎山水之间也。

　　远阳挠头，表示十分不解。

　　"什么人？从中能得到什么好处？"我被弄糊涂了。如果把第一次事件称作为恶作剧的话，第二次事件就完全解释不通了。经过防盗装备武装起来的这幢楼房，就像高度戒备的城堡森严壁垒无懈可击，那个有本事进出的人，第二次一定是花费九牛二虎之力才闯进家门。可是假如某人化了掘一条英吉利海峡隧道这么大的力气，只是为了到欧洲大陆偶尔地撒撒野，连一分钱的利益也不屑一顾，这种动机真正是不可思议。

"我的人身没有受到威胁。"远雯庆幸地说。

远阳摇摇头，面对我询问的目光无法回答。他从不把公文之类的东西带回家，他现在的工作也与国家机密或商业机密不沾边。远阳比远雯年长十岁，兄妹俩出生在中国政权一位大人物家庭，在他们成长过程中，权利和地位始终为家庭提供十分充足的营养。但特殊的社会背景并没有娇惯宠坏他们，两人相继以优异成绩分别毕业于南京大学化学系和外语系。远阳曾经担任过一家特大型石化总公司主管业务的副总经理，企业年产值十多亿美元，远阳精于经营，业务红火，他因此声名大噪。谁知道事过境迁，远阳父母相继谢世，几年前远阳所在的企业与其它几家企业合并，他的去向一下子成了问题。后来远阳被化工部任命为视察员，经常在国内外进行他的公务旅行，远雯认为她的哥哥压根儿也不喜欢这份差事。

"大曼尼为什么没有叫？"我忽然想起来一个关键问题。那只狼犬听见我在谈论它，立即从地毯上站起来，热情地向我摇动尾巴，同时张开血盆大口，露出锋利的钢牙，长长的舌头一舔而过。

"下一次不会再有这样的疏忽了。"远雯说，远阳已经同意今后让大曼尼在屋里值夜，一到晚间，便放开锁链。

远阳找到一只新的打火机，举到下巴前，舌尖推动烟卷从嘴角一侧移到另一侧，他眯细眼睛，正准备点燃吸上一口。远雯伸出手来，一语不发，截住了他的动作，

远阳老实交出烟卷和打火机。

远雯把这些东西塞进一只抽屉。

我不止一次目睹兄妹之间的同一幕哑剧，每次都令我想到远阳应该第二次结婚，一个美好的家庭会在很大程度上减轻远阳工作和生活上的压力。远雯曾私下给我看过远阳前妻的影集，照片上的那姑娘确实是位非凡的美人，造物主在他造人的窑炉里偶尔会创造出件把件极品，窈窕的身材，会说话的眼睛，而且也没有忘记施予她一对酒窝，使她看上去不仅俊俏，而且妩媚。所有男子都羡慕美女的丈夫，但是远阳的家庭生活并不幸福，他们的婚姻维持到第五年就结束了，没人知道劳燕分飞究竟是为了什么原因。远阳的独生儿子也随母亲离去了。从那以后，远阳成了一只孤单的大雁，独自在天空中艰难地向前方飞行。

　　"由他去找吧，不管是找什么，都是白费劲。"远阳失去了在吸烟时放松一下自己的机会，一段哲理性强的思索油然而生，他说，"找"是一个起点，后面是一个漫长的过程，是一个无休无止的运动阶段，可能永远不会有终点。

　　"'找'这个字，加上一点就是'我'。世界上许多答案，最后都是在'我'字中找到的。"我又看了远阳父亲的那张照片一眼，把它递还给远雯。

　　远阳深陷在沙发里，脸部隐没在黑暗中，阳光映照在他身上，形成鲜明的反差。他凝重的神态，苦涩的动作，与照片上他的父亲极为相似。他父亲出生在河北一个信教的农民家庭，青年时期曾被公派到英国和比利时留学，回国后加入革命战争，中华人民共和国成立以后为官一方，经历过三反五反、反右、大饥荒、文化大革命和粉碎四人帮……政治生涯坎坷。远雯曾经透露说，父亲晚年急躁易怒，动辄厉声训斥部下，他的办公室因此获得"野牛谷"的绰号。她父亲经常独自长时间地陷入反省之中，精神异常痛苦。

　　我的目光转向另一张沙发，那沙发的皮面被利刃刺破，划出一个大"十"字。一把水果刀深深插进沙发靠背里。

　　我捏住刀刃，拔出那把利器，仔细端详。

　　刀把上留有清晰的指纹。

　　远雯递给我一只放大镜。

　　指纹在警方破案过程中具有重要意义，当然，这首先得看远阳是否打算报警。凭我的直觉，这家的主人目前没有惊动警方的意愿。他们或许更乐意自己设法解决这类问题。

　　我在放大镜下观察了一阵，这些指纹全是"膄"。

　　我看看远雯，这些指纹虽然可以辩识但也许没有意义了。我听远雯说过，远阳的十指指纹全是"膄"。对于我们这些"簸箕大王"来说，"全膄"的人就像是外星人，少之又少。指纹可能是远阳事后接触小刀时留下的，夜行者没有留下任何指纹，很显然，这家伙是一名带着手套作案的老手。

　　我把小刀放回到桌上。

2

几天后，在南京东郊紫金山麓一块空场地上，几十辆大功率的越野摩托车相继到来，一场业余的摩托车越野大赛即将开始。参加比赛的有沪宁线各城市的摩托车高手，虽然这只是一场各俱乐部之间进行的业余比赛，由于当前国内此类正式比赛很少，各路摩托高手往往借这个场合比个高低。

马达轰鸣，油烟弥漫。我和远雯刚刚赶到离起点处不远的一块大石头旁边坐下，就听见头顶上两道怪啸声像是歼击机俯冲，紧接着两辆400毫升排量的铃木越野型摩托车从远而近，自大石头上方凌空跃出，远远地落在十来米开外的泥地上，车手们哈哈大笑，提速扬长而去，车身上漆着无锡两个大字。

我和远雯打开一条横幅，上面写着"玉虎啸群山"。玉虎俱乐部是远阳车队的名称，他既是这支车队的赞助人，又是主力车手。他今天骑一辆花花绿绿的本田越野摩托车，400毫升排量，是本次比赛中最大型的摩托车，空车重量接近两百公斤。

本来，由于年龄偏大，远阳去年基本上就不再参加这类对抗性极强的比赛，年初他在一次训练中不慎左肩部受伤，医生嘱咐远阳半年之内不要参加激烈运动。可是远阳像着了魔似的坚持报名参加本次比赛。远雯知道底细，她说，因为无锡太湖队的主力"小泰山"从国外回来了，远阳曾经两次败在此人手下，他绝不肯放过报仇的机会。

首场比赛在125毫升排量的摩托车之间展开，约有三十来辆花花绿绿的摩托车分成几排聚集在出发线上，马达轰鸣声震耳欲聋。大胡子主裁判戴着墨镜，不停地冲着对讲机狂吼大叫，激烈地打着手势，十来名工作人员竭尽全力控制住局面，他们紧张万分，仿佛面前是一群不耐烦的野牛，随时都会歇斯底里大发作，用一阵狂暴的践踏无情地席卷他们。

绿灯终于亮了，雪崩似的一阵倾泻眼前便什么全没有了，一大群骑手转瞬即逝消失得是如此迅速，以至于周围的空气来不及补充过来，出发点的空气变得十分稀薄，我顿时有一种上气不接下气的感觉。

四周观众爆发出一阵阵兴奋叫器，摩托勇士们争先恐后，体现出男子汉大无畏精神。他们互相超越、碰撞、抢先，在崎岖不平的山道上做出种种不可思议的危险动作。环形山道绵延弯曲约有一公里长，车手们要骑行十五圈。每次返回出发点都要攀越一座陡坡，一辆辆全速行驶的摩托车冲上斜坡后高高抛向天空，凌空射向远方，摩托车落地时后轮卷起的泥浪无远弗及。高高矮矮的教练们疯子般狂热地挥手大喊，仿佛此次比赛生死攸关，仿佛他们出征之前集体向家乡父老发下血誓，不夺来冠军就要集体蹈海就义似的。

远阳对周围发生的一切毫不注意，他骑着一只火蝎子似的钢铁怪物在场外高速驰骋。这是一辆令人惊诧不已的高级赛车，四缸四排气管，四根排气管整齐弯曲排列，出气口高高翘立在坐垫后方，这样即使车轮全部淹没在水中，发动机仍然不会熄火。车身上各个部位漆满了花花绿绿的广告，这辆车好像是一本世界著名大公司的活动签名簿。在油箱上醒目地漆着FHH大号字样，我注视着这几个字母，不解其意。远阳选择远离赛道的一块空地热身，为即将开始的比赛做准备。

一阵大马力摩托车的轰鸣声从身后由远而近，一辆巨型摩托车狂飙一样冲来，后轮支地车身直立高扬起前轮逼向远阳，充满杀机。前轮距离远阳的脸不足二十厘米才猛地煞住车，许久前轮才重重地落回地上。车手掀起头盔，露出一张被轻蔑和不屑扭曲了的脸，半晌一声不吭，虎视眈眈地逼视远阳，用目光绞杀远阳。

远雯拉了一下我的袖口，悄悄告诉我说，那人便是远阳的对手无锡太湖队的小泰山。

小泰山一字一顿，奚落远阳说："远大少爷，你怎么还不明白，你是抱在绸缎被里喝羊奶长大，我是跪在野山沟里喝狼奶长大，一对一的，你斗不过我。"

小泰山啪地放下头盔，三档起步，猛拧油门，闪电似的启动车辆，转眼就消失不见了。

远阳全无表情，无动于衷。等对手让开道路后，他继续左歪右倒地绕着8字，不同的是速度越来越快，动作越来越危险。

远雯深深吐出一口气，透露一段秘密说，其实，小泰山还是远阳的亲表弟，相煎何太急。

　　我暗暗一惊，倒吸一口凉气。我被搞糊涂了，纳闷地问道，"这么说，这条无礼的无锡汉子，你要喊他亲表哥？"

　　远雯摇摇头。

　　我更不明白了

　　从远雯嘴里我第一次听说，远阳和远雯两人原来是同父异母兄妹。

　　远阳的母亲是无锡大户人家的千金小姐，留学欧洲时投奔革命，解放后当上了地区专员。生下远阳哺乳期未满半年，反右倾斗争骤然升级，远阳的母亲被打成现行反革命，发配青海。两个月后，远阳父亲要求离婚，消息传到青海劳改农场，对远阳的母亲打击极大，她从此一言不发，神情恍惚，完全不认识周围的人。别人给她一只生山芋，她往嘴里搁，别人递给她一只死老鼠，她也往嘴里塞。

　　远阳周岁的时候，父亲再次结婚。继母是一所著名大学图书馆的主任，对远阳非常好，一直精心照料远阳生活。直到远阳上小学后，才又生下远雯。继母无微不至地照顾远阳长大，远阳始终不知道这名善良的女人竟然不是自己的生母。

　　远阳孝母，远近闻名。他还是个小学生的时候，知道母亲患关节炎，冬天手不能下冷水。每天放学回家，第一件事必定是抢着帮助母亲洗菜，多少年如一日。望着远阳一双小手在冷水中冻得像一对红萝卜，邻居无不感慨万分。一次，父亲出差，母亲夜间忽然腹痛如绞，偏偏电话又出了故障。夜幕中医院急诊中心的医生和护士望见一位瘦弱少年满脸通红吃力异常地搀扶着母亲前来就诊时，个个感动得掉下了眼泪。从此远阳被同学和朋友誉为当代"俄的浦斯情结"的绝响。

　　两年前，在一次摩托车比赛中，小泰山赢了远阳。当远阳伸手向他表示祝贺时，小泰山不屑一顾，反而当面寻衅往远阳面前吐口水，公然讥嘲远阳"只知有父，不知有母"。此言一出周围哗然，深深激怒远阳。当时远阳的父母已经双双过世，远阳的孝顺已是"盖棺定论"，他不能容忍别人诬蔑他心中最神圣的感情。一怒之下，他劈胸抓住小泰山的领口，要对方说个明白。

　　小泰山纹丝不动，脸若冰霜，慢慢道出事实真相。远阳的亲生母亲于八十年代无罪释放，长期监禁使她的身心受到巨大摧残，生活完全不能自理，出狱后无处可去，无人可依，哀哀可怜。小泰山的母亲是她的胞妹，千里迢迢把她接回无锡乡下赡养。九十年代小泰山双亲先后下岗失业，靠做壮工和清扫工维持生活，多年来生活十分拮据。目睹姨妈悲惨身世，小泰山心里埋下了对远阳一家无比仇恨的种子。小泰山最后透露说，远阳的母亲在无锡病重，生命垂危。

远阳闻言，犹如五雷轰顶，悲愤交加。他连夜赶去无锡乡下，在一间漏风漏雨的披间里，见到了自己的亲生母亲。时值寒冬腊月，老人身穿百纳衣，盖着破棉絮，静静地躺在一张嘎嘎作响的旧竹床上，脸色十分憔悴，奄奄一息，已处在弥留阶段。母亲口干唇焦，身边空无一物，一只旧茶缸中水结成冰。老人清贫身世，与远阳一家阔绰生活形成强烈对比。

远阳大哭失声，几次哭得昏厥过去。他紧紧抓住母亲的双手，在母亲床前跪了整整一天一夜，任谁劝说不肯起身。奇迹发生了，已经多年神志迷糊，不辨身边人名的老人，脸上露出了难得的笑容，她抚摸着远阳的头发一遍遍喃喃自语说："我儿来看我了……我知道我儿会来看我……"在场的人无不泪如雨下，因为远阳的母亲自从被捕后，三十多年来根本没有说过一句话，更没有笑过一次。

第二天，母亲在平静中去世了。远阳在母亲坟地上整整逗留了三天，独自倾吐着自己的肺腑之言。自那次以后，远阳仿佛变了一个人，他变得沉默寡言，很少与外人交流思想，常常在独处时苦思冥想，最后往往是泪流满面。

说到这里，远雯指着远阳的身影告诉我，此次远阳在车身上漆上了母亲傅虹虹的名字，就是那三个大写字母"FHH"，远阳的这一次比赛，恐怕是哀兵出征。

400 毫升排量摩托车比赛开始了。16 辆赛车虎虎吼叫，像追击猎物的饥饿狮群迅雷不及掩耳朝前扑去，顿时山动地摇，尘土飞扬。大排量引擎的摩托车马力强劲，瞬间可以输出强大功率，摩托车手有恃无恐，竞相做出大胆的危险动作，拐弯时车手们几乎平躺在赛道上，跳坡时车手们直挺挺站在车蹬上，前车和后车之间往往衔接得是如此之近，充其量只有几厘米的距离。

一转眼功夫，车手们完成了第一圈的角逐，高高跃起冲过出发点，开始第二圈征途。第一个到达出发点的是无锡队的小泰山，他骑一辆红色铃木摩托车，风驰电掣地一闪而过，速度非常之快，假如小泰山在车身上装上一对翅膀，毫无疑问这辆车此时一定可以起飞了。杭州队的选手紧随其后，一辆桔黄色的英国赛车妖风似的一闪而过。远阳骑一辆花花绿绿本田赛车排在第三名。从远雯和我所处的这个位置看来，16辆赛车像是一列紧紧连在一起的过山车，完美无缺地在空中绕出一个弧度，鱼贯而下。又像是一条钢铁巨蟒飞身击日，然后完身而退。

远雯和我屏住呼吸，目不转睛地注视着这场激烈对抗，常常被惊得目瞪口呆。前一辆车刚刚从山坡上跃起并落下，第二辆车立刻升起在空中，重重降落在前一个驾驶员刚才所处的哪个位置，前后相差也就是把一秒钟劈成几瓣来算那么一点点时间，就像双手抡刀剁肉馅那样间不容发，假若任何因素影响各方动作或快或慢，只要差之毫厘，前后两辆车就会包成一只空前未有的血淋淋的钢铁肉馅饺子。

几圈之后，远阳把来自越王勾践故乡的杭州选手远远抛在身后，紧紧追赶小泰山。小泰山不愧是王者风度，加速减速仿佛计算机控制一样恰到好处，无论是拐弯、跳跃、落地，个个动作干净利落，完美漂亮。而远阳求胜心切，直行时油门过大往往来不及收回，结果火蝎子不仅捕捉不到前方唾手可得的那只猎物，自己反而一再滑出跑道，不得不费时费神费力掉过车头来，重新作一番追赶。

事故出在第十圈，位于第二集团的几辆摩托车同时在山坡上高高跃起，谁也不肯让谁，竞相抢占最佳落点。赛道经过一上午的无情撞击和碾压，早已不堪重负，变得崎岖不平，碾出几道深槽。结果在同时落地的一刹那，两辆摩托车不得不做出紧急避让，勉强落在路槽两侧上方，没行多远重心不稳，最终相继滑落到槽底，左右夹击正在槽底疾驰的一辆摩托车，三辆赛车发生严重碰撞。

一辆摩托车顿时像体操运动员似的一面不停翻着跟头，一面四面八方地冒出火焰来，驾驶员身手矫健，弃车而逃，同时忙不迭地在地上连打几个滚，扑灭了身上的火苗。另外两辆车歪歪扭扭失去控制，高速撞上这辆

"火车"，一名驾驶员失去知觉，一头栽倒在地上。另一辆车的驾驶员连滚带爬终于站稳脚跟，发现自己完好无缺，急忙冲上去营救伙伴。

三辆车亲密无间地紧紧拥抱在一起，赛道中央窜起熊熊大火。后来的摩托车见机不对，纷纷减速，从旁边绕转过去，消失在烟雾后面。

雷霆般的轰鸣声由远而近，忙于救护的工作人员一听来势不善，急忙连滚带爬地躲开。小泰山一马当先，高高冲出坡顶，像导弹一样直线上升，对准火场肆无忌惮冲来。小泰山已经赛红了眼，他完全不把面前的危机场面放在眼里，他一心一意只顾向胜利的终点进发，任何力量不能阻挡。

几乎就在同时，远阳高高跃起，他一定是把油门拧到最大，那辆火蝎子像火星人战车一样横冲直撞，速度极快力量极猛，他几乎要跳到小泰山前面去了。远阳来势汹汹，更是摆出一副生死置之度外的架势。

小泰山一路狂风，在火场中央闪电般穿过。车轮前方不知是燃烧的什么物体被撞得七零八落，四处横飞。

远阳在大火中看不清楚落点，连人带车消失在烟雾中。他被不知什么物体重重撞击了一下，车头趔趄到一侧几乎翻倒，远阳竭尽全身本事努力保持住平衡，右手瞬间把油门加到最大，车身终于扶正过来了。一团熊熊燃烧的物体挂在车蹬上，拖出很远才被甩落在路旁。

两辆车风驰电掣追逐而去。

工作人员抓紧时间，把还在喷火的大件残骸拖到路边，清理出赛场道路来。

当两名紧紧撕咬在一起的摩托车下一圈到来时，多数旁观者看出来，远阳的刹车系统在撞击后肯定是出了大问题。拐弯时他把右手刹车手柄一口气捏到底，右脚使劲踩死刹车踏板，但是摩托车丝毫未被制动，那只钢铁怪物发狂似的横冲直撞，像是驯兽人鞭下的一只叛逆猛兽存心报复主人似的，一再把远阳陷入绝境。

远阳的脸由于高度紧张而扭曲变形了。他凭借高超技艺和惊人胆量，才一次次绝处逢生，化险为夷。其实他只要放松油门，车速立刻就会大减，即使没有刹车，惯性并不能支持他滑行多远，不久他就可以十分体面和安全地退出比赛。但是远阳此时此刻头脑中根本就没有退出比赛这个念头，他的一举一动，完全是在这场杀人比赛一样的殊死搏斗中追求获胜。他一味把油门加到最大，凶猛地追赶小泰山，发动机狂吼大叫，摩托车自杀式地一味前冲，野蛮拼抢，险象环生，在场观众无不失色动容。

我顿时心生疑窦，一般体育胜负不至于引起这般殊死拚搏。这已经远远超出比赛的意义了，这就像是古罗马竞技场上两名角斗士之间的生死较量，而且这种较量最终维护的也不仅仅是肉体存活和生命延续，而是更高境界的荣誉和精神力量。

远雯害怕地大叫起来，她发现远阳执意要与小泰山拼命，这一点连小泰山本人似乎也感觉到了。远阳的前轮始终虎虎生风肆无忌惮地冒险逼抢在对手的腿边，这是个非常危险的动作，只要小泰山晃动一下身体，坐骑从侧面撞击远阳的前轮，远阳就可能连人带车横摔出去，像一颗外星陨石一样猛烈地在山坡下面砸出一个大坑来。

果不其然，小泰山的车身致命地晃动了一下，企图逼抢远阳的车道，从而一劳永逸地把远阳送上不归之路。

远阳早有陪着对方玩命到底的思想准备，他并没有拨开车头消极避让，那样一来他的人间身份当下就会永远消失，他将立即在阴曹地府登记入册。他针锋相对，大胆把车头调转过来正对着小泰山的腿，当时只有几分之一秒的时间，远阳的赛车怒吼着把小泰山连人带车平推出去很远，玩火者差点儿自焚，小泰山险些命丧黄泉。

小泰山瞬间便明白发生了什么事情，他厉害地歪下身体，竭力保持车身平衡，猛加油门一溜烟地脱开接触，飞奔向前。

远阳如影随形，死死咬在他身后不放。

15 圈结束了，两辆摩托车并排跳跃到半空中，气势汹汹向终点扑来，同时拼抢最佳落点。小泰山在最后一刹那犹豫了一下，微微做出一个闪避动作，不想与疯子远阳同归于尽。远阳占据极其微弱的上风，以小半个车轮的优势领先冲过终点。

人们忽地一起站起来欢呼，远阳取胜了。

远阳这才松开油门，他已经无法控制疯牛一样狂奔的摩托车，他只好远远离开赛道，径直向一处高高的陡坡冲上去，借以抵消过快的车速。那辆摩托车像攀岩者一样贴紧几乎笔直的悬崖直线上升，很久才锐气挫尽，精疲力竭，倒退回来。

远阳停车，站立在原处，脸上泛起不可捉摸的神情。

3

春夜宁静，月光皎洁。

下班后，我对付一顿快餐后继续在报社加班，当身心感到相当疲惫的时候，我关掉电脑，草草收拾皮包，推出摩托车回家了。

半小时后，我在远雯家大门前停住车，从衣袋里取出一串钥匙开门。这些时日，应远阳兄妹的邀请，我暂时寄寓在他们家。

楼下客厅里灯光柔和，一条巨大黑影气喘咻咻从院角迅速窜来，热情地扑向我的怀抱，摇头摆尾地撒欢。这是一条纯种阿尔萨斯狼犬，凶猛剽悍。它有一个相称的名字"Great　Marie"。自从夜间不速之客事件发生后，在我的提议下，每晚远雯便放开拴狼狗的铁链，让它在院内自由巡逻。

月光如水，在庭院和客厅之间静静流淌。习习夜风不再寒冷，拂面而来是一种透彻宜人的凉爽。远阳打开一瓶法国白葡萄酒，我们三人在客厅里边谈边饮。

远阳举杯浅酌，呷了一口美酒，继续拆阅当天收到的邮件。许多邮件拆开后他瞟了一眼就被扔下了，个别新颖别致的邮票博得他短暂的注视。从一只印有北京邮戳的白色大信封中滑落出厚厚一叠彩色照片。远阳嘴角挂着讥笑，说："瞧，时莱子这副德行。"

照片上，一名相貌堂堂男子神采飞扬，左顾右盼，背景是海滨、大酒店和时装表演会。时莱子绰号"十六子"，他自诩十六岁便知道"女人是怎么回事"，在大学与远阳同班期间，又凑足了十六个约会过的女友，远阳带头喊响了这个意味深长的外号。时莱子不以为耻，给远阳发电子邮件的时候，常常公然署名"十六子"。此公频繁更换职业，目前在一家中外合资的特大企业站稳脚跟，钻进了董事会。远雯轻蔑地瞥了一眼照片，说："全靠扛着他爹的牌子。"

时莱子是高干子弟，他顺应时世，善于钻营。近年来他北上南下，东奔西跑，银行存折上的数字像他那辆宝马轿车的里程表一样飞快递增。时莱子自称是彻头彻尾的唯物主义者，他在照片背后写下一句赠言："内省

106

是人生的绞架"。远阳对这类"开放搞活"的朋友，往往是一笑了之。

远雯单手掩口，打了一个哈欠，今天下午她同时发排了两期刊物的稿件，身心有些倦了。她又看了一会儿电视，先向我们道了晚安，上楼去睡了。

远阳翻阅了一阵报纸后丢下了，着手把电视调到卫星频道。远阳家小楼顶上安装了一台卫星信号接受器，可以随心所欲地收看到香港台湾等地的电视节目。市政当局严禁居民家庭安装卫星信号接受器，不过，这种禁令对于远阳这种家庭并无效力可言。远阳看了一会儿英国BBC的新闻节目，期间他曾微微打鼾，小憩片刻。醒过神来后他又转到体育频道，眯着眼睛瞅了一会儿美国式摔跤，一群巨人在台上徒手厮杀，残酷透顶，不过好像没人真正受伤，也不知道输赢是怎么回事。十一点钟后远阳也回房休息去了。

我回到自己房间。打开手提电脑，上网连接到路透社，把夜间新闻全部下载，进行筛选分类，挑出有价值的新闻当场翻译出来，然后输送到报社晚间编辑那台电脑中去。最近世界石油价格暴涨，欧佩克组织存心减产提价，美国和大多数西方国家反响十分强烈，一些加油站已经无油可加。有消息说美国准备动用战略储备石油。西方股市波动剧烈。我认真分析来自各方面的消息，竭力想弄清楚石油市场上空出现的这片乌云，会不会引起世界经济电闪雷鸣，雨雪交加。

我工作十分投入，不知不觉到了深夜。

结束工作之前，客厅里传来动静，过了一会儿，我听见茶杯在玻璃茶几上滚动，"扑"地落在地毯上。

我重重地靠在椅背上，竖起耳朵倾听。起先我以为是狼狗巡夜，后来听见了人的轻微脚步声。

我警觉起来，从案头抄起一块沉甸甸的玻璃镇纸，紧紧攥在手心，悄没声儿地熄了台灯。

我无声无息推开房门。

月光已经西移，客厅里没有灯光，黑黢黢的，开始我什么也看不见。过了一会儿，瞳孔渐渐适应了暗夜，模模糊糊发现有一条人影，影影绰绰地伏在屋角的书架前面，令我心头一阵悸动，肾上腺素加速活动。

随即我就安下心来，我清楚认出是远阳熟悉的身影。他背朝着我，在长长一列书架上惶惶搜索。狼狗静静地卧在不远处的地毯上，忠诚地注视着主人的一举一动，有规律地摆动尾巴。

远阳没有开灯，客厅光线过于暗淡。我不相信远阳寻到他要找的那本书后，他真的能够查阅其中的内容。看上去他更像是在寻找往昔夹在书中的纸条或者书签什么的，他凭借着熟悉环境，有条不紊地基本是下意识地在书橱前摆弄一本又一本书籍。

时间一分一分过去了，看来远阳始终没能找到他急于寻求的那件东西。他的动作变得焦躁不安，背部由于痛苦而扭曲，一条腿不自然地僵直。他自始至终没有回过头来，我无法看见他的容颜，但是我根据他的肢体语言可以想见在烦闷压迫下他那绝望的眼神，可以推断他气愤时习惯于狠狠咬住下嘴唇的动作。

我不敢言语，生怕惊动男主人。我默不出声地掩上我的房门。

过了一会儿，我隐隐约约听见远阳离开了客厅，返回他自己的卧室，传来了房门轻轻关上后门锁的撞击声。

那晚，钻进被窝后，我一直未能阖眼，我长时间地思索着远阳家中前一段时间发生的怪事。我不知道从何处入手来揭穿笼罩在这个家庭上空的魔影，只要来自朦胧之中对于远阳兄妹的威胁没有得到解除，就无法避免他们的身心受到更大的损伤。

那晚，我被许多荒诞不经的噩梦所困扰。

……我面对试卷束手无策。题卷上爬满了森林大黑蚂蚁那样的古怪文字，我一字不识。忽然，部分文字真的在纸上乱爬起来。下课铃声响起时，我才发现真正的考卷就叠放在第一张考卷下面，上面密密麻麻印满了铅字。我叫苦不迭，偏偏钢笔无水。收卷的老师板紧面孔注视着我……

……我拉开冰箱的门，北冰洋一望无垠，寒意逼人。破冰船在狭隘的航道中被一块不显眼的冰块挡住去路。开动吊机排除障碍。冰块的水下部分，越来越大，俨然是珠穆拉玛峰出现在眼前。全体乘客大惊……

……一名陌生孩子央求我帮他拼写一个字。我非常熟悉这个字，但写来写去，总觉得缺少笔划。左添一笔，右添一划，最后写出一个又瘦又长的怪字"簸"……

……是谁在屋顶上长时间地钉钉子……

有人大声砸门，我猛地醒来，浑身大汗淋漓。窗外晨光熹微。

我一跃下床，打开卧室的门。远雯气喘吁吁，惊恐不安地直瞪着我。

我明白又出事了。我三两下套好衣服，尾随远雯奔上二楼，推开走道的门，出现在阳台上。

这些天来我多次置身二楼阳台欣赏花木，这是一方迷人的天地。二楼阳台约有 40 平方米大小，芍药，月季和茶花竞相吐苞绽放，一些十字花科的植物争奇斗艳。葡萄和紫藤从楼下攀上二楼，在架子上虬龙似的卧着。置身阳台，充满芳香与活力。

如今阳台上一片狼藉。大大小小的花盆东歪西倒，泥土泼洒一地。高大的橡皮树和龟背竹被连根拔出，扔在墙角。半人高的铁树可怜地歪倒在一旁，露出赤裸裸的根系。几盆苍老古雅、虬枝蟠曲的榆树盆景和雀梅盆景断枝残叶，满目疮痍。

远阳蹲在一株断成两截的五针松前，一言不发，神色凝重。这株五针松原先造型十分奇特，看上去像是团团祥云之上仙人骑鹤。苏州一位资深的盆景专家愿出八万元外加一盆罕见的"铁旗兰"来与远阳交换，几番交涉，远阳视如肱股，不肯割爱。

现在一切都成了一团糟。我一时不知说什么才好。夜间的骚扰更像是少年恶作剧，令人不知所措。如果夜行者旨在盗窃名贵花木，或者是垂涎眼前林林总总的传世紫砂和彩瓷花盆，倒也不难理解。偏偏这些值钱的劳什子一样不少。夜行者如果是在寻找一样藏物，盆土之下，难有收获。

远阳痛苦之极，看见五针松折断了主枝，比他本人的腰断了还要令他难过。他长长叹了一口气，动手抢救他的绿色珍宝。他小心翼翼扶起那棵沉甸甸的铁树，动作轻柔谨慎，比护士伺候脊梁断裂的危重病人翻身还要细心。

我与远雯交换一下目光。我跃跃欲试，想帮远阳，可我插不上手。那些惨不忍睹的植株目前的处境就像是卡在空难飞机残骸中的旅客伤员，非专业人员的救援往往是帮倒忙。

我在阳台上又待了一会儿，便回到走廊。我蹲下身来系紧鞋带，这时候，阳台上射来的光线映在身边，我若有所视。我伸出手指在地板上抹了一下，指尖沾上薄薄一层泥土。观察的结果告诉我，夜行者鞋底粘上泥土后，通往他夜间去过的另一处地方。

我沿着细微的痕迹追查，一直寻到楼下家用锅炉间门前，痕迹消失了。

我使劲拧了一下门把手，生锈的铰链吱吱呀呀响了一阵，锅炉间的门开了。

屋内一切正常，无任何可疑迹象。由于电热水器和家用空调器普及很快，屋角的机器早已停止使用。

我伸手试推了一下窗上的铁栏杆，根根铁棍纹丝不动。夜行者专程来此，其目的显然不是越窗逃遁。

这房间约有十来个平方米，屋角排列着繁杂的管道，检查一遍费不了我多少时间。屋角有一个水池，池旁的墙壁上，有一只不太清晰的鞋印。

我抬起脚，踩合那只鞋印，身体便失去平衡，往后仰去。我赶紧伸出手扳住水池，避免跌倒。

突然间我明白了，夜行者一定是这么干的。

我再次脚蹬墙壁，使劲往后拉水池，费尽九牛二虎之力，水池犹如生根一样一动不动。

然而它一定是可以移动的。对此我深信不疑。

在某个地方，一定有一个机关。

我花了很长时间寻找这个想象中的机关，一切努力均是白费。最后，我的目光被墙角的一排管道所吸引。管道口径不一，装着各种阀门。经我仔细辨认，在位置隐蔽的一根管道的两端，不引人注意地安装上两只阀门，这种做法显然有悖常理。

我转动一只阀门，接着又试试另一只。阀门上锈，费了很大力气才能转开。

与此同时，墙内传出螺杆、齿轮的摩擦声。

我明白我成功了，我咬紧牙关，一口气把阀门把手完全拧松。

我回到水池边，一足蹬墙，双手用力搬动水池。水池在原地转动了九十度，露出一扇狭小的门。

　　我唤来远阳兄妹，把我的发现告诉他们。兄妹俩显然早已知道自己家中有这个密室，但是他们异常惊讶夜行者居然会不请自到和擅自闯入，一般来说外人很难发现这个秘密。

　　我慢慢推开小门，面前出现一条黑洞洞的通道，湿气和霉味渐渐溢出。小门有些阴森恐怖，仿佛随时随地会有无数忿恚恶毒的妖魔一拥而出，炼狱的烈焰四处蔓延。

　　远雯取来电筒，我们三人蜷缩身体，鱼贯而入，进入一间地下室。

　　地下室并不宽敞，室顶有一盏灯，我拉了一下开关，灯没亮。再拉一下，开关线断了。

　　地下室中央有张大理石条桌，桌上摆着几只玻璃罐。我调整电筒光圈，看见玻璃罐内分别存放着几件稀世珍宝，有田黄玉雕，有纯金菩萨额间嵌一枚黄豆大的猫睛石，甚至还有一枚光毫闪闪的镌有"三希堂"小篆的金质蟠龙镇纸。

　　我四下转动电筒光柱，发现在地下室一面墙上，有人用挤出的牙膏龙飞凤舞写下一行网址："WWW. SSUS. COM"。

　　旁边还画着一个巨大的十字架。

　　茉莉花香型的牙膏气味清新可闻。我伸出手摸了一下那行字，牙膏很新鲜，软绵绵的，沾在手指上。这行字写在墙上算下来也就是几个小时之前的事。

　　远阳目不转睛盯着那网址看了又看，他大吃一惊，自言自语喃喃地说："天哪，这不可能，绝对不可能……"他几乎不敢相信自己的眼睛。看得出来这一惊吓对他来说非同小可。

　　我不知道这个网址意味着什么，我保持着沉默，意味深长的沉默。

　　远阳也没有透露这个网址到底是怎么回事。过了一会儿他缓过神来，只是简单告诉我说，自从八年前父亲去世以后，他本人从未进入过这间暗室。现在活着的人只有远阳兄妹二人知道暗室的秘密，外人一无所知。

　　我们三人纳闷不已，一言不发离开暗室。我们合力把水池推回原位，我又踮起脚来够到那只阀门，一下一下把暗道机关复位。

　　某种感觉笼罩着我，我浑身感到不自在。我几次与一个重要的念头擦肩而过，那念头隐在云中雾中，令我看不清楚。我既兴奋又懊丧，活像一只饿狗奄奄一息跑到事先做好记号的位置，却怎么也找不到原先埋下的救命食品。巨大的期待瞬间变成巨大的失望，心理上的自我冲突引起久久震荡。

骤然，我像那只饿狗终于闻到梦寐以求的那种食品的气味，身体触电般高度紧张，那个念头几次擦肩而过，在苦苦折磨我许久之后，突如其来地与我正面相撞，我想起来了，我脱口大叫：

"大曼尼呢？那只狗为什么没有报警？"

远阳兄妹怔住了，张口结舌，这句问话使他们惊愕万分。兄妹二人对于爱犬熟悉的程度，不亚于了解自己家中的任何一位亲人。岁月悠悠，人情炎凉，世态变幻无穷，而四足朋友从来没有背叛过他们。有时候他们甚至觉得在这个世界上最可信赖的就是自己身边这位无言的动物朋友。

我们几个人不寒而栗。是啊，当这幢住宅一再遭到严重侵袭的时候，那只忠诚的狼狗在什么地方？它到底在干什么？为什么它竟然一次次表现出可怕的沉默？

远雯转身高呼："Great Marie! ……"

远阳右手拇指和食指伸进嘴中，响亮地打着唿哨。

周围一片寂寞，安静得可怕。一片令人毛骨悚然的寂静像冰水一样淹没了我们，我陷入一种灭顶之灾。

我们相继奔出锅炉室，惊慌不安地四下寻找，大声呼唤狼狗的名字。

楼内楼外一片沉寂。

"Great Marie! ……"

"大曼尼，大曼——尼……"远阳的呼叫渐渐变成了撕心裂肺的抽泣。

我鼻子酸酸的，心中痛楚万分。多年来远阳同狼狗形影不离，远雯曾经嗔怪说远阳待狼狗简直比待自己的亲妹妹还好。这句话基本是实情，远阳看透了社会上人情薄如纸，特别珍惜人和动物之间的忠诚关系。

远阳和我在院子里四处寻找。楼内突然传来远雯伤心的哭声。我不及多想，也来不及招呼远阳，三步并成两脚急忙冲进楼去。在盥洗间门口，远雯悲痛的表情使我明白大事不好。

我往屋里瞥了一眼，几乎不敢相信自己的眼睛。那只庞大的动物沉重地悬挂在空中，微微晃动。它浓密颈毛中的皮带圈拴在一根结实的晒衣绳上，而那根尼龙晒衣绳越过浴帐上方的不锈钢横梁，被可恶地勒紧了。紫红色污血沿着狗嘴流下来。

我赶紧转身，企图在门外截住闻讯赶来的远阳。

可是已经晚了。远阳上身探过门框，室内惨剧尽收眼底，他顿时像根木头僵直地立在门边，一动不动，然后像泥石流一样坍塌倒下，无知无觉地彻底垮掉了。他完全失去知觉，人事不省，被我一把抱住。

我高度紧张，神经几乎绷断，不敢再次回顾屋内瘆人的场面。这只狼犬凶猛如虎，外人无法制服它，甚至根本无法接近它。

这个世界上只有三个人能够接触"大曼尼"，远阳兄妹和他们的父亲。

那严峻的老人死去已经八年了。

4

几日以后的一天晚上，远阳推开我的房门，他表情紧张，往屋内扫视了一圈，仿佛害怕窃听似的一言不发。他伸平手掌四指勾动，用手势招呼我带上手提电脑，上他的书房里去。

我噼噼啪啪赶着敲打了一阵键盘，结束了手中的工作，提着家伙一声不响地随远阳来到他的工作室。这间房子约三十来个平方米大小，除了宽大的大班台和真皮沙发外，最显眼的就是一套品牌电脑，17 英寸的显示器，NT 服务器，Oracle 数据库，对于一个普通家庭来说，这里的电脑装备过于精良和先进。

远阳的电脑是打开的，我往屏面上扫了一眼，立刻明白了远阳为什么这么紧张。屏幕中央有一行字"侵入者已经潜伏，系统崩溃"，在下方的表栏里，一行行扫描记录显示出侵入的次数积累增多，同时记录下侵入的时间，侵入者调阅的文件和侵入者作的种种手脚。

形势越来越严重，远阳低低地吼叫一声，冲到电脑键盘前，手忙脚乱地击键，企图抢在系统彻底崩溃之前，作出最后的努力。半小时前他启动电脑，发现被侵入，他的端口被扫描过，防火墙不起作用。一组可疑的程序像强酸渗透到硬盘各个区域，随即像亚马逊河中成群结伙的食人鱼一样撕咬吞噬周围的程序软件。在此期间，远阳采取了一切必要措施来进行抗

113

争和挽救，现在看来，他的努力收效甚微。

远阳再次满面是汗，眼前的屏幕像一艘灯火通明的巨轮渐渐消失在地平线上，他仿佛是深夜的落海者，眼睁睁地望着最后一线生机离他远去，心中苦涩得说不出一句话来。

远阳眼里游移着绝望的目光，他紧咬下唇，噼啪地打开几组开关，调入外接硬盘中自编的防卫程序，逐盘搜查，一旦发现可疑程序片断，立即中阻、冲断、瓦解。

我想他的电脑内存至少在1024兆以上，因为电脑运行速度比一级方程式赛车还要快。尽管如此，秘密潜伏程序仍以极其迅猛的速度自动复制生出文件，顷刻形成雪崩态势，击毁硬盘只是一眨眼时间的事情。

远阳竭力挽救颓势。他使出全身解数，调出一个又一个防御软件，屏幕接连黑了两次，两次都被远阳及时救活了。终于，在生死存亡的最后一刹那，系统崩溃过程被中止，远阳长长呼出一口气，瘫倒在电脑椅上。电脑立即开始自动修复损坏的文件。

远阳丝毫不敢大意，他猛地跳起身来，命令自己抖擞精神，手指在键盘上暴风骤雨般敲击，他开始逐一甄别和清除隐藏在硬盘中的"定时炸弹"，删除那些陌生的程序和文件。

突然，一组口令出现在屏幕上："你是谁？"

"我是你爹！"远阳嘲笑道。他细心打开每一项电脑程序，一个又一个陷阱诱他上钩，被他小心翼翼避过，他认出侵入对手的典型手法和特征，"老对手"，他摇摇头，苦笑着告诉我说。

远阳用鼠标右键点击了一下他所熟悉的对手程序，在一组下拉菜单中选择了"侵入者详细资料"这一项，电脑屏幕上立刻出现双画面，一名突击队员勇猛的身影渐渐凸现，他的面容数字化格式渐渐清晰，将军刚愎自信的嘴脸定格，赫然是一副君临天下的不可一世神情。

我开始怀疑，远阳所作所为是不是一场网络游戏？什么将军啊突击队员啊电脑黑客啊定时炸弹啊，也许统统都是虚幻中的现实，他企图在一场不着边际的游戏中战胜敌手，保卫家园，同时实现自我价值，

我偏过脑袋，怔怔地瞅着面前这名中年男人。远阳前额的发基线开始后撤，胃疼挛折磨不断，手指不知所措地抖动。在环境的压力下，在灰色

现实中，他渐渐失去了自我。我打量着他苍白面容和汗津津的手臂，他这样的人，能坚持住吗？

　　远阳根本不需要转过脸来，他就洞察了我的心思。他不屑地笑笑，手指在电脑键盘上极其熟练地弹奏了一番，像吹魔笛的外乡人，奏出我无法听见的神秘乐声，屏退了那些在程序中乱窜的数码老鼠。

　　他简单地告诉我，这是一次偶然机会引发的生死较量。他随手从电脑桌的抽屉里抽出一张彩色照片，递给我。

　　照片上是一位白胡子外国学者，目光犀利，神情坚毅。远阳介绍说这是一位来自经济大国的专家，半年前在一次国际会议上，这位具有正义感的专家向远阳披露了一段秘密，该国军方以中国为假想敌，正在制定"SSUS中央防御系统"，拟请国会拨款。

　　当时远阳并没有把这件事放在心上。不久以后，该国滨海的一个大城市发生一起恶性事件，两名华裔少女白天在闹市被少数歹徒欺侮强暴，性质十分恶劣，周围的华人商店相继被砸，华人车辆被焚，很显然这是一场有预谋有背景的反华事件，当地警方的反应比较暧昧。

　　远阳偶然浏览报纸读到这一段，他顿时若有所思，轻轻放下了报纸。他联想起那位白胡子专家的话语，细细捉摸，觉得自己得有所作为。

　　当天夜里，远阳在网上"无意"闯入"SSUS中央防御系统"。

　　他花了大半夜的时间在网上闲逛，他是有备而来，他觉得他个人与那些反华分子之间有一笔帐要清算。进入"SSUS中央防御系统"的难度与穿越国界差不多，他在网上登山、渡河、过雷阵、趟沼泽……最后，他终于接近了目标，设法进入对方国防部的系统，他惊异万分地发现，那是个规模宏大的计划，该国在"防御"的幌子下，赫然蠢动着军方先发制人的制华企图。

　　自那晚以后，远阳夜夜潜入前线侦察，在两位低一届校友同时又是出类拔萃的电脑专家的配合下，他进一步秘密追踪"SSUS中央防御系统"，一直追踪到该国国防部机密室的数据库。他通过专家编撰的最新解密软件，纵横对方电脑系统，来去无踪，进出无痕。久而久之，远阳成了一名独狼式的黑客，他用他的独特方式，通过无私无畏的个人勇士行为，大力凸现人生的价值。

远阳承认，近两个月来，他多次闯入"SSUS 中央防御系统"。他没有留下任何破坏的痕迹，他只是一再用中文和英文交替留言，警告对方说反华没有好下场。

对手紧急行动起来，企图永久驱逐他出境，同时军方一再加强了计算机网络的安全建设。有几次远阳被对手新建立起来的防火墙在网上拒之门外，他像一只丧家之犬惶惶地整夜在城墙外面溜达，找不到钻进城里去的洞口。但是几天之后，他又若无其事地自由出入对方的禁城，如入无人之地。

远阳终于找到了一个与他心境相适应的个人主义奋斗方式。

最好的防御是进攻。远阳被电脑世界变幻莫测深深吸引住了，网上为他提供了无穷无尽的个人奋斗空间，他显得十分激动和兴奋，狂热投入与无形对手的较量，完全忘记了我的存在。

远阳"噼啪"推动开关，联接上卫星电视网络，电视画面出现的时候，他稍稍地楞了一下，对方议会大厦的气氛如火如荼，议会讲台上方，超大屏幕正在转播军方的演习实况。议员们争先恐后上台演说，激烈地进行争论。半小时后议会将进行投票，决定"SSUS 中央防御系统"计划的最终命运。

背景图像层出不穷，战车隆隆，飞机俯冲，大规模的军队集结和调动，海上封锁，机场军事物资堆积如山等待运输……

议会外面，大幅标语和旗帜连绵数英里，拥护者与反对者激烈冲突，防暴队员介入并干预……

远阳使劲拍了几下他的电脑，程序正在有条不紊的恢复中，一时半刻无法正常工作。他拿起电话话筒听了听，杳无声息。他恍然大悟，对手反击的时机选择得非常好，在议会表决的关键时刻他们击毁了网上黑客远阳的个人电脑，并且制造了当地电信局软件故障，导致本地区电话线路大面积瘫痪，不让中国南京这个来历不明的远阳黑客有任何机会干扰他们的行动计划。

遗憾的是对手没有估计到远阳事先破译了他们的行动时间密码，"F

时间”。远阳未雨绸缪，事先把电脑程序作了备份。

远阳动作麻利，打开我的手提电脑，取出一组外加硬盘连接起来。他接过我的手机，开膛破肚取出 sim 卡丢在一边，又换上一片外地的新卡，然后利用手机帮助手提电脑直接上网。

主页出现，正在下载图片。

他躁动不安，迫不及待敲打键盘，抢先进入一个陌生的庞大系统，今晚他前进的道路上森严壁垒，许多口令莫名其妙地改变了，他不得不键入一个又一个冗长而复杂的密码，每前行一步都要付出巨大努力。

终于，一道铁幕出现在眼前，"SSUS 中央防御系统"闪耀着凛冽的寒光，如同是中世纪城堡似地矗立在云霄之中。

远阳熟练地通过一片众多路径组成的迷魂阵，看样子他鬼头鬼脑进入过系统不止一次。通行口令每小时自动改变，随时加入当地时间、地球自转角度、黄道位置的各种数值进行修正。远阳一时手忙脚乱，自顾不暇。

电视显示屏上再次切入卫星画面：将军严肃面容，议会大厦纷乱的现场，1200 亿美元军费计划论证会，沙场上黄军蓝军模拟对抗。

议会的大型投影电视上出现"SSUS 中央防御系统"的详细计划。这是个策划已久的谋略，是一个庞大工作班子精确算计的成果，迎合了国际上制华势力的需要。投影电视上出现的计划目前只不过像是医用 B 超扫描的胚胎图像，而这个"胎儿"一旦呱呱落地，必将引起世界轩然大波。

将军充满自信，亲自执杆讲解，他对计划内容熟悉之极，一条条如数家珍。他军礼服的前胸挂着几排奖章绶带，他迫不及待地要把这个即将付诸表决的新计划变成一个最新的份量最重的勋章当仁不让地缀在自己胸前。将军目前讲解到了"打击"部分，他不停地提到上海、武汉、重庆等地名。电视大特写：轻松的表情，自负的神态，仿佛他是一名成功的导游，正要组织议员们从事一次"中华十日游"似的。

部分议员怀疑地摇头，更多的议员鼓掌，最后长时间地起立鼓掌……

全体议员向投影电视转过脸去。卫星电视转播实战演习，"SSUS 中央防御系统"的关键部分进行演练。

导弹发射井，潜艇，航空母舰，飞机同时发射导弹，立体攻击开始了。

空中和海面，导弹尾部喷射着火焰呼啸扑向目标。电视分镜头，上海，大连，天津，沈阳，广州，重庆，武汉……卫星控制电子图上，导弹光点不停移动。

黄军代表该国的军事力量，蓝军代表对手的武装。电子战已经先期瘫痪了蓝军的指挥系统，黄军的进攻分成几个巨大箭头，迅速把蓝军的防线撕开，纵深发展，如入无人之境。

一波又一波攻击。得手，挫折，替补计划，一切进行得有条不紊，黄军指挥官志在必得，加快了推进速度。

将军得意面容的大特写，他很有可能凭借眼前的得意之作一举成功，从此坐上他觊觎已久的国防部长宝座，"SSUS 中央防御系统"是他从军三十年心血的结晶，也是他代表的那派政治势力的号角和旗帜。任何力量不能阻挡眼前发生的一切，是的，绝不可能。

远阳蛰伏已久，出其不意开始攻击。他像一只藏在遥远的黑屋子里霉烂的小虫子，无人理会，但是这个小虫早已对该国军事卫星的计算机程序进行了长时间的暗中研究和秘密对接。远阳神情漠然，在键盘上发出一连串指令，一个完整的黑客程序开始启动工作，发挥出可怕的威力，对于军事卫星定位系统的一系列干扰程序被激活了，沿海形势陡然逆转。

黄军导弹陆续改变航线，坠海，撞山，或者改变轨迹飞入友好邻邦的国土，引起国际上一片抗议声。

两枚威力强大的导弹一声不响拐过弯来，像是两只眷念故乡的信鸽，一股劲儿地飞向将军自己的国家。很快地就返回了国界，直向将军家乡飞去。

议会里一片混乱，仪表端庄的议员们像是青春少女见到影视偶像那样爆出一片惊叫声，两位白发苍苍的议员抓住胸口痛苦倒下，更多的议员打出终止手势，要求将军立即控制住局势。

将军惊骇万分，他抓起电话，大声吆喝。

防空力量猛烈地朝着导弹射击，反导弹系统弹射出多枚弹头。两枚导弹神使鬼差地躲过一波又一波打击，不断变换行进轨迹，又采取超低空飞行躲过雷达的追踪，转瞬已来到大城市上空，导弹急遽提升高度，直向繁华城市呼啸着冲下来。

城市上空响起紧急防空警报。市民大乱。

议员大哗，纷纷夺路而逃。

远阳脸上露出笑容。他迅疾敲击了几下键盘，导弹呼啸着掠过议会大厦屋顶，重新提升起来，离开城市。

导弹扑向该国的经济命脉之一 S 跨海大桥，远阳在计算机上锁定目标。计算机单调的声音不停地报告各种数据："距离目标 35000 米……32000 米，自动修正航线……"

两颗导弹在远阳的接管和控制之中，手提电脑上出现两颗导弹的各种数据和卫星的定位数据，远阳不断进行有效调整，避让了战斗机的两次拦截。

导弹全部加力完全打开，越飞越快，现在已经没有任何力量能够追得上它们了。

在卫星画面上，S 跨海大桥上车水马龙，热闹非凡，正在举行一百对新人的集体婚礼，鲜花，彩带，俊男靓女，美不胜收。童男童女轻挽婚纱，稚气的面孔逗人喜爱……

副总统亲临现场祝福："世纪大桥，世纪婚礼，世纪宝宝……"几对新婚夫妇抱着提前出生的孩子，喜极而泣。所有来宾满面喜悦。

联合国秘书长作为特约贵宾，开始致辞。

危险正在可怕地临近 S 跨海大桥，导弹在空中呼啸。首都，危机已经过去，惊魂甫定的议员纷纷返回议会大厦。一位胖胖的议员把一杯水泼在将军脚前，吐口水。

将军一动不动，他脸上的肌肉僵化，他明白他碰上了强劲的对手，而这名对手不讲任何游戏规则，这是一名偏执近乎疯狂的电脑黑客，他们之间的矛盾无法化解。

议会外面的局势一边倒，抗议浪潮排山倒海，与警察发生严重冲突。石块满天飞，高压水龙头在争夺中几易其手，橡皮子弹排射，催泪瓦斯嗞嗞冒烟……

议员们大哗，不满地转向将军吼叫。

将军打出一个谁也不懂的手势，他的副官们跑进跑出，急于执行这道困难的指令。

远阳面前的手提电脑上突然出现将军谈判的条件："黑客先生，5 万美金汇入瑞士银行账户，请你立即停止干扰。"

"战争一旦开始，便不以人的意志为转移。请转告将军，这是拿破仑的名言。"远阳用英文答道。

"我们已经侦知你的名字，地址和职业，你的姓名是…… 你个人要对今天发生的事件承担一切责任。"

"我乐意奉陪到底。谢谢。"

导弹接近大桥，桥上人群纷纷回首，目睹导弹呼啸飞来，桥上局面混乱不堪，局势已不可逆转。将军冲着话筒大声咆哮，"准备后事吧，远阳先生。"语音转化成数字信号，瞬间又在远阳的手提电脑屏幕上转化成汉字

远阳不动声色，手指在键盘上飞快地移动："阁下请先，请您抬头看看大屏幕吧。"

模拟毁灭图像，悲惨万分。

跨海大桥被炸成三截，副总统怀抱着一名新生婴儿被炸上了天，海面上人群忽沉忽浮，到处漂浮着白色婚纱，血浆染红了海面……卫星镜头留下难以磨灭的印象，议会大厦内，有不少人在埋头干呕。

"SSUS 中央防御系统"计划遇到重大挫折。

议会以 269 票对 2 票，当场否决了军方的请求拨款计划。取而代之，议会酝酿对国防部和对政府提出不信任案。

一群议员当场签名提交议案，要求对这一计划的来龙去脉进行彻查。一场政治危机铺天盖地席卷全国。

远阳推回键盘，靠坐在电脑椅上，静静观察这一切，作为群体的一分子，他困惑而且渺小，作为个体的他，空前清醒和强大。

我目瞪口呆望着远阳，觉得自己对他的了解真是少得可怜。

5

一个周六的上午，我正在前院给自行车打气，院门推开了，一名十来岁的少年像小马驹似的连蹦带跳窜进门来，我打量着那孩子酷肖其父的可爱脸庞，认出他是远阳的儿子寒寒。寒寒在父母离婚后被判给母亲抚养，远阳每周一次前去探望儿子，总是带上一大抱五光十色、花花绿绿的巧克力和袋装膨化食品。

不巧的是，远阳今天偏偏不在家，他的一位老同学从英国留学归来，专程去扬州访问。远阳用他那辆"桑塔纳2000"载上远道归来的同学，两人一大早便离家出门了。临出门前两人打趣说是"腰缠十万贯，骑鹤下扬州。"

寒寒听说他爹不在，脸上顿时露出极度失望的神情。他转念一想，便过来与我商量，要我充当他家的男性家长，去参加一个有趣的社区活动。说完拽住我的手就往门外跑。

我只来得及与远雯打了个招呼，便被寒寒拖出门外。一辆白色的"富康"两厢车停在路边，远阳的前妻心露坐在驾驶位置上，她微笑着推开车门，招呼我和寒寒上车。

轿车稳稳地向城东开去，心露抱歉地说，今天的活动组织者承诺要对一家三口全部到场的家庭颁发"天堂游戏卡"，寒寒是个电脑游戏迷，拉我前来实在是强人所难了。我连连说没关系，反正今天是休息日。

轿车驶出中山门，车道便隐藏在连绵不断的绿荫丛中。暮春的南京郊外，空气十分清新，气温也比市内凉爽许多。满眼绿色，十分悦目。轿车又开了近一小时，驶入一家大型的室外活动俱乐部。进了大门以后，轿车在绿丝绒般的草坪间和茂密树荫下足足开了十分钟，款款停在主要建筑物阔大的台阶前。

今日是周末，连来自太空的阳光也明白这一方土地上的客人非同寻常，加倍提供了优质服务，光线格外灿烂。草坪整洁，繁花盛开，空气无比清纯。我挺直胸膛，贪婪地饱吸富含负离子的森林空气，与此相比，平日我在市中心呼吸的那种气体只能称作是烟雾。

一辆辆轿车鱼贯而入，形形色色的社会上流人物陆续到达，他们换上名牌运动衫裤，手握高尔夫球拍，匆匆进入球场，去为他们不断升值的生命认真进行健康投资。

连绵的紫金山峰映衬在湛蓝的天空下，岚光岱色，氤氲烟笼，仿佛藏有万斛珠玑。隐约可闻山中隐士吟哦之声，心底浮起"心似白云常自在，意如流水各东西"的诗句。

这爿场所很大，活动区域很多，草坪上的聚会并没有吸引多少关注的目光，到场的宾客约有一百多人，个个穿戴整齐，心情祥和，彬彬有礼。为不引起外人注意，在两棵大树之间拉出"爱心捐助"大字横幅，音箱传来悠扬洒脱的管风琴独奏曲，闻者无不心旷神怡。我随心露和寒寒走上前去，融入在人群中间。

一群来宾自然而然聚集在一棵银杏树下，倾听一位白面男子演说。演说者声音不高，言辞平和，神态自若，谈论的内容都与博爱，互助和自戒自律有关。

置身在这个不熟悉的环境中，不久，我便发现，这个场所正在进行的其实是个宗教气氛很浓的聚会。由一个叫做联友公社的组织发起，参加聚会的人既有联友公社成员，也有慕名前来的志愿者。

整个聚会由一篇又一篇冷静的演说连缀而成，在联友公社成员中间，有着严格的教义约束，他们不食荤腥，互相关爱，节制欲望包括性欲，捐献财物。联友公社反对一切形式的暴力。当一位演说者温和地批评美国在海湾进行的军事行动是可耻的暴力行为，听众心悦诚服地连连点头。我向周围望去，尽管身份职业各不相同，男男女女笼罩在一片灼目的理性光芒当中。

我用心倾听了一会儿，转身走出人群。虽然我与聚会成员的思想观点有较大的距离，说实话我并不反对这种理性大联盟之类的集会，每个人都有权选择自己存在和生活的方式。我喜欢茹毛饮血大块朵颐，别人爱好采蘑饮露不食人间烟火，在我看来其中并不矛盾，只要我不逼旁人生吞活蟹，别人也不限制我终生素食，这个世界就太平无事。

午餐会终于开始，我等得饿了，水果丰盛，饮料充足，面包新鲜软和。

果然没有肉排和其它荤食，也没有含酒精饮料。这个聚会从精神到物质在风格上倒是一致的。寒寒和一班少年在草坪上踢球，我啃着面包捧着饮料边吃边四处转悠。

心露风度潇洒地坐在欧式风格的铸铁公园椅上，边喝饮料边与周围伙伴愉快交谈，在这个环境中她显得是那么悠闲自在，那么随心所欲毫不造作。我远远瞅着她身边的女伴眼熟，走近了才发现那人居然是远阳的现任女友维妮，这一来有些出乎我的意料之外。

心露远远看见我一个人四处溜达，不愿意冷落我，迎上前来陪我散步，顺便向我介绍周围情况。话题不知不觉转到远阳身上。

我眼角瞥了心露一眼，据说她和远阳两人是客客气气分手的，自始至终两人没有说过一句埋怨对方的话，在离婚证书上签名时双方仍不失幽默打趣的本色，"Lady first！""Gentleman first！"区民政局的工作人员都说，像这样和平分手的夫妻，复婚率是零。

她扬起手臂整理头发，今年南京年轻女性流行"三角杠"发型，把飘垂的长发烫成蓬蓬松松一大抱，每一根头发犹如编制丝网预先加工过的金属丝弯弯曲曲。我不禁责备地盯了对方一眼，她天姿已经是如此俊美迷人，便不该从姿色平常又酷爱美丽的姑娘们那里把最后一点发型优势也夺过来。

她顿了一下，又说，"至于远阳，几乎是一个完人。"

"你的意思是说……他有资格获得一张超人证书？"

她陷入沉思，即使在她出神入化的一刹那间，她的美貌也没有丝毫走样或损失。

心露今年三十多岁，外貌仍像及笄之年的年轻姑娘一样清秀娇嫩。上帝造这女子时一定偏心地使用了三倍于常人的美色：窈窕的身材，清新的面孔，风度翩翩，真善美三个字可以惟妙惟肖地传达个中韵味。

"远阳对待自己非常严格，几乎到了残酷的地步。他从来不酗酒不打牌。他从来不会无所事事，浪费时间。他勤奋学习，定期开出一大堆书目强迫自己按时读完。他每天刻苦锻炼身体。他从不说谎。他信守朋友之间的诺言。他的生活作息像'劳力士'手表一样准确无误。他在二十世纪常常干出古代名士那样一言九鼎的伟大举动……"心露浅浅抿了一口饮料，稳定自己的情绪。

我等待着，提示说："嘿，听起来一切都很不错。"

"他从不犯错误，这一点真正使我忍受不了。在家里，只要有人犯错误，那人就一定是我。我娇气。我爱睡懒觉。我大手大脚花钱，买下许多我根本不穿的时髦服装和鞋子。我小心眼，常常疑神疑鬼。我有时候莫名其妙地大发脾气……可是，远阳完全无动于衷，他甚至不会责备我，他不会为了这种微不足道的小事诱使他自己犯错误。他的正确发展到了登峰造极的伟大地步。每年每月每天，在他面前，只看见我一个错误接一个错误犯个不停。你不知道，有时候别人太好也会把你逼得活活发疯……"

我点点头，表示赞同。夫妻间相互了解的程度，是一般人际关系远远比不上的。我说，我希望更多地熟悉远阳兄妹，因为我需要别人的帮助来破译远阳家中出现的种种不解之谜，我感觉到，每当我努力向这个谜靠近一步，谜底就更远地离我而去。

"我必须生造一个词汇，才能准确表达意思，可以这么说，远阳是一个'性自大狂'。"心露想了一会儿，又说，"远阳亢奋的时候，我觉察出，这名男子的情欲背后隐藏着一个神秘的精神世界，他本人就是这个世界的凯撒。"

"他敬重贞节的女性，蔑视那些佻挞轻浮的荡妇。他在亢奋下吐出的只字片语中，我又发现，女人的浪荡恰恰使他的热情升达沸点，那些一钱不值的贱货的价值升高到无可比拟。我有把握对自己说，我觉察到他内心深处不可调和的矛盾，这些矛盾无情地折磨他，消耗他，使他一次比一次更深地陷入巨大痛苦，他无法回避，也不能够逃开。"

我不自觉地垂下目光，沉思像江上的浓雾，久久不能散开。我与远阳接触比较密切，自以为对他比较了解，认识也比较公正。谁知道多人在谈起远阳时，印象完全不同，每个人讲述的远阳都不是同一个人，他们的描述往往互相矛盾，有时截然相反。同一时期的远阳，是圣人又是凡人，是英雄但在更多情况下是殉难者，是钉在十字架上鲜血淋漓的信徒，是无人理解无人知晓的失败者。与他的苦难和委屈相比较，这个世界就变得只有绿豆那么大，而且是一粒不足月分娩的绿豆。

"命运对他的嘲弄，一直是冷酷无情。在现实中一筹莫展时，他便幻想……"

"他幻想什么？"

她欲说又止，"他幻想什么……倒是无关紧要，重要的是他的自尊一再受到严重损伤。他总是必须通过幻想来恢复自己，他的恢复能力一次次受到削弱，强力意志与孱弱的行动能力之间越来越不协调，越来越不适应。我深深担心……"

"远阳身心承受的压力，超过了他的负荷能力。应该采取行动打开他灵魂深处的减压阀……"

"越快越好。"心露点点头说，"遗憾的是，拯救他灵魂的这一伟大角色，从此不再由我来扮演。"

寒寒满头是汗，远远地拖着维妮的手飞奔而来，要他的妈妈立即跟他去见一位新结识的法国小女孩。心露是外国语学院法语系毕业的高材生，而维妮则是典型的"ABC"青年，也就是在美国出生长大的华裔一代。维妮目前在南京大学进修民俗学。

"远阳是我的情人，"我俩沿着斑斓的鹅卵石小径散步，穿过阔大的草坪，维妮坦白地说，"不是西方通常所说的 lover，而更像是汉语中的'有情人'。"

我赞许地笑出了声。此前我在远阳家中两次见过维妮，远阳离婚以后很少与女青年来往，维妮是个例外。维妮心怀坦荡，纯真朴实，又绝顶聪明。几年前通过朋友介绍，她与远阳开始相识，一个在南京一个在洛杉矶远隔云山万重经常在网上"聊天"，后来聊天不知不觉就会通宵达旦。维妮大学毕业干脆飞到南京来进修研究生课程，两个人都被对方深深吸引，友情非常深厚。有趣的是心露从来不对维妮抱有成见，相反心露经常邀请维妮伴她出席各种聚会，维妮为考察民俗，总是欣然前往。

"我喜欢远阳，他身上具有成熟男子特有的吸引力，特立独行，有主见，像混凝土一样坚强。"维妮仰起头，遥望远方天地交汇处，在那里逶迤着山的影子，焕发着云的光彩。"他身上没有一点华而不实的成分。他是一种美，一种真。"

"不，愉快很少，痛苦要多得多。"对于我询问的目光，维妮心事沉重，她企图用几句话概括远阳，"他是深沉的男人，汪洋大海，一望无际。大痛苦或者大悲哀对他来说，像浪潮扑岸，随后就退回去了，没有人能够摸清他的心思……"

"Superego（超自我）在发挥作用。"我引用一句精神分析学的术语。

"是的，他的表现也许属于'现实化的本能'，就是说，作为一种保护系统，把违背超我的内疚不安，统统斥回到潜意识中去。"

"远阳这个人一言难尽，他很开朗，同时又最神秘，神秘得叫人无法相信，也无法想象。"维妮想起一件事，不禁粲然一笑。

去年夏秋之交，远阳与维妮结伴去四川九寨沟旅行，两人被高原的旖旎风光深深吸引，沉浸在诗画一样美妙的大自然景色中。十来天后，他们绕道甘肃文县，精疲力竭返回成都，当晚，远阳发现随身携带的银十字架不见了。

"我记得远阳不信宗教。"

"可是我信。"姑娘长长睫毛眨动了一下，又补充说，"况且，这枚银质纪念品是他父亲的遗物……"

我很熟悉这枚小小的银十字架，它常挂在远阳写字台灯架上，静静地发出圣洁的光芒。

远阳抓起外衣，立即返回原路去找。他冲出宾馆大门，立在瓢泼大雨中接连拦下几辆出租车，也不知他许下什么报酬，最后总算找到一名与他同样疯狂的出租车司机，两人星夜兼程，在大雨中朝九寨沟疾驰而去。

"三百多公里山路，泥石流，山崩路坍，就像在鳄鱼嘴中冒险，加上一场阎王哭娘的倾盆大雨……"维妮回想起那段往事，仍然怵目惊心。

又是一星期过去了，远阳连同那司机搭顺路卡车回到了成都。两人面黄肌瘦，伤痕累累，衣衫褴褛。司机手臂还缠着绷带和夹板。至于出租车连影子也没了。

远阳把找回来的银十字架交到维妮手中，便和司机俩人散了架子似的颓然倒地，躺在宾馆地毯上呼呼大睡。事后，远阳对他们这一星期经历只字不提，谁问也不回答。

"不，"姑娘瞥了我一眼，钦佩地说，"他不是故意丢下我，必要时能够奋不顾身，全力以赴，这才是最高境界的男子汉。"

我颔首赞许，在内心世界重新审视那枚小小的十字形的银饰物，它寄托着一种执著和迷狂，它已成为远阳生命不可或缺的一部分，成为他灵魂的核心。它又代表两代人之间不为人知的某种联系，厚重的亲情和虚无的理想分别将它烘托升华到崇高的地位，成为一种象征，甚至是图腾。

我一字一顿地重复某位哲人深邃博大思想，"通常，在我们表面的意志自由后面，隐藏着一种更高的命令。它一再提出专横的要求，逼迫个人服从它。个人的超常行为往往始料未及。"

姑娘赞赏地望着我，说："嗨，欧洲之行没有虚度光阴，你的演说散发出浓烈的'荣格'气息。"

一只网球从天而降，徐徐滚落到我们面前，轻轻撞了一下盛开的芍药花，这个球形的小精灵依偎在绿荫中不动了。一位壮硕男子精神抖擞尾随追来，拾起那球，为打扰我们的谈话道歉。

姑娘笑了，"按照荣格的观点，人的意识像一扇门，处于两面受影响的地位。它既受外部现实的影响，又受内部源头的制约……"

"意识的背后不是绝对的空无。"我接着她的话往下说，"而是深邃莫测的潜意识心理，从后面和从内部影响我们的意识，正如外部客观世界从前面和外部影响我们的意识一样。"

春天阳光暖暖晒在身上，历经一个漫长冬季，阳光弥足珍贵。两只灰松鼠追逐而来，在裤脚下兜圈子。

目睹一伙伙兴高采烈的人群在碧绿的草坪上来来往往，活动在他们独特的精神天空下，我陷入沉思。毫无疑问，在场的成人均有高度的自制力，在这一点上，远阳与他们一致。

远阳自律自制的能力很强，人类的自制力曾被誉为"文明"和"高度修养"。可根据精神分析学说的观点，正是因为"超我"蛮横的压制，人类损失了"本我"最宝贵的创造力个性。我想，那个奥地利人和那个瑞士人的想法，是很有道理的。

6

初夏的周末总是比其它季节的周末更加受到欢迎，在又湿又热的空气中上班下班紧张工作了整整五天，令我又倦又乏，人人都巴不得尽快从办公室脱身，好去尽情享受两天无拘无束的美好假日时光。下班以后，报社两位搞摄影的铁哥们儿一手端着咖啡一手夹着烟卷儿给我补上"夜间摄影"的大课，他们把速度、光圈、像素、定时控制器的知识倒进火辣辣的油锅里一阵狂炒，向我端上一盘色香味俱全的专业知识大餐。我最后云里雾里似懂非懂踏上归程时，暮色苍茫，华灯初上。

半路上我停下摩托车，拐进一家大型超市，采购了一大袋水果和食品。近一段时期，远阳家中的梦魇似乎消失了，兄妹俩神清志爽，气色开朗。远阳甚至戒掉了抽烟的宿习，饭量随之大增。

腰间的寻呼机像小精灵变腔变调地大呼小叫，我加速行驶，每次在十字路口遇上红灯时，摩托车便有恃无恐越过排出百多米远的长长车队，压着黄线一直包抄到快车道的最前方，绿灯乍亮我便第一个冲过路口。我有时候拐进慢车道上与纷扰的自行车大军并肩前行，时不时地还要费心避开几个在快车道上从容行走的外地人。我左窜右突，尽我所能，以最快速度来到远雯那幢编辑部大楼前，姑娘早已等得不耐烦了，她在手机键盘上揿下一连串魔咒，尝试着又一次把电磁波的缰绳套在我颈子上。

远雯坐上摩托车后座，摩托车扑扑地冲出去。远雯抓住一支圆珠笔，模仿剑客吆喝，"嗨嗨"轻刺我的肋下。

我两眼上翻，接着双手脱把，摩托车失去控制，摇晃不稳，歪歪斜斜地向前窜去。迎面的行人一起惊呼大叫。远雯咯咯大笑。

摩托车风驰电掣穿过大街小巷。

浓密的林荫大道处处黑影朦胧。我偏过脑袋，对着后座说："伤脑筋的是，至今我们根本看不见对手，我们好像一直在向空气宣战，打出去的全是空拳。嗨，到底是谁暗中行刺我们？"

"暗箭难防。"远雯叹了一口气说，"真是不可思议。有时我忍不住会胡思乱想，喂，你说，会不会是在'闹鬼'？"

"二十世纪的科学恐怕解决不了'鬼神'的问题。"我踩下刹车，避让一只姗姗然过街的北京犬，等这只小东西大模大样走过去后，还要静候尾随而来的花白头发的女主人慢慢地横过马路，然后尝试二档载人坡道起步，发动机发出一阵阵吼声，我说，"我们只能依靠自己。"

"鬼不缠人人自安。"远雯自言自语说。

"日欲羞月月更明。"过了两条街道，我才想出一句不伦不类的话作为下联。我拧大油门，疾驰而去。

回到家中，一股浓烈的烟卷味扑鼻飘来，远雯和我不由一愣。

远阳不好意思地掐灭了手中的烟卷，又在烟缸中倒了少些茶水，阻止进一步环境污染。他眼光瞅着别处，喃喃地说，下午他想写点儿东西，思路没理清楚，忍不住抽了几支烟。

远雯快速占领了厨房，手忙脚乱，准备晚饭。她今天曾去国际会议中心与两位美国出版家会谈，来自大洋彼岸的客人对于她主编的英语科技刊物表示出浓厚兴趣，愿在组稿和发行等方面全方位协作。远雯全身上下透露出由衷的轻松和高兴。

吃饭时，远雯照例边吃边浏览报纸。她很快就把一大迭日报晚报大嚼一通丢开了，她找了一会儿，没找到《钟山晚报》，便问远阳。

远阳只顾埋头吃饭，似乎没听见远雯的一再追问。

远雯转眼便忘了报纸的事。她今天真是高兴极了，连喝了两小碗鱼汤。晚饭后，她收拾碗筷放进洗碗机，便把自己关进她专用的小书房，着手起草中美联合办刊的计划。她冲着我指了一下咖啡瓶，我明白她的意思，不声不响地冲了三杯香喷喷的雀巢咖啡，分送到各人面前。

我陪着远阳在客厅看电视，国际见闻播完之后，我起身退回自己房间，打开手提电脑，给编辑部写一周世界大事纪要。我听见远阳在客厅给北京一位远亲家里打电话，他的这位身份显要的亲戚一年前成了"植物人"，那人生命在不能自觉的状态下延续，完全是以国家付出昂贵费用和家属付出沉重痛苦为代价的。

又过了半小时，远阳犹豫不决叩了一下房门，轻手轻脚地走进来，随手掩上房门。

我不经意地在长沙发上挪动一下，给他腾出空位。我的目光和注意力集中在显示屏上，未曾分心。

一张本日出版的《钟山晚报》突如其来展现在我面前。接着，远阳为我拧开落地台灯。

报纸第二版上方，远阳用荧光笔勾出一则新闻，题目是《夤夜电话，史海钩沉》，内容大致是这样：今日凌晨，晚报值班编辑接到一个奇怪的电话。打电话的是一位男子，声称他要举报一件重大秘密。他说，1949年春，中国共产党一位重要人物在镇江落入国民党军队的手中，这位化名"泊生"的中共要员自度难免一死。恰巧国民党镇江警备司令部的头子曾凡一是他的同乡，曾凡一权重一时，威震大江两岸，时有"镇江东"之称。曾凡一下令秘密释放了"泊生"。

半年后，政权易手。曾凡一被解放军逮捕，未及审讯，便突然被匆匆处决。

据打电话人揭发，当年下令枪毙曾凡一的人，正是那位化名"泊生"的大人物。"泊生"恩将仇报，杀人灭口，其中必有重大原委。

我瞥了远阳一眼，不知他关心此事的原因何在。

远阳示意我继续往下看。

晚报编辑接电话后，通过电脑对相关内容进行了调查。曾凡一被镇压后，妻子一直寡居在镇江乡下，靠浣洗工业纱头维持生活，"文化大革命"中受到反复冲击，吞食河豚鱼内脏自杀身亡。

曾凡一的子女解放后被流放到甘肃务农。晚报编辑尝试与驻甘肃记者站联系，并于今日中午在网上访问了曾凡一的长子曾虞嶙。曾虞嶙目前退休在家，他回忆说，曾凡一在临刑前几天曾秘密托人捎口信给子女，嘱咐他们火速修书向"泊生"求情。曾凡一口述了转告"泊生"的一些极秘密话语。

在晚报记者的一再追问下，曾虞嶙过于激动，突发脑溢血被送入当地医院急救。医生诊断后认为，病情十分严重，即使曾虞嶙侥幸不死，预后也将很差。

报道结束了。我抬头望去，远阳嘴唇噏动，情绪十分不安，黄豆大的汗珠沁出额头。远阳手指抖索，好不容易点燃一支纸烟，狠吸几口，纸烟燃去大半。他面色紧张，指着晚报上那则新闻，口吃着告诉我说，那位化名"泊生"的大人物，就是他的父亲。

我陡然一惊。

　　"父亲一生使用过的化名不计其数，但是知道'泊生'化名的，当时只有党内个别干部，这几个人在解放战争胜利前夕牺牲了。"远阳控制不住手臂颤抖，烟灰抖落在膝盖上，他全无觉察。他说，"这个秘密电话……莫不是从阴曹地府打上来的？"

　　我受到震动，一时不知说什么才好。

　　远阳内心的痛苦煎熬着他，他脸色苍白，眼神涣散，断断续续地自言自语说，"父亲晚年，越来越深陷入自我反思。一生功过，不能处之泰然，更不能抛却脑后。……恐怕这与他宗教家庭出身的知识分子背景有关。……他集政治信仰和宗教信仰于一身，他的反省既非基督教式的，又不是共产党员式的……这使他尤其痛苦，临终前，他只好通过我——向万能的上帝忏悔……"

　　我默默倒了一杯茶递过去。

　　"今天看到这张报纸，说真的，我有一种'世纪末'的感觉。"远阳接过茶杯，手指微微颤抖，虽然只有半杯水，晃动中还是泼洒出一些在地板上。他沉浸在内心独白中，表情十分痛苦，"这感觉像火山爆发，一涌而出，灼天烧地，日夜不停。你可以预料到它永不停止，因为底下是整个地球，在把地球喷成一个空壳之前，苦难不会结束……"

　　他举起茶杯，一仰而尽。

　　我久久无语。

　　我把手提电脑的音量调到最小。显示屏上，一名BBC的男播音员正在夸夸其谈，但是我不知道他到底说什么。他瞪着我，嘴巴一张一合，滔滔不绝，最后不辞而别隐没在黑暗里。

　　过了许久，远阳渐渐恢复平静，他一下一下慢慢撕碎报纸，苦笑说："完了，这世界发疯了……"

　　他瞳仁中间火焰熊熊，转身离去。

　　我惶悚无语。窗外阴霾密布，一颗星光也没有。恐怖的魔影像饥饿的狼群隐藏在周围，魔爪接近了这个家族的脖根，稍一用力，家族成员的前程便会彻底葬送。恐惧从来没有像此时此刻这样近在眼前。

　　午夜时分，浓咖啡的兴奋效力渐渐失去，我眼皮合拢，突然又惊醒过来，一再提醒自己强打起精神。我独自一人耐心地守在卧室的电视机前，坚持到几家电视台相继打出"晚安"字幕。我赤脚走过去关掉电视机，几乎立刻就忘了整个晚上乱七八糟究竟收看了一些什么节目。

我穿上运动鞋，蹑手蹑脚走出卧室。最近一周以来，每天午夜时分，我便偷偷摸摸溜出房间，按照事先计划好的方案，采取一些隐秘的安全侦察措施。

我孤身一人，悄悄走进客厅浓黑的夜幕中。我下决心，一定要彻底揭穿远阳家中恐怖事件的秘密。这个家庭每个人的神经紧张到了极点，各人的负荷能力和忍耐性都达到了极限，只要再增加一丁点儿压力，大家就会轰然崩溃，一败涂地。

我久久伫立在大客厅中央，像只闯入家宅的野猫纹丝不动。出于自卫本能的需求，当视觉不足以察觉外界危险信号时，嗅觉和听觉便超水平发挥作用。我"嗅"到窗帘飘浮的动静，我清清楚楚"听"见木制门窗热胀冷缩一组组木纤维"吱吱嘎嘎"移动。

我拧亮了微光电筒。照明的范围很小，而身后的影子又长又大，在地上拖曳。四周静悄悄的，我提心吊胆，不停向四处张望。人类在黑夜往往感到特别恐怖，意外的打击随时可能会从任何方向袭来，令自己猝不及防。

突然，极度惧怕使我呼吸停顿，浑身冰凉，心脏一刹那间停止了跳动。我意识到，一种莫名恐怖像潜行的凶兽突兀现身，在背后咻咻地逼近我，客厅里凭空冒出一张狰狞无比的脸，那充血的眼睛在黑夜中不怀好意地注视着我。而我是那么脆弱和不堪一击，我不由自主地缩成一团，本能地连忙把微光电筒转过来。

微弱的光圈罩住了客厅角落，一只奇形怪状的猛兽就从那里窜了出来，蜷伏在长沙发上。阴影遮住了它的脸，它全身绷紧，脊背微微颤抖，充满了力度感。看上去它随时随地会向我扑来，掀起暴风雨般的疯狂袭击，期待着把我的血肉身躯撕碎。

我惊呆了，随后又长长松了口气。我认出这是远阳几年前收藏的一件珍贵艺术品。今天下午远阳一直在整理他的收藏品，天黑之前尚未结束，几件艺术品暂时寄放在客厅一角。在黑夜中，我的第六感觉敏锐地发现了周围环境中的异常情况，理所当然地向我发出了警报。

我走近些，这件由不锈钢薄板、三夹板和光导纤维构成的造型艺术作品，便更清晰地袒露在眼前。它的作者是一位倡导结构主义学说的现代派艺术家，这件作品是他呕心沥血完成的上乘佳作，在巴黎和纽约巡回展出时一再引起轰动。它有一个极其抽象的名字："燃烧月亮"。

我怀着敬畏的心情，长时间地逗留在这幅作品面前。传统的艺术观点无法用来解释现代派作品，眼前的一切远远超出我最奇特的想象。结构主义的目的是透过艺术作品的表层结构显现深层结构，结构主义的结构不等于感性形象，也不是艺术品各个部位的组合关系，它是指艺术品各要素的内在组合、逻辑意义或先天本质，它是艺术的抽象，抽象的艺术。

我触摸了一下那些冷冰冰的金属、光电管和水晶，对于哲人尼采来说属于生命的审美外观的形式因素，如姿态、色调、旋律、对比、节奏等，在结构主义看来，仅仅是那隐蔽的深层普遍逻辑的顺从反映。托多洛夫明确指出，"对抽象结构的认识才是结构分析的真正目的"。这种抽象结构与个人感觉无关，而是永恒的普遍的客观意义，是不能还原为具体风貌的抽象模式和宏观逻辑程序。

我怀着不可名状的复杂心情站在那里，一再打量面前这件了不起的前卫作品，力图在心理上缩短理解的距离。

远阳一向为拥有这件作品感到骄傲，按照艺术大师的设计意图，通电后，天火地光般的斑斓色彩有助于获得最好的艺术鉴赏效果。远阳经常打开作品电源，独自长时间地静静欣赏。我曾有幸观赏过一次，留下了十分深刻的印象。当时我可谓是竭尽心力，调动全部艺术经验来参与艺术鉴赏，就像沙漠中的迷路者苦苦在追踪一串若有若无的脚印。

我轻手轻脚摸到客厅楼梯口，静听片刻，弯腰从楼梯下面的隐秘处抽出一只皮箱。

打开皮箱，我小心翼翼端出一架高级数码相机，看上去比学生字典大不了多少。我取出一些专门加工的附件，摸黑把数码相机固定在楼梯扶手上，接通了外接电源。

我怀着期待的心情，揭开数码相机的镜头盖。毕竟这不是一架普通的数码相机，而是我们一班摄影发烧友智慧的结晶。经过一番改造，这架远红外装置引导的相机具有夜间自动追踪和定时拍摄功能，也就是说，一旦夜间客厅里出现红外线热源，相机立即自动由待机转为启动，相机下方固定在一根万能支架上，镜头会由远红外侦测仪引导自动追踪目标，自动对焦调焦，每半分钟自拍一张。这架相机可一次拍摄 450 张高清晰度照片，系统地记录下接近 4 个小时内发生的全部事件经过。

确信一切安排就绪，我快步退回卧室，脱衣上床。我必须抓紧时间痛痛快快睡上一大觉。天亮之前，我将提前起床，把数码相机悄悄收藏起来。

我揿动电子表，定时鸣音功能正常。

我倒头便睡。

我睡得很深沉，然而潜意识仍处于高度戒备状态。外部世界任何异常信息，都足以迅速启动我神经的警报系统。

仿佛是来自内心的一声警笛，令我蓦然惊醒。我刷地在床上弹坐起来，才发觉由于心情紧张和思想压力太大，浑身大汗淋漓。

四周静悄悄的，没有任何动静。只见窗户玻璃上映出一片火光，像是一些通体发光的小精灵在窗台上狂欢舞蹈。

我三步两脚赶到客厅，眼前出现的景象惊呆了我。

客厅的玻璃大门洞开，前院中央树立起一支十字架，足有一人多高。十字架上缠裹着浸透汽油的布条，火焰腾空，猛烈燃烧。一只空汽油桶倒在阶前，散发出刺鼻气味。

客厅和前院空无一人，火借风势，呼呼燃烧，长长火焰四处喷射。我抄起一把椅子，想把十字架砸倒。说实话我怕熊熊烈火随时随地窜上门廊，酿成一场恐怖的火灾。

高温炙烤着我的脸庞，我最终又放下椅子，退后观望。说实话我不敢相信眼前骇异刺目的景象居然是真的。假若我面对的一切果真是事实，那么它必定是一个非同寻常的象征，它的出现意味着大祸临头。

我怀着畏悚的心情，向面前的熊熊大火行注目礼。火焰欢畅跳跃，痛快淋漓地尽情燃烧，此时此刻，天地之间黑暗如漆，只在此处有一团烈焰不惮，公然向铺天盖地的沉沉黑夜寻衅挑战，以燃烧自己为代价，作一次力量悬殊的抗争。

楼上一扇窗户"砰"地推开，传来远雯惊呼声。她仓皇失措，连声唤我的名字。我跑进前院，借助火十字架的光亮，举手示意，高声求她立即下来。

远雯回话中带有哭腔，她说，电灯不亮了，她不敢一人离开房间。

我折回客厅，四下叩击电门开关，室内一片漆黑。会不会是这幢房子的电路出现了故障。

我不及细想，从客厅墙上扯下一幅泼墨山水画，卷拢起来，在火十字架上点燃。我高举着这柄艺术品火把，冲上二楼，挽住浑身瑟瑟发抖吓坏了的姑娘一起逃下楼来。火把的寿命短暂也燃到了尽头。

我俩紧紧依偎在一起，借助火十字架的照明，畏怯地打量这幢黑黢黢住宅。我们自以为对它非常熟悉，此时此刻它却显得非常陌生和不可接近。我们的心往下一沉。我几乎脱口喊出，哦，我们寄身其中的建筑物，当真是生命的庇护所吗？它究竟是什么呢？

楼内静悄悄的，无声无息。

远雯怯生生呼喊起远阳的名字。

没人应答。回声在楼上楼下振荡。

我心中一紧，浑身血液凝固不再流动。我强作镇静，扶着远雯回到客厅。火十字架的火势减弱，客厅里更显得漆黑一团，伸手不见五指。我必须首先解决照明问题。

远远看见楼梯扶手上一星荧荧绿光，正对着我们，我走到哪里绿光就追射到哪里。我有主意了，摸索上前去，拆开数码相机的外接电源，取下一组沉甸甸的蓄电池。我在楼梯下面那只皮箱里找出一只摄影灯，把灯和蓄电池组连接在一起。不一会儿，五百瓦的强烈光柱四处扫射，刺穿了比米汤还要稠粘的夜色。

我们首先赶到远阳的卧室。房门虚掩，室内空无一人。床上整整齐齐，被褥叠得有棱有角，看起来远阳今夜似乎未曾入寝。

我放低手中的灯光。昨晚远阳一直穿在脚上的缎拖鞋犹在床下，而他那双出门才穿的意大利高级羊皮鞋不见了。

卧室井然有序。我注意到经常挂在灯架上的那枚银十字架被摘了下来，不知去向。

书桌上有几本影集摊开放在那里，前几本全是发黄的黑白照片，更显出来后几本影集中的彩色照片鲜艳夺目。我随手翻阅一下，有紧闭眼睛从滑梯上飞身下滑的幼稚园儿童；有目不转睛正步出列的少先队旗手；有弓身扑救点球的市中学生队门将；有获竞赛大奖的编写电脑程序的高三选手；有练习刺杀的军事院校高材生；有跟随中央领导出访的英姿勃发的年轻军官；有外贸谈判桌旁外松内紧不苟言笑的企业副总裁……

这本相册的主人沿着起伏弯曲的人生道路一直走来，走向活泼上进，走向成熟老成，走向怀疑彷徨。他曾经一度出入困境，按照一种无法抗拒、无法逆转的规则，走向他无法选择的归属。

阖上相册，远雯和我默默无语退出房间，沿着走廊寻去。我们打开各个房间的门，连阳台也没放过。

远阳无影无踪。

返回前院的时候，火十字架已经熄灭，通体上下这里或者那里偶尔有一段瞬间变得彤红明亮，紧跟着又变黑了。借助灯光我看见大门内侧有一堆竹枝，令我想起了原先放在那里的大扫帚。正是这扫帚柄带头焚烧自己，奉献出赞美上帝的火十字架。

我们更加困惑不解，相继返回客厅。

灯光稍稍移动，长沙发上出现了闪闪反光。我对准手中的摄影灯，那件体现结构主义思想的艺术品在雪亮的灯光下纤毫毕现。我从来没有像现在这样接近这幅取名"燃烧月亮"的作品，无论多么强烈的外来光线也无助于认识它深刻的内涵。它无言地袒露在强光中，仿佛是一种挑战。

我拉着远雯冰凉的手，安置她在门口的藤椅上坐下。我来到楼梯口，三两下把数码相机给卸了下来，带回到远雯身边。我俩脸碰脸地翻阅起照片来。

数码相机与其它现代科技产品一样是个奇迹，在拍摄的现场你就可以揿动按钮，在机身后面的显示屏上一张一张地翻看刚才拍摄的每一幅照片，十分清晰逼真。

利用远红外技术拍摄的夜景，物体和背景绿蒙蒙的，分不清远和近的概念，给人不同寻常的感觉。久而久之，忽然相机中出现一名男子的背影。

他的身影十分熟悉，但是我们一时无法确认，因为他走路的姿势有些奇特，好像他心不在焉，又好像他一直未从瞌睡中醒来。

在其后几张照片上，男子拉开客厅大门，面部朝外静静立在那里，陷入沉思。他一定是遇上了难题，因为在后面二十来张照片上，他一直保持这个姿势，一动不动。

忽然，那男子转身便走，数码相机来不及追上他，照片上只拍下他的一条腿。

一幅幅照片翻看过去，男子在院子里活动。拆大扫帚。捆成十字架。捆绑布条。浇汽油。……由于距离太远，光线太暗，无法辨认男子面孔。

男子点燃打火机。

十字架局部着火。火焰蔓延。

火十字架喷礴熊熊烈焰。

男子背朝镜头，指手划脚，仿佛在抒发胸臆。一会儿他双手上举抬头祈祷，一会儿紧抱脑袋苦思冥想，一会儿掩口失笑，一会儿抹泪流涕。在他面前，除了火十字架别无一人，他似乎同时在与许多对手抗辩，我怀疑他此时最难对付的对手实际就是他自己。

终于，男子转过脸来，火十字架窜出长长一条火苗，清楚照亮男子面容。

远雯大声惊叫，浑身颤抖，说不出话来。

我俩几乎不敢相信自己眼睛。

这名黑暗中的男子，正是远阳本人。

平日庄重稳健的远阳，此时一反常态，变得放松和无所顾忌。像梦魇似的，远阳在黑暗中打开了他的"潘朵拉盒子"，灾难和恐怖顷刻之间就会降临人间。

远阳似乎激动过头了，此时显得筋疲力尽。他机械地一步步向客厅走来。他的表情冷漠，身姿扭曲，内心冲突一定十分激烈，他似乎在竭力克制思想深处的巨大痛苦。远雯和我同时注意到了他脸上的表情，远阳双目半闭半睁，他简直不愿意再看一眼人世间丑恶的现实，他决心以消极的"不视不闻"态度，来抗拒漫无边际的黑暗。

远阳沉重地踏进客厅，步履缓慢。他向饮料柜走去，半路上仿佛想起什么似的，折身又转向长沙发。可能是"燃烧月亮"作品引起了他的关注。当时在火十字架光焰的照耀下，这件前卫的艺术品为了弘扬结构主义宗旨，全部金属件和非金属件都在闪闪发光。

远雯紧紧抓牢我的手，我俩屏住呼吸，身体前倾，生怕漏掉一个细节。在下一张照片上，远阳弯下腰去，拾起作品后面的一根电源线。

他一手扶着作品……

一只手捏着电源插头……

凑近屋角的电源插座……

插头向插座接近……

突然，我俩清楚地看见：远阳手指下跳跃出一串电火花，在艺术品的金属件上搭起一条弧形的虹……

紧接着，他的身体僵直……

他浑身抽搐……

沉重摔倒下去……

消失在长沙发背后……

仅仅过了几分钟，照片上就出现了我的身影。我奔向前院。我举起椅子。我发愣。我扶着远雯下楼。我摸索过来拆卸蓄电池……

我一跃而起，高举起摄影灯，手指变得不听使唤起来，心口"扑通扑通"狂跳。我突然明白了什么叫做害怕，什么叫做恐惧，这完全是一种由内往外的紧张过程，仿佛从记忆中的一口古井里，骤然升起冰凉的寒意，瞬间充溢身体内部，冻结了思想、意志、欲望和感觉，锁闭了一切希望，只留下渴求生存的本能要求在徒劳地拼命挣扎。漩涡疾转，没有一线脱身的希望，只有无垠的危险。

远雯哭喊着追上我，两人战战兢兢向长沙发挪去，要去看个究竟。

"燃烧月亮"迎面挡住我们的视线，威严专横，令人茫然不知所措。我心底第一次升起一种奇特的感觉，这件后现代主义作品莫不就是当今人生的真实写照吗？它错综复杂，隐秘怪诞，无论对它的认识深入到了何种程度，未知的神秘部分瞬时同步扩大到十倍百倍以及更多。或许它本来的面目，原来就是不可知晓。

我翻转手腕，强烈的摄影灯光沿着作品的电源线徐徐移动。

蓦然，在电源插座旁边，我看见一只惨白的手，僵直地伸向天空，手指间紧紧捏着那只电源插头。

　　我猛然哆嗦一下，摄影灯失手滑落，又被我手忙脚乱地在半空中抱住了。远雯不由地魂飞魄散。

　　摄影灯光照亮那只手。

　　整只手臂出现在灯光下。

　　终于，远阳身体暴露在面前，他安详地侧卧在长沙发后面，深沉地坠入梦乡。

　　我们疾声叫唤着远阳的名字，连忙翻过他的身体来。我无意间碰到他手中的电源插头，骤然全身一麻，被电流狠狠打了一下。我一脚踢掉他手中的插头。

　　我又急又怕，发现远阳已经气息全无，浑身发凉。他脖子上悬挂着那枚银十字架，反射出一束灼目的光芒，刺痛我们的眼睛。

　　远雯浑身瘫软，栽倒在地上。

　　"正如你看见的那样，远阳患有梦游症。"清晨，我陪远雯从医院回来，远雯的手无力地挽在我的胳膊上，痛苦一下子掏空了她的灵魂，使她暂时失去了思维和表达能力。走出几个街区之后，我终于打破了沉默，我说，"当然，他本人并不知道。"

　　远雯机械地往前走着，一双含泪的大眼睛望着前方很远的地方，一声不吭。

　　"死火山在某一天突然爆发。"我无奈地耸起肩膀，自言自语说道。我引导她绕开路旁一排巨大的水泥运输车，水泥转斗不停旋转，南京是一个正在飞速发展的城市，每天都有大片旧建筑群被拆除，每天都有一排排高楼大厦向天空升起。

　　鼓楼公园从酣梦中甦醒，早起的鸟雀在林间啁啾不停。我仰起脸，扯了一下树枝。鸟群只是变换了一下合唱队的位置，又亮起歌喉。

　　"哲人荣格认为，"我仿佛说给自己听，声音很轻，如同是从心底潺潺流出来的清泉，"梦来自潜意识，潜意识不隶属于意识控制之下，因此既不能被禁止，也不能自愿地再生产。它完全独立于自觉意识之外，总是按照自身固有的倾向显现或消失……"

　　我俩沿着北京西路顺着坡往下走，空气十分新鲜，路旁的绿树和鲜花一拨一拨地迎上前来，又无言地闪到身后。

"意识受到抑制的时候，潜意识便张开了翅膀。"我试图理清思想的轮廓，缓缓地说，"比如说做梦。这时，意识处于松弛状态或者暂时中断，那些潜伏最深，最具活力的潜意识便充分地得以体现。梦游症者往往就是在这种状态下行事的……"

"夜间事件……"远雯终于开口，痛苦地抽噎说，"果真是远阳干的？"

"不过，那是另一个远阳。"

"……那个神秘电话，也是他？"远雯潸然泪下，悲痛地别过脸去。

"说实话，我们每个人，都该提防另外一个自己，一个完全陌生的自己……"

"别人梦游，顶多是种花啊浇水啊。为什么远阳……偏偏要像苦行僧，他苦苦寻找的……到底是什么？究竟是什么……"远雯泣不成声了。

我们久久无语。

二十一世纪第一个盛春，匆匆在身旁经过。城市深处，一簇簇，一丛丛，姹紫嫣红，倜傥风流，并不在乎人们是否理会时节飞快更替。

天大亮了，一群信鸽掠过头顶，造物主的声音通过鸽笛在高空中尖锐地布道。

天际，风云激卷。

"最大的恐怖，往往来自于人类自己……"我所答非所问，突然冒出一句格言来。

远雯用鞋尖在沙地上划出一个问号。

我们走了。那个问号永远留在了那里。

原来是你

1

夜色朦胧。一条黑影掏出万能钥匙打开房门，登堂入室。

毛茸茸的巨手探入怀中，摸出一柄匕首，刀刃雪亮，寒光凛冽。

黑影蹑手蹑脚走向卧床，猛扑上去，手起刀落，连连刺中目标，显示出职业刺客心狠手辣。

被褥下面挣扎几下，停止动弹，殷红的血沿着席蒙思床垫流出来。一切恢复平静。

黑影撩开被单，垂死的猫抽搐着滚落下地，四肢瘫软，即刻殒命。

年轻女子半裹睡衣走出盥洗间，拧亮吊灯。她被血淋淋的谋杀场面吓坏了，脱口呼出："原来是你……"

值班室内，灯光骤然大亮。林林总总的电视图像如同淋湿的纸花迅速褪色，坐在电视机前的眼镜先生满心不情愿地转过脸来，冲着来人重重哼了一声。看得出他很不满意别人在他看电视过程中随随便便打断他。他吐出口中嚼烂的茶叶，气呼呼地抱怨说："原来是你。"

刚刚进屋的那个人被冻坏了，连连哈手跺脚，半晌答不出话来。十二月下旬的南京，夜间气温已经下降到摄氏零下十度，屋外银霜满地，赤叶遍野，阵阵朔风呼号驰骋，推窗拔屋。强大的西伯利亚寒流大举南下，其主力正源源不断地抵达江南这座名城。路灯的光芒冻结收缩成一小团，像油腻腻的咸鸭蛋黄，在窗外的大街上勾引夜行人的目光。

眼镜先生蹙紧眉头，目不转睛地盯着电视荧屏，一排排演职员名单像卡在渔网中动弹不得的鲜鱼活虾，正源源不断地从观众视觉的水平面向上提升。他抓住遥控器，恋恋不舍地捏了一下，关上了电视机。这才把两只脚从办公桌上放下，伸着懒腰站了起来。

他又端起咖啡杯抿了一口，在冷咖啡滋味刺激下，他脸颊怪模怪样抽动。整夜值班的辛苦和疲劳无法排遣，眼镜先生无名恼火腾腾升起，一古脑儿冲着门前那个来人发泄。他指着对方的下颔，恶声恶气地问："这儿，还有这儿，又是夫人的杰作？……'无名作品第26号'？"

来人情不自禁抬起手来，在嘴边摸了一下，痛得他龇牙咧嘴。那几条指甲划痕造成的心理疼痛，显然大大超过了生理疼痛。

"题名留念，啊哈，找的可真是个地方。"眼镜先生毫不怜悯对方，讥嘲口吻辛辣逼人。"我一下子就明白了，为什么你会大义凛然、义无反顾地离开你的热被窝，要知道现在是星期天凌晨六点钟……"

来人满脸委屈。室内的暖气放得很足，他已经暖和过来了，他下意识地理了一下领口，上上下下对自己的楚楚衣冠不动声色进行一遍自检。与他魁梧体格相比，他那副愁眉苦脸的神情显得滑稽可笑。

来人是《六朝晚报》编辑部的主任记者浦白。他很快从寒冬中恢复了矜持的绅士风度。眼镜先生的些许奚落显然不能对他的情绪施加些许不利影响，看起来他早已经习惯了在"暴风雨中成长"，修成一副金刚不坏之身。浦白转过脸去，对着门边的大穿衣镜仔细打量嘴角的伤痕，镜中出现一条南方大汉，衣着华美，仪表整洁。虽然年届不惑，但是富有吸引异性的磁力，至少他自己是这么认为的。

浦白目不转睛注视着自己的镜中形象，美滋滋地自我欣赏，渐渐恢复了信心。当他一番自我充电接近尾声的时候，他的种种不快心情已经一扫而光。他把须臾不离的墨镜支架在风衣袋口上，嘴里不协调地冒出一句关心别人的话来："不早不行啊，我怕你天不亮出发又去钓鱼。特大寒流，不期而至，好家伙，非把咱们的杜总编给活活冻僵在湖里不可……"

"叫我杜爱莲。"眼镜先生一脸不耐烦的神色，"我早就捉摸出来了，你一叫我杜总编，准有事求我。"

浦白求助地望着自己的头儿。

杜爱莲也不理他。拉开电脑键盘，三下五除二地把一批新稿件分发到各个电脑终端上去，又转到传真机前捡起一捧来函，通通压在白班值班编辑的桌上。然后自顾穿上大衣，从挂钩上摘下帽子，又满桌子乱翻，找他的手套和防风眼镜。

浦白急了，"真要上路？头儿，零下十来度，你不怕冷，鱼也不怕？"

"我只怕你，伙计。"杜爱莲尖锐地瞅了下属一眼，一脸不屑的神色，"我自己烦心的事情就够多了，不愿意再听你解释什么情书啦，邂逅啦，也不愿意在法定休息日的早晨，上门去调解家庭纠纷。"

"你听我说……"

"星期一上午 8 点，到办公室来找我！"

"就是为了星期一头版头条。"

杜爱莲站住了。

浦白小心翼翼打量了头儿一眼，轻轻问道："听说，那篇专访第二次给撤下来了？"

"不错。"杜爱莲承认说"我决定的，我不同意。"

"领导特地打过招呼，"浦白报出一位权势人物名字，"专访单位又是报社最重要的广告大户之一。再说，这家企业最近三喜临门，下星期一在国际会议中心庆祝集团成立十周年，大张旗鼓，贵宾如云……报社不能通融一下吗？"

"在我手中，恐怕不能。"杜爱莲坚定地说，"原因，你是知道的。"

"这家电脑软件企业，发展太快，昨天刚刚断奶今天就成了 IT 行业的天皇巨星，转眼就建成集团公司，大旗下面几十家企业，难免有管不过来的地方，消费者投诉，"浦白为难地摇摇头，"要想完全避免，确实不太容易。"

"投诉只是问题之一，亲爱的浦白先生。"杜爱莲答道，"另一个问题在于你，是你把专访写得像功德碑文，太肉麻了。"

浦白怡然一乐，"本地企业嘛，鼓励为主。"

"这种鼓励，总不应该是用报社的白衣领，去擦企业的脏皮鞋吧？"

杜爱莲犀利地盯了浦白一眼。浦白兼任报社的广告部经理，与大中型企业保持良好的合作关系，浦白八面玲珑，人际关系十分圆滑融洽，是报社领导不可多得的经济助手。但是，原定在下周一报纸头版刊出的那篇整版专访，文过其实，难孚众望，似乎浦白有些"私货"夹带在中间。

果不其然，浦白期期艾艾承认，打招呼的那位权势人物露骨地为文章定下了宣传基调。此公还暗示浦白说，只要浦白密切合作，明年杜爱莲年满 60 岁退居二线后，他会首先推荐浦白接替总编位置。

"那也好，"杜爱莲莞尔一笑，"到这家集团公司成立十一周年时，再来篇捧场稿子排个双版也不成问题了。祝贺你。"

杜爱莲拉开房门，径直走出报社大楼。浦白心有不甘，紧跟出来。

室外曙色方明，狂风呼啸，猖獗的气象强盗沿途打家劫舍，又成群结伙闯过门前的小松林，放出惊天动地的咆哮声。刺骨寒意像钢锉一下一下地猛锉他俩裸露的脸。浦白犹豫不决。

"说真的，头儿。天寒地冻的，今天早晨这个世界上没有什么事情值得你我俩人……这样顶风冒雪地往外跑。"浦白瑟瑟发抖，他身上那套漂亮西装过于单薄，领带被强劲北风吹成一横，落不下来，像根丝织的"金利来"牌指南针。"除非天塌了，地陷了，失踪上吊了……"

"算你说对了，"杜爱莲打开一辆面包车门，在驾驶室坐下。车身喷有《六朝晚报》编辑部几个字。他锐利地瞅了对方一眼，补充说，"是有人失踪了。"

"是谁？"浦白一听来劲了，跟着头儿钻进面包车，新闻记者的职业敏感促使他紧追这条线索不放。

"还记得南京大学的姬老吗？"

"姬教授？上他的课我老挨熊，二十一种古代文明我还能背得下来，米诺斯文明、尤卡坦文明、梯……梯赫文明，还有……"

"赫梯文明，"杜爱莲纠正他说，"姬老一点也不冤枉你。"

"姬老，到底怎么啦？"

杜爱莲拧动点火钥匙，发动车辆。发动机经过一段时间预热，转速渐渐均匀。在此期间，杜爱莲打开手提电脑，在手机的配合下，直接上网进入电子邮件窗口。

杜爱莲快速地移动鼠标，在"收件箱"中打开一个又一个邮件，近几天内，姬老发给杜爱莲的电子邮件特别多，内容也很有趣：

"重大突破！！！你猜我发现了什么？六十二年的秘密就要揭开了……我在半明半暗中前进，怀着狂喜。"

"苦恼，苦苦恼，苦苦苦恼。就差最后一步，我离太湖一步之遥活活渴死，这道数学公式太奇怪了……"

"快来！立刻到我这里来！我马上就要冲出这间房子，我实在……"

在最后一封电子邮件中，姬老列出复杂的数学公式，附有洋洋洒洒写满三大张纸的详细求解，暗示他接近了一个历史久远的谜底。在邮件最后一页，文字不连贯起来，语法全无，一连串字迹由潦草变为狂草，一股势不可挡的思想洪流挟裹着词句倾泻而出。突然这一切嘎然中止，姬老从此停止了他和外界的任何联系，时间是前一天中午十二点钟。

发动机发出流畅的突突声，车厢里的气温明显升高，杜爱莲关上手提电脑，抬起头来瞅了浦白一眼，不安地说："从昨天下午开始，我给姬老家打电话，一直无人来接。"

"那不可能……"浦白说了一半便楞住了，作为姬老的学生，他们十分熟悉这位老知识分子的生活习惯，他家的电话铃声从来不会超过十声无人来接，姬老更有一部无线分机随身携带，他家的电话铃声大作，那就如同是太空充满"SOS"紧急讯号的意义差不多。

杜爱莲松开离合器，面包车驶出大门，拐了一个急弯，向城北飞快开去。

天色阴沉，小冰珠在迎面挡风玻璃上打得叭叭响。车载收音机中传来气象预报员忧心忡忡的提醒，特大寒潮今日席卷长江中下游地区，气温明显下降，将有大规模雨雪过程。大街上行人稀疏，这里或那里常见到骑自行车者连人带车被骤风掀翻在地。梧桐树落叶像一群迁徙的黄蝶纷纷扬扬，城市清洁女工像扑蝶人那样举着大扫帚左封右堵。

面包车越过长江大桥，沿着新铺设的高等级公路高速行驶，一直开到江浦县城珠江镇，然后驶上一条坡度很大的郊区山路，没入万顷修篁，接近安徽境界。

车速飞快，俩人一路无语。他们的这种谨慎实在是极为必要，在一座崖顶急拐弯处，一辆摩托车大模大样横停在狭窄公路中央，满满地堵塞了去路。杜爱莲紧急制动，刹车片发出小鬼投入沸腾油锅那般尖利的惨嚎声，浦白一头险些撞在挡风玻璃上，恼得哇哇大叫。

面包车的车轮在地上拖出长长几条黑印，艰难地在摩托车前方一两公尺的地方停住。那辆摩托车看来出了毛病，摩托车手蹲在车前骂骂咧咧，不停摆弄修理工具，一脸不痛快的神情。

杜爱莲揿了一声喇叭，刚想继续揿下去，目光落在摩托车牌照上，手又缩了回来。

浦白摇下车窗，冲着前方大声嚷嚷。

摩托车手不仅不闪开，反而乐了，笑嘻嘻奔了过来。

"此山是我开，此树是我栽。扳子借给我，扳子留下来。"摩托车手掀起头盔，露出年轻的面孔。

车上车下，两边同时认出了对方，双方都不太相信自己的眼睛。年轻人满脸顽皮的神色顿时烟消云散，他几乎有些恼了，气呼呼地说："我说，世界怎么这样小……咱们三个人见面，还不够多吗？"

"早已多到逼人上吊的地步了，武陵子先生。"杜爱莲不悦地答道。眼前这小子正用一种挑衅的目光上下打量着杜爱莲，好像他是一堆待价而沽的货物，这令总编大人感到很不舒服。

武陵子是《六朝晚报》社的记者，足足比杜爱莲年轻三十岁。几年前武陵子大学毕业分配来到报社工作，从那时开始，上下级之间的关系一直比较紧张，工作场合唇枪舌战，弓张弩拔，已经是家常便饭。单是武陵子的头发就叫杜爱莲头疼，小伙子留有一头披肩长发，其中一绺还染成棕色，常常束成一把马尾巴，在身后晃来晃去。杜爱莲扬了一下脖子，冷冷地说："你把那辆该死的电驴子牵开，我们就会再次分手，时速七十公里，也许还会更快。"

武陵子嗤笑一声，转身便走。

没走几步，他又改变主意，踅回来不客气地敲打面包车的车窗玻璃，"别紧张，先生们，这年头即使是拦路打劫的蒙面汉子，也会给张强盗协会的正式发票，好让你们回去顺顺当当报销。快，把梅花扳手借给我，14毫米和16毫米两种。"

浦白在车尾的工具箱中翻腾一阵，没找到要找的东西。他自告奋勇抓起一把活动扳手，下车直奔摩托车而去。

武陵子两手沾满油污，毫不客气地撑在面包车车窗上，歪着脑袋瞅着浦白忙活，既不上前帮忙，也不上车取暖。杜爱莲也不招呼他，就让他在狂风严寒中挨冻。

“选择这个时辰出城，”武陵子怪腔怪调开了口，“采访掘墓贼太晚，访贫问苦又太早。《六朝晚报》的车轱辘，怎么会压到这方土地的头顶上来……”

“留下你的这份心思放在稿件上吧，先生。昨天我又给你倒了一次文字垃圾，一个错别字，还有两处语法错误。”

“得了，你不会有多少时间再来指责我了，尊敬的总编大人。最长两星期，我将永远离开报社。我这样说也没有什么不好意思，其实，我巴望早日离开你。”

“没有人会对这件事情感到惋惜，我惋惜的是接受你的那个对方单位。”杜爱莲镇静地答道，“顺便说一句，你的这种辞职宣言我听过也不止一次了。”

“我有同感。要辞职四次才能永远离开令人厌烦的地方，这代价还是值得的。”

“还会有第五次吗？”

武陵子脸上流露出诡谲的笑容，他神秘莫测，用力咳嗽一声，从路边扯来一大把枯草，慢条斯理地擦去手上的油污，然后拽出后裤袋中的白绸手绢，连指甲缝也擦得一干二净。武陵子早就想脱离《六朝晚报》另谋高就了，报社的空气使他感到十分沉闷。前一段时期他曾积极谋求去加拿大发展，为此他做了大量的前期工作，甚至自费去加拿大考察过十几天。他在那里碰上的一件小事，后来改变了他的这一段人生轨迹，那是在他把地大物博人烟稀少的加拿大全部摄入眼底，激动的心"怦怦"跳个不停，仿佛与情人约会那样急不可耐准备从此投奔新大陆怀抱的时候，他去街头一家酒吧小坐片刻。顾客不多，但是黑人侍者就像没看见他一样，傲慢地长时间不理会他的要求，武陵子非常奇怪，事后他发觉他取的是一份中文餐单暴露出他是华人，而那个黑得像一块精煤的非裔侍者在他的祖先艰难地取得反对种族歧视胜利之后，却开始歧视其他有色人种，把华人通通看成三等公民。武陵子默不出声，等到他要的那份饮料终于露面的时候，他当着黑人侍者的面，把酒钱和小费一把硬币通通投入酒杯，任凭酒水从杯中溢出，一句话未说就离开了。回国后，武陵子再也不提移民计划。他最近准备自己创办一家咨询公司。今天是双休日，他一早出来，是为进行一次实地考察，在与一家合资企业谈判前掌握重要的第一手资料，谁知摩托车不争气坏在半路上，进退两难。武陵子不慌不忙地睥睨着上司，掩藏住心中傲气，应答说，"嗨，你就等着瞧吧。"

浦白灰溜溜跑回来，一个劲儿埋怨武陵子，"太损了，明明知道活动扳手排不上用场，害我白忙活一阵……"他匆匆钻进车内，冻僵的手紧紧捂在空调器出风口上取暖，上下牙床不由自主地相互撞击。

武陵子白他一眼，一本正经地说："实践出真知嘛。"

发动机虎虎地吼叫，杜爱莲不耐烦了，嚷嚷起来，"快快，把你这头'病驴子'给我从路中间牵开。你爱上哪儿就去哪儿呆着，别碍别人的事。"

武陵子搓搓手，四处张望。他别无良策，不免英雄气短，只好低头向杜爱莲求助。他把摩托车推过来，在浦白帮助下设法拖上面包车，用绳索固定好。

干完这一切，武陵子美滋滋摊开手脚，舒舒服服靠在后座上，冲着杜爱莲点头一乐，"你说是驴子不走，我说是磨子不转，今天就麻烦你为'电驴子'抬一次轿子吧。"

听了武陵子的话，杜爱莲微微一哂。他早已经习惯了，不以为忤。

一眨眼的功夫，面包车就消失在浓浓的晨雾中。

2

山林深处，一幢独宅大院默不做声地卧在密林荒草之间，像是城市恒星高速旋转抛出轨道来的一块碎片。它背朝着繁华城市，茕茕孑立，似乎同它的母体结下不解之仇，今生和来世都无法化解。

面包车在大院门前停住。

三人推门进院。院子很大，也很整洁，种着海棠、石榴等花木，透露出书香门第"庭植嘉树，家藏圭章"的文化气息。

院子中间是一幢二层小楼，楼上下灯火通明，但是空无一人。

杜爱莲提高嗓门，连声呼喊姬老的名字，无人应答。他推推客厅的玻璃门，门锁着。

突然，楼上传来轰然响声，似乎是有人悄悄行走不慎绊倒一把椅子。

此后一切又恢复了沉寂。

三人交换着意味深长的眼色。

杜爱莲弯下身，端详那把锁。他从裤腰上取下一大串钥匙，逐个插进锁孔，又拧又拨，眼看试得剩下没几把钥匙了，还是无济于事。

浦白急了，推开杜爱莲，哈下腰取出自己的钥匙忙活起来。他试了一把又一把，一概是劳而无功。试到最后一把，一记清脆的"啪嗒"声从锁孔中蹦出，门锁打开了。

三人鱼贯而入。武陵子走在最前面，他手中提着一把粗钢丝绳制成的摩托车锁，恍如一条软钢鞭，紧急情况下可攻可守。浦白左顾右盼，越走越慢，不知不觉落在后面，他又害怕单身一人易受攻击，连忙撵上前来。

三人拉开一条散兵线，戒备着登上楼梯。楼梯口的茶几上放着一杯开水，热气袅袅。

三名记者面面相觑。

楼上几个房间寂静无声，杳无一人。卧室内整洁干净，衾枕整齐叠放，看得出主人阖夜未眠。而书房里的情况完全相反，杂乱无章。

书房很大，足有四十个平方米，四壁立满高大书橱，一直顶到天花板下，密密麻麻摆满精装平装书籍。书房中央是一套电脑系统，放满好几张桌子。与一般家用电脑不同，姬老的这套设备是专业队使用的"重武器"，主机是苹果机，配置高档，繁杂的导线横七竖八，显得零乱无序。桌上散放着许多光盘和软盘，有几张光盘滚落在地上，像是外星人惊恐的大眼睛，默默注视着眼前发生的一切。

武陵子看了一眼电脑指示灯，他抓起鼠标。过了一小会儿，漆黑的显示器屏幕渐渐有了光亮，各种色彩的图案纷纷凸显出来，他饶有兴趣，专注地凝视着那些古怪的数据和文字内容。

武陵子比划一个手势，他不明白为什么电脑使用者走得如此匆忙，连电脑都没来得及关上。他的同伴无人能够回答。

三人分头搜寻，整幢楼空无一人。最后来到起居室前，房门反扣。武陵子连推带揉，也没把房门打开。

他们轮流把耳朵贴在房门上细听，门背后清晰地传来一阵急促的呼吸声，像是危重病人不由自主大声喘息，又像潜水员吐出一串意味深长的气泡。

　　情况紧急，武陵子后退两步，使劲撞开了房门。一阵绝望的惊呼声穿云裂帛，令人魂飞魄散。一名中年妇女战战兢兢藏在门后，惊恐万状。杜爱莲认出此人是姬老家的女佣。

　　根据女佣断断续续的陈述，他们基本上摸清了这两天发生事件的头绪。近来姬老在某项研究课题中杀出重围，他相信自己看见了胜利的曙光。他发疯似的没日没夜工作，这种疯狂在昨天中午达到顶峰，当时姬老对着电脑大吼大叫，不停挥舞拳头，两眼红通通地像吃了死人肉的野狗。他捧着电脑打印出来的几份资料，又哭又笑，忽然取下墙上的猎枪，窜出门去不见了。

　　最令人不可思议的事情发生在昨天晚上，两名不速之客突然扣门，点名要见姬教授。其中一人留着蓬蓬勃勃漂亮的大胡子，却把头发全部剃干净，形成鲜明反差。另一人是丰韵少妇。大胡子好像说不好汉语，一开口嘴里就像水泥搅拌机噪声不断，旁人根本听不懂。少妇说一口京片子，她自我介绍说她是姬老的工作助手。但是女佣根本不知道有这么一个人。

　　两名来客不由分说，反客为主立刻占领了姬老的书房，控制了姬老的命根子——电脑。少妇一双手像弹钢琴一样忽疾忽徐地敲击键盘，在姬老的数据库中调动了千万条数据，长时间地进行分析比较和归纳。最后，他们很可能成功地破解了姬老的密码阵，求得了姬老的研究成果。因为他俩同样对着电脑大吼大叫，不停挥舞拳头，两眼红通通地像吃了死人肉的野狗。他俩捧着电脑打印出来的几份资料，又哭又笑，窜出门去不见了。

　　三人目瞪口呆，一言不发回到书房。

　　武陵子泥鳅似的滑入电脑椅，把姬老电脑中的文件逐项打开。三名记者发现，姬老近期的注意力全部放在一种独特的纯数学理论方面，大量的概念、公式，叠床架屋地构建起一座伟大的理论建筑。与这种罕见的理论框架相对应，姬老在模拟一种全息图像之类的地理方位图，这种思维和计划近似于疯狂，但是看来姬老的工作卓有成效，一个必须经过公式复杂推导的数据方阵已经固定化，他已经成功地破解了某个地理位置百分之九十五的经纬线坐标，一个不知用于什么目的大致的地理方位已见雏形。武陵子发现，姬老确实在苦苦追查某一个地理位置，这个位置也许相当于王室风水一样值钱，不然的话，不会有人特意将之深深藏起，也不会令姬老这样疯狂地足足用去挖开整整一座星球的泥土那样的力气，殚思极虑去打开秘密。

当然，姬老并不是没有戒心，记者们发现，姬老在进入每项程序之前，都铺设了大量的地雷阵，设置了许多密码。有些密码程序具有高度智能，如果连续两次输错密码符号，就像汽车的中控车锁系统一样，立即关闭所有程序，并连通警报系统，电脑瞬间变成一座不可进入的小小堡垒。

武陵子面带微笑，对于他这样的电脑高手来说，破译密码是一场智力上的较量，而且就像下围棋一样，对手的级别越高，游戏才越有味道。他轻快敲击着键盘，姬老煞费苦心经营起来的密码马其诺防线，就这样一道一道被攻破了。

"米诺斯国王，"杜爱莲突然触电似地指着电脑，大声提醒武陵子说。"有病毒。快关机！"

电视屏幕上出现法老的黄金面具，一座迷宫，牛首人身的巨神在追逐牺牲……它把青年、公式和数据一古脑儿吃进嘴中，在他身后，金发青年便变成了白骨，那些深邃公式和游行队伍般长长的数据面目全非，2 + 2 也许就变成了 17。

武陵子毫不紧张，他带着赞许的眼光，欣赏着眼前发生的一切。

"快关机，你这傻小子！"杜爱莲急忙伸过手来想去揿按钮，"法老的诅咒，会吃掉所有文件……"

武陵子笑眯眯地拦住他，不慌不忙按下几个组合键，然后在一个提示符前，飞快地敲击起键盘来。几分钟后，一个星空般复杂的程序呈现在大家面前。

武陵子像扣动火箭发射器的扳机那样，点了一下回车键。他装模作样地举起双手，像大祭师那样口中念念有词。

屏幕上的形势顿时发生了根本性逆转，牛首人身的巨神在地上打了一个滚，变成了雅典国王阿伊季奥斯的儿子西修斯，这名英俊青年开始沿着原路往回走，所过之处，白骨又复活成为金发青年，那些被啃吃得犬牙狼齿一样的残缺公式，奇迹般的又恢复了原样。

杜爱莲惊讶地张开了嘴，他捉摸了一会儿，怀疑地瞅瞅电脑，又瞅瞅武陵子。后来他恍然大悟，像逮着现行犯一样，冲着武陵子咆哮起来："别臭美啦，你这头猪。原来这种病毒是你们这种臭小子编造的……我早该看出来，这种病毒从头到脚全是你这种家伙的缺德基因，不折不扣是你这副肮脏嘴脸的翻版……你这个别有用心的家伙，上个月故意用电子邮件传染给我，害得我天天加班返工修补文件……"

杜爱莲不轻不重地扇了武陵子一个耳刮子，他心中激愤难消。

武陵子扮了一个鬼脸，笑着说："一年一次圣诞礼物嘛，怪不好意思的。错就错在没来得及把解救程序同时发给你，小小疏忽，请多包涵。"

浦白刨根究底问道："电子邮件传到姬老……这里，牛魔王又跟到了……这里？"

另两个人点点头，心情各不相同。杜爱莲回想起最近在电脑上受罪吃苦伤心绝望，此时他手上如果有一把刀，便恨不得立马把武陵子给杀了分尸再剁成肉酱。

武陵子忽然回想起一件什么事，他举起一只手来，示意大家安静，然后在键盘上紧张忙碌起来。

不一会儿，武陵子长长舒出一口气，骄傲地伸了一个懒腰，像王子似的不可一世。他宣布说，米诺斯国王病毒尽管遭人憎恨，但也不是一无是处，昨天就立下一条大功，那不明身份的一男一女窃走的数据，是经过感染的数据，姬老研究的成果并没有流失出去。

杜爱莲大感意外，"哦"了一声，嘴角浮出一丝苦涩的笑意。

武陵子又在电脑上捣鼓了一会儿，调出长长一串数据，他根据日期仔细判读一通后，摇摇头说，那些不明身份的人早在一年前通过诱使姬老下载一个工具文件同时在姬老的电脑上安装了一个秘密网络程序，从那时开始他们鬼魂附体能够在另一个城市的电脑上直接追踪姬老的研究成果，凡是姬老在自家电脑上操作的一举一动，对方在另一台电脑上能看得清清楚楚，明察秋毫。

武陵子说到这里，忽然激动地跳起身来，大喊乌拉乌拉。他得意洋洋，大叫着说，啊哈，正是因为杜爱莲在电子邮件中无意把米诺斯国王病毒传染给了姬老的电脑，导致对方那伙人暗设的侦察程序最终瘫痪了，对方才在最后关键时刻一筹莫展。那道秘密网络程序传过去的数据变得像天书一样晦涩难懂，藏身暗处的电脑分析专家们也许一个接一个地被活活逼疯了，因此才有了昨天晚上一男一女不速之客上门来访的故事发生。"米诺斯国王万岁！万万岁！"

浦白莫名其妙，附和着干笑了一下。

杜爱莲将信将疑，最后他相信了武陵子的话，不由地发出会心的爽笑，虽然不能尽释前嫌，但他确实感到由衷宽慰。

打印机吐出一份姬老苦心研究的地理坐标草图。山川、河流、桥梁、村庄标识得一清二楚，根据公式组复杂推导，姬老在走魂岭的某一处画了一个圆圈作为记号，杜爱莲识出那地方名叫"龙回头"。

为了做一番比较，武陵子调出电脑在恢复正常工作状态之前绘制的那份染毒的地理坐标图，他们惊讶地看见，在病毒的大肆侵害下，如果说公式组形状本来像一把枪，现在枪口早已被推到天上去了，数学推理在病毒干扰下发射出来的那颗子弹，毫无理由地落在离预定目标几公里远的荒坡上，与偶然被风吹落的草籽没有什么两样。

"武陵子该下地狱，米诺斯国王记二等功。"杜爱莲简约地表达出他的观点。

离开姬宅之前，武陵子在电脑上作了几处改动，以防止会有什么别的不速之客在姬老回家之前再从电脑中寻找到什么有价值的东西。杜爱莲在书桌上收集了几份资料和书籍影印件带走。他们一致认为姬老目前处境危险，当前放在面前的首要任务就是立即出发去寻找姬老。

走出客厅大门，武陵子又想起浦白的钥匙能打开姬老家门锁那档事，不由地停顿下来，他弯下腰，反复捉摸那把精工制作的门锁，百思不得其解。他从皮带上卸下自己那串钥匙，一把把地试开门锁。没试上几把，门锁"啪"地一声，也弹开了。

"这就奇怪了。一般来说，同种产品的锁具，钥匙互开率应该在两千分之一以下，高级门锁的互开率更低……"杜爱莲取过两人同样的钥匙，十分纳闷地说。话没说完，他愣住了，他发现自己也持有一把完全相同的钥匙。

杜爱莲困惑万分，他试着用自己那把钥匙去开门锁，就像原配钥匙一模一样，一旋即开。

三把钥匙犹如孪生兄弟，无任何差别。

"妈的，该给锁厂厂长发一封礼仪贺电，"杜爱莲边把钥匙退还给各人，边嘟囔着说，"通知他，荣获本世纪最糟糕产品证书。"

武陵子说："接踵而来的是'世界梁上君子联盟组织'的 ISO9002 质量认证证书。"

浦白急得大叫："是不是……意味着你们也能用钥匙打开我家的门锁？"

三人钻进面包车，杜爱莲叽咕说，"谁知道呢？这世界乱了套了。"一阵阵朔风劈头盖脸吹来，浦白冻得打了个趔趄，他哆嗦着问："老天爷啊，到底要去多远？"

"二十公里山路，三座石桥，外加一只每年至少淹死三头獐子的深滩。"

"你们这样做，存心是想谋杀我。"浦白义愤填膺，怒冲冲痛斥两位同伴。严峻的事实放在面前，他深为后悔，他将不可避免地在山区零下二十度严寒中活活冻僵，眼睁睁地瞧着自己一贯考究之极的个人保健体系毁灭于一旦而束手无策。他双手抓住领口，悻悻埋怨说，"我这个人禁不起天寒地冻。更何况本人并不是为了挨冻才生出来的。你们别强迫我。我警告你们，我赌咒，一定要控告你们犯下虐待罪。"

"没人请您当我的跟班，浦白先生。"杜爱莲一边发动车辆，一边和颜悦色地说，"别笑，还有你，武陵子先生。一大早别像两条影子似的紧紧跟着我。请下车吧，你们自由了，先生们。"

"你应该先把我们送回南京……"浦白不满地抱怨道。

"我试试，如果能碰到出租车什么的……"

杜爱莲调转车头，向着与南京完全相反的路线开去。

大雾弥漫，面包车仍然一路开得飞快，仿佛在与西北风比速度，看谁跑在前头。

车窗两旁，深山危崖，密林怪石，一股肃杀气息从四面八方逼近，车内三人屏息危坐，不敢有丝毫懈怠。

在一个急拐弯处，两只毛驴拴在路边小树上，无忧无虑地在啃吃草皮。

武陵子大喊停车。他摇下车窗，一本正经地对浦白说，出租车是没有指望了，这两条出租毛驴可以考虑，唯一的缺点是驴背上没有空调。

浦白恶狠狠盯了他一眼，关上车窗，一声不吭。

杜爱莲乐了，继续把车开得飞快。车载收音机中传来歌手陶喆用摇滚唱法演绎的"夜来香"，嗓音拖曳悠扬。

3

一小时后，面包车在山崖下缓缓停住。

浦白探头探脑地问："到了？"

杜爱莲拔下点火钥匙，耸耸肩，无可奈何地说："对不起，是公路到头了。"

三人在密林荒草中深一脚浅一脚地向前走去。杜爱莲心急火燎，大踏步在前方领路。武陵子身高腿长，一步不拉紧随其后。

浦白落在后面，露水打湿他的裤脚，精工制作的意大利皮鞋在乱石丛中无情地歪来扭去，沾满泥土和草屑。过不了一会儿，他便累得上气不接下气，汗水淋漓。浦白外冷内热，苦不堪言，在翻越一道陡峭石梁时脚尖踏上青苔，重重摔倒在地。

两位同伴听见呻吟声，连忙回头扶起浦白。他们搀扶着浦白走了几步，发现脚骨未伤，只是膝盖青紫淤血，长裤磨破了窟窿，稍事休息就能恢复行路，才放下心来。

他俩架着浦白找到一块避风处安顿下来。

武陵子拾来一抱枯树枝，架在枯叶上，揿动打火机。枯叶被露水打湿了，很难点燃。

武陵子趴在地上，脑袋歪过来偏过去，又吹又扇，浓烟滚滚贴地窜起，像垂死的大蟒苦苦挣扎。忙了半天，就是不见火光跃起。三个人都被熏得眼泪汪汪。

杜爱莲边咳边说："武陵子啊武陵子，据说古时候没有夜晚，一天二十四小时天空亮堂堂的。就是你们这些烟鬼子瘾君子一天到晚抽烟呀熏烟呀，硬是把一个好端端的天空，熏得半天伸手不见五指……"

155

　　话刚说到这里，烟全散开，火光熊熊燃烧起来。三人眼中亮晶晶的，情绪渐渐激昂起来。

　　武陵子说："我倒是没什么烟瘾，我就是喜欢烟头儿的火光，就算我是个拜火教徒吧。你呢，石头是你的上帝，快退休的人了，口袋里没别的东西，成天沉甸甸地搁着几块石头。没准儿别人胸膛里跳动的是一颗心脏，而你的胸膛里跳动的是一块雨花石。至于浦白先生……他心中的神圣皇帝，就只有股票啰。"

　　浦白听到他们提起股票，不由地气急败坏，一双冻僵的手差一点儿伸进火苗中去烤，武陵子急忙提出警告："什么东西烤得这么香？好像是南农烧鸡的气味……"

　　杜爱莲意味深长瞥了浦白一眼，从口袋里摸出一块玲珑剔透的田黄印章石，在鼻下嗅了一会儿，眯着眼对着火光瞧了又瞧，把玩半天最后小心翼翼揣回到口袋深处去。他打趣问道："说真的，浦白，如果有石头股票上市，我愿意买上一万股试试。到底有没有？"

　　浦白冷冷地看着头儿："你先买上一万吨石头，别的事情再说。"

　　武陵子热情而认真地叮嘱杜爱莲："千万注意，千万注意，一定按他的话去做，浦白在准备帮你操作。股票输赢全在于操作……"

　　"操作你个头！"浦白恼羞成怒，破口大骂，"我不过就是写了那么一篇股票的倒霉文章，你们还有完没完？"

　　两位同伴相视一乐，知道戳到浦白的痛处了。浦白是个狂热的股民，炒股多年，据说家中有上百万资产，但是浦白从来不肯承认，一直自称"十万元级"股民。近来股市动荡，行情大起大落，浦白未免分心，情绪一直低落，报社同仁私下传说浦白的百万家财全部被牢牢套住了。半个月前，《六朝晚报》整版刊登出长篇报道，披露上市公司石城集团的改组消息。消息见报后第二天，石城集团的股票在冰冻多月后开始升温，并在几天后掀起一个小高潮。随后，消息被证实有误，这只股票大幅惨跌，最终跌破发行面值。

　　武陵子又向火堆中投进几根粗大枯树枝，火苗高高窜起，映亮了浦白阴沉沉的脸色。事后，许多股民纷纷投诉《六朝晚报》误导股市，更有激进股民分子在网上点名道姓公开指责长篇报道的始作俑者浦白，说他利欲熏心，为了抛出自己被套牢的石城集团巨额股票，不惜制造假消息，祸市殃民。顿时，市面上响起一片"浦白可杀"的呼声。

证监所专门为此做出调查，浦白趁机抛售石城集团股票五万五千股，价值一百零八万元，确有其事。但是石城集团改组并不全是假消息，其中三条核心措施，目前只是政府意向，在付诸实施之前有很长的路要走，因此长篇报道只能说是部分失实。最后此事不了了之。

"浦白啊，"杜爱莲不紧不忙地说，"别说你紧逼盯人，跟我跟到这里，就算是你跟我跟到天边，下周一头版那篇专访，还是不能登。报社毕竟不是公司，唯利是图，不行。"

浦白低头不语。

武陵子炯炯有神地看着杜爱莲。

杜爱莲没有把话题展开，他眼前的两名部下分别代表着报社两种要求改革的势力。浦白一班人是经济改革派，他们不满足于多开设几个广告版面，积极提出要与市场与企业"更多地保持一致"，暗示经济喉舌作用应该不低于政治喉舌作用。而武陵子一批少壮派分子，则提出报纸使命的论战，认为"如实反映"是报纸主旨。武陵子与杜爱莲的彻底失和，起源于两个月前一次"万民集资事件"报道的处理过程……

陡然一阵机器轰鸣声从近处传来，打断了杜爱莲的思路，着实把三人吓了一大跳。在这深山野岭人迹罕见之处，这种大功率的马达声听起来十分不可思议，只可能是外星人飞碟从天而降，要在此地开发一个秘密基地。要不然就是美国人在地球那一边挖金矿挖得过了头，一不小心把地球对直挖穿了个洞，从脚底下冒出头来了。

三人一起卧倒在草丛中，把自己掩藏好。然后一个接一个地匍匐前进，来到一块大石头后面，抬起脸来仔细观察。

他们惊讶地发现，就在对面那座山坡上，离他们大约四百来米远处，一辆进口大型勘探专用车已经被车身上的八只油压千斤顶稳稳当当支撑起来。一台顶天立地的钻机轰鸣着飞速往地下开钻，车尾破土开挖设备密切配合，转眼之间，便在山坡上挖出一个大坑。

站在车头附近指挥的几个男男女女，相继跳入大坑，仔细考察坑中土壤。不一会儿他们又站回到车头位置，注视着钻机大施神威。

　　三名记者清楚地看到，一名年轻的光头美髯公走来走去，不停地发号施令。不远处还停着一辆三菱越野吉普车，一名丰乳凸臀的妖娆少妇把手提电脑放在车头盖上，忙碌地操作着，不时撕下最新打印出来的数据走过去交给光头美髯公。

　　"这两个人，应该就是女佣见过的那班家伙。"武陵子悄悄提示说。

　　杜爱莲取出武陵子打印出来的那两张图，对照比较一番，肯定地说，这个地方就是米诺斯国王透露给那一男一女的藏宝地点。

　　"藏宝？"浦白和武陵子的眼睛同时睁得大大的，十分吃惊。在他俩的追问下，杜爱莲拿出一本他刚刚从姬老家取来的日文数学专著，一五一十地讲述姬老奇特的家世。

　　姬老出生在世代书香门第。清王朝姬家先后出了十名进士，其中八人被点了翰林。姬宅原先坐落在南京城南，那条街因此得名"十进士巷"。

　　姬宅钟鸣鼎食是典型大户人家，三进九幢。宅后有座三层小楼，取名"天风堂"，藏有丹书铁券，官商一律不得侵扰。世人传说姬家楼上珍藏着许多国内文物孤品，价值连城。

　　日军占领南京期间，占领军表面上对姬家客客气气，不来滋扰。在一个雷雨交加的夏夜，日军宪兵大佐门中太郎率领一队宪兵突然闯进姬家，从天风堂中搬走三只沉重的檀木箱。当时姬教授还不满三岁，姬教授的父亲是姬宅的主人，老人高呼列祖列宗的名字，悲愤莫名，自掴脸颊，当场中风倒地，第二天就撒手归西了。

　　姬家暗中许以重金，延聘江湖异人，发誓要夺回三只檀木箱。不久，内部传来信息，门中太郎调防去浙东。姬家提前行动，经过周密筹划，从日军戒备森严的军火库中盗出三只檀木箱。

　　在一个安全的地方，姬教授和母亲亲眼目睹了打开檀木箱的过程。门中太郎为他的对手们唱了一出"空城计"，贴满运输标签准备发运回大阪的三只檀木箱里，装满了门中太郎收集的中国地图、地方志和古旧书籍。狸猫换太子，箱中原物通通不翼而飞。

　　"多集电视连续剧的题材，悬念横生，惊险迭出。"武陵子叽咕说，"门中太郎不这样做，现代的导演大爷们也不会同意啊。"

　　两周后，门中太郎在浙江余姚地区中了游击队的埋伏，身受三十一创，硬挺了三天，没说出一句话来，活活痛死。檀木箱中的宝物从此下落不明。

　　门中太郎入伍前是日本著名的数学家，曾任京都大学教授。他为人精明，思想深邃，他很可能事先已把檀木箱中的物品妥善藏匿在一处极隐秘的地方，留到自己荣归故里时亲自押运。他决不会放心其他任何一个人代办，也不会安排另外任何一种运输方式。姬家经过长时间的分析判断，得出了珍贵藏品依然留在南京附近的结论。

　　在门中太郎的遗物中，发现一本羊皮软面笔记本，里面全是数学研究的记录，被日军清理遗物人员忽略了。姬家设法搞到这本笔记本，留心到记录的日期清一色是在姬家遭劫之后，顿时感到内有名堂，说不定这本笔记本记录的就是藏宝地点，只不过是使用了高深莫测的数学语言而已。

　　几十年来，姬家耗费无数心血苦苦研究这本笔记，先后多次求助大型计算机的帮助。由于解开数学公式的密码与一种独特的数学理论密切关联，极难破译，姬家祖传宝物见天之日遥遥无期。姬老睹楼思物，忧愤万端，索性钉死老宅门窗，另在远避城市喧嚣之处，建房立户，潜心研究学说，同时一天也没有停止搜索祖传宝物的下落。

　　几星期前，形势出现重大变化。姬老在英国教书的小儿子每年放假都要去日本旅游，按照父亲"定向"、"专类"的既定方针，访遍全日本古旧书店，广泛收购二战前日本本土的数学理论书籍。在这位年轻人自海外寄回的一批批数学专著中，有几本来自于一位刚刚作古的日本老数学家的藏书出让，姬老偶然从中发现了一本门中太郎在入伍前出版的数学专著《数学的困扰》，一时欣喜若狂。这本书印数极少，由于战乱，日本各大图书馆都没有保存，即使日本数学界也很少有人了解这本书的真实内容。

　　姬老立即丢下一切工作，悉心研究这本数学专著并大有斩获。他惊异地发现，门中太郎对纯数学理论的研究确有独到之处，这位当年的大阪数学家首创一种"3L"理论框架，显示出深厚的专业功力。姬老对照书籍重新研究笔记本上记载的内容，他在计算机中建立了大型数据库，亲自编制了一系列演算程序。他没日没夜坐在电脑前面，两眼布满血丝，喉咙充血嘶哑，头发又长又乱，活像一名疯子。

　　随着谜底一步步揭开，姬老情绪越来越亢奋，脾气也越来越暴躁，每天只吃少些面包和淡水，身体素质下降。作为姬老的学生和密友，杜爱莲一直密切关心着他，同时也为他的健康和安全深深担忧。

"这本书的作者，就是那个……宪兵大佐？"浦白接过杜爱莲手中那本日文数学书籍，饶有兴趣地翻阅着。他再三打量那些繁琐的公式和数学模型，怎么看也不像是藏宝图。他目不转睛注视作者小照，总结性地说，"唉，学者改行，最容易混到手的第二职业，就是屠夫。"

武陵子伸出头去，侦察对面山坡上的动静。那伙人的劳动积极性空前高涨，工作十分投入。妖娆少妇连续几次跳下坑去，捡起泥土中的物品，忘情地大声欢呼。光头美髯公比较冷静，他有节制地不停打出手势，指挥机械施工加快进程。

"那小子，会不会是门中太郎的孙子？也许门中太郎托梦给他了，勉励他要把抢夺藏宝的事业进行到底。"武陵子在一边纳闷地自言自语。

杜爱莲摇摇头，肯定地说："托梦无从查考，盗宝十有八九。这伙人来历不明，非常可疑。最可怕的是姬老根本不知道有人在暗中侦察他的一举一动，这场长跑比赛长达六十多年，在冲刺阶段，双方几乎同时到达终点……"

"是他们盗用你的名义，给姬老发电子邮件，刺探最新的发现……"浦白提醒说。

"多亏了米诺斯国王……"杜爱莲喃喃说。

"全靠米诺斯国王……"武陵子纠正他说。

"不过，"浦白一边观察对面山坡一边揣度说，"这班家伙为什么兴高采烈呢？看上去像是碰巧挖出来个古墓什么的……六朝古都嘛，就有这个好处，胡乱射出一支箭，箭头都能指向地下埋藏的一件文物。"

"姬老，现在，在哪里呢？"武陵子一字一顿地问。

仿佛是为了回答他的话，草丛中窸窸簌簌响了一阵，三人顿时紧张警觉起来。

杜爱莲不敢马虎，撩开风衣，伸手倏地抽出一柄工兵锹，刃口雪亮。往常他外出钓鱼时，总不忘带上这件工具，好像鱼群并非栖身湖水，而是潜藏在山土之下，需要他一锹一锹挖出来似的。杜爱莲当年入伍当的是工兵，从那时起他就和工兵锹结下不解之缘，一锹在手，几条汉子也近不了他的身。他还练就一手飞锹绝技，二三十米，十掷九中。杜爱莲变坐姿为马步蹲档，右手握锹，像一头猛兽准备出击。另两人也及时做好应付不测事件的准备。

一头百多斤重的野猪哼哼地从草丛中冲出来，在离火堆七、八米处停住，警戒地盯着三个人，一时拿不定主意是应该逃走还是实施攻击。

杜爱莲拣起一根燃烧的树枝，摇晃了几下，猛扔过去，击中野猪的眼睛。

那畜生使劲摆动脑袋，勃然大怒，低下头一直向浦白冲去。四蹄震地，一对雪白獠牙迅速逼近。在距离浦白大约一公尺远的地方，野猪猛然调转方向，从左边的山道上一溜烟逃走了。

浦白"妈呀"一声吓瘫在地上。

三人熄灭了火堆，站起身来。杜爱莲取出地形图，判断说，姬老现在一定在走魂岭一带转悠，虽然他随身带着猎枪，但一介书生，既敌不过一只野猪，更难挡比野猪凶恶得多的人类。他判断了一下方位，便上路了。

"野猪事件"的积极效应是浦白的行军速度大大加快，他不顾膝盖受伤，坚持要走在武陵子的前面。

"野猪比较喜欢年轻人，"浦白冲着武陵子笑笑说，"年轻人的肉比较香。"

雪花纷纷扬扬在空中飘舞，落在地上，又湿又滑，行路更加艰难。浦白脚上那双高档皮鞋吱吱扭扭发出奇怪响声，承受着一双皮鞋难以承当的艰苦考验，浦白常常平举双手以求保持身体平衡，武陵子从背后看上去，觉得有些滑稽和可笑。

在绕过一堵绝壁时，小路狭窄得只容一人侧身而过，武陵子分外小心。突然浦白左腿一软，歪歪斜斜向绝壁下方栽倒，武陵子来不及多想，飞身上前，抱紧浦白就地翻滚，一直滚到安全地带。两人都非常紧张，吁吁喘气不停，浑身上下灰头土脸。

浦白悻悻地挣脱同伴的双臂，大声抗议说他并非遇险根本不需要别人营救。他小心翼翼趴在悬崖边上，探头勾脑地往下望去，指点着下方一公尺左右的一棵植物喜出望外透露一则秘密，他时来运转偶然发现了一株罕见的野生瓜子黄杨。武陵子顺着他的手势看去，眼前不由地为之一亮，古树残桩，悬根露爪，茎粗如碗，造型十分奇特。

"这棵瓜子黄杨，至少生长了五百年以上，价值连城啊。"浦白是省盆景协会副秘书长，他家院子里叠床架屋陈列着几十盆姿态万千的盆景，但是一直没有"大器"。浦白眼中闪闪发光，面前这株瓜子黄杨具有咫尺千里的王者风范，令他爱不释手，他强调说，"嘿，比你那辆本田400值钱多了。

"也比你的命值钱多了？"

浦白狠狠盯了武陵子一眼。他向杜爱莲索来工兵锹，经过再三试探和勘察，开始了他的大规模挖掘工程。浦白兴奋之极，他趴在崖边上，上半身探出去，动作十分惊险。杜爱莲示意武陵子坐在浦白的腿上，负责保障浦白的安全，防止浦白爱宝心切一不小心掉下崖去。一旦失足，浦白可能一分钟也落不到崖底。

瓜子黄杨生根在石缝中间，极难下手。浦白挥锹如飞，汗如雨下，掘了半天，收效甚微。他急于求成，偏偏忙中出错，猛挥钢锹不留心击中岩石，火星四溅，锹头快速反弹回来，击中浦白自己头部。

浦白大吼一声，四肢瘫软，昏厥过去。

4

浦白清醒过来时，恍惚听见武陵子提到植物谋杀案几个什么单词。他昏昏沉沉坐起身来，使劲晃晃脑袋，一大块沉重的铅在他头顶上渐渐熔化，过了一会儿，他变得轻松多了。

使他迅速康复的另一个主要因素，是他猛不丁地看见自己冒着生命危险孜孜追求的那株稀世之珍，已被完整无缺地连根掘出来扔在自己身旁。杜爱莲丢下钢锹，满头热气腾腾，胳膊一伸一伸地正在穿风衣。

浦白感激地拍拍上司的腿肚子，无言地摇头，露出会心微笑。

杜爱莲抹下一把汗水，不以为然地说："建议盆景协会今后组织会员训练一下挖掘技能。我可以提供方便。比如说，到我服役的那支工程兵部队去，练习挖掘隧道。由于劳动强度超常，每期训练班三天就能成才，食宿全免……"

"发给工程兵大学挖掘系结业证书一张，"武陵子插嘴说，"附送一本《古墓的鉴别与夜间挖掘技术》，作为教学讲义，高材生将广泛向社会推荐使用……"

"毕业实习是高水平的，"杜爱莲一本正经地说，"除了不准上街去挖银行的自动取款机，其他都可以。"

浦白爬起身来，活动一下四肢。他像抱着头生儿子一样，紧紧搂住瓜子黄杨树桩，跟着同伴们下山去了。

半小时后，他们拖着疲惫的脚步来到走魂岭下。一路搜寻毫无结果，姬老无影无踪，好像在空气中蒸发了一样。

"我说，头儿，你这样的向导也太次了。"武陵子抱怨说，"把我们领进了鬼子的埋伏圈……"

密密匝匝的松林掩去整座山峰的本来面目。山林深处，这里或那里传来不知名的鸟儿响亮的鸣声，声音凄凉，像是鬼怪在呼朋引类，令人毛骨悚然。一条山溪潺潺地从脚前流过，千回百转，注入山涧那片深蓝色的湖泊。

走魂岭是个谜一样的地方。山南朝阳处鸟语花香，林木昌盛，南坡的树木一株株高大挺拔，枝叶舒展，擎天立地，郁郁葱葱，生机蓬勃。

山北则截然相反，终日阴风怒号，飞沙走石。北坡的树木一律藏头缩身，干枝虬曲，痉挛似地蜷缩在地表，假如造物主允许的话，这些可怜虫一定还想干脆躲回到地下去，免在世上遭受苦难。

北坡的山石也同其他地方完全不一样。一块块岩石奇形怪状，残缺不全，有些如同狰狞兽头，有些则像外星遗物。南坡的走兽飞禽从来不到北面地域来谋生或戏耍，对这些活蹦乱跳的小生灵来说，北坡是危险区，是生命的真空地段，它们决不越界。古往今来，屡有猎人、樵夫在山北失踪，事后发现尸首毫发无损，死因不明。千百年来这类可怖的传说给走魂岭蒙上一层狰厉的面纱。

杜爱莲喃喃地念起了当地流传的一曲民谣："走魂岭，一面镜。心在山南命在北，一生苦乐摆不平。走魂岭，脚莫停。"他举目远眺，峡谷隐隐约约响起一片呼呼的声音，乍听上去像是巨树一排排伐倒后顺坡滚落深涧，又像是水库崩坍万顷怒波排山倒海横扫直冲。呼呼声越逼越近，越闹越响，转眼间一阵极猛烈的罡风从山隘扑来，飞沙走石，树折枝断，吹得三名记者手臂掩面根本睁不开眼，一股阴森森的寒意从脚底升起，三个人不约而同地打了个冷战。

杜爱莲专注地盯着北坡山腰，目力所及之处，危崖巉岩翘然挺起，山岚盘绕，阴风四集。姬老苦心计算出来的地理坐标位置就在那个地方，古名龙回头。

一阵吱吱溜溜声音从浦白腰间传来，浦白掏出手机，嗯嗯呀呀地听了一会儿，欲言又止，脸上露出了为难的神色，支支吾吾地答道，看着办吧。

浦白关上手机，瞅着杜爱莲，吞吞吐吐地说："还是下周一头版稿件的事，领导打电话来催……"

杜爱莲阴下脸来，半晌没有言语。

浦白又说："看样子，领导在集团公司那里……已经把话说出去了。集团公司豪情万丈，预订下两万份报纸，准备在上海国际经济洽谈会上发放。这样的话，事情就更难办了。总得有人低一下头，好让别人过去……"

杜爱莲脸色铁青，一言不发。

浦白不敢多说，一屁股坐在地上冷冷地瞅着走魂岭，他今天负有重要使命，要尽一切努力说服杜爱莲同意让出下周一头版位置，发表那篇集团公司专访文章。为了这个目的，浦白不弃不离地粘着杜爱莲从繁华大都市一直来到荒山野坡，虽然一路上他没提这件事，但是他知道今天在杜爱莲眼中，他就是一个符号，代表着一个特定的意思，他一直在杜爱莲眼前转来转去，杜爱莲不会不明白。

浦白轻轻叹了口气，杜爱莲撤下那篇集团公司的整版报道，取而代之的是一篇有关盲童学校的采访稿，那些瞎眼孩子真的这么急等着看这篇稿子吗？她们可是什么也看不见呀。这边这么多明眼人急忙忙地等着拜读集团公司的长篇报道，杜爱莲却看不见。

"那些孩子，眼瞎心不瞎。"杜爱莲洞察浦白的心思，直统统丢过一句话来，说，"不像有些人……"

杜爱莲收住话尾，忿忿地瞅了浦白一眼。

武陵子在一旁幸灾乐祸，惺惺地劝杜爱莲说，他自己反正要辞职不干了，本来不想多插嘴报社的事。"但是，你不这样做，报社形象也不能更好些，你这样做了，报社形象也不会更坏到哪里去。你何苦呢？"

杜爱莲根本不理睬他，他知道武陵子一直在找机会借题发挥，要就"万民集资事件"的报道风波，对自己进行讨伐。

杜爱莲的想法只对了一半，武陵子确实有意批评报社在重大事件报道上装聋作哑，假装天下无事，粉饰太平，对此武陵子一直耿耿于怀。但事件过去快两个月了，武陵子平静多了也清醒多了，他不愿意再浪费精力对杜爱莲大加鞭跶。在资讯业如此发达的今天，他觉得自己有多种发展前景可以考虑。可是此时的他突然觉得如鲠在喉，不吐不快。

"抨击别人容易，咱报社自己不也是睁眼瞎吗？"武陵子毫不同情杜爱莲，攻击的炮火精确制导，一下子击中对方的痛处。"是你自己，总编大人，扮演了一个又聋又瞎的可怜虫角色。"

万民集资事件发生在两个月前，南京附近一座城市几年前通过群众集资的方式，筹措到一笔资金进行城市建设。由于种种原因，原先的集资承诺和当前的政策导向渐渐不相一致，这种现象被集资群众密切注意到了，不满之声四起。可是群众的不理解没有得到有效疏导和合情合理的处置，"风起于青萍之末"，终于，民众情绪掀起狂澜。

大批集资民众在市委市政府门前集会静坐，要求当局采取令人信服的切实措施，充分承认集资资金的合法权益，切实保障集资资金的安全。未等政府及时做出反应，这股民意洪水已经决堤，市中心的交通被阻断了，随即数以千计的民众涌上铁路，京沪线连续几天下午被迫中断，数百辆列车瘫痪在铁路沿线。

当然，所有发生的这一切事件，都该由临近的这座城市领导们自己去烦心和解决，轮不到《六朝晚报》报社的同仁为此心生芥蒂，甚至反目成仇。问题出自于报社领导在事件报道过程中"先扬后抑"采取了自相矛盾的立场，上下级之间因此出现了严重意见分歧。事件发生的当天，杜爱莲立即派出武陵子等一班记者前去现场采访。武陵子在拥挤的人群中跑来跑去，了解情况，采访个人，听取述说，也拍摄了一些警民之间对峙的镜头。他和同事们奋力工作，传回报社大量第一手资料和照片，准备在报纸显要位置进行系列报道。

谁知道上级领导一个电话打到了报社，禁止发布对此事件的一切新闻报道，全部稿件立即封存，采访人员火速撤回。

武陵子一行人一连收到"十二块金牌"，虽然十分不甘心，但仍然奉命返回南京。火车不通，报社的车队又被堵在高速公路上动弹不得，黑夜中武陵子和几名记者在省级公路上步行了足有二十公里，才搭上一辆回南京的货车。事后杜爱莲坚决执行上级规定，《六朝晚报》上没有发表关于临近城市集资风波的任何消息，只字片语也没有，就好像如果报纸上不发表，隔壁这座城市成千上万百姓聚集起来伸张权益这件重大事件就没有发生过似的。仿佛报纸上不发表，这件事就没有任何新闻价值似的。似乎只要报纸上不予发表，全世界就不会有人注意到在中国这个地方某年某月某几天发生过几万人聚集事件似的。

杜爱莲还按照上级规定，宣布不准武陵子他们在其他场合下，私自传播集资风波事件细节。

就这样在二十世纪最后一年，一桩数百万人或亲历、或目睹、或多或少工作旅行贸易直接、间接受其影响的特大事件，被新闻界活生生"雪藏"起来。在事实面前，大大小小的媒体缩头缩脑，噤若寒蝉，一声不吭，成为万人笑柄。

武陵子的铁杆朋友纷纷当面嘲笑他说，"不报告新闻报道，要你们这些新闻工作者干什么？滥竽充数的家伙，冒牌货，要不要我们请王海来打假……"

武陵子感到不解和委屈，他和一班年轻记者多次与杜爱莲交涉，表示难以理解这种过度的新闻干涉。武陵子辩解说，如果某高官贪污数亿元，记者捕捉到信息后被有关方面进行新闻封锁防止激起民愤民变，这种干预倒能够自圆其说，因为只要报纸上不登载报道百姓便无法了解详情。可是这次公共事件完全不一样，成千上万群众亲身经历了这一激烈事件，美国之音当天就开始进行连续报道，香港卫星电视开辟了专题节目。而作为省内一家地方大报，《六朝晚报》采取可笑的"鸵鸟政策"缄口不言，是又一次自毁形象的行为。

始终令武陵子一班年轻记者想不通的是，正确的新闻报道本身不会产生不利影响，禁止一切新闻报道的做法只会使被报道事件的不利影响变本加厉。这一切，那些发出新闻禁止令的人不知想过没有。

武陵子横了杜爱莲一眼，打开手机上网，展现出他下载的境外媒体关于万民集资事件大篇新闻报道，配有大幅图片，还有一系列录像资料。大批旅行受阻人员的迷惘表情，军警和铁路司机无所适从。聊天室里有关万民集资事件的种种议论扑面而来，有代表民声的，有针锋相对开展辩论的，也有瞎起哄的，乱糟糟一片。武陵子转脸瞅着杜爱莲，重申他追问了多次的一个问题："正面报道，可以以正视听。为什么不让报纸去做？"

杜爱莲没有回答，他也无法回答。世纪交替，在以互联网络技术为主的资讯产业迅猛发展的今天，舆论的传统格局发生了重大变化，民众舆论广泛进入阵地，国际舆论更是积极进行渗透和干预，传统的控制舆论手法面临严重挑战。不少有识之士暗中承认，与意识形态相关的种种观念确实到了不改不行的地步了。

面对武陵子挑战的眼光，杜爱莲感到巨大压力。转过脸来，面对浦白的婉转求情，他更感到莫大耻辱。万人集资风波上级干预中止报道无法向社会交待倒也罢了，这个什么集团公司上不上头版头条，对于国计民生能有多大影响呢？头头脑脑的再三再四追问也太过分了吧？真正是可笑之极。杜爱莲心头一热，血全涌上脸来。

杜爱莲打开手提电脑，拉到自己面前，疾风暴雨般在键盘上敲击了一会儿，给报社值班编辑发去紧急电子邮件，重申他的命令说，无论是谁也不准改变下周一头版稿件内容，要让天下所有的明眼人，都面对盲童学校孩子们明亮的智慧的"心眼"。

浦白见了，无奈地摇摇头，长长叹出一口气。

走魂岭上突然传来一声爆响，初听上去像是枪击声，又仿佛是千年大树被狂风吹断，更像是巨石冻裂，悬崖崩塌。三名记者全愣住了。跟着又是一声轰响。

走魂岭上，气象骤变。沉沉黑云越集越厚，最后完全遮盖了山北，黑云中显出一幅幅怪诞的图案，一会儿像万斛金稻被龙卷风吸上天庭，转眼又像千万磷火落回大地。好端端云中一幅慈祥的人像，随着云彩流动一耳巨大，另一耳消失，嘴巴扭曲最后比脑袋还大，眼睛也陷入阔嘴的无底洞中不见了……

　　杜爱莲过去曾来过走魂岭一带垂钓，深知走魂岭气候恶劣古怪。他深深担忧姬老的安全，又为自己毫无意义地困在此地未能及时采取有效行动而光火。他"啪"的一声关上手提电脑，硬梆梆地对浦白说："下周一，集团公司如果还要订报纸的话，免费送给他们。假如他们因此动了恻隐之心，可以安排盲孩子们郊游一趟。"

　　他们起身走下山隘。

　　眼前出现三岔路口。左边一条山路又宽又平，通向山南。右边枯草下面掩藏着一条崎岖小径，像是伪装色保护下的大蟒曲曲弯弯游向山北。

　　"咱们分头去找，"杜爱莲一步踏上山北小径，扭过头问浦白，"不会把你搞丢了吧？"

　　"撅起屁股走你们的路去吧。我又不是睁眼瞎，少为我操心吧。"浦白肚中有火，话中有话，气呼呼地踏上山南那条路，怀里紧抱着宝贝瓜子黄杨。

　　武陵子迈开长腿，在两条路之间乱石杂草深处径直向上方攀去，三步两脚便登到一块大岩石上面，他要在没有路的地方自己做主选择前进道路。

　　三人各奔前程。

5

　　他们再次相会，是在走魂岭半山腰龙回头下的一爿陡坡旁边。当时，杜爱莲一口气攀过两道陡岗来到此地，累得两腿发软，上气不接下气。他一面思忖着年岁不饶人，一面倚在绝壁旁边休息，伸直脖子拉开衣领让热气冒出来。

　　突然，武陵子从他头顶上方三米多高的岩石上跳下来，像一只豹子突然落在杜爱莲面前。年轻人冷不丁地看见一个人影贴近站在面前，吓得一声大叫，让杜爱莲大吃一惊。

　　他俩还没来得及搭上一句话，浦白伴随着一大片碎石，稀里哗啦地从陡坡高处滑落下来。浦白一只手紧搂着瓜子黄杨，另一只手在身旁乱抓，企图减缓坠落的速度。浦白越滑越快，像高速列车一样正在加速，两只脚连踢带踹，一直蹬进杜爱莲怀里。

三人全摔倒了。

浦白的模样狼狈不堪，衣衫褴褛，一只袖子与衣服后片之间分开了，上衣几乎完全解体。精致的意大利皮鞋变得怪模怪样，左脚那只鞋由于绽线的原因比另一只看上去大出许多，这只鞋的意大利设计师如果看见他的艺术作品遭到如此无情的摧残，一定会毫不犹豫立即雇用黑手党来结果了浦白这厮性命。

"你是太阳，我是流星……"浦白爬起身来，第一件事是检视自己手臂护卫下的植物宝贝，确信一切完好无损后，这才打量一下自己浑身上下，看看有无断胳膊少腿。他嘴里叽咕着流行歌曲的歌词，向两位同事打招呼。

"欢迎光临。"武陵子从衣领中抖出几根松针，晃动着脑袋，同样叽咕着说。

三人坐下休息。杜爱莲在一块岩石上打开手提电脑，调出姬老的电子邮件，又打开从姬老电脑中下载的几份文件，潜心琢磨起来。凭着区区三个人，要在偌大一座走魂岭上寻找姬老的下落，无倚无据，真正是谈何容易。

"我想，姬老寻找的目标，首先应该是一个山洞什么的……"杜爱莲自言自语说。通过研究门中太郎留下的资料，杜爱莲发现这位数学家出身的宪兵大佐多次流露出他对东京宣扬速战速胜论的不信任。这位精明过人的学者藏财匿宝，决不会相中地形地貌容易改变的地方，他精心物色的存放宝物的地点，必然同时具备天然性、安全性、隐蔽性和永久性几个特点，"一般来说，暗藏的山洞符合门中太郎的这个要求。"

浦白和武陵子同意他的这种分析。

三人联合行动，在绝壁上下搜索起来。

寒风如割，雪花纷飞。浦白明白他得加快行动速度，他必须设法在自己再次冻僵之前，抢先找到姬老，否则的话，就不能排除同伴们反过来把僵硬的他直接埋进那棵瓜子黄杨出土之处的可能性。他上窜下跳，积极寻找，胆大得过了头，不小心从一处陡峭山坡滑跌下去，足足滚下去二十来米才停住。

　　浦白坐起身来，一眼就看见乱草中间有一处黑孔，他定神一看，有把握地凑上前去拨开野草，发现是一个山洞。

　　浦白得意地吹响一声唿哨。

　　武陵子"呼"地沿着山坡滑下来，转眼之间便与浦白会合在一起。他猫下腰来，端详着那个阴风嗖嗖吹出来的山洞，　不由地喜形于色。他脱下热乎乎的皮夹克，披在浦白身上，对于山洞发现者来说，这一举动非常具有实际意义，简直就是价值连城的最高奖赏。浦白立刻把袖子也套上，美滋滋地乐了。

　　武陵子摩拳擦掌，屈身低头就要进洞。被随后赶来的杜爱莲一把揪住。

　　"慢，说不定会有地雷。"

　　浦白吓得哆嗦一下，连忙往后缩。

　　武陵子立刻急刹车，保持原来的姿势蹲在洞口，半晌才慢慢地撤回来。

　　三人聚在洞口，瞅了半天。浦白揶揄说："子曰，'三人行，必有工兵也'。排雷这活儿，非专业人士不行啊。"武陵子在一旁连忙随声附和。

　　杜爱莲摇摇头，沉重地吁出一口气，缓缓地说，"只有在这种危险场合下，先生们，才会想起尊重你们的头儿，让他走在前头了。"

　　浦白连忙说，"其实，我们都听说过，你入伍的时候，正好碰上中印边界战争，地雷密布，工兵奇缺。时势造英雄啊。"

　　武陵子补充说："是啊。我特地在珠江路上买了几张战争光盘补课，了不起啊，你是'全军排雷操作技术第一名'，'荣记三等功两次'……"

　　"二等功两次。"浦白急忙更正。

　　"立功其实是次要的，先生们。"杜爱莲掰下一节树枝，点点戳戳，试探洞口的地面，他挤出一丝笑意，其实并无一丝快乐，惨淡地说，"排雷这枚军功章，从来只是发给最后侥幸还能站立着领奖的那个人，没有什么其他诀窍。'轰隆'一声，一切都完了。"

　　浦白和武陵子张口结舌，眼睁睁望着前工兵营长小心戒备，一丝不苟完成规定的查雷动作，缓缓钻进洞去。和平时期的平民对于地雷知识过于浅薄，"文革"时期，电影院反复播放国产片《地雷战》，算是对全民进行了一次以地雷这种被动式武器为题材的战争知识大输液，这部影片在百姓中间留下的印象具体有多强烈谁也不知道。八十年代南京郊区新发现一处日军地下秘密指挥中心，省新闻界组织记者和编辑们捷足先登参观采访。采访结束后，负责接送的大客车外出加油未归，记者们信马由缰地四处散步，不约而同来到山洞欣赏飞瀑。就在大家兴致勃勃，神采飞扬之际，不知是谁恶作剧大喊一声"地雷"，在场的三十余名记者全部在原地立定不动，唯恐脚下稍有差池，立即雷霆万钧，导致衮衮诸公粉身碎骨，呜呼哀哉。可怜一声警告起，无冕之王如木鸡。关于地雷大战威力的不着边际的过分宣传，经过平民阶级恐怖荒唐的想象，便像滚雪球似地急剧膨胀成为压城欲摧的艨艟怪影，把和平时代媒体精英们的精神几乎压垮。客车司机等候已久百无聊赖上山寻来时，看见记者们仍然像被山火燎过的一排树桩僵直立在原地，无人敢随便移动。自那以后，浦白和武陵子只要一听见地雷二字，马上头皮发怵。

杜爱莲进洞的速度很慢，他接受过的专业训练，强迫他严格按照规则行事，不得有少许违反。武陵子冲着浦白悄悄说，"难怪总编大人在办公室里也是这么小心翼翼，他确实知道什么地方是雷区哩。"

不一会儿，杜爱莲又以同样谨小慎微的动作缓缓退出洞来。他手中牵着一根细绳。

杜爱莲表情严肃，示意两位同伴赶紧掩蔽起来。

过了片刻，杜爱莲猛然拉绳。

浦白双手掩耳，全身蜷缩蹲在地上。他等了半天也没有听见爆炸声，紧张得又是出汗又是发抖。突然洞中动静大作，浦白后背挨到重重一击，处于精神崩溃边缘的他再也坚持不住了，嘴啃泥栽倒在地上，大声呻吟。

从洞中轰轰飞出的并非是梯恩梯炸药掀动的万斛碎石，而是一条半冬眠的凶猛的狼獾。杜爱莲一定是把细绳拴在它的"席梦思床垫"上了，它突然被从熟睡中惊醒，惊惶失措，昏头昏脑不辨方向闯出洞来，急于摆脱目前的困境。狼獾一时慌不择路，高速撞到浦白身上。那畜生当然无意道一声对不起，它连滚带爬，越窜越快，转眼间翻过一道山岗不见了。

杜爱莲和武陵子哈哈大笑。

浦白口中骂骂咧咧，翻身从地上坐起。杜爱莲一再申辩他并非恶作剧，浦白一概不信，武陵子在一旁乐得前仰后合，惹得浦白更加恼火。到后来连浦白自己也忍不住了，三人一起放声爽笑起来，个个乐不可支，涕泗横流。

在余下的半小时，相继又查找出三个隐蔽的山洞。他们在前两处一无所获，杜爱莲心有不甘，他在第三个洞中逗留的时间最长，东敲敲，西挖挖，连半埋在土中的石头也不辞辛苦挖出来看个明白。

两位同伴在洞外等得实在不耐烦了，连声催促杜爱莲"抛头露面"，要他赶快返回红尘。

"面壁十年仍从容，出洞始知万事空。" 半晌，杜爱莲吟哦诗句钻出洞来，喜滋滋地攥着一件东西。他佯装若无其事，把手藏在身后，扬扬下额示意两位部下立即上路。

浦白和武陵子一拥而上，双双堵住上司的去路。武陵子抢先掰开杜爱莲的手指，一块晶莹剔透的石头出现在杜爱莲的掌心。

这是一块极其罕见的雨花石，约摸有拳头大小。造型酷似手捧寿桃的仙翁。杜爱莲剥落石头上的泥土，掏出手绢擦净石头纹理，石头顿时焕发出奕奕光彩。只见仙翁头大身小，比例夸张而生动，眼鼻嘴耳等五官位置准确，凸起的大脑门引人发噱。三人不由同声发出惊叹。

尤其难得的是，仙翁手中捧着的寿桃是一块透明的纯粹天然蛋型玉石，桃叶碧绿，在外来光线照射下熠熠生辉，令人爱不释手。

"我只要这只仙桃，其余全归你们……"浦白前来凑趣，他边说边动手，龇牙咧嘴假装使劲掰那只石质水果。

"山中得鹿，见者有……"武陵子睥睨着顶头上司，怪腔怪调嚷嚷，尾音拖得很长。他边说边把雨花石向自己口袋中装去。

杜爱莲眼疾手快，一把夺回雨花石，掖进自己怀中。他伸出食指点住武陵子的鼻尖，狠狠按了一下，模仿京白回答说："山中得石，见者有'看'，如此……而已。"

他们发现姬老纯属偶然。当时，他们三人接连跳过一条山涧，山涧又窄又深，涧底荆棘丛生，乱石遍地。武陵子一眼瞅见下方有块石头的形状不对，他心里犹豫了一下，准备回头仔细观察一番。

浦白在身后连声催促，一再嘲笑武陵子是疑心生暗鬼，白白浪费大家的时间。武陵子禁不住他这么说，只好继续往前走去。

"不对！"约摸走出一里多路，武陵子果断收住脚步，自己对自己说，"那肯定不是一块石头，就像我的脑袋不是石头一样可靠。"

在年轻人的一再坚持下，杜爱莲同意回到山涧处考察一下。浦白坚决反对，雪花飘飘，浦白一身名牌西装早已"身败名裂"，那只绽线的意大利皮鞋更是在脚上若即若离，他此时是苦不堪言。但是浦白更加反对孤身一人留下的方案，就这样三人不停辩论着，争吵着，左弯右拐，上坡下坡，回到山涧前来。

武陵子趴在山涧边上，探下头去，仔细观察。山涧足有六七米深，下面光线很差，加上杂草和荆棘纠缠不清，满地大大小小卵石，很难分清物体形状。天色逐渐暗淡下来，能见度越来越差，结果杜爱莲和浦白什么也未看见。

武陵子向杜爱莲讨来那柄工兵锹，手脚并用，壁虎似的吸紧在山涧陡壁上。他借助工兵锹钩住一块块凸起的岩石，忽左忽右，徐徐下降到涧底。不一会儿，从下方传来他兴奋的高呼声，"嗨，看我的眼力怎么样？"

伴着喊声，一只皮鞋从涧底下高高抛上来。

杜爱莲捡在手中，仔细端详，立刻认出是姬老的鞋子。

杜爱莲吩咐浦白守在上面。他自己从风衣口袋中摸出一根长索，麻利地抖散开来。一段紧系在树干上，另一端绕在腰间。浦白在一旁羡慕地瞅着上司。

"你们这班钓鱼协会的老家伙，当着我的面从口袋里掏出一艘五千吨级的潜水艇来，我也不会感到吃惊。"浦白兴奋不已，带着钦慕的口吻说，"就跟特种部队的大兵差不多。"

"就跟特种部队的仓库保管员差不多。"杜爱莲认真地纠正浦白说。他拉着长索向山涧下滑去，谢顶的大脑袋露在地面上，紧跟着就不见了。

山涧足有三层楼房那么高，两边陡壁如刀削一样垂直，很难找到落脚之处。杜爱莲像钟摆似地晃个不停，慢慢滑落到荆棘杂草之中。涧底的土壤相当潮湿，踩上去软绵绵的，令人惴惴不安，生怕一不留心在哪儿陷下去，悄没声儿地活活被大地给吞了进去。

武陵子神态异常严肃，招手示意。

杜爱莲一足高一足低，挪到同伴身边。他顺着武陵子的手势望去，涧壁一侧隐藏着一个山洞，洞前杂草密集，无论是从上方还是下方看去，都无法觉察山洞的存在。

杜爱莲努力睁大眼睛，向洞内张望。洞内黝黑，起先什么也分不清。过了一会儿，两人的视力逐渐适应了幽暗环境，模模糊糊地分辨出洞口有什么光闪闪的物体，形状十分可怖。

杜爱莲拨开草丛，脸向洞口凑得更近些，鼻尖几乎触及到那物体。蓦然，他浑身肌肉变得僵硬起来，杜爱莲张开嘴来，无法合拢。好像他正呆在口腔医生面前，那大夫喝令他进行牙齿检查。

一只黑洞洞的枪口，威胁地对准杜爱莲的眼睛。尽管洞内光线黯淡，枪管的寒光依然闪耀逼人。一条脏兮兮的手臂牢牢抓住枪托，另一只手的食指紧扣扳机。看上去射手根本不耐烦盘问什么青红皂白，他时刻准备一口气把子弹全部打光。杜爱莲大惊失色。

武陵子一把搡开杜爱莲。把他从死神面前远远推走。

武陵子来不及多想，他扑上去双手抓紧枪管，竭尽全身力气往外拽。

枪管露出大半截来，杜爱莲认出这种火器威力强大，一颗子弹足以把一头獐子打成两半。俩人左歪右倒躲开那枪口，出乎两人意料之外，枪声始终没有打响。武陵子一足蹬壁，浑身发力，高喝一声，硬是把射手连人带枪从山洞里"拔"了出来。

射手丢开枪支，瘫倒在乱草丛中。他已经失去对自己行为的控制力，完全不省人事。

杜爱莲走上前去，翻转射手身体，一副熟悉的知识分子苍白面孔出现在他眼前。杜爱莲倒吸一口冷气，连忙蹲下去搂住射手的脑袋，让他躺平。果不其然，这位浑身泥垢、昏厥不醒的持枪者，正是姬老本人。

6

两位记者手忙脚乱，抱起老教授冻得冰凉的身体。只见姬老脸色发青，双目紧闭，模样十分吓人。杜爱莲在老教授手腕处隐约触到脉搏微弱颤动，他知道情况紧急，不假思索立即脱下外衣，把老人严严实实裹紧，不让姬老的体温下降过快。

174

　　杜爱莲抬头抓住长索，分别缚紧外衣的双袖和下摆，像布兜似的把老学者包起来。两名记者一人抬头一人托脚，杜爱莲大喝一声："浦白快拉！"

　　谁也没有想到，此时此刻，区区几米的高度竟成了几乎不可逾越的障碍。浦白使出吃奶的力气，一口气把长索拉到半途，就再也拉不动了。姬老像一只腌制完毕的风鸡吊在半空中，不停地转来转去，好像在进行空中视察，苦苦追查到底是什么家伙不放过自己，肉身"涅槃"后还打新的馊主意。

　　浦白在上方竭尽全力，每拉一把，便吆喝一声。姬老一寸一寸地向上方升去，时不时地老教授猛然滑落下来一大截距离，幸亏浦白死命地拽住了长索，一次次避免了绳落人亡的悲剧。

　　两名记者提心吊胆，注目向上方望去，随时做好应急准备。武陵子连连摇头，怜悯万分地说："浦白这小子，至少在上面休克过去三次。"

　　好不容易姬老终于被长索提升到山涧沿口，又卡在一块突起岩石下方，上不去也下不来，动弹不得。隐约听见浦白在作最后挣扎，他搞得上面树摇枝动，泥土扑簌扑簌往下直掉。终于，姬老脚上头下地被倒过来拽上山涧不见了。山涧上方传来两个人轰然倒地的声音。

　　武陵子弯下身体，东张西瞅。不一会儿他拍拍杜爱莲的腿，指着山洞对面的陡壁，提醒自己的上司注意。

　　陡壁上清楚留下猎枪子弹的弹痕，独粒铅弹打出一个大坑，旁边又被霰弹打成蜂窝模样。两人相信，姬老显然是在某种万分紧迫的情况下，逃到洞口便失去了知觉。在他一念尚存之际，他胡乱地向外界开火示警。

　　杜爱莲拾起姬老留下的手电筒，照射洞内观察半天，两名记者才小心翼翼。鱼贯而入。

　　洞口只有半人来高，勉强容下一人四肢着地钻进去。进去四五米后，周围豁然开朗。原来洞内藏有一爿很大的空间。他俩直起身来，借助电筒光柱四处打量，只见钟乳悬挂，石笋遍地。

　　走进去不多远，武陵子脚下被铁器绊了一下，发出清脆的响声。他低头一看，是锤和铁錾。姬老用这些工具，已经独自在洞壁上砸开一个大孔，露出一条秘密通道，石阶曲曲弯弯通往大山深处某个不知名的地方。

　　两名记者交换了一个眼色。他们不知道姬老耗尽移山倒海的脑力和体力，最终是如何精确定位找到这个神秘地点的。门中太郎藏宝和设置密码的博大谋略，只有姬老雪耻国恨家仇和锲而不舍追踪祖传宝物的大智大勇庶几可以相比。这是一场长达半个世纪的智慧角力，历史其实就是一个又一个这样的角力组成的。

杜爱莲率先沿着一级级台阶踏上秘密通道，谨慎地向前寻去。在电筒光柱照射下，他们发现姬老的眼镜和手套遗落在台阶上，显然姬老还没有来得及亲眼看见密室藏物。

密室不大，密室中央用多层军用油布严严实实封盖着几只箱子。两名记者撬开其中一只箱子，杜爱莲伸手进去，摸出一个黄缎包裹。他俩就着电筒灯光揭开包裹一看，是一个方形碧玉盒，打开玉盒，一枚蟠龙金玺卓而不群地突兀地出现在眼前，金玺刻有四个古篆字："周天子印"。

"姬发？"武陵子疑惑地思忖着，"姬老莫不会……就是这位老祖宗……的嫡亲子孙吧？"

玉盒下是厚厚一叠金箔族谱，历史极为久远，密密麻麻撰写着一代代姬家传人的姓名和传宗接代关系。杜爱莲草草翻阅一下说："哎，姬老确实是天潢贵胄，咱俩出去后抢着给姬老跪下，讨个千户侯什么的做做，飞黄腾达就在眼前啊……"

武陵子撇了一下嘴，"没眼光。我要和姬老联合起来开办一个公司，名字就叫做'西周王家集团……'，"

话没说完，杜爱莲不由自主地跟跄了一下，几乎跌倒。武陵子忙问："你没事吧？"

杜爱莲摇摇头，紧跟着又趔趄了一下。

这时两名记者才注意到，不知从什么时候开始，他们的呼吸变得急促起来，他们明显感到气短，乏力，手脚软绵绵的，像婴儿一样软弱无力。他们的思维开始短路，使他们无法深入思考，只能对周围事态做出肤浅的反应。

杜爱莲扶着洞壁，慢慢转过身来。他张开嘴吆喝了年轻人一声，从喉咙深处飘出的仅仅是一丝丝呻吟，比喘气声响不了多少。杜爱莲本人不由地感到十分惊愕和恐慌。

武陵子慌张地盯着自己的头儿，眼睁睁地瞧着他像一袋沉重的粮食，重重地倚在洞壁上，开始向一侧慢慢滑倒下去。

武陵子连忙上前，两只手架住对方肋下，勉强来得及扶住自己的头儿。杜爱莲重重地栽倒在同伴怀里。杜爱莲张开嘴，想说什么，僵直的舌头根本不听他的使唤。他竭尽全力拍了一下年轻人，手指洞外，心中慌得像揣了个兔子，咚咚跳个不停。

武陵子把上司背在自己身上，跌跌撞撞向洞外挪去。他慌不择路，脑袋几次不小心狠狠撞在岩石上面，眼前顿时金星乱舞，无数条五颜十色的光带在面前漂流。他觉得空气好像老是到不了肺部，大口大口呼吸还是有一种窒息的感觉。

武陵子虚汗淋漓，只觉得背上的杜爱莲越来越沉重，后来几乎就像整座山峰坍塌下来压在他的脊梁上，他奇怪自己为什么还没有被压成肉酱。武陵子第一次感到胆怯了，他意识到这山洞里肯定有什么神秘的东西在施展魔法，这股邪恶势力来势汹汹，一下子就足以把任何入侵之敌击溃消灭。

此时此刻，一种不可名状的恐怖力量正在勒索两名记者宝贵的生命。他俩喉头又干又糙，舌头几乎裂开。武陵子肌肉强健的双腿就像注射了麻醉剂似的，无论他做出多大努力，脚步抬不高也迈不远，就垂在地面上可怜兮兮地拖曳。

武陵子怀着求生的强烈渴望，拚出全身力气，挣扎着逃到洞口。他连踢带踹地设法把杜爱莲推出山洞，自己连滚带爬也扑出洞口，重重摔倒在乱草丛中。他俩贪婪地吞食着外面新鲜潮湿的空气，大口大口呼吸，半晌动弹不得。许久，两人才缓过神来。

长索在空中晃晃悠悠，一直落下洞底。浦白在上面"嘿嘿"吆喝不停，听上去他已从休克中摆脱出来了，目前竞技状态相当不错。

武陵子使劲从地面上撑坐起来，他四肢仍然软弱无力，手指哆嗦不听使唤。他咬紧牙关，经过一番艰苦努力，终于设法把长索结成一个环，牢牢拴在杜爱莲的腰间。他随手往额上抹了一把，黄豆大的汗珠扑扑簌簌落了一地。年轻人抓住长索，大幅度抖动两下，向上面的人发出讯号。

上方传来一声吆喝，长索立刻拽成一条直线，杜爱莲躺在地上冷不防地被拖得坐了起来。长索继续收紧，不一会儿杜爱莲的胯部也离开了地面，乍望上去跟短跑运动员的起跑姿势差不多。武陵子在一旁忍俊不已。谁知好景不长，杜爱莲双足刚刚离开地面一人来高，就像听到"紧急卧倒"的命令似的，突然沉重地栽倒在地上。

紧跟着，长索从天而降，像套马索一圈圈箍在杜爱莲身上。

然后，一片碎石夹杂着草梗和枯叶，劈头盖脸落在他俩身上。浦白乱扑乱抓，四肢扑腾着像一只中了枪的大乌鸦从半空中翻落下来，狠狠砸在武陵子肩上，险些儿没把武陵子活活砸晕过去。

"天哪，我非得改口喊你亲爹不成。"武陵子挣扎着脱开身体爬起来，伸伸胳膊踢踢腿，弄清楚自己身体的各个附件并没有在"划世纪一撞"中脱焊散架，这才放心。他扶起浦白，深沉地说："历史又一次雄辩地证明，上升运动常常会出其不意地直接转换成下降运动，人类历史，尤其如此。"

"不好意思，绳子失手滑下来。"浦白面带羞色，弯下身替武陵子拍打尘土，一下轻一下重，打得武陵子直吐舌头，"绳子没抓住，老本赔了进来……"

"自由落体定律，谁也无法抗拒。"杜爱莲恶声恶气嚷嚷说。他猝不及防被摔了个大马趴，气不打一处来，又不便发作，一肚子怒火化作阴鸷。

浦白讪笑着，忙扶杜爱莲坐起来。他东张西望，一眼发现了洞口，他按捺不住好奇心，跃跃欲试想钻进洞去看看。武陵子一把挡住了他。

"又是地雷？"浦白话中不无讥讽之意。他张开双臂比划了一下，嘻嘻地说，"而且这地雷那么长，还长着四条小短腿，一根毛茸茸的尾巴，跑起来一撅一撅的……"

武陵子一声不响，狠狠逼视着对方。他紧锁的眉头微微颤动，一目半闭一目圆睁，嘴角向一旁歪斜，看上去像是二郎神正准备睁开第三只眼，那模样十分古怪。年轻人陡地大吼一声："别动，洞里有鬼。"

浦白哪肯再次上当受骗，他一意孤行，坚持要进洞去亲眼会会那山鬼，他冷笑一声说："说不定还是个年轻女鬼，委委曲曲道出一番冤情，可以敷衍成一篇挺不错的专栏文章……"

"是有一群女鬼，丰乳肥臀，饶有姿色。你小心点不要成为阎王爷的情敌。"杜爱莲坐起身来，使劲拍打自己脑门，一番折腾后他反而觉得舒畅多了，他谑而不虐，语重心长地说，"走这条路的人，没有不后悔的。"

杜爱莲分析说，据他观察，走魂岭岩石成分主要是石灰石，山北一带地下温泉很多，水温很高，地下水中重碳酸盐的浓度非常高，经过化学作用常常生成大量的二氧化碳气体。由于地下温泉水位的周期性变化，这种化学反应有时相当激烈，有时又不见动静。这种无形无色无味的二氧化碳魔鬼来无影，去无踪，有时候连续几个月不见任何动静，而当你松懈麻痹、毫无觉察的时候，魔鬼突然出其不意"光临"人世，毒气犹如泛滥的山洪沿着山坡倾泻而下，悄悄形成一条宽阔不均的死亡地带，无情地夺取此间一切飞禽走兽的性命。这也许就是走魂岭北坡种种恐怖传说的真正来历。

杜爱莲的述说不断被咳嗽声打断，有一阵他咳得满脸通红。他掏出手绢，捂住口鼻，透露出他谈话中最重要的观点，他说："据我看来，先生们，这个山洞也许就是魔鬼厨房的主要烟囱口之一，而且，地狱现在正是生火做饭的时辰……"

浦白不由自主倒退几步，脸上白一阵红一阵。他嘴唇翕动，面部表情僵化，豆大汗珠从他额上沁出。他目不转睛地注视着山洞，渐渐面如死灰。仿佛他亲耳听见死去的老祖母以及早已作古的列祖列宗全聚在山洞里大声呼唤他的名字。浦白分明给吓坏了，两股战战，几欲先走。

"天下最恶的事，双料的人才能干成，比如高级知识分子又当上了法西斯。"武陵子用一只袖子掩住脸，感叹地说，"门中大佐把赃物窝藏在地狱门口，让死神当他的守财警卫。他的点子想得真绝，他本人一定够格当魔鬼的亲兄弟。"

"幸亏还有数学，"杜爱莲觉得这一切真正不可思议，他说，"幸亏还有姬老这样不知疲倦的追踪者，幸亏还有机遇……"

杜爱莲没来得及把话说完，浦白身体一歪倒下地去，把同伴们吓了一大跳。

浦白被两位朋友扶起身来，靠在离山洞较远的一处山壁上休息。他大声呻吟，面无血色，相信自己已经中毒至深，很快就要倒地身亡了。他耳语般喃喃地说，他属于过敏体质的那种脆弱男子，平生最闻不得的气体就是一氧化碳和二氧化碳。他痛苦地说："一楼的煤气开关没关好，我在十八楼就能闻见，立刻倒在床上卧病不起，血压30—50，心跳每分钟三十五次……"

在浦白感觉最不舒服的时候，杜爱莲反而不再咳嗽，他发现空气不再那么呛人，山洞里面的化学反应好像正在变缓。他抓紧时间与武陵子商量了一下，两人用长索作为拖拽工具，冒险进洞，把几只军用箱子全部拖出洞来。武陵子专心干活满头大汗，边牵引最后一只箱子边说："姬老只要一看见这几只箱子，立刻就会像蛮牛一样起死回生，横冲直撞。"

在余下来的时间内，杜爱莲和武陵子一直在考虑如何从山涧底下脱身。两旁陡壁如削，赤手空拳不太可能独立攀登上去。他们得加快逃生的速度，每一分钟都不能浪费，不知何时二氧化碳会汹汹卷土重来，死神会悄悄地突然来到，挥舞着大镰刀无情地收割他们宝贵的生命。

杜爱莲把长索拴在工兵锹上，一次次使劲向上方抛去，企图钩住山涧上的树干。峭壁上荆棘蓬生，十分碍事，加上山涧过于狭窄，英雄无用武之地，限制了杜爱莲上佳技术的完好发挥。杜爱莲试了一遍又一遍，累得上气不接下气，他几乎要虚脱了，仍然没有成功的希望。

浦白和武陵子同时开始咳嗽起来，二氧化碳重新大举扩散弥漫，记者们口干，舌麻，眼睛有一种辛辣的感觉，呼吸也很困难。三名记者面色如灰，他们听见了死神战车嘎嘎碾近的声音，浦白畏葸地缩紧脖子。

"来，站在我肩上，再练练你的绝活。"武陵子蹲下来抓住杜爱莲的双腿，坚决地说，"咱们伫决不能报销在这个鬼地方，连个树立英雄纪念碑的地方也没有。"

杜爱莲没有其他选择，也没有说话，他抬起脚来，奋力踩上年轻人的肩膀。

武陵子连试两次没能站起来，有害气体已经极大地削弱了他的体力。他又急又恼，一声大吼，嘴唇咬出了血，这才颤颤巍巍地伸直了双腿。

杜爱莲身体向高处升去，手臂越过那排讨厌的荆棘。他一扬手，抛出工兵锹，轻而易举地钩住山涧沿口一棵碗口粗细的松树，这根长索成了他们平安回到人间的唯一希望通道。

"你快上去，先把你自个儿性命保住了，再来救我…们……"武陵子咬紧牙关，坚强地负住肩上的重荷。他脸上汗如雨下，气喘吁吁，两腿不停摇晃，心脏像一只即将爆炸的锅炉呼呼怪啸，他时刻有支撑不住轰然栽倒下来的危险。

杜爱莲犹豫片刻。

武陵子连声催促，"别婆婆妈妈不放心我们，我饿不着，'壮志饥餐浦白肉，笑谈渴饮浦白血'……"

杜爱莲一纵身跳下地来，果断地说："浦白身体最差，让他先上！"

浦白一边连忙向长索移动，一边惺惺作态说："小武年纪轻轻的，逃生机会先让给他……你们要向我保证，把瓜子黄杨转交给我的老母亲……"

武陵子不客气地打断浦白的自我表白，粗暴地说："喂喂喂，别尽说丧气话，睁大眼睛看见这几只箱子了吗？嘿嘿，此时你不想见门中大佐，他可急着要找你算账呢。"

杜爱莲和武陵子把浦白搡到长索下，浦白像只软绵绵的线提木偶，不能自主，完全服从同伴们的摆布。

两位同伴把浦白扛在肩上，合力站起。浦白抓紧长索，求生的欲望像磁铁牢牢吸引他。他鼓足勇气，竭尽余力，在同伴们的鼓励和督促声中，一寸一寸地奋力向上方攀去。

浦白到底耗费了多少时间才攀上山涧，三个人说法全不一致。事后浦白声称最多只用了五分钟，杜爱莲怀疑超过了一刻钟，武陵子一口咬定足足浪费了近半个小时。对于同伴们的无端指责，事后浦白表现出泱泱君子大度风范，他不作任何争辩，只是淡然一笑，谦恭地说："人被二氧化碳这种气体熏昏了，很容易产生各种幻觉和臆想。"

浦白手脚并用狼狈不堪攀上山涧，他立即知恩图报，一边把长索在空中抖来抖去像一条注射了吗啡的长虫，一边模仿救世主口吻说："可怜的孩子们，沿着天梯上天堂来吧……"

杜爱莲抓紧长索，喊道："可爱的天使长，解救苦难深重的凡夫俗子，您就使劲拉吧！"

杜爱莲攀到离地面约有一人来高的地方，长索突然松了。杜爱莲毫无思想准备，头重脚轻栽下来，双手还吊在长索上，屁股在泥地上砸了个坑。

武陵子上前去扶，不留神滑了一跤，后腰被什么东西尖锐地刺了一下，疼得他龇牙咧嘴。他回首望了一眼，没有吱声。

几分钟后，浦白故伎重演，又把杜爱莲不轻不重地蹾了一下。总编大人火了，扬起脸来大声斥骂："浦白，你小子练习打夯也他妈的挑错了地方。”

在“打夯汉子”的协助下，杜爱莲终于撬开了死神牙齿逃出这条危险的山涧。

下面的任务是把箱子拉上去。长索高高抛起，在空中变化出许多意想不到的复杂图形，统统一闪而逝，最后归结于最简单的“1”字，直直地垂在涧底。

过了一会儿，长索被连连扯动，武陵子向上方发出行动信号。

浦白在前，杜爱莲在后，两人咬紧牙关，齐心协力一起往上拉。

转眼间，长索拉到了头。箱子露面之前，突兀其来地一只巨大的野山羊头骨猛然扑到浦白胸前，那一对手臂粗细的羊角并在一起，足有扁担那么长。那畜生两只茶盅般的眼窟窿正对着浦白，咄咄逼人，狰狞万分。当年那血红的疯狂目光已经不复存在，但是恐怖的野性魔力仍然震慑人心。

野山羊骷髅拴在长索上，冲着浦白张开大口，发出无声咆哮。羊下巴骨挂在空中来回摇晃，停留片刻，“巴嗒”一声落下地，模样十分怕人。

杜爱莲站在后面，没看见这一切。他只顾继续卖力拉绳，野山羊骷髅差点儿跟浦白亲上了嘴，急得浦白哇哇大叫。

“杜爱莲，这根长索是你的命根子啊？拉起来还有完没完……”浦白暴跳如雷，两只手胡乱地拼命抵挡锋利的羊角，竭力想摆脱纠缠不休的动物幽魂。

杜爱莲莫名其妙，跟着回过神来，他丢下长索哈哈大笑说，“天哪，这该不会是武陵子那小子吧，可怜活蹦乱跳的家伙，才短短几分钟就死成这个样子……”

野山羊头骨应声落地。

浦白惊魂甫定，一骨碌趴在山涧边沿，痛斥武陵子诡计多端，厉声责骂他恩将仇报，暗施杀手。浦白发誓决不再向这个可恶的家伙施加援手，任凭武陵子在下面虫叮蛇咬，发霉腐烂。“每年这个时候，我会在电脑网站上为你举行电子祭奠，祝你的灵魂早下地狱。”

浦白以照顾姬老为名，呆在一旁再也不肯出力干活。杜爱莲无奈，只好独自与武陵子配合，一趟一趟地把余下的箱子拉上来，最后拽上来的是武陵子。

武陵子东一下西一下拍打身上的尘土，等到浦白数落够了，才嘻嘻笑道："人生是一个圆圈，此话一点不错。"

杜爱莲忙着收拾长索，头也不回地问："此话怎讲？"

"浦白摔你。你踢了我。我被这山羊角狠狠地抵了一下。羊骷髅头又和浦白跳上了贴面舞。一报还一报，谁也不占谁的便宜。"

"谁也不吃亏。"杜爱莲安慰浦白。

武陵子寻来一根粗树干，他和杜爱莲两人搭档，抬着大大小小的箱子，下山去了。浦白搀扶着姬老，紧紧跟随其后。

山风越刮越紧，雪越下越大，走魂岭上下成了银色世界，众人足迹很快就被埋在厚厚雪层下面，一切恢复了宁静。

7

夜深了，喧嚣多日的北风终于安静下来，偌大的南京城，主干道上杳无一人。

鹅毛大雪越落越密，道路积雪很快超过一尺，无论是自行车还是汽车，再也无法上路行驶。人类重新回归原始交通方式——步行。只有在这种特殊时刻，人们才最深切不过地认识到，步行在一切交通方式中具有无可比拟的珍贵价值。

《六朝晚报》社大楼坐落在市中心广场，楼顶一扇窗户的灯光久久未灭。远远望去，这庞大的建筑像一只独眼巨兽，在此风雪之夜警惕地注视着人间。又过了很久，巨兽也闭上了眼睛。

杜爱莲三人推开报社大门，来到广场前的大街上。

几个小时以前，他们驱车回到南京城。顺路把姬老送进鼓楼医院急诊中心就诊。晚班值班主任恰好是浦白的中学同学，这位白帽白褂白口罩遮去面目的人间大天使一口气发出十多道指令，把值班医生和护士们差来遣去，忙得团团转。武陵子在观察室门口张望片刻，对杜爱莲耳语说："冲着这一屋子设备的架势，姬老非得让他们一块一块拆散了，再按施瓦辛格的图纸重装起来。"

检查结果，姬老安然无恙。杜爱莲考虑再三，认为报社大楼相对来说

183

比较安全，当晚还是把姬老接回了报社大楼。杜爱莲让老人独自和他家祖传的宝贝呆在一起，又特别吩咐报社值班人员加强警戒，确保老人人身和财物安然无虞。

三人离开报社大楼，在雪地上高一脚低一脚地走回家去。面包车困在报社大院深雪中无法继续为他们服务，他们只能依靠自己的双脚。他们经过一天的奔波，现在已经是人困马乏，　除了面包车上备有少量饼干和矿泉水外，他们整天几乎没有吃什么食物。武陵子在回来的路上买了几份肯德基快餐，他自己一个人风卷残云吃了两份，这才觉得终于挺直了腰。

风雪满天。武陵子变换着不同姿势来捧他那宝贝羊骷髅头，总觉得不合适。他索性把那玩意儿高高架在头顶上，两只巨大的羊角高耸在夜空下，令人望而生畏，看上去他活像一名史前吃人妖魔。

浦白羡慕地抚摸一下冷冰冰的羊角，武陵子转过脸，模仿怪物长啸一声。

"我说，老弟，在这种恶劣天气，像这样费时劳神……把羊大哥的首级弄回你家，阁下本人也太辛苦了。"浦白毫不掩饰他对羊头骨的兴趣，一本正经地对武陵子说，"其实我倒有个好主意……"

"你家近些，借给你先扛回家去，挂在你家客厅墙壁上可威风啦，两年后等你厌烦了再还给我，如何？"武陵子洞悉浦白的心思，对方一开口就明白了八九成。

"两年岂敢，君子不夺他人所好。……半年如何？"浦白疾走几步，在夜空下换了一个角度，欣赏那两只巨大镰刀似的致命武器，忘情地想象着原始浑重的弯曲线条切割客厅角落空间可能造成的震撼人心效果。他入迷地说，"半年足够了，明年五月德国朋友来我家做客，其中一位是著名的生物学家，他会感到又惊又喜……"

"会的，会的。"武陵子认真地边听边点头，一脸痴痴的赞同表情，补充说，"这些蓝眼睛学者会大吃一惊。当来自莱茵河畔的朋友知道了，这原是你的同事献给亲爱母亲的生日礼物，而你硬从他手中夺走之后，甚至会惊诧莫名……"

"哦，太不巧了。"浦白尴尬地摆摆手，"当然，我没有想到你已经另有安排。"

"这太巧了。啊，咱们三个人中间，孝子可不止你一个。"杜爱莲欣喜地插嘴说。他上下左右地在风衣各个口袋深处使劲翻找，一刹那间他疑心自己永远失去了那块借助石头形状显灵的宝物，他一时紧张万分，胸膛可怜地佝偻下去。

他的指尖终于触到了那块坚硬冰凉的物体，顿时欢天喜地。他掏出雨花石，凑近路灯光线，重新审视这一块在地层高温高压下历经磨难形成的天才矿石作品。他突然惊喜过望大叫起来，他此时发现，在老寿星左侧横卧着一匹栩栩如生的梅花鹿，鹿头五官清秀，鹿角分叉而高扬。这一神来之笔极大地提高了这块天然瑰宝的价值。

杜爱莲喜不自禁，手舞足蹈。他得意洋洋告诉同伴们说："第一眼看见这块雨花石，我就对自己说，老母亲得到这件礼物会比我这石痴更高兴。得了，所有权悄悄地往外转移了。"

浦白摸摸胳膊下的包袱，他从办公室拆下一块窗帘把瓜子黄杨树桩包了起来，现在看上去活像怀里搂着个蹬散了的婴儿包。浦白叹了口气，坦白说："别说啦，哥们儿。我打那野羊脑瓜子的主意，纯粹是怜悯我自己。疯子似的跟你们奔了这一天，连衣带鞋损失几千元，总不能毫无收获吧？……"

武陵子不满地白了他一眼，"今天就数你的收获最了不起！先生，装什么可怜虫？我们的纪念品没有生命，是绝唱，历史遗迹。而你拥有一个伟大生命，一个饱阅世纪沧桑、不断生长、无限辉煌的青春。每一天都和昨天不一样，'啊，活着的瓜子黄杨每天都是新的'……"

"不错。"浦白承认说，"我现在不舍得撒手，晚啦。母亲七十寿辰那天，我神使鬼差向她老人家许下心愿，答应送她一盆百年盆景，祝她长命百岁。现在，兑现诺言的时刻到了……"

"那还有什么可说的？"武陵子宣布说，"正好一人一件礼物，向母亲奉献爱心。"

"你呀你，"浦白无话可说，惋惜地摇摇头，"我要是你，就不忙于做出这样的决定。幸亏我不是你……"

"幸亏我不是你。"杜爱莲对浦白颇不以为然，但是他没有再把话题展开。

"幸亏——我不是你们俩。"武陵子大声嚷嚷。

三人哑然失笑。

鹅毛大雪纷纷扬扬，整座城市白茫茫一片，三人身上落满雪花，成了会走路的雪人。此时已是后半夜，前一天在不知不觉中结束了，新的一天正在他们面前全方位地展开。

临别时，杜爱莲仿佛无意间对武陵子提起说，他对武陵子办个咨询公司的主意很感兴趣，他说不定会要求投资，加入作个股东什么的。

武陵子锐利地看了杜爱莲一眼，笑着说，好哇。

互道再见之后，雪地上清清楚楚印出三条足迹，杜爱莲沿着宽阔的中山路由南向北一直走去，脚下积雪踩得嘎嘎直响。

浦白向西，武陵子朝东，两人背对背分手，沿着截然相反的方向，顺着东西干道一步步走入满天飞扬的暴雪之中。

暴雪愈下愈猛，几步之外，不辨人影。

假如冥冥之中有一双神灵的眼睛，居高临下地注视这个风雪肆虐的城市之夜，就会有一个意想不到的发现。开始时三人同行是一条足迹，分开后，三行脚印明明白白留在雪地上，越分越远。后来，三行脚印渐渐又越走越近。

最后，三行脚印又合成一条足迹，在弥漫风雪中间，三条人影渐渐合为一人。

雪地中的足迹，拼写出一个巨大的"中"字。起先，由一行开始。继而向三个方向分开。经过长途跋涉，又九九归一，合为一条。

雪地上留下的这个汉字，是中国的国名。这个字由简单笔划构成，但负载了极其复杂而丰富的内涵。几千年来，也没说尽说完。

夜行人在雪地上继续往前走去。高高抬足，深深落脚，一步实，几步虚，走得十分辛苦。

他已经疲惫不堪，但他只有前进一条路可走。他在风雪中高扬起头，坚忍不拔走下去。

一幢又一幢高楼向两边掠去……

一条又一条大街甩在身后……

　　终于回到他居住的公寓楼前，夜行人停下来，仰首望去。楼层高处，有一扇窗透出温柔亮光，好像是母亲的望眼，在漫无边际的风雪之夜，坚持不懈地眺望远方。

　　"母亲……还没有睡。"夜行人喃喃自语。他推开公寓大门，沿着长长走廊前去。

　　这条走廊，非同寻常。无名的建筑师匠心独运，在此处营造出一个无法解释的奇迹。走廊曲折，一侧全是窗户，在建筑学妙思和光学效果的综合作用下，当你走过这条长廊的时候，前面、侧面和后面的窗户会同时映照出自己的身影，一个人化为三个人，平面的我变成了立体的我，全息的我。

　　常常出现这样的情况，前方窗户玻璃中映出自己的正面像，脸色严峻，态度冷漠，神态老成，皱纹毕现。令人望而生畏。

　　身边的窗户玻璃中，映出自己的侧影。迷惘，困惑，营营碌碌，常常不知所措。腰腹略显发福。

　　身后的窗户玻璃中，映出自己的背影。欢快，活泼，体态轻盈，脚步富有弹性，一派青春朝气。

　　在这幢建筑的入口处，人生漫长的纵向序列，并列横陈在同一个平面上。时间把它经年累月丰富的收藏品，一次性交予空间，淋漓尽致平铺开来展现在面前。

　　走廊灯光昏暗，走廊的门不时被风吹开，室外皑皑白雪把反光投入走廊，增加了难以言传的神秘气氛。

　　夜行人静静立在那里，面前的窗户玻璃上投出一个朦胧的身影，掌心捧着一块奇异的雨花石。

　　他侧目望去，在旁边的窗户玻璃上，仿佛有一个盗墓贼的影子，胳膊下紧紧夹着一株举世罕见的百年瓜子黄杨。

　　他好奇地回首张望，身后的窗户玻璃中泄露了他的全部秘密。他藏在身后的那一只手，紧紧抓住一只硕大无朋的、狰狞的野山羊头骨。羊下巴骨用草茎拴在鼻孔下面。两只巨大的羊角像弯弯的阿拉伯战刀，高傲地刺向苍天。

一种难以言传的出神表情浮现在夜行人脸上。他陷入对某种深奥问题的艰难思索。但是，他离答案实在是太遥远了，就像天空对他来说太高也太远似的，无论他怎样踮起脚尖也摸不到天空中的云彩。他的思绪充其量只是一只活动的斑斓蝴蝶，而他认识的对象遥不可及包括了一座星空灿烂的外宇宙和琼楼玉宇的内宇宙。

他对于自己的肤浅无能为力，耸耸肩，径直上楼去了。

风重新猛刮起来，暴雪越下越密，走廊的门久久地敞开在那里，陷入彻夜思索。

天数

第 1 章

校园夜晚与城市其它地区的夜晚相比，有着本质的不同。绿荫参天，草坪茂盛，空气清新，潺潺河水在月光下流动，闪烁着鱼鳞般的熠熠光辉。风姿各异的教学楼星散在绿丛中，楼宇灯火通明，莘莘学子在埋首苦读，在伏案疾书。林荫道上，时有三两女学生匆匆走过，胳臂下夹着书本，低声细气交谈。校园之夜，宁静而又紧张，黑暗然而充满青春活力，这正是它的特殊魅力所在，令人终生难忘。

我觉察出自己走神了，深深吸入一口气，像一只无尾大壁虎那样，在黑暗中调整了一下四肢，使得自己在校园山顶的丛林中匍匐得更舒适些。倏然，第六感觉在一瞬间向我通报来大量信息：

——脚下不慎蹬倒了一件物品；

——正顺着树干，飞快下滑；

——记忆提醒我，那是白天我用建筑钢管临时自制的一件带钩刺的格斗武器；

——直觉警告我，这件防身武器的任意滑动，很可能会造成不测的后果；

——本能命令我，立即发出准确有效的警告……

可惜，这一切都太晚了。

"唉哟，"身后传来研究生苦痛的呻吟。幸亏那钩状物没直接刺中他的身体，只是狠狠砸疼他的小腿。他在身后滚成一团，不停地长吁短叹，喊爹叫娘。

"你这头蠢猪，"研究生在他文化水平和道德素养允许的范围内，挑选出最恶毒的词汇来诅咒我。过了一会儿，他自怨自艾地补充道，"他妈的，战斗还没开始，我方已出现重大伤亡。"

晚自习结束的铃声响了。教学楼像多眼巨人困乏了，闭上了一只只喷放光焰的怪眼。通往女学生宿舍大楼的大道和小径上，挤满了年轻女学生活泼轻快的身影。快乐的歌声和笑声轻轻传来，像银色月光那样洒满四方，为校园镀上一层更加迷人的色彩。半小时后，女学生宿舍大楼渐渐安静下来。从山坡上望去，广大校园沉入梦乡，只剩下几处路灯，像是从天而降的星星，毫不吝惜地吐放光焰，输送出神秘的不为人间谙熟的外太空光学密码。

研究生悄悄匍匐几步，卧倒在我身旁，又是一声叹息脱口而出。我知道他近期一直忙于办理出国留学签证，两次被大使馆拒签。烦恼像沉甸甸磨盘重重压在他心上。我想安慰他几句，嘴张开了，却什么也没说。

研究生摘下眼镜，用袖管擦了擦，又戴上。他咬牙切齿，低声嗔怒道："今晚，别叫这歹徒撞在我的手心上，不然的话……"

我留神地望望他，暗暗挪开身体，万一这位初出茅庐的后生贸然施展拳脚，我可不想成为他鲁莽比划的练习靶。

过了一会儿，我尽可能做到不失礼貌，婉转地提醒他说："阁下的履历表上，并没有格斗术专家这一头衔，亲爱的硕士先生。擒拿动作程序恰恰是你的弱项，你的专长是编制复杂的电脑程序，'bring up file and block handling menu……'"

话音刚落，一种无名感觉突然从天降临，居高临下地控制了我，强烈震撼我的身心。这种感觉超然物外，完全没有来由，但是，我无法抗拒和躲避，彻底为其所折服。

就在此时，一片巨大黑影出现在天上，无声无息掠过头顶，像黑色闪电疾飞而过，迅即消失在前方黑松林的树梢后面。它仿佛是一只巨大无朋的飞鸟，双翼张开足有两张乒乓球台那么宽阔。

这怪物飞得竟是如此之低，紧贴树梢。尤其令人毛骨悚然的是，它飞行时完全悄然无声。这个庞然大物在墨黑的夜间超低空高速滑翔，在人类毫无觉察时突然闯入我们的安全警戒范围，假如它忽然伸出巨爪来袭击我，我断然来不及防范。

害怕，敬畏，猜疑情绪一拥而上，团团把我缠住。怪影早已消失得无影无踪了。

研究生低低惊叫一声，抓住我的胳臂。

我倒吸一口冷气，揉揉眼睛，证明不是幻觉。对我来说，这类奇异接触已发生过不止一次了。多年前我大学毕业在苏南高淳县实习，一天晚上，我独自一人路过顾陇丘陵山区，当走到一个叫做笠帽墩的山头时，那只巨鸟追上了我，紧贴我的头顶无声地飞入黑暗。我知道，生物学家考证中国大陆从未发现过我遭遇的这类巨鸟，我掌握这一生物常识的可靠程度，更加剧了在这种不可思议的奇异遭遇中我的恐惧和不解。

我俩一声不吭，惊惶失措地向四周夜空张望，许久，才恢复常态。

"刚才……你到底看见了什么？"研究生对自己的感觉产生了怀疑，转过身来不解地问我。

"Nothing." 我过了半晌，才低低地回答。

夜色平静，宛如秋水。倏地，研究生捅了我一下。我下意识地跳起身来，向下方望去。我俩发现，远处女学生宿舍大楼前，在柔和的门厅灯光下，两名失魂落魄的年轻女学生不知所措，战战兢兢，欲进又退，迟疑地挪动脚步。

"敌情警报！"我果断发出行动指令，随即抄起自制的防身武器，以身作则，率先从潜伏岗位冲出去。

按预定的作战方案和行动路线，我从左边下山，负责封锁女学生宿舍通往学院大门的道路，研究生则向右包抄，堵死后门。山坡不算太高，但有几处相当险峻，坡度很陡，加上矮树灌木丛生，我俩飞身俯冲下去，速度如此之快，假若青面獠牙、刀枪不入的丈二厉鬼骤然横在面前，我俩断然无法收住脚步，一定会撞个满怀，演出一场玉石同焚、同归于尽的壮烈悲剧。

经过调查，敌情很快解除了。两名新入校的女学生酷爱流行音乐，不听上几遍张宇嘶哑苍凉的歌喉便不能入寐。两人结伴去教学楼取回随身听耳机，在返回宿舍途中发现一楼窗前有一男子行踪诡谲，联想起近半年来学院发生的一系列歹徒夜晚入室侵害女生案件，这两名无锡姑娘吓成一团，连怎么说普通话也忘光了。我和研究生从一串无锡话的乱麻中好不容易才理出头绪，随后迅即查找到那名陌生男子。

　　经过泰山压顶般的严厉盘问，新近应聘的宿舍女保安员顾嫂涨红脸庞吐出了真情。顾嫂是纺织厂下岗女工，离异后独自拉扯一个孩子，这男子是她的一名追求者。我们把这名雄性的爱情至上主义者一路押送出"校境"，厉声向他严正宣布，夜幕垂落之后，他是本校不受欢迎的人。在"押解"途中，我不得不有意穿行在研究生和那男子之间，随时准备阻止法外责罚，我发现研究生跃跃欲试他的函授少林拳脚，又因为对象身份不符而发作不得，他便恨得牙痒痒的。

　　我俩熄灭电筒，沿着校园围墙静静地巡查向前。

　　四月的夜风，酿入了玫瑰、月季、白玉兰和重瓣笑靥花的清香，花气袭人，一阵阵沁人肺腑，身心为之焕然一新，有种说不出的舒适惬意的感觉。这所专招女生的省属师范学院坐落在南京市区中心，华树亭立，重楼迭檐。

　　一条花岗岩长廊曲折蜿蜒，环绕全校，连接多块草坪和绿地，全长约一公里。长廊为紫藤，木香，金银花和络石层层覆盖，幽静芬芳。女学生课余最爱前往长廊择一僻静处悉心研读。"花廊书香"成为校园一景。《人民日报》海外版曾以此景为题，刊登全校的大幅照片，美轮美奂。建校百年，长廊早已成为学校标志性景观，历届师生为之自豪。

　　我俩漫步长廊，怡然由南而西，一直巡行到北墙角根。

　　长廊中断了，一扇油漆斑驳的笨重木门迎面封堵住去路，切断了长廊。

　　我俩不得不退出长廊，踏上鹅卵石小径，又低下头，钻过一片茂密竹林。

　　如果把典雅幽深的长廊比作一条清澈见底的溪流，那么，在北墙脚根下，就像拦腰筑起一道丑陋的土坝，严重破坏了长廊的流畅性和整体美。

　　"'肠梗阻'，不排除癌变的可能。"研究生退后两步，推动一下眼镜，借助淡淡月光打量眼前这道大煞风景的障碍，直抒胸臆道出他的观点。他毕业来校工作未满两年，校内复杂错综的人事矛盾和尖锐的利害冲突，他略知一二。当初，长廊的设计者匠心独运，在北墙脚下长廊拐弯处留下一座亭式结构建筑，内有石桌石凳。"亭"者，停也，方便行人驻足远眺，借机歇息。"文革"后期，此亭被人安装上两扇门，封住了通往长廊两端的去路，又用砖石砌死镂花窗棂，原本透空的凉亭就此被改造成碉堡模样，不伦不类，供私人使用。二十余年来，历届师生和来宾无不提议要尽快疏通"梗阻"，偏偏"梗阻"年年依旧。

一手造成拂逆天下人意的这一事件责任人姓马，是学院基建处的前任负责人，现已荣升学院副院长。教师员工提及此人，只称"马副"。研究生观察结束，"电脑程序"随即编成，他耸肩摊手，悲观地说，"只能动手术。手术刀口要有推土机刀口那么宽。"

"小题大做了，伙计。"我冷笑一声，不以为然地说，"只要一把八磅大锤，外加两个农民工，我算义务劳动。半天功夫，全部解决问题。第二天，你就可以在这里敲锣打鼓剪彩，庆祝本校的精神大动脉再次贯通无阻。"

研究生嘿嘿一乐，复又扮成忠实保皇党人嘴脸睥睨我，对我鄙视马副的露骨话语表示不满，蹙眉冷脸摆出一副捍卫社稷的严肃神情，郑重提醒我说："可别莽撞，没准儿这旮旯真有文物价值。突然有一天，门上明晃晃地钉块铜牌，宣布加以保护，成为'金陵四十九景'。"

我咧嘴一笑，说："铜牌上镌有下列文字：马副，生于1949年，卒日不详。当兵去过越南战场，在后勤部队管理账本。转业来本校工作之初，曾在本亭居住'过渡'。门扇系其亲手所立，长廊乃其亲手所断，室内杂物是其亲手存放，绝无假冒伪造之虞。本址得以保存原样至今，全赖马副坚持原则。愿他的灵魂无家可归，阿门。"

"门票三折优惠。本校教师十年工龄以上者，免费参观。"研究生体恤民情，宽大慈悲地宣布说。他气不打一处来，突然转身抬脚，朝着门扇"嘣嘣"连踢几下，那招式模仿少林功夫"连环脚"，一连串动作严重走形，就像优良品种的超级马铃薯已退化成芝麻大小的杂种，我勉强才辨认出来。门扇年代虽久，却很坚固，完全不为踢打所动，反而弄痛了研究生的脚。研究生补充道，"景名略嫌长些，就唤作'冒大不韪'。"

"千夫所指，升为校长。"我无奈地说。一只硕大的癞蛤蟆旁若无人，大模大样地横穿小径，我出其不意用防身武器将其挑翻。癞蛤蟆四仰八叉，乱蹬乱抓，半晌翻不过身来。我的怨气无处可出，觉得那低等的家伙特别滑稽。

"无行者，无敌。"研究生踢痛了脚趾，又蹦又跳，嘴里不停哈气。

他捏紧脚尖，像瑜伽大师那样怪模怪样地单腿立着，抓紧时间发表他的"独立哲学宣言"。

"刀子再不好，脖子也没法挑剔。"我信口一诌，把不知是哪个聪明民族的一句聪明谚语，改了个面目全非。

如果把长廊比作是一串珍珠项链，位于校园南端的千年古树"石榴王"，则是华美绝代的一颗无价钻石。

整整围绕校园巡逻一圈，我俩第一次在子夜时分接近这棵历尽沧桑的珍贵树木。远远望去，高大茂密的树冠在夜空映衬下，就像是智慧哲人的浓发密鬓，矜持百世。我胸中一种崇敬而又神秘的感觉油然而生。

"石榴王"主干分为三枝，足有成人腰肢那么阔，也像腰肢那样呈椭圆型，而不是司空见惯的圆柱型。干枝苍劲古老，倒卵形叶丛密不透风。每年盛春，成千上万朵鲜红石榴花一齐绽放，犹如团团火苗从绿丛中汹汹涌出，翠叶红花，映天辉地，轰轰烈烈，观赏效果极其强烈。花期很长，往往一直延续至早秋，"石榴王"活力四射精神旺盛，生命蓬勃意志张扬，观者无不惊叹。

"1078 年，"研究生手中的电筒光柱上下移动，映亮了树前铜牌上的文字，"相传是王安石手植……怪不得看上去仙风道骨，一副自成世界的气势，还挟带着王侯尊严……"

仿佛是印证他的话，树下"窸窣"作响，一片黑影翩然闪去，犹如树仙降贵纡尊，光临人间。云掩月遁，周围景物黯然隐逝，夜色墨黑，伸手不见五指。那黑影倏然不见了。

我俩恍如落入混浊江水中迅速下沉，窒息的感觉磐石般沉甸甸坠住我们双脚，鲨鱼鳍危胁性地划过我们的脊背。除害立功的激动情绪此时早已落荒而逃，一种恐慌畏惧的危险心理取而代之。我高度紧张，随时可能爆发，也随时可能崩溃。

尽管如此，树下那条黑影，未能有一刻逃脱我和研究生的追踪。研究生挥动手中的木棍，一边"打草惊蛇"为自己壮胆，一边缓缓凑上前去，颤悠悠地吆喝道："站住，在劫难逃……你接招吧，天罗地网……"

我伺机从"石榴王"另一侧包抄过去。

我猫下腰来，屈身逼近黑影。

　　在相距两三米处，我一声大吼猛扑上去，双手拦腰抱紧黑影。我用力凶猛，对方猝不及防，两人失去重心，一同摔倒在树下。

　　黑影在我怀中激烈挣扎。

　　我迟疑地松开臂膀，徐徐收回了与顽敌殊死拚搏的念头。我怀疑我们又一次搞错了目标。一派清新芬芳的气息扑鼻入心，提示我这俘虏可能是名女孩，而双臂和手指传来的信息明确无误向我通报：我们袭击的对象是一名窈窕姑娘。

　　电筒光终于照到了这里。迟到的月光也不甘示弱，像法官公平之剑闪烁着熠熠光辉，把发生在校园这个角落的一场误会揭示得一清二楚。我赶忙松开怀中的姑娘，急巴巴地扶她立起。姑娘和我对视片刻，同时认出了对方的身份。

　　我狼狈不堪，再三向姑娘道歉，一遍又一遍地解释说，我和研究生正在执行公务，多有不周到之处，甚至有些唐突和鲁莽，请求姑娘能够宽宥和理解。

　　"有你们这样的执法者，真是那些女学生的福份。"姑娘一边迅速掸去外衣上的泥土和草茎，又晃了晃脑袋，把一头长发送到背后去，一边把她的答话霰弹般的回敬过来，"当然，重要的前提是，她们不应该偶然站到某棵树下面来。"

　　我尴尬地笑了笑，拾起地上的坤包，擦净后递还给它的主人。

　　姑娘接过皮包，未挎上肩，她潇洒地拎着背带，任由皮包落在皮靴靴面上。女性在公共场合，为了防盗防窃，常采取这样的姿势。姑娘全无笑意，刚才发生的事件一度真的吓坏了她。当她醒悟过来，明白无论是袭击者还是被袭击者同时误把对方当成了坏人时，便宽容地不再责备什么，只是淡淡地说了一句："常有的事。"

　　姑娘约摸二十五、六岁光景，脸庞略长，眉眼俊秀，嘴唇轮廓十分端正清丽，犹如天使般清纯无邪，令人联想起商店里模特儿模型的嘴型。为了缓和眼前的难堪气氛，姑娘勉强笑了笑，嘴边多了两个小酒涡。我不知道商店里模特儿模型笑起来会不会也是这样，但我相信，那些技师看见这姑娘的笑容后一定会怦然心动，从此把所有商店里模特儿模型全部塑造成微笑安琪儿。姑娘无奈地摇了摇头，双手插进米黄色薄呢带帽风衣口袋中去。她换了一个站立姿式，浅色呢长裙便婀娜多姿地摆动了一阵。姑娘身高一米七二左右，我知道她不是职业模特儿，但在人生的大"T"型台上，她有的是机会尽显风光。

我警告研究生，由于我俩愚蠢和失误，我们差一点成了千古罪人，险些在不知不觉间犯下了破坏宁杭高速公路南京路段建设的严重罪过，使得在读秒声中干得热火朝天的这一浩大工程，不得不面临阵前易帅、半途夭折的危险。我向他介绍说："认识这位小姐是你的光荣，研究生先生。才荔小姐是省交通设计院工程师，宁杭高速公路南京路段建设指挥部的副总工程师。"

"上帝造人，女上帝造路。"研究生干咳一声，表示问候，或者表示其它什么意思。他不冷不热地望了这姑娘一眼，反诘道，"'宁杭高速'的大员深夜暗访，看中了这个院旮儿，是不是要增加一个十二车道的秘密隧道出口？要不然就是工程缺乏木料，动员大家各显神通，风高放火天，月黑杀人夜……"

我在他肩头一记重拍，打断他下面的话，凑近耳语道："你总腻味马副的独生儿子娘娘腔，偏偏马公子运交桃花，告诉你，才荔小姐就是他的女朋友。"

研究生哼了一声，听得出来他颇不以为然。

"等他？"我问才荔。时入霎夜，远处一幢幢教职员工公寓楼隐没在黑暗深处，唯有一号楼四楼一扇窗户灯火通明，隐约传来男人争执斥骂声。我认出，那正是马副的住所。

才荔点点头。

"今晚回颜料坊，太迟了吧？"夜色沉沉，我脱口提醒她说。尽管马副的大众形象可谓恶劣，马公子也不过是一个稀松平常的小伙子，才荔却是个才貌出众、正直善良的姑娘。才荔是大连人，从东南大学土木工程系毕业后，留在六朝古都工作。马公子曾经陪她参加过学院举办的几次晚会，我作为主持人，由此认识了她。才荔歌舞皆佳，一副金嗓子摄人魂魄，从来不用话筒，歌声悦耳动听。听说前一段时期，才荔从单位宿舍搬到城南老区颜料坊居住，马副在那里占有一所房子。单身姑娘，深夜横穿偌大一座城市，安全成了问题，我不无担心。

　　"不，我已经又搬家了，现在住在贵校的招待所。谢谢你的关心。"才荔扭过头去，张望了一阵，远远辨认出目前她寄宿的那幢新型高层建筑。又过了几分钟，她自言自语补充说，"颜料坊不能住人，太恐怖。"

　　"哦？"研究生注意到话中有话，殷切地凑近过来。他对世界上所有危险恐怖刺激怪诞的话题，抱有浓厚兴趣。

　　但才荔就势收住话尾，不再往下说。她转过脸来对着我，不卑不亢地回敬了研究生一招。

　　上弦月挂在远方全城地势最高的消防指挥中心楼檐上，跳动几下，隐去消失了。顿时，黑潮汹涌，夜色如墨，浓得化解不开。这座花团锦簇的大城市连同栉次鳞比的高楼大厦，完全没有抵抗，一古脑儿归顺到黑色王朝旗帜下来。我不禁纳闷，花红叶绿，草青水蓝，云白霞紫，桃粉桔黄……也许世上一切华丽绚烂色彩，统统不过是光线的魔术，是一种障眼技巧，一种虚幻的光学装饰，而在实际上，一切物体本质上都是清一色墨黑。只有这样，当白天过尽，夜晚降临大地之时，疲乏的意识再也支撑不住存在这顶沉重的面具，潜意识空前活跃势不可当上升到最前缘，一切物体在一瞬间全部显露出黑色法像。黑色是它们的表象，也是它们的核心和本质，是它们内心世界深处的灵魂。在无边无际黑色中，矛盾得到统一，变化揭示谜底。就在这一刹那，万物之间沟通，造物主秘不示人的治世口令，得以在黑十字军铁骑纵横万里横扫一切之际，得到贯彻、应验和报答。

　　"颜料坊那幢房子的主人，"研究生好奇地拉了一下我的衣角，低声追问，"姓撒旦这个姓吗？"

　　"恐怕正是。"我应道。我毕业来校工作已近十年，关于马副在城南颜料坊占有一所住房的传说，久有耳闻。马副原是江浦县桥头镇人，1978年从部队转业来本校工作，当时学校宿舍紧缺，他一时无处栖身，马副的胞姐海华在南京工作，一片好心收留了他。海华姐委曲自己，全家叠床架桌，设法腾空颜料坊两大间住房，借给马副"过渡"。马副感激涕零，信誓旦旦，表白一俟学院解决房源问题，立即搬走，同胞手足深情一定加倍报答。转眼之间二十多年过去了，马副的妻儿老小陆续"农转非"上调进城，马副先后在学院和区房管所各申请了一套住房，马副在颜料坊的"过渡"却永无止境。海华姐的子女相继长大后，急需结婚用房，她多次催促马副退还颜料坊的借住房，万万没有想到的是，马副始终不肯就范。我简短地把我知道的情况透露给研究生。

"嘿嘿，霸占房产?"研究生挥动手中的木棍，在想象中一下又一下地击打马副的脑壳。

"颜料坊的邻居，使用的就是这个词。"才荔在黑暗中接腔说，"霸占。"

"Grab，"研究生齿间蹦出几个音节，声音很轻，节奏分明，似乎是扣动射钉枪的扳机，正把某个人永远地钉在耻辱柱上，"枉为人师。"

"事实更糟。"我神情黯然，补充说。半年前海华姐正式向区法院民事审判庭起诉她的这位同胞兄弟，由于偶然的机会，我浏览了法院转来的起诉书副本，海华姐满纸辛酸，字字泣血，揭露了另一内幕，更令人瞠目结舌。去年，马副突然找到海华姐，声称单位分房，索借二十多年前他感戴莫名写给海华姐的那张借房字据原件，说是须让校方笃信之后，才会分房给他。马副强调，只有这样，他才能迁出颜料坊，归还两大间住房给原主人。

"去年……学院无房可分呀。"研究生回忆一番，纳闷地说。

"当然无房可分。因为这纯粹是一派胡言，一个彻头彻尾骗局，是一个新的阴谋。" 我不屑地摇头，使劲吐了一口唾沫，接着往下说。 海华姐早已识破这位兄弟忘恩负义的面目，恩断情绝，反目为仇，她根本不相信马副自我表白的任何一句话一个字。但是，她毕竟思房心切，经不起收还住房夙愿的强有力诱惑，一念之差，她把借据原件复印后终于交给了马副。

此后，形势急转直下。今年初，颜料坊旧居民区改造动迁，马副胸有成竹，径直找到"拆迁办"，他振振有词，理直气壮声明说，尽管住房证上署的是海华姐的名字，但他是长期以来的事实住户，他全家的户口全部安在那里，他占住的两大间旧房，在货币拆迁时，只有他有资格独享全部权益。

这样一来，海华姐希望马副归还住房的梦彻底破灭。海华姐这才明白，先前，马副为索借字据而编造的那番谎言是何等卑鄙无耻，肮脏下流。她的这个兄弟竟然比她最坏的想象还要坏上十倍百倍。

"区法院，明镜高悬，应该给海华姐撑腰。"研究生忿忿地说。

我静默了。我非常同情海华姐的遭遇和处境，可是，根据"自己举证"的原则，海华姐提供不出任何证据可以证明马副在颜料坊的现实存在有什么不合法的性质，唯一的借据已被马副骗走攥在他手心里牢牢不放。区法院认为这种情况属于家庭内部协商分居，判处海华姐一审败诉。面对法院的按章判决我有说不出的遗憾。据才荔透露说，当时海华姐坐在审判庭的前排，听完判决后，一怒之下，急火攻心，半晌无语，继而放声嚎啕大哭，当场双目失明。

听到这里，我们三人呆若木鸡，这一切惨不忍闻。

"从那天以后，我不敢接近颜料坊老宅。"才荔惨淡一笑。夜风拂动树梢，黑暗中细微声响不可名状。她畏惧地裹紧外衣，说，"海华姐悲恸的哭声，绕梁三日，不绝于耳。"

"妈的，枉披一张人皮。"研究生惊愕莫名，下意识地抬腿踢树。千万片树叶一起惊惶摇动，久不平息。

"迁怒古树，君子不为。"我愤然举手把研究生从"石榴王"旁边推开，大喝道，"这棵树是国宝，不该成为什么龌龊东西的替罪羊。"

"后来呢?"研究生气呼呼地问。

"后来，海华姐拄着一根盲杖，上诉到市中级法院。"才荔倒吸一口凉气，声音轻得几乎听不见。

"后来，马副评上高级政工师，年初又擢升为副院长。而且，他很有把握能从颜料坊'拆迁办'那里磨到手一大笔拆迁补偿费，足足可以在月牙湖花园买上一幢欧式花园别墅。"我实事求是地回答，眼角瞥到研究生激愤难耐，我预感到他手里的木棍极有可能误伤无辜，便预先一把抓住那件执法武器。

研究生似乎一下子长大成熟了许多，许久，他才深深叹了口气，耷拉着双肩，无可奈何地承认说："杂草这玩意儿，永远比你企望的任何一种植物，长得更快。"

才荔"嗯"了一声，表示赞同这种看法。

"杂草定律。"我郑重宣布说，"专利号：99 年校园第 59 号。有效期:72 小时。归你独家……"

一声爆响打断我的话,听上去是一只大花瓶自马副家里砸破窗户玻璃扔出来，从四楼直落在院子水泥地上，发出了无人相信会是瓷器爆裂的巨大响声。这响声更像是一桩百年奇冤突然裂破了封闭隔阻的地壳，火山爆发似迸涌出来。隐隐约约传来马副暴怒斥骂声，另一男子口音毫不示弱地回敬对方。才荔扭开脸，不愿面对父子相争的尴尬局面。

马公子深夜突然返家，触发家庭内战，引起我的关心。他家父子失和素不往来，已是同事皆知的事实。我正在考虑该不该打听一下内中原委，蓦然瞅见校车司机大宛蹑手蹑脚从前方走来，他一反常态，东张西望，鬼头鬼脑，魂不守舍。

我们三人不约而同一起从"石榴王"树荫下冲出来，横眉立目，持棒舞棍。吓得大宛"妈呀"一声，脸色惨白，差点儿没背过气去。他紧张万分，手中权且充当武器的一把大号活动扳手也脱手失落草丛。

几分钟前，大宛睡眼惺忪，返回校车上去取寻呼机，他明晨一早将要出车，他已经习惯约请嗓音甜美的寻呼台小姐充当报晨天使。他掏出钥匙打开驾驶室门，猫身上车，陡然间车内一种恐怖和不祥的感觉袭击了他，威慑他的身心，令他心口狂跳，全身汗毛矗立起来。他觉察到黑暗中车厢里另有一个危险生物正在虎视眈眈地窥测他的动向，随时可能猖狂出击，造成可怕结果。未等大宛反应过来，那生物强力拉开闭锁的校车后门，一跃而出，瞬间便消失在浓密夜色中。

"哎呀，我的亲妈哎，"大宛吓得声调全变了，说话结结巴巴，"清明节才过去……几天，孤鬼游……魂还，还还在四处游……荡。"

大宛的话一下子提醒了我。

我倏地立直身体，屏住呼吸，警惕地东张西望，一动不动地聆听四周动静。研究生立即领会了我的意图。他三步两脚窜越长廊，猴子似的攀上一座假山，登高眺望。

从夜空中传来他低低的惊呼声："天哪，那家伙又来了！"

我犹如听见了空袭警报，高度紧张起来。我连忙撇下大宛，通通地跑往山坡高处，向女学生宿舍大楼方向望去。

一楼和二楼，走道的灯光全熄灭了。大楼仿佛是巨舰下沉，正向黑暗深渊无休无止坠落，其底层已没入漆黑冰凉的海水。

这是一个极其危险的讯号，我心头一阵战栗。前几次歹徒作案都采取了同一手法：抢先关闭楼道灯光，以便掩护他胡作非为的身影，并提供逃遁的机会。

我和研究生拔脚狂奔，直向女学生宿舍大楼扑去。

才荔紧随而来。凭着女性敏感的直觉，她准确揣度出形势的严重程度。她寸步不离，一直紧紧跟在我身后。

黑洞洞的宿舍大楼正门紧闭，动静全无。犹如一头巨兽静卧在黑夜深处，无声无息张开血盆大口，露出锋利牙齿。

我试探着轻触门扇，那两扇本该从内部牢牢锁死的加固厚门，竟然无声地悄然启开，完全解除了戒备。

我正纳闷，女保安员顾嫂一连串鼾声从传达室天窗飘出。我用舌头舔了舔干燥的嘴唇，舌尖泛起苦涩的味道。

按照预先拟定的对敌作战方案，在这种情况下，由我担任第一阵容，破釜沉舟突入险境。我将像古代角斗士那样直接投身到猛兽群中去，面对面地殊死格斗。研究生作战实力较弱，作为第二阵容，他的职责是封锁前门。无论我与歹徒谁先取胜斗垮对方，在此之前，他保证决不放一个活口出门。

才荔小姐揪住我的袖口，坚持要成为我的盟军，与我肩并肩地投入围歼歹徒的巷战。我竖起食指，封在唇前，示意大家切莫出声。接着我不由分说转动才荔小姐的肩膀令其回身，轻轻地但是坚决地将她搡出门外。她的身体在激动和恐惧的双重煎熬下颤抖不停。我可不想在"壮士一去不复返"的壮烈时刻，平添一重后顾之忧来分散我的注意力。

研究生拉住我，轻声调侃说："她一起去，大有好处。哥们儿，至少这位小姐可以证实，你捕贼虽然不力，但执行公务不扰民间，尚属清白……"

我毫不客气，顶着他的鼻尖用力关门，把他脚步踉跄地推出门外。

研究生立即动手，在室外用木棍别死大门拉手，这样一来，即使楼内有只两吨重的成年犀牛突然受惊，也休想侥幸冲出门去。同样道理，假如我在格斗中失利，处于下风和劣势，我也无望逃避，只能硬着头皮，眼睁睁地迎向灭顶之灾。我暗暗叫苦，心中痛骂研究生，他作为这套作战方案的策划人和制订者，这一招未免太损。

一只纤纤细手自冥冥中突如其来伸到我面前，捂紧我的嘴鼻，这一招令我魂飞魄散，肝胆俱裂。那只手冰凉、纤细但有力，刹那间，儿提时代消化的全部鬼怪故事此一刻统统倒海翻江呕吐出来。幸亏在最后一刻，我的反应抢先一步，在我出于本能歇斯底里狂喊乱叫之前，把下列信息传递到位：才荔小姐驾到。

我的天哪，这姑娘不知何时悄悄随我潜入擒敌前线，我多了一名贴身扈从。

才荔屈膝拾起一串铁链，观察一番后交给我。

借助室外门厅顶灯透入门缝的微弱光线，我发现，一把大号优质钢锁紧紧"铐"死铁链两端，但是，铁链中间的一个环节已被强行剪断。由此可知，女保安员顾嫂未曾渎职，她的过错仅仅在于轻敌。

我摸黑找到电表箱，冒着生命危险，上下摸索一番。果然不出我所料，几只旋入式保险丝盒被人悉数拔去扔掉不见了，这意味着这幢楼的供电系统在短时间内恢复照明绝非轻而易举之事。

我俩立在原处，一动不动。

渐渐地，瞳仁适应了周围的黑暗环境。室内走廊原先看上去一团漆黑，现在，逐渐区分成多种层次，有浅黑，中间黑，深黑，空心黑，实心黑，单层黑，复层黑，多层黑等多种多样色彩。空间是轻松空灵的流动黑，而实体则多是笨重呆板的凝固黑。我不禁暗暗惊诧，原先一直误认为黑色十分单一，是一种混浊不堪、缺乏生气的死颜色，现在我才发现，黑色博大深沉，丰富饱满，充满盎然生机。黑色本身简直就是一个缤纷灿烂的神奇世界。

首先出现变化的是走廊尽头的那扇窗户，虽然得不到人造光线的丝毫惠顾，但受益于天空零散星光的漫反射，长方形窗户轮廓率先从黑天鹅绒背景中浮雕似地凸现出来，就像一座棱角分明的星球在一片混沌中出现，随后从深邃博大的宇宙空间向我运行过来，轮廓渐渐分明，球体越来越灿烂辉煌，我几乎可以凭借肉眼直接观察到这一造型奇特的矩型宇宙载体，海洋与大陆架，人工运河，风暴眼和金字塔群，一串飞碟掠空而过……

我使劲眨了眨眼，幻象消失了。长方形光斑隐约在走道尽头悬浮。走道两旁，各房间的门牌整齐排列成行，一块块深黑色的小方块从浅黑的墙壁背景中分离出来。

走廊前方地上积有一滩水，可能是某个胆小的女学生熄灯后不敢去盥洗室，随手把剩茶泼在地上，把走廊当成临时下水道了。黑夜宽容地庇护了这一小小过失，现在这一汪水迹像是立体主义艺术家在灵感撞击下设计成的奇异勋章，在暗中努力吸收并积蓄一切外来光线，通过它自身灿然放射出来，彪炳黑夜的辉煌业绩，宣扬黑暗无深弗及，无大不容的渊博和宏伟。

我扭过脸去，在黑暗中寻找那位毛遂自荐不请自来的战斗伙伴。过于黯淡的光线限制了我的目光，作为补偿，黑夜赋予我直感的力量。在日光下我所见到的俊俏面容，瀑布长发，意味深长的笑靥，优雅的步态，此刻全都离我远去。黑夜展示的是另一种内容，开启了不容忽视的往往是更为重要的另一重天地。人类也许只有在伸手不见五指的黑暗中，才会彻底抛弃尘世间一切虚伪的表面装饰，杜绝一切浮华的诱惑，无拘无束地敞开心扉，让赤裸裸的灵魂以其本来面目直接亲近和接触世界。

黑暗殿堂巍峨高大，我敬畏地仰视上苍，心想：人类感官的局限与人类思想的无限相比，是何等渺小浅薄啊。海面上冰山一角与其水下庞大体积相比，是何等微不足道啊。超我的造作修饰与本我的成熟自在相比，又是何等幼稚和不可思议啊……

我转过身去，目光徒劳地扫射，四下探找隐身的伙伴。我无法目辨她的存在，但我肯定地知道，她就在我身旁。

才荔仿佛知道我在寻她。她伸过手来，紧紧抓住我的胳臂。

一阵难以抑制的战栗，从她指尖像电流似的传来。我仿佛受到电击，四肢变得僵硬起来。恐惧是最富传染性的一种毁灭性精神疾病，刹那间，我也变得全身冰冷，毛骨悚然。

我环顾四周，我熟悉的亲近的密切的黑暗突然弃我离去，消失不见了。取而代之的是一层又一层陌生的居心叵测的黑暗，不怀好意地接近我，包围我，推搡我，挤压我，令我窒息。

夜风反复折磨走廊另一端洗手间的门扇，像是恼羞成怒的江湖郎中在恶意地晃动一颗久拔不下的病牙，门铰链发出惨痛呻吟，遍布整幢大楼的电线神经便把难以名状的痛苦迅速传播，整条走廊犹如地狱之门。我吓得差点儿一屁股坐到地上去。

我又舔了一下嘴唇。

危险近在眉睫，歹徒也许只有咫尺之遥。我无法断定他是否发现一对匆忙组合的执法者正在悄悄到来，也不知道他装备何种武器。在黑暗中一根不足一美元的扫帚棍偷袭扫来造成的毁灭性效果，与一枚价值超过三百万美元的"战斧"式巡航导弹爆炸相比，对于我们这样武装薄弱的目标来说可谓是毫不逊色。我不由地缩回脖子，痛责自己这种危险而又愚蠢的比较，心中暗暗吃惊，同时又感到十分懊丧。人在世上未能免俗，考虑到生命结束的意义和价值，昂贵的死刑显然更体面更排场更尊严些。像我这样的心理学青年教师，年近三十尚未成婚，如果不小心间被歹徒用一根普通的厕所拖把棍击毙，未免也太委屈了些。

才荔接过我递给她的电筒，另一只手依然牢牢捉住我的手臂，仿佛我就是那名随时准备拔足逃之夭夭的歹徒，她要誓死捍卫正义绝不放走一个嫌疑犯似的。我俩就这样不弃不离，相互给对方壮胆，彼此搀扶着，在黑暗中摸索向前。

我们沿着走廊摸黑搜去。才荔明白，不到万不得已的时候，她绝不能轻易开亮电筒。打草惊蛇暴露目标，搞得不好，甚至会演出一场"壮志未酬身先死"的独幕悲剧。

"滚开！"一声姑娘的厉喝在黑暗中横空跃出，听得出是南通口音，清清楚楚从邻近的女生宿舍中传来。这声断喝突如其来，我俩为之一怔。

我连忙握紧自制的带钩兵器，警惕地环顾四方，近敌格斗的距离一下子变得如此之短，我觉得很不习惯。我的脚步忽虚忽实，寻找不到那种应变自如的感觉，心里默诵了上百遍的战略战术此时闲云野鹤无影无踪。我比任何时候都觉得仓促没有做好准备，我无路可退只好硬着头皮随时准备同青面獠牙三头六臂的恶徒进行一场殊死搏斗。

才荔吓得浑身哆嗦，连我的胳臂也抓不住了。趁此机会，我抽调"右路军主力部队"——在此，指的是我的右臂——摆脱了保卫大营的后勤任务，直接投入杀敌前线。

我运气足尖，轻轻拨开那间寝室的门。我蹙眉咬牙，面部滚烫，后脊梁冰凉，摆出一副置生死于度外的拼命三郎架式。我突如其来杀入室内，只觉得血往心头涌，恶往胆边生。

室内并没有丝毫反常征兆，能令人联想到危险和骚乱。全室沉浸在一派祥和宁静的氛围中。校园绿化程度很高，蚊蚋的密度相对偏大，四月份以来女学生们便纷纷架起蚊帐。只见一名名豆蔻年华的青春少女静卧在朦胧纱帐之中，睡姿恬然，梦境安祥。

耳边飘来轻微呼吸声，香皂、脂粉和淡淡香水气味一阵阵扑鼻而来。面对此情此景，我不禁感慨万分，男生和女生宿舍相比，真正是不可同日而语。眼前犹如是天使营地，而当年我上大学时包括我在内的八名大男孩寄身的那间男生宿舍，真可称之为地狱之厕。

室内的和平景象并未麻痹我的斗志，我的兵器指向下三路，提防歹徒匿身床下，伺机反扑。不一会儿，那名南通姑娘又出声了，语音不清，断断续续，我又听到啦啦队的口号以及英国著名影星休·格兰特的名字。她在梦呓之中，无意泄露一段心头秘密。

敌情警报，局部解除了。

我俩退回走道，轻轻关上房门，继续向前搜索。

这幢"L"型的宿舍大楼投入使用的时间并不长，构造新颖合理，设施齐备。楼高六层，每层楼面有二十间寝室，走廊两侧各设十间。主楼梯位于走廊中央。走廊两头的安全楼梯每晚熄灯时分便层层上锁，断绝交通。大楼外墙布满爬山虎，郁郁葱葱，活泼生动，美化了楼宇外观同时遮掩住大楼低层窗台新添上的铁栅栏。这幢大楼的安全保卫措施得到空前加强，尽管如此，近半年来歹徒夜间几次侵入这楼，猥亵少女，侵辱身体，屡屡得手。对此，全校师生义愤填膺。

肩负着全校师生的除害重望，面对着现实环境中的恐怖威慑，在双重压力之下，我紧张得喘不过气来。我和才荔继续向前搜查，两人小心翼翼，十分审慎和认真。

一楼寝室安然无恙。我俩又登上二楼巡视，尽管校方一再通知各寝室熄灯之后一定要反锁门户，无奈女学生天性自由，我试探后发现，多数房门仍然是一触即开。

遭遇歹徒完全是猝不及防。

正当我们巡查到二楼中间，突然，前方一间寝室传来"轰隆"一声巨响，仿佛是一大块天花板落到地板上。这声轰响在安谧宁静的深夜中听来，十分刺耳和突兀。

才荔猛一哆嗦，紧紧依偎在我身旁。

紧跟着，一名女生的惊叫声绝望而又恐惧，穿云裂帛地冲上夜空，声调凄厉，悲苦无助，仿佛一伙厉鬼正在把她的手塞入绞肉机中加工成肉糜。

接下去，惊叫转变成恸哭，伤心痛苦，泣不成声，比深山里痛失双亲的狼崽哭得还要可怜和惶恐。

随之而来，像雪崩似的，这间寝室其余的女生一起放开悲声，恐慌哭叫。转瞬之间，这层楼的女学生全部惊醒了，这幢大楼所有的寄宿者从梦中返回到充满危险的现实中来，成百上千名年轻姑娘恐怖万分，下意识地投入这场"哀哭惊叫大合唱"，强大声浪像席地幕天的龙卷风，突如其来袭击这幢大楼。声波像海啸撼楼拔屋，推墙断柱，冲门摔窗，那一波又一波的声浪，像碎冰锥毫不留情地强力刺入耳膜，几乎把人逼疯。

我恐怖之至，根根毫毛竖起。我生平第一次亲历此境，被千百受惊的女学生营造的可怕刺激场面所胁裹，像置身于一望无际受惊狂奔的野牛群中，令人无处脱逃气急败坏。几秒钟前，校园夜晚还是那么安谧优雅，犹如月辉下的草坪清纯无害。眨眼间，这片草坪已变成百幕大魔鬼三角狰狞万状，搅海翻江，倾天复地。

女学生们委实吓坏了，她们任性狂呼，歇斯底里，恣肆哭泣。骤然出现的这种群体恐慌像呼啦啦落地雷似的，强烈刺激我，把我打翻在地。我崩溃了，妥协了，这一切大大超出了我生命的承受能力，足以十次、二十次地把我粉碎成齑粉，还原成单细胞生物。我本能地命令自己拔腿逃避，飞奔不停一直逃亡到长江对岸去。

但我没有逃遁。

我的职责命令我坚守我的阵地。

随后，我横下心来，大步冲向最先发出声响的那间寝室，猛然用肩膀撞开门扉。

月光如水。睡眼惺松的女学生们蜷缩在各自的蚊帐内，慌成一团。如花似玉的年轻姑娘个个恣肆哭叫，把自古以来女性专有的应急反应，酣畅淋漓地应用到了极限。

地板中心，一团黑影像章鱼似地慢慢舒展开来，肢体危险地在地面上滑动，延长，不可名状地爬行，令人感到恶心和恐惧。

不一会儿，那黑影坐起身来，野兽般地抚摩自己的伤处。

紧接着，那黑影发现了我，他迅即做出反应，像足球守门员扑球脱手那样快速弹跳起身。眼前立起来一个中等身材的年轻汉子。

我明白这次百分之百是真的面对面遭遇上歹徒。丛歹徒戒备的架式上可以看出，他显然也清楚知道，我们专为寻他而来。

才荔碰了我一下，把强光电筒悄悄塞给我。

我对准歹徒，推动电筒开关。电筒立即吐出一道眩目强光，金箍棒似地劈向歹徒。还没等我来得及看清对方的嘴脸，谁也没料到，电筒像闪光灯随即便灭了。

我暗暗叫苦。心里用最恶毒的语言一遍又一遍地诅咒生产这种短命鬼产品的工厂厂长。我把电筒扔还给才荔，双手紧执钢棒，一步步逼上前去。

年轻歹徒也不示弱，他顺手从身旁抄起一只方凳，稳守在原处，定下心来等待机会。

事后我才知道，十多分钟以前，这家伙潜入此间寝室，认准一名睡在上铺的短发女孩，动手动脚，进行猥亵。短发女孩惊醒后，被逼不敢出声，但她竭尽全力进行抵抗，不让对方得手。

这场暗中厮打，进行了很长时间。同室女生全都惊醒了，但无一人敢发出声响。个个吓得蒙头蜷身，战战兢兢，苦捱时光。一名年龄小的女学生吓得当时就尿了床。

最后，歹徒情急，以下毒手相威胁，强迫短发女孩俯首贴耳，听命于他。短发女孩已经筋疲力尽，思忖力斗不如智斗，便假允从命。

待那年轻歹徒慌里慌张攀上床沿，刚刚露出大半身之际，短发女孩暗中收腹屈腿，蓄足全身力量运往下肢，疾如闪电一般飞蹬出腿，将对方凌空踢下地去。

随即，便爆发了刚才那一幕"女学生受惊狂叫曲"。

我全神贯注，步步逼向前方，力图在气势上压倒歹徒。

在黑暗中，我看不清对方嘴脸。刚才"电筒式闪光器"发挥作用的那一刹那，对方左手抬起挡了一下，我偶然瞅见对手手背上，刺有一只黑蜘蛛图案。

　　我俩小心翼翼地对峙，在室内面对面绕圈，谁也不肯先露锋芒。后发制人历来是智者行为。在这种场合下，我和对手之间的关系变得简单明了，完全省略了"来将通名"、先礼后兵那一套繁文缛节。如果我不能竭尽全力制服他，他必定要逞恶施暴，凶相毕露。

　　蓦然，一条黑影从歹徒身后鱼跃窜出，我立刻猜想到那是才荔。她双手紧握那管装有四节大号干电池的"盲目"的强光电筒，像握一柄战斧，高高举过头顶向歹徒劈去。此时，生产那只"闪光电珠"的工厂厂长若看见这一场面，即使他不曾为自己炮制的劣质产品感到羞愧，他发现这件不合格的照明工具被迫退役成为近身格斗的短兵器，也一定会惊诧不已。

　　才荔竭尽全力，猛力挥动电筒，狠狠地砸中歹徒后脑。顿时，玻璃破碎，电筒折弯。才荔自己失去重心，率先跌倒在地。歹徒受到重创，踉跄不稳，半跪半坐下来。

　　趁对手分神的一刹那，我挥起手中兵器，雷霆万钧地劈面打去。歹徒慌忙架起方凳，抵挡打击。

　　一场混战。我猛砸狂刺，打得对方连滚带爬，穷于应付。歹徒高高举起方凳，忽左忽右格挡我的武器。钢管上的钩状物像饿鹰利喙，叼住方凳猎物的一根横档"肋骨"，我转身拧腰，陡然发力，双臂使劲往回拉，方凳连同歹徒一起撞入我怀，我俩双双栽倒在地下。

　　最令人意想不到的是，那支丢在地上无人暇顾的超长型强光电筒，在"一等残废"的悲惨处境下，突然吐出一束耀眼灼目的光柱，显示出它身残志坚、百炼成钢的英雄本色。那电筒撒泼似的遍地乱滚，光柱也四下乱射，仿佛是因犯暴狱后岗楼上的探照灯漫无目的地遍地搜查。有一忽儿，光柱像直拳正面猛击命中我的瞳仁，顿时我眼冒金星，无论什么也瞅不见。又有一次，对手手背上的黑蜘蛛在强光下再次显形，张牙舞爪，横行霸道，给我留下极其深刻的印象。

　　年轻歹徒无心恋战，他一骨碌爬起身来，夺路往窗口奔去。

　　我忙伸出手，抓了个空，没逮住他。

　　才荔双手拽住了歹徒衣襟，她奋不顾身，被拖出四米多远却死不松手。歹徒见机不妙，立即"金蝉脱壳"，脱下上衣，甩开追捕。

瞬间，歹徒已跃上写字台，高高立在窗台上面。在明朗月空的背景下，我们眼睁睁地望着他弓背马步，以不可思议的爆发力一口气拉弯了三根铁栅栏。他一腾身，从二楼窗口直接跃入清辉迷蒙的月夜，消失不见了。

这一切都发生在转瞬之间，才荔和我惊得不知所措，面面相觑。

整幢楼房颤动了，女学生们受惊过度，身穿睡袍滚身下床，纷纷夺路而逃。黑暗之中，履声杂乱，楼板像战鼓不间歇地轰隆隆擂响，预兆着出现了特别重大的危险。走廊和楼梯山洪般涌动着白色粉色的人流，一个个神情慌张不安。

一名名睡眼惺松的年轻姑娘张惶失措，没有目的地胡乱奔跑，声嘶力竭地大呼小叫，她们完全是盲目地随从人群向四方乱窜，根据大伙慌不择路和恐惧万状来看，我相信超过半数的姑娘已彻底失去理智，假如不是校方早已用铁栅栏封锁窗台，而单凭她们的气力又不足以拉开中指粗细铁棍的话，她们会不假思索地一个接一个地从窗台上直接"降落"下去，无论身处二层楼还是二百层楼。

转眼之间，这幢六层楼房便变成了空楼。这一切发生得太快，连黑暗也似乎一下子来不及填补空白，夜色变得稀薄起来。

灯光忽然大亮，照耀着这幢空荡荡的大楼。走廊地面上失物凌乱，到处丢弃着拖鞋，枕巾和内衣，甚至还有枕头和雨伞。

我走过去，扶起才荔。幸好她只是轻微地扭伤了前臂。才荔唏嘘地自己揉着伤处，同样惊惶不安，嘴唇微微颤抖。

研究生"咚咚"走来，空洞洞的楼房像超级音箱把他的脚步声放大了一百倍，听上去几乎震耳欲聋。

"干得不错呀，朋友们。"研究生笑嘻嘻地说，"外面操场上热闹非凡，我听见半数以上的女孩跑出去后还在追问，是不是庆祝中国足球队下半场灌进韩国队球门三个球？"

第 2 章

上课不久，铃声骤然大作。

我停止板书，转身拿起放在讲台上的手表，怀疑地瞅了瞅，上午第二节课刚刚开始十分钟，响的是什么铃呢？学生低声聒噪，交换着大惑不解的目光。

幸好，莫名其妙的铃声很快又莫名其妙停止。后排响起一句打诨，"老校工的时间程序又感染病毒了。"引出一片窃笑声。

我接着授课，"这就是说，根据精神分析美学的观点，我们并不把艺术家视作拥有自由意志、寻找实现其个人目的的人，而把他看作是一个允许艺术通过他去实现某种艺术目的的人。也就是说，文艺家不是自由人，就在文艺家们表面的意志自由背后，隐藏着一种更高的命令；在文艺家的直接意识之外，还有第二个精神系统存在，它是集体的、普遍的、非个人的。它不是从个人那里发展而来，而是通过继承和遗传而来，是由原型这种先存的形式所构成的……"

中排一名女生举手提问。

"请问老师，我们分析一个人，如何界定他行为的主动性和受动性？"发问的女孩圆脸大眼，脑后一条粗黑发辫绕过左肩垂在胸前，我认出这是本班的学习委员，学习极肯动脑筋，同学戏称"博士小姐"，她说普通话时带有浓烈的闽南乡音，"如果一个有影响的人，他的所作所为对于社会造成严重过失，荣格先生是判他本人意识有罪呢，还是判他灵魂深处——就是这位瑞士精神分析学家声称的那个'隐藏着一种更高的命令'——有罪呢？"

我赞赏地点点头，刚想回答，全校铃声又一次急促地响起来。

不知为什么，这次铃声听上去气急败坏，简直是声嘶力竭。铃声不停，一直大闹下去，我借机翻阅一下备课笔记，强记住荣格著作中的德语原句，认真琢磨和推敲汉语译文，静候铃声止歇。

铃声激荡，始终不停。很快地，无论是我还是班上的同学们都清楚地意识到，这铃声绝非偶然，而是大有文章。铃声倔犟地、不屈不挠地在广阔的校园震荡，穿墙入屋，用声波的拳头擂门敲窗。师生们不由自主地慌张起来，一个个探头引颈，四处张望，越来越不自在。

我惴惴不安，精通两门外语的才能此时也帮不上我什么忙，我无法从机械振动的电铃声中译出语法和词汇，也分辨不出声波传达的喜怒哀乐。但我肯定地对自己说，学校一定出现了重大事件，听上去，铃声像怒狮连声吼叫，又像伤猴呜咽不止。

我临时安排学生自习，自己保持镇静，从容步出教室。

拐过弯后，我三步并作两脚，从教学楼六楼上直冲下来。

校园大门前，果然发生了一件非同寻常的重大事件。

校门周围，聚拢大批人群。很多正在备课的教师先我一步麋集此地，人们神情严肃，空气十分紧张。更多的教师正纷纷从课堂和办公室赶来。

我挤上前去。学院自动栅栏门紧闭，牢牢地锁着。不同寻常的是，移动门上横七竖八又加上十来条摩托车大闸锁和助动车条形锁，五颜六色形状各异。研究生正用一把摩托车超级手铐锁，一左一右地锁在学院镀铬的亮闪闪的移动大门上，嘴里嚷嚷着："我这把锁，以一当十。"那锁是他那辆破旧"铃木" TR—125 型摩托车上唯一值点钱的东西。

学院门外，一长溜车队被挡住了来路，不得不顺序停歇在道旁。为首三辆清一色是黑色"奥迪"高级轿车，第四部车是辆蓝白相间的"依维柯"中型客车，殿后排列着两辆勘测工程车。"依维柯"车身上，赫然展现四个魏碑体大字，"紫石集团"。

我头脑中"嗡"的一声，全身不由自主地打了个寒颤，我全明白了。我从心底感激值班教师举措果断，他以警钟长鸣这一异乎寻常方式，在学校紧急关头，一举唤起教职员工们的足够注意和警惕。

我举起手，示意研究生过来，对他耳语一番。研究生心领神会，一溜烟地跑开，不一会儿便把他那辆旧摩托车骑来，横停在校门前。教师们七手八脚，把摩托车五花大绑锁在大门上。面对"摩托车盾牌"醒目的警示信号，企图强行破门而入的人不得不有所顾忌，最终望而却步。

有人从背后轻轻捅了我一下，紧接着一大串校门钥匙塞入我的手心。我回头一望，发现是当值的教务处副处长。他意味深长地摇摇头，表示他根本不知道校门钥匙何在，而没有钥匙对于任何开门的指令他都爱莫能助，他苦笑着匆匆走开了。我只来得及指了一下长响不停的电铃。过了一会儿，电铃声停了。

校外，神气活现的"奥迪"轿车终于打开车门，三名神气活现的人物走下车来。一位是头发花白的老者，身着高级休闲服，做工细致考究，一颗钻戒在无名指上熠熠闪光。另两位是三十来岁的年轻汉子，西装革履，风度儒雅，其中一人鼻梁上还架着副无框眼镜，这种用螺丝直接把眼镜腿固定在镜片上的时髦玩意儿，今年以来风靡南京、上海等大城市。

三人腰杆笔直，不动声色，立在车旁。

他们傲慢，骄矜，从他们的神情上可以看出，他们心目中只有他们自己。这几个人根本没把面带愠色的教育工作者们放在眼里，对于聚集到校门口的近百名教师不屑一顾。

一人急匆匆穿出学院传达室侧门，疾步迎向来宾。

那三人大模大样转过身，目睐来者。

"马副校长，贵校的欢迎方式很特别，嗯，不是吗？"鼻梁上架着无框眼镜的青年话中带刺，从胸腔中哼出一串不和谐音，抛向来人，"就像电脑游戏，每过一关，先要开十把锁……"

"这场面我见过，它使我想起了当年在韩国工作的时候。"花白头发的老者点燃一根烟卷，深深吸了一口，"美国大兵闯了祸，韩国青年每人头上扎一根布带，上面写着'抗议'。接下来是排队示威游行。眼下我看，马副校长，只差这根布带了吧？"老者不露声色说完话，吸入肚中的那股白烟无影无踪，一丝儿也没有重返人间。

被称作马副校长的汉子一点儿也不尴尬。他像根本没听见这番话似的，热情趋上前去，自顾与来宾一一握手。

马副中等身材，微胖，头发又黑又浓。研究生在背后取笑说，马副额发又密又低，他自认为影响风度，为此颇感懊丧。马副便经常用剃刀"扫荡"前额上方的"丛林区"，"寸草不留，"以期塑造出一副知识分子顶发早谢，无上智慧的儒雅形象。

马副横扫一眼校门内外情景，丝毫没有不安的感觉，他微笑依然，轻松应酬道："啊，大概是你在韩国工作之前吧，"他狡黠地冲着老者挤挤眼说，"我在越南打仗。我们从来不用布带扎自己的脑袋，我们用布带去勒对手的脖子。"

马副用食指在脖下划了一横，齿间迸出一道锐利而干脆的"嗤"声。他嘿嘿一乐，转身引路进校。

三位来宾对视片刻，稍顷，尾随而来。

教师们闪开一条通道，放进这几个人。来者神态自若，大摇大摆，一路指指点点高谈阔论走向学院贵宾室。

教师们默默注视着这一切，谁也没有先开口说话，人群又合拢在一起。

校门外，那支车队仍然留在原处。

几分钟后，校长秘书匆匆奔来，通知我：马副要我现在就去见他。

我慢吞吞挪动步子，转身向那个叫做学院贵宾室的方向走去。我感觉到后背上面灼热无比，全校教职员工目光的焦点，一起集中在我身上。

我倒吸一口冷气。

学院大门坐北朝南。门外是一条宽阔的林荫大道。省市政府机关多数分布在这条路两旁，方圆几个街区环境安静，优雅，既没有工厂商店也没有居民区的纷扰。

校门口竖立着大型的座右铭石碑："学高为师，身正为范"，每个字足有一辆旅行轿车大小，字体遒劲苍健。校门内主干道两旁是上百亩林地，数以千计的雪松，银杏，石榴，海棠以及榆衫枫柏，郁郁葱葱。林木错落有致，绿荫屏天蔽地，气势非凡。步入校门，一种特殊的美感油然而生，吸引你亲近自然，回归自然，最后引你进入返朴归真的至上境界。在成片的林木之间，大片大片植入进口草坪，恍如翡翠地毯。

校园深处，波动着一湖碧水。鱼跃凫沉，涟漪闪闪。一年四季，每日每时，这一方土地上的空气总是特别湿润新鲜。曾有一位日本师范专科学校的老校长参观本校后激动不已，他欣喜地提议说，应该在校园中央树立一块大理石坐标，上书"学府氧吧"，他本人忍不住亲笔挥毫，当场在宣纸上写下这四个斗大的汉字。

朝朝暮暮常有上百名女学生徜徉林间专心研读，在历届全省联赛联考中，本校成绩一直稳居榜首，名列前茅。一次在省教委会议上，学院的主要竞争对手——无锡师专的校长不无嫉妒地对本学院校长说，贵校是人文教育占一半，绿色教育占一半，地杰人灵嘛！

我深深吸入一口芬芳空气，道旁玫瑰花姹紫嫣红绽苞怒放，一阵阵浓郁香气沁入肺腑，摄人魂魄。研究生曾有一句不恰当的比喻，获得全校老师一致首肯，并登在校刊"一句聪明话"栏目上，他声称，玫瑰花香味大约可以折合成酒精四十度，这就是说，享受一小时花香与痛饮一瓶"五粮春酒"的效果差不多。

　　我停住脚步，在我前方四五米远的路旁，一只鹩哥振翅飞走，认出我后，旋即它又飞回原处，歪着脖子瞅我，放下心来继续干它未完成的事业，把一条蚯蚓从泥地中拽出来。鹩哥是我最喜爱的鸟类之一，既聪明又通人性，歌声更属美声唱法。鹩哥善学人语，维妙维肖。这种通体漆黑的大型鸟类，颈部饰有一圈金黄色肉质披肩，平常多生活在东郊美龄宫一带。如今它们降贵纡尊，插队落户到我校来，就我本人来说，实在是"敝人不胜荣幸之至"。

　　我愤愤然向学院贵宾室走去，如此美好的校园，如今危在旦夕。我明白，盘桓在装潢精美的贵宾室里的那几个趾高气扬的家伙，正阴谋用几百万吨水泥，石块和钢筋来消灭这片绿色校园，他们出于某种特别的目的纠合到一起来，是一伙不折不扣的环境屠夫。

　　我迟疑不决地踏入贵宾室。三位来宾围着几张图纸自顾谈论，没理睬我。马副招手，要我坐到他身旁的沙发上。

　　"今天草签合同。"马副皱了一下眉头，但是这个多余动作并不能掩饰他眉眼之间的欢快。他像又一次做新郎官那样，全身心不由自主地流露出兴奋和喜悦。他顿了一下，单刀直入地说，"学校印章现在归你管理，所以，我认为，有些情况应该让你知道一下。"

　　我毫无表情。

　　"我知道，你个人对这个计划，持有完全不同的看法。部分教师，像你一样，坚持反对观点。"马副宽宏大量地表示理解。他又在沙发上挪动一下，想把自己壮实的身子安排得更舒适些，不假思索地接着往下说，"那没关系……"

　　我决心打乱他的如意算盘，破坏他自我营造的从物质上到精神上双重舒适的环境和氛围，便开口打断他的话，提醒他说："马副校长所说的'部分'教师，校职代会上有准确的统计，反对票占84%，另有4%的弃权票。"

　　马副扬了一下眉头，"哦"了一声。他仰面紧靠在沙发上，耸肩扭腰，深陷进去，仿佛要榨干这件家具在为他服务时所能提供的全部价值才心满意足。

　　他表情怡然，得意地轻拍沙发扶手，在他看来，我刚才报出的两组数据就像微不足道的灰尘一样，被他轻轻拍散消失了。

　　"上个星期，我给北京国家教委通了个电话，行政干部培训班下月底结束，校办公室主任到时就会回来。这就是说，你临时代理校办公室主任的职务，还剩三十三天之多。"马副按他的思路自顾自往下讲去，丝毫也不为旁人插话所干扰，十足表现出他一贯强硬的霸道作风。

　　他把图纸移到我面前，以长辈体恤后生、上司拔擢下级那种口吻对我说，"机会难得啊……"

　　我怀着查看处决者名单那种复杂的心情，一张张翻阅图纸。从建筑设计业的角度来看，暂定名为"南教工程"的这一组建筑群布局宏大，图样精美，造型新颖，设计巧妙。我一一细看，气势恢宏的七十层主楼，华丽的裙楼楼群，宽敞的地下室停车场，附设的商业服务网点设施一应俱全。尤其难能可贵的是图纸中还精心保留下一小块绿地，建成一座小型花园。我按照图纸比例尺心算一下，估计这花园约有现在学院林地面积的二百分之一那般大小。我甚至还惊奇地发现，小花园内将铸起一尊铜像，命题是"为教育事业而献身"。

　　"为教育事业而牺牲。"我嘟囔道。

　　一阵爽朗大笑传来，三位来宾兴奋不已。他们争先恐后评点图纸，竞相发表宏论高见，一个个妙语连珠。良好的高等教育和优越的工作职位，为他们潇洒倜傥运筹帷幄营造了必要的条件。马副微笑着离开沙发，趋上前去。

　　我冷眼观察这伙人。据教师们传闻，花白头发的老者是"紫石集团"总裁，他的企业在全国各省以至世界各地均设有分支机构，以经营重型机械进出口业务为主，股票已在香港上市。两位年轻公子则是省建设银行的新贵。经上级主管部门个别领导从中撮合，"紫石集团"、建设银行将与我学院三方"联合"开发"南教工程"。我学院以土地作为投资，"紫石集团"和建设银行分别出资一亿二千万元和八千万元，建筑期为四年。建成后，"紫石集团"和建设银行瓜分了十层以下的全部黄金楼面，上级主管部门获得六层楼作为回报。我学院分得十一至二十层楼用于科研或办公。所余楼层皆由"紫石集团"和建设银行或售或租，房屋多是高级商业用房规格。

　　我的心一阵紧缩，胸口感到无比难受。如此一来，我校环境就像一名健康活泼的俏丽姑娘，无端被迫接受高截位外科手术，一举切除健壮双腿和盆腔，变成不伦不类的残疾人。即使事后在手术切面原处配上一部电脑控制的先进复杂的残疾人车，这辆车无论多么杰出不凡，于姑娘的美貌和幸福何补？学院林木将被悉数伐去，草坪会被铲光，湖水汲干后填满泥沙，环绕全校的花岗岩长廊则毫不留情地一刀拦腰砍断，仅留下一小截，像条断落的狗尾巴。

我咬紧牙关，不敢想象如此残忍的前景。到那时候，女学生将被迫用双手堵严耳朵在空调器噪音和加热空气中晨读，而那只鹩哥也会在水泥地上弄残了喙和爪，歇在高压电线上根本站不稳，一次次栽落下地来。日本那所专科学校的老校长再度来访时，他将不得不收回前言，改口建议另塑一座矿渣石碑，上书"绿苑之墓"。

我决心不让这幕悲剧上演。

马副满面笑容走近我身边，从图纸中抽出一张，仿佛抽到上上签似的连连点头。他拿起话筒，拨了几个号码，叫对方马上来见他，然后转身回到来宾中去。我睥睨着他壮实的背影，我暗暗祈祷上帝赐我能力让我完成我的计划，准确地说，现在我暂时有这种能力……来阻止他办成这件事。

学院的公章现在由我保管。

马副说得对呀，"机会难得啊"，我不由地激动起来。几个月前，学院办公室主任赴北京学习，进入一个为期半年的短训班深造，主修教育系统行政主管的涉外事务。由于平时我在学院算得上是一名公益事业的热心人，学院领导又信得过我，所以校办公会议决定让我临时兼理办公室主任的职务。授课之余，我常被唤去东奔西跑地四处开会。我的最重要工作之一就是保管好学院公章。每当学院领导要用时，便小心翼翼祭出这枚中心刻有一只大五角星的圣物，用毕再交还给我收藏。

我紧抓住自己的念头不放，弯腰从低柜中取出一瓶矿泉水，自顾自连灌几口。

在旁边会议桌上，主宾四人谈笑风生，气氛十分融洽。我听见花白头发的老者谈到地下室管辖权限，不戴眼镜的那条年轻汉子巧妙地回答了一句双关语，影射到性事。主宾开怀大乐。

一条汉子不经敲门，径直闯进室内。我认出这个沉默寡言的粗壮家伙是学院雇用的农民工头头。几年前他本人也是普通农民工，但他很快就击败自己的上司并且取而代之。他嘴里永远叼着一根烟卷，仿佛那根小白棍儿是他呲出嘴唇的一颗天生的獠牙。研究生便给这家伙起了个绰号，叫做"獠牙"。

"獠牙"瞟了我一眼，走向马副。

后者对他附耳交代一番。

"獠牙"全无表情，重新摸出一根烟卷，换下嘴角的烟蒂，同时像墨鱼一样喷出许多污浊不堪的烟雾来。"獠牙"听完之后，既不点头，也不摇头，一声不响出去了。门也不关。

马副走过去，掩上门。

我握紧拳头，手心冒出汗来。我相信，我下决心对马副这种家伙临时封锁公章的行为，将不会被指为不当。

学院的法人代表是位年近花甲的忠厚长者，勤勤恳恳在讲台前工作了四十年，出版了多本教育学专著。他虽有直通北京高层领导的亲属关系，却从来鄙于加以利用。作为校长，他毕生严谨治学治校，循规蹈矩，一身夫子正气。

自从"紫石集团"走通上级主管部门关系后，上下夹攻，力促学院全盘接受"南教工程"方案。校长十分不满，软抗硬顶，学院与上级关系日益僵化。偏在此时，颇受上级主管部门个别领导赏识的马副赤膊上阵，公然表态，欢迎与"紫石集团"合作，"学校后院失火"。校长一怒之下，以血压升高为由，于二十天前申请去了苏州工人疗养院，静心养病。马副不是法人代表，如果他竟敢僭越名份，我对他的拒绝，就是正当的。

马副踱了过来，仿佛早看穿了我的心思似的，一针见血地点明问题要害，他说："顺便通知你一声，上级主管部门在电话中明确指示，校长外出养病期间，学院在谈判'南教工程'协议和签署合同方面，我可以全权处置。正式通知，不日可望下达。"

桌上的电话铃声急遽响起来。生物系主任气急败坏地在话筒中嚷嚷情况紧急，催我们赶快去救"石榴王"，"越快越好，假如你们还想和活着的'石榴王'再见上一面的话。"

马副和我谁也不理谁，一前一后离开办公室，向校园匆匆赶去。

"石榴王"树下，空气十分紧张，两派人马对峙在那里，横眉竖眼，互不相让。

人多的一方以生物系教师为主，加上其它系的青年教师，约有二十来人，团团围着"石榴王"坐成几圈，个个神色冷峻。研究生和另外一名见习教师正在摆弄一台手提电锯，他俩像破坏分子故意把钢筋卡在锯齿间，那样一旦电锯开动，齿牙便会一个不剩，电机也会发热烧毁。

另一方是"獠牙"带着俩农民工。农民工无所谓地蹲在旁边，一会儿看看教师，一会儿瞅瞅"獠牙"，他们是按出工时间计酬，假如今天的任务是在这儿蹲上一天，相信他们绝不会因此而抱怨上司的。"獠牙"隐藏在一团又浓又呛的烟雾后面，不时地吐出一口浓痰或者扔出一只烟蒂。

"这家伙，端着台电锯，"生物系主任气愤地反映说，头向那团烟雾偏了一下，"围着'石榴王'转来转去，我看没安什么好心。盘问他两句，他倒比我更理直气壮，口口声声说'马副校长有交代。要问你去问马副校长……'"

"马副校长叫他吃牛屎，他吃不吃呀？"人群中有人插话。 许多双鄙视的目光射向那团烟雾，嘲讽的笑声四起。

研究生故作玄虚，停止手上的破坏活计，立起身来，反驳说："你们这些书呆子，净讲门外话，让行家见笑。吸牛粪气是瘾君子的一大享受，致幻效果非同一般。嘿嘿。"

"我警告过他，只要敢碰'石榴王'一片树叶，我就拨'110'报警。"头发花白的生物系女教师严肃地说，"文物法，环境保护法，不能当儿戏。有用，就双手捧在头顶上；没用，就踩在脚跟底下。"

马副矜持地立在树下，兴致盎然地望着众人，一言不发。他一动不动，心平气和，恍如一只久闯江湖的蜘蛛，蜷伏在它布下的丝网周围，静静地等待着机会，时刻准备后发制人，发起致命的一击。

他脸上的神情渐渐变得开朗，生动。

过了一会儿，他忍不住笑出声来，后来简直就成了乐不可支："秀才，一班秀才。这真是'秀才问工人，五花答八门'。 他们工人哪里能答得清楚呢？"

大伙不解地望着他，不知他葫芦里卖的是什么药。

研究生冷冷地说："马副校长，你可别告诉我们说，这是一场误会。"

“误会，天大的误会。”马副收住笑容，踩住研究生的话尾不放，正色宣布说。此时他脸上已无一丝笑意，似乎刚才他根本没有笑过，仿佛近十年来他都不曾笑过一声似的。表情的切换在他来说是如此容易，直看得我们目瞪口呆，又惊又怕。

马副朝那团烟雾勾勾手指，唤道：“你来，向老师们解释清楚，这电锯到底派什么用场。尽可能讲清楚些。一是什么，二是什么。”

“獠牙”迟疑片刻，慢吞吞从烟雾中钻出来，不停地眨着眼，仿佛那团烟雾是催泪剂，而他的神情更像个无辜的受害者。他抱拳作揖，满脸受冤枉的神情，心痛地央求研究生说：“我的小祖宗，饶了那台电动家伙吧。大几千块钱一台，是我出面借来的，我可赔不起呵。”

研究生犀利地扫了他一眼，指着“石榴王”问他：“你知道这棵树的价值吗？够开几家手提电锯厂了。可你哪里来的贼胆子，敢下这种毒手？”

“獠牙”脑袋往后一仰，仿佛受不了刺激，立马就要昏过去似的。一柱浓烟从他口中直窜上空，活像火山爆发。

我冷冷瞅着这家伙，深知他与马副是天造地设的一路货色。曾有一次，上级领导来校检查，严厉批评长廊北部的“肠梗阻”，当场要求立即拆除。马副顶不住压力，唤来“獠牙”，当着上级领导的面布置了紧急拆除任务。“獠牙”心领神会，大动干戈，带领一班农民工扛锤推车地赶去了。事后，教师们气愤地发现，“肠梗阻”一如既往。“獠牙”所做的全部努力，竟然是将这违章建筑粉饰一新，使得看上去不那么刺眼罢了。我巴不得“獠牙”的烂肚肠子也随浓烟一起喷出口来，看看是不是黑透发霉了。

“獠牙”的肚肠终于没喷出来。他抿紧嘴巴，下决心不让众人窥探他内心世界的秘密。他快步穿过人群，窜到“石榴王”树下，指着一根中空枯死的侧枝，活像死囚找到一件物证可使自己免除极刑那样兴奋。他嚷嚷着说：

“锯这种死枝，不值得小题大做，对吧？同样是一把刀，攥在罪犯手里就是凶器，捏在医生指间，那就完全不一样了，就是治病救人的善器。嘿嘿，你们当老师的个个都是饱学之士，不会连这点也分不清吧。”

众教师七嘴八舌，一齐插话，对“獠牙”群起而攻之，大意是大家虽不清楚“獠牙”之流扮演的角色究竟是罪犯还是医生，不过有一点可以肯定，"獠牙"绝不会是什么善类。

我凑上前去，细细端详那根枯枝。这夭折的侧枝足有碗口粗细，离地尚不盈尺。它从主干上分生出来，历经沧桑，饱经风雨，终于结束了辉煌的生命历程。它虬枝霜叶，铁划银钩，像烈士一样死而未仆。

当然，如果"獠牙"之辈此举果真是打算在园艺学理论指导下删繁就简，除旧布新，本来也无可非议。但是，不知怎么搞的，我隐隐约约觉得事情没那么简单，一个不为人知的阴谋可能正以外界难以觉察的方式悄悄进行。我本能地认为应该提高警惕，加强戒备，但又说不出防备何种危险，认不清敌人的打击可能来自何方。众教师的感觉大体同我相似。

马副手托下颏，一声不吭，活似一尊石像。在他面前，生物系几位教师挥动手臂，情绪激动，讲得口干唇焦。

我顾不上听他们争先恐后在说些什么，但我十分清楚教师们情绪波动的原因。"石榴王"千年繁茂是我学院生物系开展系列科研的主要课题，已有多篇科研文章在国内外发表，分别从气候，土壤，人文，水质以及基因遗传等各方面探讨植物老寿星的生存奥秘。省农科院预定年底在本院召开专题研讨会。此外，"石榴王"已被选作我校的标志，这棵树瑞的图案印在信笺和学生服上，成为全校师生工作学习一个重要组成部分。

更重要的是，"石榴王"目前是"南教工程"实施的最大障碍。从设计图上可以看出，这位千年老寿星正好坐落在图上大楼的核心位置，没有任何回避和妥协的方案，这就意味着"石榴王"不可避免地与"南教工程"正面冲突，有我没你，有你没我。只要"石榴王"存在一日，"南教工程"主楼就一日无法施工。"石榴王"因此成为马副之流的眼中钉，肉中刺，他们必欲除之而后快。我暗暗提醒自己，对此要尤加小心。

马副面不改色，一丝笑容若隐若现，他似乎是戴着假面具的铁面人，显得十分冷静和从容。无论面对的局势多么严峻，指责多么令人难堪，他完全不为所动。此时，教育系的几位资深教师又围上来，猛烈抨击马副部署的学院大门迁移计划。

又一片阴影掠过我的心头。马副为了迎合"南教工程"的需要，这些天来紧锣密鼓地筹划放弃原先使用的校门，另迁它处。学院大门的这一更改，前后有霄壤之别，就像活生生把一个人的嘴巴硬行缝合起来，然后在胳肢窝下另开一个人工进食洞口那样荒诞无稽。

根据马副的计划，原先绿荫簇拥下的学院南大门将被放弃，另在西北角破墙开辟一片校门，面对一条狭窄巷道。那条旧巷约有三米来宽，六七十米长，居民住宅杂陈，另一端连接一条同样旧败的商业小街。巷内终年潮湿不堪，沿途是气味熏天的公用厕所，现炒现卖的外地炒货小贩，形迹可疑的黑洞洞咖啡厅，进餐时分门口站着招手女郎的个体小饭店，颓败景象比比皆是。入夜时分，治安当局经常组织警力扫荡这一地区的"三陪女"和黄色录像放映点。全校教职员工无论如何也不敢相信，"南教工程"的这一设计，居然还无耻地打出了"教育工程"的旗号。

但是马副偏偏具有这种本领，形势对他越不利，越充分显示出他惊人的心理适应能力。他十分镇静，不动声色，广大教职员工的公愤对他来说根本不当回事，外力奈何他不得。他敏锐地觉察到，只要他顽强地一步步接近既定目标，他就一定成功。对此，历年来他屡试不爽。

"树的问题解决了吧？很好，让我们回到校门的问题上来。我想，受过现代高等教育的老师，不会受到风水观点的困扰吧……"马副十分从容地发起了反击。他像高明棋手，算度精确，分寸丝毫不乱。这种本领尤其令我吃惊。在刚刚过去的一个时辰中，教职员工的抗议及反对意见如瀑布倾泻，势不可当。面对众怒，马副的解释和狡辩，恰似一片枯叶在漩涡激流中毫无招架之力。但是，这种绝对孤立、备受谴责的局面完全奈何马副这种人不得，他毫发无损。在我看来，这就像是一个人毫无防范措施在瓢泼大雨中狂奔两三小时，结果浑身上下干燥如故，滴水不沾。从他那从容不迫、理直气壮的陈述看来，不知内情的人必定误会，认为教职员工一致反对的根本不是他，而是火星上的什么其它角色。

我厌恶地望着他的表演，从心底升起要求把人类中的某一小撮异类重新界定为两腿动物的强烈冲动。马副从不讳言他来自农村，相反，我经常听见他在外宾参观本校时自我标榜是"地地道道的乡下人，"他说这话时态度真诚，自鸣得意，迹近炫耀，因此常常引起翻译满腹狐疑，不知道该如何斟词酌句，才能使外宾准确领会马副这句话的本意。

"的确，我是个土生土长的农村人。我爸爸是贫农，爷爷是雇农，爷爷的爷爷是长工。哎嘿，我身上的'土味儿'，这生这世是洗不掉了。"马副老调重弹，感慨地说。他不无伤感地拍拍自己的脑门，狡狯地瞅着身边的教职员工。

我警惕起来。我隐约感觉到，每当马副用话语贬低挖苦自己之际，其实正是他在精神上猖狂扩张之时。他往往借此机会，向城市文明公然张目，对面前这群善良软弱的知识分子们进行赤裸裸挑衅。

一次，马副酒醉之后话特别多，泄露出他心底的一些秘密，其中夹杂着对于故乡农村基层干部——那些文盲加法盲的乡巴佬儿——的强烈憎恶。马副祖籍是在江浦县桥头乡一个偏僻的小村落，土瘠田少，愚昧落后。在他成长过程中，经历了农村三反五反，大跃进，人民公社，反右倾，文化大革命，强制计划生育等运动，政治狂潮一波紧连一波，几乎不曾间断过。所有这些政治的社会的运动，反应在他生活其中的那块极度贫困地域，就变成了同一模式，即"斗争人"。

谁也不知道马副从那些赤脚干部的所作所为中汲取了多么丰富的革命营养和战斗经验，反正他来自一个恶劣得多的生存环境，在那里他本能地掌握了许多斗倒别人，脱颖而出的本领。这些本领对于他一生发展起到决定性的作用。从某种意义上说，马副是这一时期农业文明的人物典型和杰出代表。

此时此刻，我环顾身边怒气冲冲的教职员工们，一个个地看过去，心中升起一缕无奈和悲哀。这些书生气十足的知识分子，不过是充满理想和幻想的大孩子或老孩子，是企图引据论典去斥退饿虎疯狼的理想主义者，是信奉"君子之交淡如水"的民众松散阶层。他们太天真了。他们根本不知道，其实马副的道德观、世界观同他们完全不属同一层次。马副是从落后、无序和愚昧的农业文明中奋力拼杀存活下来的血淋淋的角斗士，他随时准备征用一切卑鄙、肮脏、为常人所不齿的手段，去消灭前进中的阻力，去直接攫取他窥觑的利益。以工业文明为基础的城市原则、教义和竞争规则等，对他来说，统统陈腐不堪，简直是太可笑了。我相信，单凭马副百创不死，自舔伤口，刮骨疗疮的胆识和勇气，无需交手，来自城市的对手就会骇得溃不成军，转身逃窜。

马副滔滔不绝，口若悬河，完全无视全校教职员工越来越燥动不安的情绪。他边说边走到花圃前，从花盆内一株长势茂盛的龟背竹上扯下半片翠叶，下意识地撕成一条条碎片。我深信，他实际上恨不得把他的对手们也一起撕成碎片。

我冷冷注视着他。自亘古以来，每当生态环境发生大的变化时，高等生物灭绝的速度往往最快，而低等生物则每每能顽强地保护自己存活下去，譬如蕨类植物，单细胞生命体，蠕虫或腔肠动物等。它们之所以能够艰难地捱过一生，种族延续亿万年光阴，全凭逆来顺受，随遇而安，伺机而动，后发制人，并最终以自己灰色的无价值的生命存在方式，向历史宣告对于早已变成化石的高等生物的胜利。

"杂草定律。"我复又想起几日前对研究生的宣布，"专利号：99 年校园第 60 号。有效期：36 亿年。"我自言自语。

研究生拎着手提电锯通通地走来，就像缴获了敌人的重机枪似的，问我："怎么办？"

"獠牙"无动于衷地尾随其后，眼中流露出还乡团员在家门口当了俘虏后的那种复杂表情。

我端起手提电锯，仔细阅读标牌上的说明文字，反复打量许久，确认这种手提电锯只能单一地使用交流电，并非交直流电两用的款式，便稍稍放心了。

我当场通知学院配电房的值班长，立即切断这一地区的一切电源，不让手提电锯有机会在"石榴王"附近作业。几分钟内，花房里的几盏灯全灭了。研究生随即采取行动，收走了"獠牙"助手扛来的一大卷外接电源线和接线插座板。

至此，我还不能完全放心。直到物理系几位新进校的年轻教师自发地组织起来，自愿到院配电房和花房"加强值班"，我这才长长地松了一口气。

"獠牙"抱走了手提电锯。他在转身离开之前，又向"石榴王"投去意味深长一眼，我隐约感到那目光十分复杂和可疑。从"獠牙"的体型语言分明可以断定，他此时一定懊丧怀中抱的为什么不是一挺重机枪或者火焰喷射器，可以让他"砰砰砰"、"呼呼呼"地把心中积怨全部发泄出来。但我的怀疑随即被许多其它事务挤到一边去了。

一位同事远远招手，示意我去学院办公室听电话。

　　话筒中传来国家教委一位负责人浓重的河南口音。看来，本校教职员工强烈抵制"南教工程"的风波，已通过多种渠道反映到了北京国家教育的最高行政机构。这位官员在电话中做出三点指示，一是作为对国际社会开放的示范院校，我学院不准以任何理由出让校园给任何人；二是重申不予批准"南教工程"；三是限期将学院目前发生的事件以书面形式上报。这位河南同胞在撂下话筒之前忿忿地骂了一句："见鬼，这不明明是自抠眼珠么！"

　　我按照要求，作了电话记录。当然，最后那一句话我没有记录在册。

　　"你们休想挡住我！谁也不能逼我就范。"马副坚定地重复道，握紧拳头鼓励自己。他刚刚送走"紫石集团"等一帮不速之客，回到办公室来，把电话记录默默地看了多遍。

　　我像首次见到他，望见一张十分陌生的面孔。这副嘴脸本来并不招人讨厌，现在正被一种发自内心的强大决心扭曲。他眉头紧锁，嘴角神经质地抽搐，瞳仁中熊熊燃烧着欲望。他被不可遏制的勇气所驱使，无论什么力量试图阻拦他，都会立即招来猛烈攻击和可怕报复。

　　"我不在乎你怎么想，也不在乎你对别人怎么说，你必须明白一件事，"马副重重捶击桌面，逼视我说，"这句话我只说一遍，你听好了：在合同盖章之前，我根本没看见过这张纸。我宁死不会承认，一份什么电话记录，就吓得我动弹不得……"

　　我毫不畏惧地盯住他看。但我知道，他说到做到。

　　"你会吃惊，会不理解，这不奇怪。这世界上几乎所有的大事件，都不理会普通人的感情。"马副很快恢复了常态，他用食指挑起百叶窗，仔细地往外张望。他头也不回，另一只手轻松地指了一下桌上的图纸，说，"这一件，也不例外。"

　　我深深作一次呼吸，用来调整自己纷乱的情绪，我突然产生一种强烈的呕吐感觉，我用左手虎口卡住自己喉头，竭力使自己镇静下来。我用眼角睥睨马副跋扈的身影，从组织关系上说，我是他的下级，我又是无党派人士，无从去规劝一位党龄超过三十年的先锋队成员。马副明显意识到他所处地位的不可对抗性和优越性。他明白他无需冲动，无须不安，更不值得动怒。他采用他既定的处世方式，一步步地向目标推进，并以此来折磨我，折磨全校师生，折磨这社会的道德和良知。

我尽量平静下来，不想让这个无赖之徒觉察出我满腔怒火，正在失去常态，从而可使他的克制和冷静不战而胜。

我故作轻松，干涩地苦笑了两声，心中升起莫大悲哀。假若真有一天顾及民意通过普选方式来遴选一校首长的话，我相信，全校一千四百号教职员工，无一人会投马副的赞成票。中国的现实就是这样，单位领导可以平庸无能可以行尸走肉甚至可以祸害一方，你在单位里可以忍无可忍可以气得发疯可以怨天尤人，无论怎样你只能忍受着，你绝不可能对你不满意的领导施加任何影响力。就像一个人无法选择自己的亲生父母，单位领导就是你无法选择的"工作爹娘"。你唯一的权利是把全部无奈和苦恼咽下肚去，躲到一边去自我消化。

我清楚地意识到，在这种场合下，自己人微言轻，我一个人所作所为过于渺小、软弱和无能为力。但我决定在我力所能及范围，利用我能够得到的任何机会，去从事一次真正意义上的反抗。

"这一件事，在我这里，却是一个破天荒的例外。"我眼角瞄了一下桌上的图纸，一字一顿地说，为的是让马副听清楚，"对不起，我只能使你失望了。"

马副目不转睛望着我，僵持了一会儿。他慢慢地从桌上烟匣中取出一根香烟。横在鼻下嗅了一会儿，又放回到烟匣中去。他意味深长地说："啊，你使我想起了一个人……"

马副款款道来，在他出生和成长的那一方农村土地上，过度贫困加上过度愚昧落后，为了寻觅温饱机会，为了可怜的一点既得利益，每个农民男女出于动物本能被迫露出了牙齿，随时随地拼抢到头破血流的地步。在那个世界里，没有什么原则和道理可讲，人与人之间的关系比水还淡，又比泥还臭。

"城市知识青年到农村来接受'再教育'，哈哈！"马副不禁乐了。他提起一名外号叫做"半个大学生"的插队知识青年，这书生总是试图同公社党委书记和生产大队长们讲道理，结果四处碰壁。他工分拿得最少，干活儿却最苦最累。一次次升学、招工和上调均与他无缘。就连他自费协助上诉的那名受迫害的女知青也反戈一击，公开承认是自愿与民兵营长做爱，很快那姑娘就被调到县化肥厂去当工人了，独留下"半个大学生"担当起诬告农村干部强奸女知识青年的全部罪名，处境益发困难。"半个大学生"终于全面崩溃了，精神失常，成了疯子。

"农村有那么多东西够他学的，可是他偏偏要到农村来'传教'。"马副轻蔑地冲着我重重哼了一声，毫不同情地说，"差得远呢！"

全身血液直往头上涌，我坐不住了。这是一场力量悬殊的决斗。尽管全校师生在数量上占绝对优势，我们也有百分之百的取胜理由，对手只是孤单一个人，但我已经清醒看出，决斗的形势只会对他有利。我方人多势众，用来战斗的武器只是一些旗帜，上书"公德"、"正义"等字眼，以此与他对抗。而对方的武库中应有皆有，每一件斗争武器都具有可怕的杀伤性和强大威力。马副可以毫不费力打垮我们，甚至可以不战而胜。他只要略施小计，把他在江浦农村自幼练成的"厚黑派"拳脚稍稍施展几招，便能轻松地杀得我方千军万马溃不成军，大败而逃。

"这就是我要给你一次选择机会的原因。"马副摆弄着指甲钳，精心修饰他的指甲。他的手掌又厚又大，骨节粗壮，早年繁重的农田劳动造就了这条汉子很多心理上和生理上的特征。最突出的特征就是他不相信任何人和事，他冷酷无情，一如来自古罗马竞技场上的角斗士，经过血与火的残酷洗礼，出生入死，百劫后生。现在，面对一大群擅于清谈的教书匠，倾听着软弱无力的抗议，他一定觉得既可悲又可笑。这样的对手根本不值得他舞枪弄棒地进行对抗。他只要保持一定距离，远远地报以无限蔑视和极度鄙薄，他就可以不战自胜。他咳嗽一声，掩饰地说，"一批决定你命运的人，会记住你的功劳。你这个临时主任，并不是不可以转成正式主任。当然，假若你想发展得更快一些，东山分校差一名副校长……"

他的目光在我脸上转来转去，玷污了我。我心中有数，他在开价，在估算我值多少。确切地说，在估算我保管的这枚公章值多少。

我一声不响。

马副的神情渐渐变得严峻起来，他在明处，而我在暗处，这种处境是他一生中竭力避免的，他从不接受消极被动的位置。

"你还有一种选择，很遗憾。"马副坦白地说，"今天上班之前，我请示过上级有关部门，要求罢免你这个临时主任。也就是说，过不了几天，这枚公章你不得不乖乖地交给我。到那时候，嘿嘿，只要我愿意，我想在校园里每片树叶上各盖一方公章，也能办到。”

马副从沙发中站起来，踱到我面前，居高临下俯视着我，态度倨傲。

我往后推开圈椅，立起身来，比马副足足高出半个头。现在轮到我俯视他了。

“你有过许多选择的机会，副校长先生，”我毫不客气地回敬他说，“可惜，你的每次选择，都令大家更加失望……”

话未说完，房门“哐当”一声被撞开了，接着“獠牙”狼狈不堪地栽进屋来，差点儿摔倒。

一群愤怒的教师追打进来。

生物系主任冲在最前面，他劈脸抽了“獠牙”一记耳光。他扬手再打时，这位一生与世无争的忠厚学者激怒之下平衡不稳，踉跄几步，栽倒昏厥过去。

人声鼎沸。

“‘石榴王’千岁大寿，全国仅此一棵，真造孽……”

“这个人面兽心的家伙，偷偷下了毒手……”

“好惨啊，活活腰斩了树中之王……”

我头脑中嗡的一声炸响。我最担心的事情终于发生了。在全校师生心目中，“石榴王”的地位宛如“校母”，弑母之罪，罪在不赦。我咬牙切齿，恨不能在“獠牙”后脑勺上猛扣一砖，立马结果了这厮性命，又嫌这样做玷污了我的手。

“獠牙”边招架边后退。我看见他身后地上横着一根电线，那是立式电扇的电源线，插座就在我桌旁。我伸出脚去，踩紧电源插头。“獠牙”跟着便被那根绊马索似的电线缠住栽倒，重重地摔了个后脑勺抢地。

紧跟着，那台立式风扇重心不稳，一歪脑袋倒下来，扑进“獠牙”怀中与他亲切拥抱。

“獠牙”猝不及防，双手去推风扇。手指被高速旋转的扇叶绞伤，他立时放出惊天动地的悲声来，在地上翻来复去，与那台立式电扇滚作一团。

马副根本不理睬他，连冷眼扫他一眼都不屑。

反倒是我担心“獠牙”触电身亡，一死百了，太便宜了这贼。我松开脚尖，绷紧的电线飞快弹射出去，电插头像抛石机投出的卵石一样在空中划出一个弧度，击中"獠牙"的脸。

研究生出现在门口，匆匆向我招手。

我尾随他，一直向"石榴王"方位奔去。

尽管我在思想上有所准备，"石榴王"惨遭斫伐的现场仍然令我触目惊心。远远望去，"石榴王"依然挺立在蓝天白云下，巨大的树冠像一群跳动的音符，向人们的视野展现一部绿色交响乐。数不清的鲜红花朵，闪耀其间，呈现出旺盛生命的本色。走近后才会发现，手提电锯已经深深割伤了"石榴王"主干，造成了不可挽回的巨大损失。

我仔细观察现场。手提电锯的操作者装模作样地先锯断死枝，然后沿着同一方向，仿佛是失手误伤似的，顺势向主干发动了致命的疯狂袭击。主干直径超过大半部分被恶毒地锯断了，树身在微风中危险地摇晃。每一次晃动都可能造成主干完全折断，从而彻底葬送这一伟大的生命。

教师们个个悲愤无名，团团围在树下，匆匆采取抢救措施。他们眼明手快，用粗毛竹和钢管搭起一座井架，试图托起沉重的庞大树冠，以减轻主干创口部分的压力。生物系教师研究后决定，尽快删除大部分枝叶，以求"弃车保帅"。

研究生跳进一条土沟，用脚尖踢去浮土，一条暗藏的电线像偷袭的蝮蛇忽地弹了出来，令人心悸胆颤。这条电线是多日前经过深思熟虑暗中布下的一支伏兵，出于不可告人目的韬光养晦，隐介藏形。今天，正是这条电线，在善良的人们完全没有觉察的情况下，向手提电锯提供了罪恶的帮助，让歹徒在一瞬之间，腰斩了"石榴王"。

我不禁倒吸一口冷气。我和我的同伴们无意铸成了轻敌大错，我们小觑了对手的决心和力量。这条暗藏的电线是一个冷酷的证明，它充分显示出对手擅长于在密室中鼓捣阴谋，热衷于玩弄卑鄙的权术。他们算度精确，谋划老道，更厉害的是他们心狠手辣，只要是列入他们黑名单上的目标，他们就一定会不择手段，不顾一切，强行达到目的。

一阵南风拂面吹来，驱散不掉心头烦躁，紧接着听见"石榴王"主干发出"喀嚓"一声巨响，树身危险地倾斜下来。

众人大惊。

　　幸好树身随即又恢复了正常，枝叶摇曳不停。这株伟大的生命不甘心向悲惨的命运屈服，它倔犟地挺胸昂首，向世间证实自己生命的光辉价值。生物系教师七手八脚加固绳索和围栏，加快了工作进程，他们的慌乱神情似乎是一种不祥之兆。

　　不幸的事情果然发生了。一阵强劲的南风席地吹来，狂乱移近。地面尘土纷纷扬扬。

　　"石榴王"树冠又一次危险地摇晃起来，万千树叶薪薪作响，仿佛是一位旷古伟人的长久叹息。"石榴王"随风波动不已。它像重病患者一再挣扎，不让自己倒下去，幻想着以直立的铮铮风骨，面对人世间的危险乃至死亡。它终于力不从心，一片苦痛的呻吟从"石榴王"内部升起，它那数不清的繁枝茂叶像沉船上的水手冷静地保持着有秩序的出航队形，最后一次向天边作出探望，便开始缓缓下沉。

　　教师们不敢相信眼前这个残酷的事实，无人肯往后退，一个个冒着生命危险冲上去，纷纷伸出臂去，企图扶住倾斜的树身，帮助"石榴王"重新站稳脚跟。

　　冷酷的现实无情地击碎人们的幻想，终于，"石榴王"沉重地向着北方倒下。它那伟岸身躯，它那无限迷人的光彩，它那悠久的历史，在地平线上慢慢消失。

　　仿佛有一只无形大手攫取我的心脏，使足力气捏紧又捏紧，我心痛欲裂，五内俱焚。"石榴王"阅世千年，尽览人间篇章，而我们只来得及最后望上它一眼，最后行一次注目礼。我不知道这棵树中寿星此时此刻对伤害它的人类作何感想，我只希望它能分清好人和坏人，当然，这也仅仅是一个可怜的希望而已。

　　我眼中噙满泪水，身边传来研究生哽咽的声音。教师们临时搭建的救护井架也被沉重的树身压翻，轰然倒下。一切正如那帮刽子手精确算计的那样，他们决不愚蠢地直接把树王锯断，他们阴险地造成一处恰到好处的伤口，他们料到，南风乍起，只要树冠几经摆动，树身必被自重完全压断，分成两段。这样一来，便于这帮匪徒事后逃避人们的指责和法律的追究。

　　事实果然如此。如今，"石榴王"身首异处，它像烈士横尸在刑场上，面不改色地走向死亡，把世间的是非善恶统统留给一旁的观众去品味。我心中痛楚万分，大声诅咒马副和"獠牙"之流，盼望他们的灵魂早下地狱。

办公室内，死一般寂静。

听完我的大段怒斥之后，马副全无反应，他像老僧入定，木然地倚在办公椅阔大的靠背上，出神地望着我，半晌一动不动。我怀疑他的躯壳虽然留在此屋内，但他的灵魂早已出窍，迫不及待地溜到室外草地上打滚和狂欢，以庆祝这一回合的"完胜"。

我紧蹙眉头。许久，我意外地发现，马副嘴角上流出一丝微笑。

他确实在笑，不一定是由于愿望得到了满足，也不一定是庆祝胜利的兴奋，但千真万确是由衷愉悦。

他的愉悦像山顶上融雪，起先流露在眉梢嘴角。随后潺潺泉水渐渐汇成急流，他变得乐不可支。后来他不能抑制内心激动，喜不自禁，他快乐之极，仰面大笑。一直笑到前仰后合，失去常态。

与众不同的是，他的笑声十分轻微。不经仔细分辨，即使同处一室，我仍然无法听清他发出的笑声。他的笑容张扬到了极致，但他口中仅透露出"吃吃"的细碎声响。我就像在观看一幕哑剧，起先感到别扭和不自然，后来便毛骨悚然。

我忍无可忍，使劲关上办公室抽屉。桌上一座玻璃雕塑被震落到地上。"啪"的一声摔得粉碎。马副立起身向我走来。

他狡狯地观察我，嘲讽地说："'小布尔乔亚'情结，一种毫无价值的感情。不是吗？"

他转身打开立柜，从中取出一台日本进口的便携式血压电子测试仪，熟练地套在手腕上，一边打气，一边留意显示屏上跳动的数字。

"低压 80，高压 130。"他颇有几分得意，胜利地宣布说。"嘿嘿，在所有人中间，我最镇静，最富于忍耐精神，也最坚强。胜负已经决出，赢输自然分明。而有些人……"他用鞋尖拨动玻璃雕塑碎片，响起一阵"稀里哗啦"的刺耳声音。

"有些人成了'稀巴烂'。哈哈……"马副张口狂笑，但口中依然不出声音。这使得他尤为恐怖，看上去狰狞不堪。他得意忘形了，一刹那间，像《画皮》中的厉鬼离开了人皮，露出本来面目。他是如此粗俗、骄横和无赖，全无一丝廉耻之心。

　　我无可奈何地瞅着他，痛感自己像婴儿一般软弱无力。此时此刻，假如我可以找到一种方法，这种方法足以刺破他铠甲般的厚颜无耻，击伤他的自尊心，使他一遍遍地受到良心的谴责，感到痛苦和难堪，令他沮丧。如果这种方法存在，而每使用一次这方法的代价，是消耗我一年的生命。我定会毫不犹豫，像操纵 M60 机枪那样，冲着面前这个人形恶魔痛痛快快地扫射上一天一夜，把我的今生、来世、来世的来世全部贴上，把这个恶棍打得像漏勺一样透亮。

　　但我无能为力。我喉部骤然收紧，什么话也说不出来。眼前这个怪物已突破人类道德范畴的极限。换言之，他就像一只恶狼与一群羊同场竞技，他的规则，招数和伎俩完全不同，胜负往往也在意料之中。

　　追求一个相同的人生目标，城市文明更多地倡导强化个人素质，提高自身文化水平，推崇公平竞争。而在马副出生和长大的那个贫困封闭的农村世界，每一得失，都逼着他露出虎牙，五指张成铁爪，喉部滚动着咆哮声，去拼抢，去斗争，去搏个你死我活。他自小长大，始终都处在超常的压力之下，他的肩膀从来没有受到过长辈的爱抚和鼓励，而是承负着沉甸甸的生存重担。过去的他，始终是饥肠辘辘，面带菜色，他那具有强大消化能力的胃中，只有少量杂粮和大量粗糙的生存原则，从这些生存原则中他汲取的营养是：不受道德良心的任何制约，不择手段去打倒对手，千方百计把机会留给自己，而无论这机会价值大小。马副是一名久经疆场的角斗士，他习惯用剑和盾解决一切问题，失败无奈他何。如果有条件采用阴谋，把对手团团玩弄于股掌之上，最后不战致胜，他怎么会有一分钟犹豫呢？他的良心早已被苦汁浸透，又怎么会不安呢？

　　我明白，在这场较量中，全校师生从一开始就处于劣势，胜负早有定数：马副一定会赢，而我们这一方阵营绝无胜利的机会。打开中国历史这册巨书，无论你往前翻阅多少页，读到的结果几乎一样：负多胜少，苦多乐少，悲多喜少，痛多爱少。前者多得像原始森林中的树叶，后者少得就像你钱包中的硬币。

　　我咬紧牙关，不肯退后一步，哪怕我方阵营战斗到只剩下我一名战士，我仍将不顾一切冲锋和反击。我决不会不战自败，即使我手中持有的是燧石长矛，而对方操纵着"阿帕奇"攻击直升机，我也要战斗下去，直至胜负分晓，战斗结束。

"马副校长的血压，"我一面搜肠刮肚拼凑星星点点的回忆，积极寻找对方的破绽；一面火速集中我方武器库中的弹药，全力打击对手的薄弱环节，我不怀好意地说，"从干部体检表上看，不容乐观，不错吧？"

"你的记忆的确不错，年轻人。"马副承认，"我的血压一直有问题，遗传因素，没办法。根据鼓楼医院专家的说法，像一颗体内定时炸弹，随时随地可能发生大爆炸，十分危险。但是你看，这颗定时炸弹的引爆雷管，牢牢掌握在我手心中。"

马副做了一个握紧拳的动作，他信心十足而且十分轻松。

我明白他的意思。马副本人一向注意控制自己的情绪，很少发怒，从不大发雷霆。另外，他对饮食也很小心，戒烟戒酒，不食辛辣。有几次他血压骤升，内部哗变，但是没有外部条件作为策应，马副一次次化险为夷，转危为安。

马副踱到门口，在记事白板前停了下来。白板上涂满了愤怒的文字，那是"獠牙"被"110"巡警带走之前，教师们强烈流露的心迹。马副逐条欣赏，仿佛每一条反对文字都是褒奖他并可令他荣获勋章的嘉奖令。他拾起白板笔，把"校奸"两个大字全部补描成连笔。他的这一动作一定使他感到愉悦，他丢下笔，淡淡冷笑道："这是多大一点事？我犯得着伤心动怒吗？不，绝对不会。"

他的这句话，我信。

他凝视着白板，陷入沉思，一动不动，仿佛一条大蛇正在蜕皮。过了一会儿，他口中发出金属摩擦般的刺耳声响，说话的音调变得又尖又细，流露出他心中所思所想，"历史这条路，从来要用百分之九十五的民众，作为铺路石。"

他的脸色阴沉难看。

他说的是心里话。我脖后升起一股寒气，浑身不自在。

"两军对垒，"他低低地咆哮说，"勇者胜。"

"无耻者胜。"我脱口而出，咀嚼肌高度紧张，几乎咬碎自己的一颗牙齿。

马副入定在他的思想中间，脸上变幻着半疯狂的神情。半晌，他才转过身来，问："你……说什么？"

他的瞳仁中闪动着诡谲的光芒。他等待着，一点儿也不着急。

我拒绝重复。

"又是荣格语录？"马副又问。他脸上浮现出一种难以捕捉的神色，沿着表情流淌，最后消失在皱纹的七沟八壑中。

"你应该牢牢记住尼采这个名字，副校长先生。"我不客气地说，巴不能触怒这个面目可憎的家伙。

根据尼采的学说，人类物质文明固然是一部发展进步史，人类的精神文明历程则不同，如果一定要用进化曲线图来表示的话，放在我们面前的可能是一幅由多次闪电组成的图形，好端端的世界顷刻之间便可能倒塌瓦解，分崩离析，面目全非。"恶"的生命力十分旺盛，具有很强的传染性和难以置信的破坏性。无数历史事例可资证明，"恶"一个单位能量的突然释放，十倍百倍"善"的单位能量也不能与之抗衡。若要挽回损失，代价则更大。毒品在现代社会的泛滥，便是尼采论点的一个极具代表性的注脚。历国历代社会在普及教育，提高公众道德水平，扬善抑恶等方面做出巨大投入，化费了大量财力、物力和人力，精神文明始终是善恶相争，不分输赢。在地球的一些地区，恶势力往往占据上风，甚至以绝对优势一举击垮善势力，南欧、非洲、南亚一再爆发民族大屠杀悲剧，就是精神文明逆进化论的强硬表现，黑暗将在相当漫长的时间内继续控制和主宰当地人民的命运。如果有人抱有幻想，认为人类的精神文明史一定是一部进化史，他不是太天真了就是太愚笨了。

马副留神倾听，脸上毫无表情。但我注意到他的呼吸开始加快，喘气变粗。他右手三指并拢，下意识地刺向沙发扶手，一下，两下……坚决而又无情。似乎马副在幻觉中遭遇了那位宣传"上帝死了"的德国大思想家，他正在用刺刀猛力捅向后者心脏，只因为这位旷古哲人用他缜密的智慧之网，在百年前就捕捉到人类社会的根本弊端，并将之悬于高竿示众。而这弊端，恰恰是马副这类家伙赖以存在和发迹的根本条件。

"希特勒信仰尼采。"马副走过来，伸出手掸落我肩上一片石榴叶。他打量着我，狡黠地说，"很不幸，你的思想与'元首'是相通的。"

我不给他自鸣得意的机会，冷冷地反驳说，希特勒也信仰亚里士多德和柏拉图，却从来没有人因此否定古希腊哲学。希特勒生前大量收藏梵高的画作，到了二十世纪九十年代，这位荷兰画家的不朽作品《向日葵》，仍然一再刷新了艺术品拍卖价的世界纪录。

马副无意与我"理论"，他拉开房门，转身欲走。

突然，他又转过身来，伸出手臂，像炮筒一样瞄准我。他从齿缝中挤出几个字："顺便告诉你，我的听力很好，刚才你说的是'无耻者胜'。"

他一摔门，出去了。

我脸颊滚烫，血液全部冲上头顶。我倒不是为自己说过的话感到担心和害怕，恰恰相反，我很乐意让他知道我对他的真实评价和态度。

我之所以吃惊和震怒，是因为我突然清楚看见，当他伸出手来指责我时，一个熟悉的黑影掠过眼前。

我呆呆地楞住了，那指节粗大、保养得很好的手掌背面，分明刺有一只黑蜘蛛图案。

我见过这个图案！对此我的记忆刻骨铭心，永志不忘。

这就是那个黑夜贼的标志。

这两个图案一模一样，就是同一名纹身大师，也不可能制作出两件完全一样的纹身作品，随着他手背肌肉的有力收缩，那只黑蜘蛛猛力弹跳，嗜血动物的本性暴露无遗，急于向这世界发难，迫不及待地偷袭人类。

马副离去了。那只丑陋的黑蜘蛛仍盘踞在眼前，挥之不肯去，击之不能灭。

我晃动脑袋，使劲地揉眼。再睁开眼时，黑蜘蛛图案消失了，一切恢复正常。

我明白，事实上马副手背并没有任何刺青图案，刚才发生的情景，纯粹是我视器官的错觉，是一种幻象。

但有一点千真万确，没有认错，那就是马副这家伙不甘昼伏夜出，相反，他常常在光天化日之下大肆为非作歹，他从不隐匿自己的存在，他是全天候出击，他是一条不折不扣的白日贼。他这种人，猖狂跋扈，每每公然向社会良知挑衅。可悲的是，在多数情况下，他是赢家。

在我生活长大的这座城市，文明和良知常常就这样铩羽而归，一次次被愚昧落后挫败。在秩序的建立过程中，各种力量竞相平分秋色。尼采的预言，不幸言中。

我走到窗前，向远方眺望。二十世纪末的南京城，高楼大厦林立，通衢大道四往八达。此时映入我眼中的莫不是现代化背景下的原始公社？

走在城市林荫道上的红男绿女，莫不是用西装和旗袍包装的耕夫农妇，是披着时髦遮羞布的原始先民？

我猛击一掌，无辜的铝合金窗承受了这一无端的打击，静默不响。我发誓，一定要尽最大努力与这条白日贼进行斗争，要打倒他，摧毁他，就像打击黑夜贼一样。

相比之下，搏击前者的风险和难度更大。

门上响起"毕剥"的敲击声。才荔和她的女伴惊慌失措，出现在面前。两位年轻姑娘长发披肩，身着丝绸连衣裙，亭亭玉立。才荔肩上挎着一架"尼康"F-100D 型长焦距照相机。她俩的表情迷惘而又紧张。女伴吃惊地睁圆大眼，忽而望我，忽而又瞅瞅才荔。

才荔伸出拳头，五指徐徐张开，一撮石榴叶从指缝间滑落，纷纷扬扬地飘落在沙发和地板上。一股清风从门缝闪入，穿桌绕椅，卷走几片石榴叶，迳向窗外飞去。那些翠绿的叶，犹如绿蝴蝶，自由自在，仙化而去。

泪珠在才荔眼眶中滚动，她极度震惊，嘴唇微微噏动，半晌说不出话来，复杂的情感翻江倒海。

我打开书橱，取出一本新出版的学院杂志，刊物封面登载的是大幅照片"石榴王"雄姿，那是年初我拍摄的得意之作。我把杂志递给才荔，低声说："对不起，你们只能和这张照片合影留念了……"

才荔扭过脸去，专注地凝视着窗外某处，良久。

她轻轻自言自语，不敢相信地问："我们怎么能与这种人相处呢？想都想不到……"

"远远超出你最坏的想象。"我毫不留情，斩钉截铁回答。

室内是死一般沉默。

骤然，我心中浮现一个念头。起初，这念头模糊不清，断断续续，残缺不全。我屏住呼吸，眯细眼睛，浑身肌肉绷紧，注意力高度集中。渐渐地，这个念头变得清晰起来，越来越完整。终于，它像蛹一样，蜕掉笨拙的外壳，演变成一个漂亮的计划。

我打开保险柜，在最下方的抽屉中翻找了好一阵，取出一个旧信封，信封下款印着"革委会"字样。我邀才荔过来，把信封交给她，解释说："前两天找一份文件，无意中发现这材料。"

才荔从信封中抽出一页发黄的信纸。

她的眼睛一下子睁大了。信纸上方端端正正写着"借房协议书"。这就是马副当年向他胞姐借房时立下的那份字据。后来，马副设法卑鄙地把字据骗回到手，自食其言，背信弃义推翻了承诺。学院据此字据，给马副开具了一份长期居住在颜料坊的证明书，这份证明对于马副争取货币拆迁待遇十分有用。事后这份协议书收存到其它文件中去了，马副多次查找这份协议书，企图令其"永不见天日"，但他一直未能找到。

大家都以为这份协议书早已在无意之中毁弃消失了。然而，几天前，神使鬼差，居然让我发现了这一重要物证。

才荔激动不已，噙着泪水叹息道："可怜海华姐，她没能亲自收回这份协议书，中级法院驳回上诉那天夜里，她心肌梗死。通知救护车已经来不及了，好惨……"

"邪恶受到惩处，是不会来不及的。"我旗帜鲜明，表白我的立场。

"你是说，物归原主？让我……"才荔悟出我的意思，肩头不禁一阵颤栗。

我一声不吭。一串钥匙在手边丁零当啷作响。

下课了，"博士小姐"捧着厚厚一抱作业本，轻手轻脚送进办公室，摞在我的办公桌上。她正要退出，我叫住她。

"课堂上你提出的那个问题，我现在有时间回答。"我抽出一支铅笔，在齿间轻咬一下又放下，像在告诉别人，却更像是在启发自己，"荣格认为，正如一个人的本能迫使他进入一种特定的存在方式那样，原型也迫使知觉与领悟进入某些特定的人类范型。"

第 3 章

夜色如漆。我独自一人，潜伏在校园小山坡上的草丛中，时间长了，不免有些胆怯。

周围浓黑如墨，由于天空各种自然光和城市照明灯群的反射作用，地平线上怪影幢幢，仿佛有大群高耸入云的艨艟无声无息抵近身边，而自己毫无觉察，陡然意识到危险迫在眉睫，不由大惊失色。

种种恐怖念头羁縻心头，挥之不去。我不安起来，频频回首，生怕戴着黑色单眼罩的高大粗壮的海盗一窝蜂地从空中跳落在我脊梁上，锋利的砍刀此起彼落，闪耀着瘆人的光辉。

四月之杪，仲夜时分，春寒逼人。我竖起夹克衣领，把拉链往上一直拉到鼻端，后背感到透心冰凉。我自嘲地想，古代孝子有卧冰取鱼之举，而我则试图用微不足道的体温去烘暖一座石山。我就像一只不自量力的蚂蚁，自诩为古往今来第一勇士，自以为是地孵在一枚足有游泳池那样庞大的超级恐龙蛋上，下决心要独自孵化这个神秘的万古之谜。这样做太可笑了。

又怕又冷，由此迁怒于人，恨不能立马捉住研究生，五马分尸杀了他。今晚的潜伏哨满员应是两人，假如缺席的另一位同伴现在陪在身边，我的感觉会好得多。在生活中我们不乏这方面经验，当恐惧压力由两人分担时，作为其中一员，便会感到比独自承受时更坚强，更有对付危险的信心，更才思敏捷。而现在，研究生迟迟不到岗，他要对目前的艰难局面全权负责，他沦落为罪魁祸首。

出于这样的考虑，我认为应该对研究生采取一定的惩罚性行动。拿定主意后，我立刻翻身站起来准备实施。但我并没忘记事先向校园作一番巡视。

此时是晚上九点多钟，教学楼的灯光早已熄灭。大礼堂方向丝竹齐鸣，庆祝"五一"国际劳动节联欢晚会已近尾声，三三两两学生向宿舍走去，边走边用面巾纸卸妆。女生宿舍楼灯火通明，几百根日光灯管一齐大放光明，把这幢充满温馨、芬芳和柔情的建筑打扮得像一颗钻石小行星，欣然运转在这座夜城市的星系图上。我今晚忍惧挨冻，据守在这座小山坡上，目的就是护卫这颗小行星无拘无束地正常运行。

我蹑手蹑脚，沿着山坡往下滑行。

我在半坡停下，从一根废弃的电话线杆上取下长长一卷旧电话线。

我原地蹲下，解开自己的钥匙链，取下微型电筒，拴在电话线一端，又从口袋里摸出一包巧克力喜糖，剥下一张绿色透明糖纸，蒙在电筒上，用胶带固定好。

我推动电筒开关，手心便出现一束绿幽幽光芒，活似一只独眼老狼，怀着复仇的疯狂心情正在迫近，我几乎能听见那"咻咻"喘息声，我的脖根已体验到那两排剃刀一样锋快的利牙。我哑然失笑，不禁被自己的恶作剧逗乐了。

我大嚼甜心巧克力，得意地关上电筒，复又打开。不经意间，一下子连我自己也被吓坏了。这束绿光充满仇恨，十分阴森恐怖，在黑暗中直逼过来，仿佛世代与人类之间的宿怨无法化解，我似乎真的看见一头巨大狰狞的野兽向我猛扑过来。

这就是研究生恶意迟到应该得到的大致对等的一种报应。我惬意之极，暗暗对自己这样说，转眼之间就布置停当。

我的阴谋很快就粉墨登场，上演了一出重头戏。

我潜回监视岗位不久，听见山下传来异样动静，那是多汁的青草在践踏下清脆折断的声音，是细小树枝窸窣磨擦的声音。我顿时心生警惕，我本能地意识到，一个生物企图不让我觉察并尽可能地逼近我。在此时此地此种环境下，这一类企图充满了危险。

我略作思索，决定转移到监视岗东面约有十来米远的一块岩石后面去。

几分钟后，我在新的潜伏地点安顿停当，便着手实施威慑计划。

我拨亮微型电筒，令其轻轻滑落在密集的草丛中间，我则忽徐忽疾地牵动通话线的另一端。按我的布置，这根长长的电话线在山脚一棵大树下绕了一个大弯。此时我在山顶收线，"独眼老狼"便从山顶猛窜出去，在草丛中迅速向山下滑行。由于沿途地形高低不平，再加上石块和草根的阻碍，这束恐怖的绿光便忽而向东，忽而向西，颇似一匹复仇的老狼大跳舞蹈"屠杀前的桑巴"。

山下可疑的动静倏然停止了。

转眼之间，那束妖气十足的绿光溜出我的视野，逼近了不明生物发出声响的那块地域。

蓦然，山下传来一种从未听见过的生物压抑的咆哮声，同时伴随着狂乱挣扎声。然后，密林中充满了激烈厮打声响，犹如一头天不怕地不怕的公野猪陷入恶狼群的重围之中，陡然之间发生了一场殊死拚杀，胜负无法预料。

我狞笑了。我使劲拽了一下手中的通话线，远在山脚之下的那束绿光，立刻像独眼魔鬼原地蹦起，一直上窜到三四米高，以致于我隔着矮树和花丛都能看见它在树梢上方划出一道弧型，旋即恶雕扑食似地飞降下去，冲入树丛中。我顿时乐不可支，这是我的得意之作，在此之前，我曾攀上一棵高大檞树，把那根通话线凌空架起，从而改变了鬼怪绿光的行进路线。

我快意地举手欢呼，又一次猛拉通话线。绿光诡谲异常，当即以迅雷不及掩耳之势腾空飞起，随后犹如巨蟒下扑，怪异之极，恐怖异常。

它的对手土崩瓦解了，完全失去了斗志。我听见不明生物惶然大吼，连滚带爬向山上逃来，一路弄出巨大声响，而它全然不顾。它慌不择路，撞断树枝，又践踏一处灌木，重心不稳，翻倒在密集的矮树丛上，一直滚落到我面前来。

我不由大惊失色，一屁股瘫坐在岩石上，几乎栽倒下去。我面前出现一个黑黝黝怪物，约有两米多高，尖头，不分眉眼嘴脸。它张开双翼，像食人蝙蝠那样令人生畏。两扇阔大的翅膜无声扇动，仿佛它来自遥远太空某个不知名的星球，而现在情势紧急，它又要腾空遁去似的。

我倒吸一口冷气，未料到在安谧宁静的校园中会冒出这么个不伦不类的妖精。作为我这名心理学教师来说，即使我对各种突发事件具有先验性的思想准备，眼前这怪物仍然大大超出了我的精神承受能力。它造型的怪诞性，行为的恐怖性和举止的突兀性，统统达到了登峰造极的地步。它的威力无坚不摧。我紧紧抓住岩石，觉得自己脆弱得就像一片枯叶，随时可能在这头史前生物或者是外星来客的袭击之下，变成肉末和齑粉。

幸好怪物未曾发现我，它似乎另有目标。它略整理一下巨翅，嘴中发出"吱吱"的超声波，边飞边跑，直向监视岗方向扑去。它的目的物十分明确，它的注意力高度专一，尤为吓人的是，它从几个不同的方向连续加速冲击监视岗方位，极其疯狂地袭击那个目标。我痛苦万分地想到，如果我没有及时转移出来，假如我仍然傻乎乎地逗留在原先的位置上，面对这只食人恐龙般大小的怪物的正面进攻，即使我的神经系统全是高强度的合金钢索，也会像烂面条似的崩溃了。

　　渐渐地，我产生了怀疑。史前恐龙太穷，不可能装备现代雷达和卫星定位系统，它无法在黑夜中判断出监视岗的准确方位，何况这是个已被放弃的监视岗。

　　它更不可能无所事事，费尽周折偏偏专来找我寻衅滋事。假如它是食肉动物的话，就在不远的校园路上，行走着大批返回寝室的妙龄少女，个个如花似玉，秀色可餐，它又何苦舍膏腴而求胼胝呢？像我这样的汉子，肉质粗糙故且不说，又多一股执拗和自视清高的酸气，即使被这怪物生吞活剥，一口囫囵吞下去，这一把知识分子骨头，也长期不会消化，足以搅得怪物胃部从此不适，患上可怜兮兮的胆结石、盲肠炎或者十二指肠溃疡什么的慢性疾病。

　　我慢慢悟出了道理，一只胳膊扶地，坐起身来，抬腕接连扔去几块鹅卵石，击中怪物屁股。怪物痛得大吼，咆哮声中夹杂着汉语骂人词藻。

　　我全明白了，抡起自制的带弯钩的铁棒，在头顶上快速旋转几圈，加速抛向怪物，命中它的头部。我听见类似骨裂般的木条断碎声。

　　陡然，那怪物像蜕皮似的，从头上卸下类似"三Ｋ党"人的黑色长袍，丢在一旁。自长袍下钻出来的那条黑影不断揉着臀部，又痛又恼，嘴中冲出来的话语，全是南京地方骂人词藻的精华，平时听不见，偶而露峥嵘。

　　这条黑影一瘸一拐向我走来，怒气冲天。

　　不出我所料，这黑影正是研究生。

　　半小时后，经过暴风骤雨般的相互攻讦和自我洗刷辩白，研究生又和我言归于好。

　　研究生几次站起身来，面带奸诈笑容，边揉屁股边围绕着我兜了一圈又一圈。他东张西望，还像饿狼一样嗅动鼻翼，似乎在侦察什么。

　　他一无所获，重又坐回到我身边，不怀好意地笑着，搭讪着问："就你一人？"

　　我不解其意，睥睨他一眼，没有答理。

　　研究生嘿嘿一乐，紧靠我坐下。他手里盘弄一根电警棍。他用狗尾巴草拴住电警棍的中部，轻轻一拨，电警棍就像直升飞机的螺旋桨一样转动起来。

　　电警棍越转越快，研究生突然出手抓牢，他的运气很好，他抓住了电警棍手柄一端。他连试几次，从未失过手，研究生嘻皮笑脸，在一旁使劲地撺掇我："把开关打开，你来试一试？我赌五十块钱一次。"

我调过头去，对于毛头小伙子的这一类冒险游戏，根本不屑一顾。今天上午，我从辖区公安派出所亲手借回这根电警棍，派出所所长再三叮咛，要求安全保管，谨慎使用。这位穿制服的汉子对于一时抽调不出警力协助我校破案表示歉意，当我开口提起黑夜贼飞檐走壁，功夫高强，学校师生徒手难以与之抗衡时，没费多少口舌他就爽快答应援借少许警械协助我校捕匪擒敌。所长向我介绍过电警棍的威力，大意是一下能把歹徒击出五六米远，令其全身瘫痪。而今，研究生这个居心叵测的家伙设下圈套，诱我亲身体验一下电击的滋味，我感到好气好笑，反过来激他说："我赌一百块钱，你试一次给我看看。"

研究生立即摆出架式，跃跃欲试。他盘弄半天，终于没敢动真格的。

他贼心不死，换了一个话题来折磨我。他在我后背上擂了一拳，追问道："喂，这前半夜，真的就你一人值班？没人陪你？"

我听出他话中有话，不禁满腹狐疑，丈二和尚摸不着头脑。今晚我和研究生在此值班，是一项秘密安排，全校没有几个人知晓，哪会冒出个什么闲人来此与我做伴呢？我转过脸去，命令研究生："张开嘴来，你给我哈一口气……"

研究生张大嘴巴，哈出七八口气来，一点儿酒味也没有。

研究生察觉我不是装模作样，失望地长叹一声，怪腔怪调地问："才荔小姐……也没露面？"

"她凭什么来陪我？"我淡淡地反问，"萍水相逢。再说，才荔小姐名花有主。"

"这也难说呀。"研究生神秘兮兮地拖长腔调。在我再三追问下，他卖足了关子，这才一五一十透露了个中原委。几天前，研究生到南京图书馆参考阅览室去查找资料，正巧撞见才荔端坐在窗口专心研读。研究生抽眼望去，才荔潜心攻读的那本专著，封面上赫然印着我的姓名，那是我撰写的分析集体潜意识和原型之间关系的一本书。

研究生探头探脑，又往桌上打量一番，几本大学学报摊在桌上，翻开的那几页碰巧都是我的文章。由此他逻辑推理说，"很清楚，才荔小姐对阁下发生了浓厚兴趣，老兄，她想了解你，分析你，进入你的内心世界……"

"想了解我，那是她的权利。至于说分析我，"我不动声色地答道，"则是你愚蠢的念头。凭这点，伙计，你可以从一头驴子导师那里，再领一张硕士文凭。"

"嘿嘿，你呀你呀，是鸭子煮烂了，光剩一张嘴硬。"研究生不服气道。那天在图书馆他没有惊动才荔，两小时后他离开时，才荔一动不动端坐在原处专心捧读我的文章，"做一会儿笔记，想一会儿心思……"研究生托腮蹙眉，又扮又演，绘声绘色总结说。

不知怎么的，研究生说的这件事令我感到愉悦和自信。我不想无缘无故连累一位年轻姑娘的名声，我解释说："也许，她在设计高速公路的立交桥时，自然科学想向人文科学借鉴一下思维方式和方法。"

"也许是吧。"研究生认同我的观点。但他又补充说，"依我看来，她心中的这座桥，只设计了两座桥墩，她自己算是其一，另一座嘛，非阁下莫属啦。"

我耸耸肩，不想与他多费口舌。

夜风袭来，浑身冷飕飕的。气象台报告说，俄罗斯西伯利亚地区有一股较强的冷空气南下，今天南京上空风疾云低，气温骤降，市民纷纷换上较厚的衣服。当日晚报有则新闻，称有两位时髦女郎穿超短皮裙外出，于新街口一家商店购物出门时，一位腿部受寒抽筋，跌倒在台阶上，怀中宠物受惊，狂奔失踪云云。

我双手抄在衣袋里，耸起肩膀，又一次立起身来观察四周动静。远方钟楼传来连续十一记钟声，女生宿舍仍然灯火通明，一些窗帘无意或有意没有拉拢，可以瞅见活泼兴奋的女孩走来走去，口中吃着东西，不停地嚷嚷。这种镜头在学校中很少见到，不过明天是"五一"国际劳动节，放假三天，连同前后两个周末加在一起，师生们可以连续休息七天。此时，人人感到心旷神怡。

几天前，我就在暗暗琢磨这个特殊的日子。根据已往的经验，每逢寒暑假或是节假日前夕，学生纷纷离校，黑夜贼作案的几率特别高。看来隐藏在黑暗中的那家伙十分明白：混水可以摸鱼，乱世能够称王。当女学生们乱哄哄地准备休假或者专心排练文娱节目时，她们的注意力会分散，警惕性不同程度下降，从而给某些居心叵测的人提供了可乘之机。

正是基于敌手心理的以上研究和分析，我与学院保卫处商酌，力求引蛇出洞，决定在"五一"节期间外松内紧，暗中重点加岗设防，出其不意打击黑夜贼。"五一"节前，学院按惯例举行联欢会，这一次，花花绿绿的晚会海报同时张贴在校门内外醒目之处，颇为招摇，足以把极个别心怀叵测的目击者撩拨得心痒痒的。教师值班表上突出注明了值班地点和电话，给旁人造成"其它地点不设防"的假象。另有一张公告通知返家探亲的学生集中购置车船票。对于留校住宿的少数女学生则是轻描淡写，一笔带过，要求她们按时归宿，关好门窗云云。这些通告都是我起草的，为的就是给人造成这样的心理错觉："牧羊人外出休假，小羊羔自己照顾自己。"

作为一名心理学教师，我多次试图从犯罪心理学的角度，进入第一人称角色，设身处地揣度黑夜贼此时此刻的心理状态。上一次毒蛇出洞，打草惊蛇，已是三个星期前的事了。这一阶段风平浪静，"水波不惊"，惊弓之鸟渐渐恢复常态。黑夜贼性阈值的上升刺激他由蛰伏转为潜出的本能，他很留意窥测下一步作案机会。他寻求一个相对来说防卫疏松，师生思想麻痹的时机，今晚这种场合，作案保险系数高，特别符合他的路数和要求。我甚至能想象出他的作案路线和手段，我似乎已看见黑暗中他迫不及待的身影。

预测对手要求"进入角色"，我向自己猛击一掌，心中警钟长鸣，提醒自己不要"扮演狼真的变成了狼"。在心理学范畴，这种现象叫做"角色错位"。一位朋友抱怨说，他的太太是位检察长，在家行使主妇职能时，过多掺进检察官形象，令他尴尬不堪。我闻之抚掌大乐。此刻，我高度警惕，严令自己分清角色界限。在分析犯罪欲念时，应像检查贼赃那样严肃，绝不能夹混任何消极玩味的杂念。

研究生撩开外套，摸出别在腰间的中文寻呼机，借助机内荧光低头读取信息。我没听见寻呼机鸣叫，我揣度这只寻呼机的振动方式对他来说无异是一种酷刑，他连看几遍，一次比一次垂头丧气，好像他用全部资产投注认购的股票暴跌，而他接受到的最新信息显示股票余值仅够光顾一次收费厕所。

"做人真难，倒不如做那只怪物。"研究生用脚踹了一下扔在一旁的那件黑色道具。他苦恼万分，疑惑地说，"你说这女人的心到底是不是一组密码？女朋友'紧逼盯人'，要和我谈下去……"

我同情地拍打研究生肩膀，明白他此时的心情是何等痛苦和复杂，我见过研究生的女朋友，那是一位十分漂亮的银行小姐，举止文雅，楚楚动人。在我印象中，所有服务于金融机构的年轻姑娘好像都是这种俏佳人类型，一举手一投足，韵味无穷，让你相形见绌，令你自惭形秽，你会立马意识到自己的十种、二十种缺点和不足，你由此痛恨爹娘为什么不把自己造成施瓦辛格或者汤姆·克鲁斯那样出类拔萃的世界头号小生。研究生的女朋友待他很好，两人的感情已由相恋期转入缠绵期。谁知，忽然有一天，研究生凶巴巴地找到我，脸上变幻着疯狼般的可怕神情，他告诉我说，他发现女朋友同时傍上一位大款。

我再次拍拍研究生肩膀，表示理解和同情。除此而外，我无能为力。

我曾有过几次短暂的恋爱史。事后我想，也许是心理学专业断送了我像常人那样恋爱的快乐和自由。我总是会不由自主地对于女友的思想言行进行职业化思考，这样一来，好事往往就砸了锅。"这也是一种'角色错位'，"我想，"是我不好"。

"你呀，真该有那么一股猛向她扑过去的劲头，老兄。"研究生不无羡意地对我说，"正如那天晚上在'石榴王'树下一样，一往无前，所向披靡。"

我什么也没说，比一根木桩还要沉默。

"才荔小姐看来是认真的。"研究生悄没声儿补充了一句。

我俩坐在习习凉风中，交换对于当今城市姑娘的看法，检讨自己在恋爱过程中的愚蠢和无知。谈着谈着，我发现一种惊人的相似现象，正如马副喜好在人类自觉意识下的文明范畴任意作践，破坏一切规则和秩序，肆无忌惮进行掠夺和糟蹋一样，黑夜贼是马副在无意识下——或称作为潜意识下——的一个相同投影。他们出于本能驱动，内心沉渣泛起，恶的本性赤裸裸暴露，他们或昼伏夜出糟蹋如花似玉的女孩，或光天化日下给集体乃至社会造成巨大损失，来满足他们卑小阴暗的贪婪念头。阴阳世界这两条贼最大的共同特点是不择手段。

相比之下，研究生和我，作为城市知识青年的典型代表，无论在恋爱私事还是在公务上，都显得是那么无能和迂拙，失败总是像影子死死缠住我们。在黑白两条贼重拳猛击下，我们常常只有招架之功，全无还手之力。倒不是我们的智慧、力量和勇气不如对方，至少，在战斗力方面彼此双方大体是相等的。根本原因在于"道"的不同。

一定要除掉这两条贼，我在心中对自己这样喊。

"看来，我们必须学会变得坏一些，才能活得好一些。"研究生从另外一个角度得出结论。他的感触刻骨铭心，足以惊天地，泣鬼神。

一枚小石子从黑暗中投来，轻轻击中我的肩胛。

我大脑中的警报系统背叛了我，拒绝做出任何敌情反应。这一背叛引出的直接后果是：当我转过身去观察，一节短树枝像先民在亘古时期使用过的飞来去器在空中旋转飞来，目标对准了我，又用它的两端击打我的耳朵。

从打击我的武器属于最轻量级这一特征，我基本上悟出了对手的一些情况。我向黑暗中轻轻喊道："我投降了。印第安酋长，请过来剥我的头皮吧。"

我夸张地举起双臂。

一位姑娘的窈窕身影款款出现在面前。"我要用你来祭安第斯山神。快祈祷吧，我的孩子。"她故意憋粗喉咙，抑扬顿挫宣布说，颇具大巫的风度。

我和研究生对视了一眼。我摇摇头，他点点头。

研究生往旁边挪了一下位置，让才荔小姐在我俩中间坐下。

"你要是真会呼风唤雨就好了，来一次驱鬼降妖，今晚准能排上用场。"我扭过脸去，冲着新伙伴惋惜地说，不经意地瞥了一眼她整理头发的纤纤细指。

"劳您的大驾，最好把但丁的炼狱中大大小小妖魔一起召来。服现役十个小时。"研究生嚼着一根青草，产生了灵感。

"推石碾子压核桃，小题大做了。"我毕竟比研究生年长几岁，成熟得多，说贫话也不铺张浪费，"何必兴师动众呢！只要请《画皮》中那位妙龄少女来帮个忙，黑夜贼刚一进屋，少女就先动手了。说不定贼还真的以为撞上了推销印度神油的媒子了呢。"

　　"没羞。耍贫嘴倒是一对了不起的好汉。"才荔嫣然一笑，不无挖苦地说，"下午那场排球赛，您二位怎么就成了谦谦君子呢？最后一局，十五比三。我没记错吧？"

　　不说则已，才荔刚一提起下午的排球比赛，我的左膝隐隐地又痛了起来。

　　研究生可好，索性"哎唷"一声哼起疼来。他不停地甩着手腕，怒气冲冲指责我说："全怪你呀，老兄。你坦白吧，中餐吃的到底是什么？'能量块'丸子？一口气连吞十个？"

　　我知道理亏，一声不响，只顾自己活动一番左腿，发现不碍事。下午，学院教工队与省教委队举行了一场排球友谊比赛，多年来双方年年交手，每次比赛对方均是手下败将，我队保持着一场不败的骄人战绩。此次我们并未轻敌，刻苦训练认真参赛，但不知怎么搞的，整体配合欠佳，临场发挥更差，结果一败涂地输下阵来，以一比三负于对手，全校师生大哗。研究生抓住我发球连续出界的小辫子不放，一直狠狠挖苦我。

　　"就像发射'战斧'式导弹，嗖……"研究生觉得输得太冤，一肚子无名火全泻到我头上来，"你发球时再跳高几公分，没准儿这球就能落到……伊拉克。"

　　"把你的枪口调转过去，伙计。准星对着裁判大人。"我开导研究生说，"碰上这么一位执法者，冤假错案能少得了吗？明明几次压线，全判出界。算咱们倒楣。"

　　"难怪，当时天色也太晚了。裁判又不是猫头鹰，看不清楚就连猜带蒙吧。"才荔算是说了句公道话。今天下午虽然纯属友谊比赛，但是裁判的规格可不低，兴师动众请来了省体院的国际排球裁判员客串一个角色。去接裁判的小轿车在东郊小卫街被一起交通事故耽误了个把小时，比赛延迟许久方才开始。当我方稀里糊涂败下阵来时，已是暮色苍茫，万家灯火。

　　"有得也有失吧，"研究生怒气未消，抱怨说，"最后一场，有几次排球飞过网来，我的额头倒比我的眼睛更先发现目标。"

　　"我有同感。"我不禁乐了。有一球纯粹是我用脑袋顶过去的，只不过同时下意识地举了下手，裁判也未发现，仍判有效。我宽宏大量地想，就算裁判偏袒对手，我方混水摸鱼，基本上也算是扯平了。

"我很怀疑，比赛开始之前，那鬼裁判可能就把全场的比分统统打好了。"研究生琢磨了好一会儿，满有把握地宣布说，"听说，省教委队新上场的主攻手，就是这裁判中学时的同桌。"

"朗朗乾坤，光天化日，"我叹道，"这裁判明目张胆，公然打劫。理应列入大案要案，从重从快。"

研究生拾起电警棍，后悔道："当时，怎么会忘记抄上这家伙。真应该把它挂在排球网上，让裁判瞅得清清楚楚，他才不敢胡来。"他边说边挥动电警棍。

才荔闪开身，躲那警械，连说："珍重，计算机先生。"

才荔无意间倚在我胸前，长发拂过我的面颊。年轻姑娘清新纯洁的气息直入我的呼吸。我从未与女孩这般亲近过，顿时热血涌上脸庞，全身触电似的战栗了一阵。我接受过的教育和礼仪向我发出联合指令，要求我适当后避一些，以表现出彬彬有礼、素有教养的绅士风度。我几乎就要这么去做了，但最后我还是一动不动。

完全是凭着第六感觉，一刹那间，姑娘苗条纤巧的身体给我留下深刻印象。我惊诧上帝造人时竟有如此杰作，他老人家一定是灵感泉涌，方有此神来之笔。万物之主不惜挥霍浪费了世间最昂贵、最奇妙的材料，诸如钻石，白金，玫瑰花瓣，江河发源地的清泉，南北极上空无污染的空气等等，才创造出美丽的姑娘。然后——也许像那位排球裁判一样匆忙和粗心——上帝在暮色中随手拾起剩下的粗料，创造出劈柴般的男子，把他们放在美丽的祭坛下面，点着了火。

上帝点燃的火焰，此时就燃烧在我的胸膛。我的呼吸变得沉重起来。

研究生依然像自由女神高擎他的武器。

才荔依然盘花弯柳偎在我胸前，躲让研究生可能出现的失误。

只有我不再是原先的我。这一瞬间，我觉得这夜晚不再漆黑寒冷阴森恐怖，我的血液涌流着黄山绝顶观看日出那种崇敬和激动。此时我遭遇的这一切只是偶然事件，但它是多么杰出，又是何等美好啊。

研究生终于放下他殉难者象征般的手臂。

才荔这才坐直身体，轻轻向我道了一声对不起。

这一切也许发生在几秒钟之内，我的非凡感受和记忆，却足以充满一个世纪。

黑夜完全接管了这座校园。女学生宿舍大楼安静下来，窗口灯光统统熄灭了，只剩下走廊曲折透出些许路灯光影。又是一天过去了，人类的一切活动暂停下来，无论你是欢乐愉悦得意或者烦恼痛苦忧伤，也无论你是大名鼎鼎或者微不足道，也无论你是富可敌国或者穷苦潦倒，形形色色人物统统汇聚在黑夜这杆大旗下，瞑目息气静止下来沉入梦乡。这时候，也只有在这时候，全体人类的命运才是平等的。

在漆黑夜幕的背景下，唯有教工宿舍大楼一扇窗户灯光通明，这盏灯显得格外刺目和灼眼。

从这扇窗户流溢出来的不仅是明亮的光线，还夹杂着激烈争吵和怒骂声，隐隐约约有人在冲砸家具，远远听来，茶杯迸裂声清脆而尖厉，电饭煲落地声沉闷而浑重。

研究生听得津津有味，他时而感到不满足，幸灾乐祸地嚷嚷道："五音基本齐全，单独缺少定音鼓，真遗憾，……喂，说真的，我来给马副挂个电话，建议他注意节拍，高潮一到马上给我从窗口把电视机推下来，'砰叭' 爆炸……"

我和才荔的视线不期而遇。

"你交出去了？"我轻轻问。

"今天晚上。"才荔答道，向那扇窗户投去一瞥，目光中充满怜悯、奚落和鄙视。"刚才，在学院大门口，我又给他家拨了个电话，宣布我的立场。"

我恍然大悟。我想象得出，当马公子气急败坏告诉马副，一个埋藏已久的家族阴谋终于败露，被人们彻底戳穿，暴露在光天化日之下，从此断送了玩弄诡计者的霸房美梦，那时马副会是何等一副绝望狰狞的嘴脸。面对众叛亲离、后院起火的分崩离析局势，马副的矜持将受到十分可怕的打击，他那固若金汤、牢不可破的心理防线，此刻将出现难以预测的巨大裂痕、动荡和混乱。

才荔低声叙述了事情经过，提供了这个家庭内部爆发冲突的一些背景材料。才荔取走那份借房协议书后，这姑娘多长了个心眼，她出示给马公子过目的只是一份复印件，而对原件只字不提。马公子坚决反对直接把这份举证材料交还给他的表兄表姐，这位年轻先生寄希望自己的父亲良心未泯，他想争取最后一个机会，劝父亲自己交还这份材料来化解亲属们的敌意。才荔表示怀疑，但她认为可以一试。

当晚，马公子来与父亲交涉。马副盛怒之下撕碎了复印件，痛赏不肖儿子几记耳光。父子之间彻底决裂。打从电话中获知这一切后，才荔毫不犹豫，立即"打的"去了城南颜料坊，她当着海华姐子女们的面，把借房协议书原件平摊在餐桌上，顺手从菜碟中捏起一片凉拌黄瓜入口，一声不响便返程回校。在学院门口，她握着电话话筒，十分平静地告诉马公子，协议书原件已经"完璧归赵"。同时她用明确无误的语言宣布，她和这个家庭之间的全部联系均到今晚为止，才荔绝不可能成为罪孽家庭一员，"一切到此结束。"

听完这位小姐语调平稳的一番叙述，研究生和我目瞪口呆。我们实难想象，做出如此重大抉择，她何以能够保持平静心态。但我们不难想象，马氏父子现在被这一系列打击彻底摧毁，父子之间的反目，必将以更加激烈的形式来展现。

仿佛是印证我们的想法，那扇窗户方向传来激烈爆炸，灯光闪烁一下便全灭了。黑暗中隐约有人厮打，斥骂和反击。过了一会儿，灯光又现，不过光线弱下去许多，估计是点亮了应急灯。陡然，大片玻璃被打碎，稀里哗啦落在地上。紧接着又听见女子哀哀哭声，怨道："完了，完了，快跑吧！你爹疯了，他要用刀砍死你呀……"

研究生在背后捅了我一下，轻轻耳语道："喂，老兄，我没说错吧。今晚她一露面，就向你发射了一枚微型侦察卫星。"

我没理睬。

研究生得寸进尺，他朝才荔瞅了一眼，故意发出较响的声音，又说："一种现代化的抛绣球方式。"

才荔没有任何反应。

我抡臂向后方狠狠一击，打空了。研究生十分敏捷灵巧，他一偏身，及时转移到我手臂的有效打击范围之外。

我明白，我必须尽快打哑这个火力点。我随手拾起地上的石块，头也不回，迳向身后树叶沙沙作响处扔去。我听见石块击中目标，然后，有好一会儿没听见研究生吱声。

才荔目不转睛盯着前方，半晌才开口，自言自语说："直到现在为止，我对自己将信将疑。我一直在琢磨，你在文章中宣称的 Collective Un-conscious，到底是怎样发挥作用的呢？"

"集体潜意识，"我接下去说，"在文学作品中，常常通过原型的方式表现出来。当我们面对它时，会感受到它具有超乎寻常的感染力量，从内心深处撞击和震撼我们，产生巨大的共鸣作用。"

"生活本身就是作品。每个人都是作者。个人行为，换个角度来看，应该就是集体潜意识的某个特定角色，是一种物化现象……"才荔追踪着自己的思路，进一步设想。

"这种思想很有意思。"我迅速调整思考方式，力求跟上才荔，不致被她拉下一段距离，"荣格阐述的是集体潜意识与文学作品之间的联系，不过，人们往往对现实中这一观点对应的地位饶有兴趣。"

"尽管我们没有可能像打开一个电脑文件夹那样，面对集体潜意识进行检索，也不可能像发现古文物那样，将其从旧墓中挖掘出来，加以整理，分析和鉴定。从集体潜意识学说来看，"才荔顿了一下，努力澄清自己的思想，又说下去，"它无影无形，它充其量只是精神世界一种若有若无的痕迹，不是吗？"

我点点头，承认道："现代科学无法破译这些史前痕迹，无法用计算机对其进行统计、汇总和分类。但它实实在在发挥作用，一方面校正人类历史，一方面平衡人间的善与恶。"

"接受了这种观点，很多不解之谜就可以迎刃而解吗？"才荔紧抓住自己的思想不放，接着说，"比如候鸟，蝴蝶，鱼类，野牛，每年大规模迁徙，是冥冥中的明灯在号召它们前进，由一种来自内心深处的不为意识所觉察的集体动力驱动。科学家在鱼鳍拴上刻出记号的小环，最终测定出，多种鱼类在海洋长大后，会历尽艰难，不远数千里上溯江河源头，回到它出生的那条小溪……"

"甚至，回到那个浅水坑中，去产卵生子。"我补充道。"这真是难以想象，匪夷所思。"

才荔同意我的观点，说："科学家们通过解剖或者其它手段， 无法解释这一现象，他们对若有若无的痕迹一筹莫展。我想，人类的集体潜意识正是这样，作用巨大但无可觉察。"

"这是个需要很多世纪探索，化费巨额经费去研究的课题。"我深呼吸，吐出一句话来。"存在着方法论的问题。也许，基因研究可以率先做出一些解释……"

才荔立刻接下去与我商讨，她说："我的问题看起来要简单得多。就以我们身边的人为例，"她抬起手，指了一下马副家那个方向，心事重重地问，"集体潜意识的影响普遍而深远，为什么，表现在某些个体，恶会占据如此突出的支配地位？"

我结巴起来。我对集体潜意识的研究主要是围绕文学作品展开，很少涉及现实。才荔提出的疑惑，无可置疑是一个敏感的问题。这种场合很像是论文答辩时一位导师突然提出意想不到的问题，当时并不要求你完善对这个问题本身的思考和归纳，最迫切的是你必须立刻做出快速反应，明确答出这个问题的属性，对它的性质，做出你个人的、独特的、明确无误的判断。

我略一思索，答道："集体潜意识的产生，犹如日精月华，日积月累。它极可能是从修道院到流放地之间，一个复杂成份的总和。在我看来，后天环境，尤其是一个人青少年时期的后天环境，似乎对于集体潜意识的对应内容，起到一种激活的作用。"

才荔的核心问题终于露面了，就像她在图纸上画完桥桩，跟着画上桥身那样便当，她问道："很显然，在集体潜意识的激活过程中，个体之间存在明显差异。假如我们不把与集体潜意识有关的全部未解之谜统统归于遗传的话，我对这样一个问题还抱有一点好奇心，那就是：马氏父子……会不会如出一辙？"

我没有能力回答。即使当时我具备这种解答能力，我也不准备表述任何意见。作为马公子从前的女友，让才荔自己去思索这个问题并寻找答案，显然是最合情合理的一种选择。

我瞪眼遥望星空。浓黑如墨的夜色，莫不是一种古奥的自然界语言，我无法破译它的神秘和玄妙。

山下响起急促的脚步声。

　　我突然想起研究生久无动静。蓦然看见他气喘吁吁从山下跑来，我不由地大为感动，深深感受到他的一片良苦用心。他悄然退去，给我和才荔留下一个单独交谈的机会，对于他的这种善举，我的报答竟然是一次"投石行动"，那石块足以砸破他的鼻子。

　　研究生并不介意我恩将仇报的行为，他只是指着腕上的手表说："谢谢你关心我的鼻子。不过你得破费为我修理这块手表，幸亏这块'微型铠甲'挡了一下，不然的话，你得大笔花钱修理我的手腕，还要冒着被诉伤害人身罪的危险。"

　　研究生三言两语便把他侦察到的紧急情况讲清楚了。十分钟前，他发现一条黑影掠过女生宿舍大楼前的小径。黑影迅如灵猫，转瞬即逝。如果研究生不是恰好接近那条小径的话，黑夜之中的这种快速运动，是几乎无法觉察的。

　　但是研究生及时捕捉到了这一动静，而且确确实实"看"到了黑影。研究生递给我一架夜视望远镜，我架在眼前观察。原先环境漆黑一片，混沌不分，透过镜片顿时发现四周景色清晰可辨，树木花草，各具其形，只不过光线是绿莹莹的，看上去幽幽的有点儿古怪。我把夜视望远镜传给才荔。我记得去北方出差时见过地摊上出售这种奇怪的光学产品，上面镌有俄文，很可能是走私的俄罗斯军用品。刚才研究生去办公室取这架夜视望远镜，他在回来路上，撞上了夜行人。

　　研究生十分激动。我立起身来眺望，立刻明白他的这种激动并非多余，女学生宿舍大楼走道上的灯光不久前还是明亮的，现在全暗了。

　　我从后裤袋取出一部诺基亚8810移动话机，我的一位经商的同学慷慨借给我这件现代化的通讯工具。我打开开关，倏然，移动电话铃声率先响了起来，像好斗的机械蟋蟀在发怒。我们三人略感吃惊，我把手机贴紧脑袋，一条不胜娇弱、千嗔百啼的女声传来，嗔怪从商的同学，责备他不该瞒了她这么久。

　　我立即关机，又重新打开。按照预先内录进去的电话号码，分别通知几位住校教师，把他们从睡榻上唤醒，直接调度到战斗岗位上去。按照事先的部署，今晚共有八名预备役人员可供我们调遣，另有四名实习大学生作为"预预备役"，这些年轻人激动得无法入睡，正聚在宿舍里玩牌，打

"八十分"。我听见话筒那边一片欢呼，"太好啦，马上出发，正司令调主……"然后桌倒椅歪，一窝蜂拥出门去奔赴现场，连电话也没挂好。

我满意地关上手机。研究生骄傲地宣布："前门，配置两个加强营的兵力……"

我们三人在黑暗中出发了，迅速向女学生宿舍大楼包抄过去。研究生领先，才荔紧跟着他，我殿后。

研究生速度奇快，急走加上小跑，遥遥居先。

我非常担心，研究生的情绪和行为极有失控的可能。我作为今晚行动的总指挥，渐渐捉摸出一些反常之处。

我加快步伐，撵上他，一把抓紧他的肩膀，命令他说："你的岗位是在'H'点，你不要搞错了。"

不出我所料，研究生果然有意违抗军令。杀贼擒敌立功的机会近在眼前，大大刺激了年轻学者的雄心壮志，诱使他勇于冒险，甘洒热血。他使出蛮力从我手下挣脱开来，争辩说："'H'点有一名体育教师把守，足够了。那家伙是铅球运动员转业，一个顶仨。这次，我一定要进大楼……"

"胡说。今天晚上，所有人必须按命令行事。"我不由分说，严厉打断他的话，"如果敌未乱，我先乱，非让那贼在一旁笑掉大牙不可。"

"那……对不起啦，今晚，本人是'将在外'，"研究生大逆不道，阵前造反，调头就跑，他一下子窜出去几丈远，后半句话才丢过来，"'君命有所不受'。"

我急了，追上去拦住他的路，换了一种方式，低声好言规劝他，竭力说服他按原先布置和计划，各守其位，各尽其职。"H"点指的是"L"型女学生宿舍大楼拐弯处，此地可以一举监视大楼两翼的动静，随时可以机动策应。更重要的是此处外墙由上而下密集分布供排水管道，便于攀爬，各楼层的盥洗间和厕所多集中在此，夜间无人，系"兵家必争之地"，易攻难守。我一直怀疑黑夜贼有兴趣利用这一处地形。

"今晚，重武器由你掌握，你不去守'H'点，谁守得住呢？"我动之以友情，晓之以大义，努力稳住研究生的情绪，并尽力往"天将降大任于斯人"的道上引导。

谁知，我说出"重武器"一词，反倒提醒了研究生。这小子举起电警棍，反唇相讥："攻城三比一，守城一比三。兵法上这点道理，你这名总指挥不会不知道吧。坦克兵冲锋陷阵，你说不对。难道卫生兵去攻城，反而对了？"

研究生气焰嚣张，理直气壮地撞开我，直往前冲。

我企图改变他的决定，拽住他的一条臂膀。

研究生倏地转过身来，平举起电警棍，直逼我鼻尖，相距不足寸余。他警告性地连连摇头，我清清楚楚听见他发出一声冷笑，然后"咔嗒"一声用拇指推开了电警棍的开关。

我被迫松开双手，上肢僵硬地悬停在空中不动了，全身的血液往上涌。我这一气非同小可。我暗中调整脚步，做好下三路攻击的准备，打算好好教训一下这疯狂小子。

一只手紧紧挽牢我的胳臂，才荔及时进行了干预，从而防止了冲突进一步加剧，把一场大战前的内讧化解于无形。

研究生调皮地冲着才荔眨眨眼，嚷了一声"Thank you！"他得意忘形，转身便跑。

玉兰花瓣造型的路灯把乳白色光线淡淡地洒满小径，营造出一派幽深宁静的氛围。我强压怒火，匆匆追去，才荔紧随身边，依然挽牢我手臂。我俩惆怅而又失望。在我们的前方，那名叛徒手舞足蹈，兴奋无比，几乎跑完了整条小径。

就在此时，一种令人难以置信的怪现象发生了。我和才荔同时看见，研究生突然像头扑食的猎豹飞窜腾起，高度几乎超过路旁塔形雪松的树峰。然后，他在空中猛然加速，就像大型喷气客机的发动机空中停车后又重新发动成功那样倾力前冲。他两条长腿在空中走步无数下，简直成了一幕"空中马拉松"。他跃起力度之大，空中飞行动作之复杂，降落镜头之惊险，足以使我昏厥过去十来次。我圆睁双眼，张嘴结舌，陷入极度惊愕，连手中的钩状武器滑落下地也浑然不知。

我暗暗叫苦，研究生啊研究生，就算阁下有九条命。此时此刻，也必然是九死而无一生。

远远听见轰隆一声，研究生重重坠落在地面上。我俩最真切不过地意识到问题的严重性，拔脚匆匆追上前去。

研究生身体扭曲，一动不动躺在地上。我绕过他，又向前追了几步，警惕地搜查四方，周围并无异常动静。

才荔弯下身去，扳动研究生古怪弯曲的肢体，掐验他的脉搏，查看他的瞳孔和呼吸。

片刻之后，才荔仰起脸来，尽管路灯光线微弱，我仍从她严肃的表情中，读取了"出师未捷身先死，长使英雄泪满襟"的现代版信息。

才荔遗憾地宣布说："一桩自伤事件。伤者在奔跑中不慎，电警棍误击中自己的脚踝。"

我来不及多想，丢下研究生交给才荔照料，自己气喘吁吁赶到女学生宿舍大楼门前。

黑暗之中，大楼四周人影幢幢，紧张而又井然有序。我满意地发现，按照预先计划好的作战方案，各路人马各就各位，"拉网合围"业已形成。唯一缺席者就是研究生。

不一会儿，才荔匆匆赶来找到我，把钩状武器交还到我手上。她告诉我说研究生并无大碍，只是四肢乏力，走起路来摇摇晃晃像名醉汉，恐怕这年轻人得从现役退到预备役了。

我顺口答道："很好。"

才荔突然反问："什么很好？"

我一下子被问住了，认真思索了一会儿，仍不知道如何作答。我之所以无意流露出赞许态度，或许是体恤研究生为他完好无损感到宽心和欣慰，或许是武器又回到了身边恢复了安全感。我转身欲进大楼，又停下来瞅了这姑娘一眼，或许，我由衷地对发生的一切表示肯定，正是冲着这姑娘。

想来是我在检索自己思想动机过程中表现出来的不确定性，给了才荔以可乘之机。她理直气壮地随我突入女学生宿舍大楼，仿佛她倒是原计划中的突击队员正选，而我反是沾了她的光，才混入这幢大楼以备策应。

在门前台阶上，我踟蹰不前，试图打消这姑娘冒险的念头。我伸直胳臂想拦住她。才荔挺胸昂首直往里闯。我只好随她的便，一心一意图谋擒贼。

大门在身后咯嗒一声落闩上锁。

我俩再次落入无边无际的黑暗之中。

　　过了好一会儿，视力才逐渐适应楼道中黝黑的环境。我轻触才荔的手臂，发出行动信号，两人并排向前方搜去。

　　走出几步，我停下了。不知何故，我脑中浮现出一个新鲜念头，我认为这条黑夜贼既然与我交过手，是一只惊弓之鸟，他就绝不会无备而来。我几乎可以断定，这家伙在再次行动之前必定琢磨再三，把警备和防范措施研究了多遍。他那罪恶的大脑，鲜花压根儿无法生长，但杂草窜起来一定极快。

　　基于这样的预感，我更加警惕起来。我对才荔耳语几句，两人一前一后，贴紧墙根向前方搜寻，就像两只特大号壁虎，吸在墙壁上缓缓移动。

　　方才迈出几步，贴地滑动的钩状武器便被绊住了。

　　绊索的力量不强，甚至可以说是很松，像湿漉漉的面条似的，不留意根本无法分辨。然而，由于我极为谨慎万分小心，那根钩状武器浑似一支布满神经系统的高灵敏度传感器，无声无息发出特急警报。

　　我俩猫下腰来，向绊索两端搜去。

　　情况很快就查清楚了。一根普通的塑料细绳，拦腰拴在走廊两侧的不锈钢废物筒上，在黑暗中根本无法分辨。可是，只要有人从大门进来，脚步无意绊动细绳，只需要极小力量，约有一米来高的细长的不锈钢筒就会失去平衡，轰然倒下，发出极大的响声。圆柱型的空心金属筒将会在走廊上滚来滚去，像任性的孩子躺在地上大哭大叫，轻易不肯停止，嘈杂的声音大作，在这寂静夜里一公里外也能听得清清楚楚。

　　我轻蔑地笑了，无声咒骂着狡诈的对手，我掏出一把水果刀来，割断塑料绳。

　　立起身来，我所做的第一件事，就是把硌在腰间皮带上的一件硬家伙掏出来。假如我的夜视能力像一匹狼那么好的话，此时此刻，我就能欣赏手中这把柯尔特手枪寒光闪闪的威风了。唯一不同的是，这把枪的重量只有真柯尔特手枪的十分之一，原因很简单，这是件塑料仿制品，是一把逗孩子玩的玩具枪。

　　根据玩具商的设计，用一根顶端带吸盘的塑料枪栓，从枪口沿着枪管往后膛压下去，枪膛中一根强力弹簧便被压缩。只要扣动扳机，弹簧能量瞬间释放，塑料枪栓便飞射向前方。

　　一周前，我在夫子庙小商品市场买下这枪。一次试射，命中十余米远的柜台玻璃，吸盘牢牢吸附在玻璃上，惹得女店主以受袭后女性本能的应急反应冲我嚷了一通。当时我的目标是柜台玻璃上张贴的香烟广告，我瞄准西部骑士的帽子，击中嘴巴，我很满意。

　　枪支采购到手后，我化费了整整一个晚上，作了一番改进。我把塑料枪栓掏空，装满研磨极细的石灰粉，又增加一节内压缩弹簧。

　　改造后的枪支威力大增，一旦扣动扳机，枪栓在空中飞行过程中，内压缩弹簧开始工作，吸盘中心喷射出一大团石灰粉，足以令对手鼻呛眼迷，视而不见，手忙脚乱，在短时间内无法作出有效抵抗。

　　这就是今晚我给黑夜贼预备下的一份小小礼物。

　　我把这件像妖魔一样会喷吐毒烟的武器授给女战士使用。

　　才荔听我简单交待了此枪的威力，在手中比划两下，附耳征求我的意见说："一则出于人道主义，二则考虑到减轻私造枪支者的责任，是不是应该带上瓶蒸馏水，必要时给黑夜贼作眼科紧急护理，清洗……"

　　我咬牙切齿，恨恨地回答道："我宁肯在蒸馏水瓶中，挤满眼镜王蛇的毒液。"

　　攀上二楼楼梯，没走几步，才荔忽然拉紧我的衣襟。衣裳虽然是非导体，但紧急警报的信息瞬间传递到位。

　　我俩收住脚步，屏气敛息，隐入门洞黑暗处。

　　才荔紧贴在我身旁。她的身体由于极度紧张而微微颤抖，手指无意中碰到我的脸，竟像冰棍一样透凉。

　　我东张西望，什么也没有发觉。耳际寂静无声。

　　但我深信才荔的直感。我知道她的警觉一定正确。恐怖正一步步向我们逼来，我却懵然无知。

　　危险的临近使我高度不安。我就像一位盲者误入蛇屋，响尾蛇"咯咯"寻衅，而我全然不知敌手何在，退路何在。

　　这一段时间何其难耐，也许只有几分钟，也许长达半小时。我俩后背紧贴墙壁，纹丝不动。我们对外部世界的探索既不靠视觉，也不靠听觉，而是凭借第六感觉。我发现，我的胸膛像雷达屏幕紧张捕捉外来的信息。全身各个部位紧急动员起来，成为高灵敏度的信号探测器。

我憋住呼吸，雕像般站立在那里。我对自己在特殊情况下表现出来的超常能力惊讶不已。即使我紧闭双眼，我知道此时我仍能敏锐觉察到周围磁场极微小的变化，包括温度升降，光压波动，或者是一粒灰尘从我鼻尖上滑落下去，在胸腹膝盖等部位磕磕碰碰，最后轰然一声落在脚面上，像陨石坠地。

正是这样，当一束凶恶目光在面前一米来远的距离蓦然出现，随即警惕地转向我时，我虽然无法透过浓漆般的厚厚夜幕看见任何东西，但我确实感受到那瘆人的光压。

随即，那目光似乎发现了什么，于是更加努力地向我这个方向张望，企图分辨出危险何在。我又一次敏锐地察觉到对方目光光压的可怕变化。

我心头一阵悸动，顿时之间，怒从心头起，恶往胆边生。

一条黑影无声无息滑落在面前，浮雕似的不可捉摸。我根本没有听见脚步声，仿佛对方是用钢丝悬吊在空中滑行。

黑影聚精会神地打量着我这个方向。

当我突然厉声开口，对方这一惊真正是非同小可，足以把他的胆吓破。此公吓得浑身猛一哆嗦，魂飞魄散。在这种特殊场合，一尊铜浇钢铸的塑像也会被一声断喝劈成两半。

"别动！"我低声咆哮。雪亮的手电筒灯光突如其来罩住了夜行客的头部。面前是一名年轻汉子，我看清了一张大受惊骇而变形扭曲的嘴脸。我强调我的命令，"别耍花招，我这个人不喜欢耍花招。"

那年轻汉子直愣愣地瞅着我这个方向。他非常乖巧，稳住手脚不动。电筒光十分刺目，他无法辨认我方的任何动静。他的感觉部分地弥补了这方面的不足，那一件钩状武器紧逼他的脖子，压迫他的呼吸，令他喘不过气来。

他完全没有抵抗的意思。在最初的惊恐过去之后，他迅速恢复了镇静。这家伙试图伸了一下脖子，尽最大努力强作笑容，仿佛抵紧他项下的那冰凉的金属玩意儿不是杀人夺命的利器，而是一串白金项链之类的装饰品，而从黑暗中煞神般突然冲出来的我，也不过是专程赶来为他授勋的元老院代表。

我目不转睛，时刻留神他肩膀的动静。根据格斗擒拿学的理论，任何搏斗动作都起始于肩部。制服对手一定要趁其肩部欲动未动的那一刹那，突然发作，抢先攻击，方能取胜。否则，必会受制于人。我喝问道："鬼鬼祟祟的，你在这儿干什么？"

"我找水喝。"对方睫毛也不眨，脱口而出，"我渴，找个地方，喝口水。"

"喝你妈的头。"我被惹恼了，粗鲁地骂道。年轻汉子当面撒谎，他看上去毫无畏惧，他正用沉着来嘲弄我。他的态度十分诚恳，似乎我泡制了一起冤假错案，他正是受害者，但他并不介意，准备在听到我正式道歉之后，就打算与我和解似的。

才荔双手持枪，对准不速之客的脸孔，我留意到，这件家伙对年轻汉子起到极大的威慑作用，他不停地斜过眼睛紧张地瞅一下那把枪，以揣度自己下一秒钟能否健在人世。我趁机迅速晃动一下电筒光柱，发现对方两手空空，没有持械。

"我真的是进来喝水，"年轻汉子重复一遍供词，眼角瞥着那黑洞洞的枪口，坦然地说，"我喝酒过量，迷迷糊糊就闯进来了。对不起，请问，这里究竟是什么地方？"

又是谎言，我咬牙切齿，毫不动摇地逼上前去，令对方连连后退。我深深嗅了一下，没有闻见一丝酒精气味，相反，我倒是察觉到对方全身上下一股掩饰不住的浓浓杀机。在手电筒强光的照射下，对方双眼奕奕有神，目光如电，根本与酒鬼沾不上边。

我加重手上的力量，追问："证件？"

年轻汉子连连承认："我有证件，我有证件。"

他慢慢举起右手，伸出两根指头。在征得我的许可之后，方才徐徐探入怀中去取。

他的动作十分缓慢，看得出他不愿意莽撞行事。他小心翼翼，生怕引起我的误会，他的一举一动，都刻意安排在我认可和允许的范围之内。望着他诚实表情和无邪眼神，听见他有问必答，打量着他循规蹈矩的举止和言行，我有些犹豫了，持械的力量略有放松。

闪电般的，年轻汉子飞快抽出右手，掌心突然亮出一只黑色微型小盒，盒面反射着灯光，似乎是镜头之类的东西，与照相机闪光灯十分相似。

我还没有来得及反应过来，迎面扑来一阵眩目的强光。顿时，我的眼睛什么也看不见了。

强光袭击了我。速度之快，令我根本来不及闭眼躲避一下。我刚来得及看见才荔大声喊叫着，对准年轻汉子扣动扳机，一大团粉雾一拥而出，淹没了年轻汉子的脸庞。下一秒钟，就像一片烈火在我视网膜上呼地一声窜起几尺高的光焰，又像一炉熔化的钢水劈头盖脸夺眼眶而浇入，我感觉到身体深处都被灼伤了。光量强烈无比犹如万杆银叉刺穿了我，我不由地松开手中的武器，一只手紧捂双眼，大声痛苦呻吟起来。

我闭紧眼，又惊惶张开，眼前流动着一片五颜七彩的世界，黑白交替，深浅变幻，好像有数不清的焰火在眼底此起彼落。我一下子变成了可怜的盲者。

我狂怒了，一边咆哮一边抡起手中的钩状武器，势不可挡地向对方劈下去，用力既猛烈又粗暴，足以把一头犍牛的脖子连根切断。但是，我已失去了战机，钩状武器击空，深深劈入走廊的墙壁里。

只一眨眼的功夫，年轻汉子抽身逃了。

我扔掉武器。双手捧住眼睛，痛苦万状，在原地团团旋转。

我听见年轻汉子的足音比狸猫还要轻捷，一阵风似地飘走，转眼之间已移到了楼梯口。

那串狸猫般的脚步声不协调地卡住了。顷刻间，楼梯口传来激烈的厮打声。

几分钟后，我的视力渐渐恢复正常。女生宿舍一间间接连亮起灯来，女学生惊恐尖叫声震耳欲聋。

我在脚边摸到钩状武器，复仇的渴望用锐利的刃割伤我的心，又洒上一把盐，我痛苦不堪，决心拼死报仇，洗清羞辱。我发狂似的扑向楼梯口。

几间女生宿舍大胆敞开了房门，室内灯光倾泻在走道上，女生们探头探脑，手中举着各式各样的武器，如伞、汽水瓶、叉衣棍之类。

楼梯口半明半暗，人影闪烁。一幅力量悬殊的搏斗场面惊心动魄展现在我眼前。

我吓呆了，才荔跌倒在地，可怜地蜷缩在楼梯拐弯处的角落里，激烈搏斗耗尽了她的气力，她衣衫凌乱，势单力薄，看上去不堪一击。但她双眸中流露出大无畏精神，目光炯炯，毫无怯退之意。

年轻汉子狼狈不堪，不停地剧烈咳嗽，看来我制造的秘密武器未能迷瞎他的眼，反而重创了他的肺。他恼羞成怒，高擎寒光闪闪的匕首，一寸寸向才荔逼去。在距才荔不到一米处，他疯狂跃起，怀着切齿仇恨猛扑向前，挥刀直刺才荔心脏。

我心冰凉，手脚麻木，紧张得几乎当场休克。我清楚地明白，即使我的动作迅速犹如一道闪电，我也来不及救援我的搭档了。我痛苦地眯细眼睛，大吼一声："住手，你这个畜牲。"同时，抡起钩状武器向下方掷去。

根据我当时的判断和推算，在一般情况下，钩状武器在击中目的物之前，年轻汉子来得及把他的杀戮行为一口气操练上五遍，他可以长亭更短亭地把才荔一直送到黄泉路上去。由于距离较远，这名暴徒在行凶之后，还能够以打太极拳的从容姿态避开我发射的那枚带钩的地地导弹，逃之夭夭。

我在绝望中睁大眼睛，奇怪的是，应该发生的事件一件也没发生。才荔依然活着，可怜兮兮地挤在那个水泥角落里，伺机反扑。那名心怀叵测的歹徒无比激烈地挥舞着凶器，依照当时情况来看，他完全失去了理智，歇斯底里地张牙舞爪，他恨不得一刀一刀凌迟了面前唾手可得的女对手。但不知何故他双脚一动不动立在原地，任凭膝盖剧烈地扭动，好像在跳太空舞。仔细看去，这家伙胳膊动作僵硬，仿佛肩肘关节严重锈蚀，举止变形，极不自然。

而那件最不可能发生的事偏偏成为了现实。年轻汉子发现钩状武器在空中旋转着飞去，他脸上的表情既恐怖又痛苦，但他不躲不避，像条铮铮硬汉似的伸出胳膊试图抵挡，结果被无情地重重击倒在地。他痛得呲牙咧嘴，好半天才哼哼着，挣扎着在原地爬起身来。

我眼前一亮，哇哇叫起来，我欣喜若狂。原来，那歹徒被才荔"锁死"在原地了。才荔高举喷罐，瞄准激烈扭动身躯的年轻汉子，一口气把一罐防暴强力胶全部喷完，她轻蔑地吐了口唾液，丢出空罐，迎面砸在对方的脸上。

年轻汉子狼狈万分，他的两只鞋牢牢粘在地上，动弹不得。左臂袖部瞬间被粘在膝盖上，右手又被胶在裤角处，前襟与长裤多处结下"不解之缘"，迫使他只能曲背弯腰，像龙虾一样乱抓乱爬。他一时挣脱不开，急得鬼哭狼嚎，忙乱中挥动匕首一层层割破自己衣物，急欲脱身。

我兴奋之极，大吼一声："万岁！才荔。"随即稍一纵身，从十来级楼梯上一跃而起，我像高台跳雪运动员凌空出世，瞬间"飞"到年轻歹徒的正上方，以雷霆万钧之势居高临下地向对方扑杀过去。

可怜的夜行者，他仰起脸来眼睁睁地望着我，目睹我杀气腾腾以泰山压顶姿式向他发动袭击，而他半步也移动不得。他绝望地抖动双腿，但他两只鞋底被强力胶牢牢粘在水泥地上，加上运动鞋带穿扣过袢比较复杂，急切之下非但无法松绑，反而越解越乱。年轻汉子痛苦地长叹一声，他只能听天由命了，他举刀向上，憋足劲硬挺在原处。

假如此时好莱坞的摄影师在场，他的胶片上便可以记录下这样一组慢镜头动作：

我一只大脚从天而降……

贴着年轻歹徒的耳朵踹踏下来……

重重踩中其肩……

年轻歹徒东歪西倒……

随后，我另一只大脚直踢他怀中……

楞把对方蹬了个四脚朝天……

年轻歹徒方寸大乱……

匕首脱手飞扔出去，未击中任何目标……

年轻歹徒面部惊恐万状，大特写……

…………

年轻汉子像一只正与羊羔周旋的恶狼，冷不防地被天外飞来的一块巨大陨石击中，雷霆万钧地把他砸趴在地上，他全无还手之力，瘫卧墙边。我一骨碌从地上爬起身来，狠狠踢了对方几脚。

我走过去搀扶才荔。

忽然，我意识到敌我形势一刹那间发生了根本性的变化，正如老子所云：祸兮福之所倚，福兮祸之所伏。我对年轻歹徒的巨大冲击给予对方沉重打击，与此同时也造成了对方鞋帮和鞋底的完全断裂，那两只运动鞋的鞋底仍然柔情蜜意死死粘贴在水泥地上，但夜行者的两条腿彻底获得了自由。

对方立刻意识到这个机会对他来说无比宝贵，他像一只被追急了的巨形蝗虫纵身跃起，发出很大的声响。年轻汉子转眼之间便跳下多级楼梯，消失在夜幕中。

我来不及多想，故技重施，凌空一大步跨越五六级楼梯，直向下方歹徒的背影猛扑过去。就在我的双手几乎擒牢对方肩膀之际，年轻歹徒像影子似的消失了。

我的肩膀重重地撞在水泥墙上，顿时眼冒金星，天旋地转，五脏全挪错了地方。我痛得连声大叫，沿着墙边瘫倒下去。

年轻歹徒一闪身晃开我，他怕楼下有伏，旋即转向，大步从我身上跨过去，重新跃上二楼，三步并成两脚飞身逃窜。

此时，二楼走廊两边宿舍门全部大开，室内灯火通明。女学生们争先恐后挤向门口，东瞅西望，观察动静。蓦然瞧见年轻歹徒面目狰狞狂奔过来，被挤出门外的女学生吓坏了，拼命往回躲，门内的女学生不明究里，仍然使出浑身力气推搡着往外挤。一片混乱场面，响起阵阵尖叫声和哭闹声。

年轻歹徒沿着走廊拔脚疾奔，旁若无人，咚咚地飞跑。当时的场面热闹非凡，他像率先跑完马拉松全程第一个回到始发地赛场正发起最后冲刺的金牌选手，受到热情观众夹道欢迎；又好似浑浑噩噩的小羊羔打开门闩后狼外婆立即挥师长驱直入，正接受它的牺牲品的检阅。

我在才荔搀扶下站立起来，不顾身上伤痛，立刻猛追上去。

我同样咚咚地跑过二楼走廊，女学生们同样地尖声惊叫，同样有几件物品向我飞掷过来，被我一一躲过，身后传来茶杯和可口可乐玻璃瓶的爆裂声。我又好气又好笑。当然，我不指望在走廊能见度不良的情况下，受惊的女学生们明察秋毫分清良莠向我献送上一束束鲜花，但我确实啼笑皆非。

我蒙受的不公正待遇促使我暗暗发力低头猛跑，转眼之间便追到了大楼"H"部。

我尾随年轻歹徒的背影，一脚把门踹开，闯进了盥洗室。

一条黑影伏在窗上，像一只误入室内的蝙蝠，急欲脱身。他心无旁骛，弓身弯腰，运足力气。随着一声大吼，他突发蛮力，拉弯两根铁栅栏，露出可容一人通过的空间。

他随即一跃而出，消失在窗外的夜空之中。

我暗暗叫苦，急扑上前，"嗤啦啦"从歹徒后襟上撕下一片布条，这就是今晚我的全部战利品。

囊中猎物再次脱逃了，我怀着难以名状的痛苦和懊恼，飞步登上窗台。我不畏挫折，决心一拼到底。

楼下人声嘈杂。我往下望去。

年轻歹徒飞扑落地，未及立起，他立刻手脚并用，像头豹子蹿出一丈多远。

他刚刚直起腰来，两条黑影向他猛扑过去。体育教师和研究生以逸待劳，在楼下守候多时，二位护花使者身大力沉，各抱住跳楼人一条胳膊，使出吃奶力气往后扳压，合力将其制服。

跳楼人不胜痛苦，挣扎不得，仰天放出悲声来。

楼下响起一阵厮打、拖拽和喘息声，夹裹着男人粗野的斥骂，乱哄哄地交织在一起。

大楼四处，多条电筒光柱闪烁，越过草坪，翻过栏杆，迅速向此处移动，我方的有生力量把包围圈箍得铁桶一般，"拉网合围"接近尾声，夜行者插翅难逃了。

我心中大喜，我们终于成功了。

但是，我又一次高兴得太早了。

年轻歹徒半蹲半跪，蜷屈在地上，一副山穷水尽、束手就擒的神态。他完全停止了抵抗。

相比之下，体育教师和研究生丝毫不敢懈怠。他俩变本加厉，拼出全身力气，死死扭住手下的猎物。看起来他俩存心活活撕碎这家伙，那凶猛架式十分可怕。

转眼之间，其他值班人员纷纷赶到。十来条电筒光柱交叉，齐向被俘者脸上照去。

就在此时，年轻歹徒一声大吼，火山爆发似的从地上蹿起来。他昂首拧脖，扭肩弹腰，蹬腿甩臂，活像僵尸还魂。这家伙由静转动的速度奇快，他气焰之嚣张，模样之粗野，力量之巨大，完全出乎众人意料之外。他一边大声咆哮一边猛振双臂，瞬间便把两位执法人员像连体兄弟似地摔倒在身后两米多远。

年轻歹徒低头弯腰，像炮弹出膛势不可挡冲向前方，把迎面围来企图阻止他的教师们接二连三地撞翻。

转眼他就冲出重围。

此时，年轻歹徒前方已经空无一人。他疾步如飞，脚下不停加速，一纵身逃进黑暗中。

下一秒钟，夜行者已然无影无踪，他迅捷地离去不见了。

我心中痛苦万分。在正义与邪恶大决斗中，技不如人，只能默默接受屈辱的结局，必然要自食苦果。我横下心来，一纵身跳下楼去，加入追捕者的行列。

我四肢落地，刚想爬起身来，后腰被人死死抱住。偷袭者趁我猝不及防，使出蛮力把我摔了个四脚朝天。随即有一条汉子重重骑压在我胸口上，差一点儿没把我的肋骨根根压断。汉子来势汹汹，杀气腾腾，骂不绝口，唾涎飞溅。他恶狠狠卡住我的喉咙，挥起电警棍没头没脑地向我猛砸，仿佛要把他上生、此生和来生所有怨气一起加起来，今晚找到我来一起算总账。

我被惹急了，随即泼口大骂："研究生，你这狗娘养的，到底在帮谁打谁？说啊！"我勃然大怒，一半是痛恨研究生外战外行，内战内行，没本事斗敌擒贼，反过来杀良冒功倒是他妈的一把好手。另一半是我觉察到幸亏研究生忘记打开电警棍开关，万一他急中生智，及时纠正了这一疏忽，那我就来不及张口了，非被他整惨了不可。

研究生闻声大愕。他下意识地拨开电警棍的开关。看起来他意犹未尽，准备再补我一棒。

我来不及多想，躺在地上运足全身力气，突然举起右腿高踢，足尖正好蹬在研究生后脑勺上。

研究生一声不吭，像一捆麻袋从我身上栽倒下来。

我旋风般的弹跳起来。

就在此时，远处黑暗中传来一声凄厉的嗥叫。

这声音惨绝人寰，恐怖万分。不似出自人类口中，倒像是一匹九头怪兽在巨大危险压迫下发出垂死前的干嚎。

紧接着，一件沉重的物体从高处抛落在地上，响起毛骨悚然的撞击声。仿佛一只巨豹突然从大树后跃起拍落一只松鼠，后者顷刻之间便皮开肉绽，化成一团肉泥。

全体值班人员倒吸一口冷气，面面相觑。大家紧紧挤在一起，不知所措。

我们集中全部电筒，雪白的灯光把周围照得犹如白昼，并排搜索前去。

在运动场旁边，远远发现一摊黑影瘫倒在草丛中，好似罹难的外星生物。

走近一看，大家都怔住了。年轻歹徒软绵绵地昏死在地上，完全失去了抵抗力。他四肢摊开，失去知觉，不省人事。若不是众人刚刚同他交过手，知道他像头孤独的公野猪一样粗野狂暴，单从他目前的狼狈模样来看，定会被人误认为他是被盗墓者洗劫一空后抛出棺椁的一具古尸。

尤其令人惊奇不解的是，年轻歹徒脸上，左一道右一道勒出深深的网状绳痕，仿佛上苍之手捉住了他，把他头朝下吊在一只超级大网兜中，又在他后背压上一座金字塔，倒吊了一整天，以示惩罚。我在数分钟前刚刚和这汉子面对面打过交道，知道他脸上原来并无伤痕，我无法解释，只能认为这是上苍警世的奇迹。

值班人员大喜过望，争先恐后冲上去，把年轻歹徒团团围住。有人捆绑有人上镣有人加锁，七手八脚，像裹粽子似的把这个恶棍捆了个结结实实。

研究生余怒未消，乘人不备，他抡起电警棍狠狠揍了那家伙好几次。

我轰开研究生，仔细检查绳索接头，确信这一次万无一失十分牢靠后，方才放下心来。在电筒光照射下，众人清清楚楚看见，年轻歹徒左手背上，刺有一只丑陋的黑蜘蛛。

值班人员极度兴奋，又感到非常意外，人人都觉得这种结局来得蹊跷，简直就是不可思议，彼此交换着大惑不解的目光。大家不明白是何方神祇在关键时刻伸出援手，降服了这只人形妖魔。年轻歹徒力大过人，兼有武术和气功根底，单凭我校教职员工的力量，远不足以与之周旋，更谈不上将其制服收监。那么，冥冥之中是谁在主持正义，是谁匡谬正误最后严惩邪恶呢？

我苦苦琢磨，百思不得其解。

众人高举电筒，齐向运动场中间照去。奇迹就发生在那里，但是看上去一切都很普通平常。

越来越多的电筒加入进来，大楼各个窗口都亮起了应急灯，灯火辉煌，把操场上照得犹如白昼一般明亮。

只见一张巨大的排球网横贯操场中央，纹丝不动，法相森严。

仿佛天籁似的，一刹那间启迪了我的心灵，啊！我全明白了。正是这张大网，这张由于比赛结束过迟未及卸下的大排球网，扮演了一个扶正祛邪，无恶不收的英雄角色。

年轻歹徒十分熟悉校园环境，他深谋远虑，机关算尽。然而他无论如何也未料到，今晚操场上会有这么一道"神来之笔"。根据本校制度，下班后运动器材一律入库妥加保管。我来校工作近十年，很少见过网球网，羽毛球网或者排球网夜间弃置在操场上无人过问的现象。

今晚，尚不清楚是哪个环节出现了异常情况，某名工作人员一次罕见的疏忽，极不寻常地补全了人类社会善与恶斗争中的天生不足和缺陷，这种机会千载难逢啊！当时，年轻歹徒犹如虎口脱兔，正以惊人的速度奔跑，他闪电般地掠过宽阔草坪，炮弹一样高速横穿运动场中央，万万料不到一头撞在网上，巨大冲击力瞬间转换成巨大弹力，一下把他抛出四、五丈远，直摔得他一佛出世，二佛涅槃，魂飞魄散。年轻歹徒惊吓过度，加上身体内部受伤，当场昏迷，不省人事，导致他最后束手就擒。

全体人员长长舒出一口气，心情无比畅快。

我通知研究生立即报警。我把这个任务交给他的另外一个原因是，我担心他会虐待俘虏。研究生一直杀气腾腾地围着年轻歹徒绕来转去，把电警棍在空中舞得呼呼响。

研究生极不情愿地接受了任务，一步一回头地离开了他向往建功立业的现场。

几乎与此同时，警笛长鸣，迅速由远而近。

紧接着，我们远远看见警灯旋转。一辆公务车马达轰鸣，向我们疾驰而来。

刺耳的警笛声猛烈地冲击耳膜，每个人都又惊又喜，亲身体验到法律之剑锐不可当。我们在庆幸之余，这一切又大大出乎意料之外。

"万岁！中国警察，世界一流！"不知何时，越来越多的女教师和女学生麇集在操场上，亲眼目睹了今晚发生的事件的来龙去脉。她们刚刚摆脱心惊胆战的状态，喜出望外又引发了一片欢呼声。

一辆白色大型专用车辆飞驰掠过操场边。深夜光临本学院的原来是一辆救护车，我们又一次地感到突兀和意外。

救护车在教师住宅大楼前逗留片刻，随即调转车头，沿着原路十万火急返回，高速消失在夜色中。

研究生气喘吁吁跑回来，通知大家说，区公安分局和"110"巡警承诺立即赶到现场。他边讲边恋恋不舍地盯着年轻歹徒，拨开电警棍的开关，含混地透露说，警方业已批准他"在一切必要的时候，毫不犹豫，立即使用电警棍。"

我不由分说，迎面拦住研究生，夺下他手中的电警棍，使他假传圣旨、滥用警械的企图当场流产。

研究生毫不气恼。他有更大的新闻急欲宣布。他乐呵呵地大声问道："喂喂，你们猜刚才是谁，八抬大轿，连拖带拽地架进那辆救护车？"

大家楞楞地瞅着他，无人应答。

研究生夸张地做了一个脱帽动作，然后把这顶想象中的帽子捧在胸前，垂下头来，装腔作势抽泣了两声。他用悲哀语调缓缓公布于众说："我校著名的官僚主义领导人，杰出的盗卖校园牟取利益的思想家组织家活动家——马副校长，半小时前不幸突发大面积脑血管破裂，'中风'倒下，享年五十二岁。……当然，他还没有作古，但医生透露，预后很差，虽生犹死，很可能会成为植物人……"

未等研究生说完，操场上的人群早已沸腾起来。年轻教师毫不掩饰他们的欣喜心情，相互庆贺，公开喊好。青年女教师们当场编织一个鲜花花环，套在研究生脖子上。上年纪的教师们言语谨慎，恪守"君子不乘人之危"的古训，但他们眉眼间洋溢着愉悦和轻松，举止步履也像孩子似的不知不觉欢快起来。操场内外，一群群人喜极而泣，研究生脸上也滚动着亮晶晶的泪珠。

　　我像雕塑似的，一动不动伫立在欢腾人群的背景中，静思良久。我把眼前的一切重新看过，想过，这才最真实不过地意识到，这个消息对于我们的学校，对于全体教师和学生，对于我本人具有何等重要的价值。

　　研究生蹦着跳着跑过来，把花环戴在我颈子上。我离开人群，走到操场边一棵高大入云的枫树前，久久抚摸冰凉的树身。我几乎不敢相信这一切都是真的。这棵树保住了，这一大片树林和绿色长廊保住了，校园完整地保住了，学生和教师们的学习环境生存空间最终得以保全。

　　我不知道树木有没有思想，这些绿色植物会不会像人类一样思维呢？我无法回答。但我分明听见，在夜风吹拂下，万千片树叶絮絮作声，表达出与操场上人群相同的激动情绪。

　　泪水不由地夺眶而出。

　　我独自走向操场中央。取下脖上的鲜花花环，在唇前吻了一下，把它挂在排球网上。

　　我伸出手，久久地抚摸这张大网。在浓黑的夜色中，能见度几乎等于零。相隔一拃之远，肉眼便完全不能辨识出网的存在。

　　但是，在客观上，网是那么实在，那么坚固，那么富有耐心。

写于 1998 年 3 月